Anna Johannsen
Die alte Dame am Meer

Das Buch

Der Tod einer alten Dame auf Sylt ruft Hauptkommissarin Lena Lorenzen und ihren Kollegen Johann Grasmann auf den Plan. Die tote Gesa Jensen stammt aus einer einflussreichen Familie, lag aber seit vielen Jahrzehnten mit ihrem Bruder und dem Rest des Clans im Streit. Neben der Familie geraten auch schnell ein zwielichtiger Erbenermittler und ein Arzt unter Verdacht.

Lena, die sich von der Trennung ihrer großen Liebe Erck abzulenken versucht, verfolgt die Spuren der Beteiligten bis in die Hamburger Künstlerszene der 50er-Jahre. In mühseliger Kleinarbeit sucht Lena in der Vergangenheit nach Hinweisen, die mit dem Tod der alten Dame zu tun haben könnten. Unterstützung erhält sie von ihrer Tante Beke, die mit Gesa seit ihrer Jugend befreundet war und über Jahrzehnte mit ihr Kontakt gehalten hat.

Als plötzlich Lenas Vater in den Fokus der Ermittlungen gerät, bekommt der Fall eine persönliche Note und die Hauptkommissarin muss alles daransetzen, den Mörder zu finden.

Die Autorin

Anna Johannsen lebt seit ihrer Kindheit in Nordfriesland. Sie liebt die Landschaft und Menschen der Region; besonders verbunden ist sie den Nordfriesischen Inseln, auf denen die Krimireihe »Die Inselkommissarin« spielt.

ANNA JOHANNSEN

Die alte Dame am Meer

Die Inselkommissarin

Kriminalroman

Deutsche Erstveröffentlichung bei
Edition M, Amazon Media EU S.à r.l.
5 Rue Plaetis, L-2338 Luxembourg
November 2018
Copyright © der deutschsprachigen Ausgabe 2018
By Anna Johannsen

Umschlaggestaltung: semper smile, München, www.sempersmile.de
Umschlagmotiv: © Jinx / Getty; © fhm / Getty; © Didier Marti / Getty;
© SZBDesign / Shutterstock
1. Lektorat: Kanut Kirches
2. Lektorat: Rotkel Textwerkstatt
Gedruckt durch:
Amazon Distribution GmbH, Amazonstraße 1, 04347 Leipzig /
Canon Deutschland Business Services GmbH, Ferdinand-Jühlke-Str. 7,
99095 Erfurt /
CPI books GmbH, Birkstraße 10, 25917 Leck

ISBN: 978-2-919-80440-5

www.edition-m-verlag.de

EINS

Kriminaldirektor Warnke beugte sich vor und schob Lena Lorenzen ein Formular über den Schreibtisch. »Das ist einer von vielen Tausend Totenscheinen, die fälschlicherweise einen natürlichen Tod attestieren.«

»Wieso ist es bei diesem aufgefallen?«, fragte die Hauptkommissarin.

Warnke seufzte leise, bevor er zu seiner Erklärung ansetzte. »Wie Sie wissen, muss vor einer Feuerbestattung eine zweite kurze Leichenschau durchgeführt werden. Normalerweise ist das Routine und wird nicht sehr streng befolgt. In diesem Fall hatten wir aber Glück: Ein neuer Mitarbeiter hat die Regeln ausnahmsweise ernst genommen und genau hingeschaut. Die alte Dame ist, wie Dr. Stahnke inzwischen zweifelsfrei festgestellt hat, erstickt worden.« Er legte den Bericht auf den Schreibtisch. »Bitte, ein Exemplar für Sie.«

Lena warf einen Blick auf den Namen der Toten. Gesa Jensen. »Und?«

»Wir brauchen eine Ermittlerin mit Fingerspitzengefühl«, meinte Warnke und setzte dabei sein professionelles Lächeln auf. »Und natürlich jemanden, der sich auf den Inseln auskennt.«

»Sylt ist eine komplett andere Welt als Amrum oder Föhr.«

»Mag sein. Wir wollen einfach nicht das große Geschütz auffahren. Sonderkommission mit zig Kollegen, die dann die Sylter Gesellschaft aufmischen.«

Daher wehte also der Wind. »Gesa Jensen aus *der* Familie Jensen?«

»So ist es. Gesa Jensen war sozusagen das schwarze Schaf der Familie. Neunundsiebzig, ein Kind, drei Enkelkinder. Aber da sind noch die übrigen Familienmitglieder. Sie kennen sie?«

»Nicht persönlich, wenn Sie das meinen.« Die Jensens waren auf Sylt seit vielen Generationen eine der führenden Familien. Geld, Macht und Einfluss.

»Sie übernehmen den Fall?«, fragte Warnke wie beiläufig.

Der Ursprung dieser merkwürdig klingenden Frage eines Kriminaldirektors an seine Untergebene lag in den letzten zwei großen Fällen auf Amrum und Föhr, die Lena im Jahr zuvor auf Warnkes persönlichen Wunsch übernommen hatte. Ihr anfänglich äußerst angespanntes Verhältnis war seit jenen Tagen einer Art freundlichem Waffenstillstand gewichen.

»Ich brauche Grasmann als Unterstützung«, antwortete Lena.

Johann Grasmann hatte bei beiden Inselfällen an ihrer Seite gestanden. Ursprünglich aus dem Flensburger Kommissariat, arbeitete er seit Anfang des Jahres wie Lena beim LKA in Kiel.

»Kein Problem. Ich habe schon mit seinem Vorgesetzten gesprochen. Er sitzt quasi auf gepackten Koffern.«

Lena griff nach der Akte und stand auf. »Ich kann nicht dafür garantieren, dass die Untersuchung lautlos verläuft.«

Kriminaldirektor Warnke war inzwischen aufgestanden und reichte ihr die Hand. »Ich habe vollstes Vertrauen in Sie.«

»Du weißt Bescheid?«, fragte Lena, sobald Johann Grasmann das Gespräch angenommen hatte.

»Ja. Auf nach Sylt?«

»Wir treffen uns in einer Viertelstunde vor (
Gerichtsmedizin. Schaffst du das?«

»Bin auf dem Weg.«

Johann war zehn Jahre jünger als Lena und vor Kurze
zum Oberkommissar befördert worden. Trotz seiner erst sech
undzwanzig Jahre war er bei beiden Inselfällen ein verlässlich
und wertvoller Partner für Lena gewesen.

Lena startete den Motor ihres Passats und fuhr vo
Parkplatz des LKA. Kurz zuvor hatte sie sich bei Luise Stahn
angemeldet. Sie waren seit über acht Jahren befreundet und ha
ten bei mehreren großen Fällen zusammengearbeitet.

»Moin!«, sagte Johann, als Lena vor dem Institut f
Rechtsmedizin, einem schlichten dreigeschossigen Backsteinba
aus dem Wagen stieg. »Wie geht es dir?«

In den letzten Wochen hatte Lena an zwei Fällen in d
Nähe von Schleswig gearbeitet, während Johann zuerst eine
Lehrgang besucht hatte und später in die Abteilung fü
Wirtschaftskriminalität abgeordnet worden war.

»Lass uns reingehen«, sagte Lena. »Ich will heute noch nac
Sylt.«

Johann runzelte die Stirn, verkniff sich aber eine
Kommentar zu Lenas offensichtlichem Ausweichmanöver.

»Zwei Zimmer zu bekommen scheint schwierig zu sein. Ic
habe schon Kontakt zu den Kollegen vor Ort aufgenommer
Sie kümmern sich.«

Lena war klar, dass es Anfang Juni kaum freie Hotelbette
geben würde. Bisher hatte Johann es aber immer geschafft, fü
sie eine passende Unterkunft zu finden. Sein Organisationstalen
war eine der Eigenschaften, die Lena an ihm schätzte.

»Im schlimmsten Fall müssen wir jeden Tag pendeln«
meinte er lapidar. »Auf dem Festland wird sich schon etwa
finden.«

Lena öffnete die große Glastür und wartete, bis Johann an ihr vorbei in den breiten Flur des Instituts getreten war. Als sie das Büro von Luise Stahnke erreichten, kam ihnen die Gerichtsmedizinerin entgegen. Sie umarmte Lena kurz und gab Johann die Hand. »Wollen wir uns setzen? Mein neuer Assistent bringt uns gleich Kaffee.«

Lena grinste. »Assistent?«

»Genau!«, meinte Luise unbeeindruckt. »Und er macht einen Spitzenkaffee.« Sie räusperte sich. »Aber deshalb seid ihr wohl kaum hier.«

»Gesa Jensen. Du hast sie gestern auf dem Tisch gehabt?«

»Exakt. Leider erst sechs Tage nach ihrem Tod. Die Umstände sind dir sicher bekannt?«

»Die zweite Leichenschau im Krematorium.«

»So ist es. Ehrlich gesagt ist das in meiner gesamten Dienstzeit noch nicht vorgekommen. Aber gut. Was haben wir? Die alte Dame ist neunundsiebzig geworden und soweit ich das inzwischen beurteilen kann, hätte sie sicher auch die hundert erreichen können, wenn ihr nicht das klassische Kissen auf den Kopf gedrückt worden wäre.«

»Wie konnte der Arzt, der den Totenschein ausgestellt hat, das übersehen?«, fragte Johann.

»Das ist wohl eher eure Baustelle. Der Kollege muss entweder seine Brille zu Hause vergessen haben oder er hatte einen Grund, die Symptome zu ignorieren. Im besten Fall waren sie zu der Zeit, als er den Totenschein ausgestellt hat, noch nicht so sichtbar. Aber wie gesagt, es ist nicht meine Aufgabe, das zu beurteilen.«

»Symptome?«, hakte Johann nach.

»Zweites Semester Medizinstudium, wenn ich mich recht entsinne. Petechiale Blutungen.« Als Johann sie fragend ansah, fuhr sie fort. »Vereinfacht gesagt: kleine rote Punkte auf der Haut. Zuerst treten sie im Weiß des Augapfels auf und auf

8

den Augenlidern, dann in der Mund- und Rachenschleimhaut und auf der Gesichtshaut. Sie können zwar auch durch andere Umstände entstehen – ich erspare euch jetzt mal die Details –, aber in diesem Fall bin ich mir sicher, dass sie erstickt wurde.« Sie schob den beiden Ermittlern zwei Fotos über den Tisch, als jemand an der Tür klopfte und gleich darauf eintrat. Ein Mann in Johanns Alter stellte das Tablett auf dem Tisch ab. Er war groß und muskulös, hatte dunkles volles Haar, einen Dreitagebart – ausgesprochen gut aussehend. »Danke dir, Simon.«

»Gern!« Er lächelte Luise an.

Lena musste unwillkürlich schmunzeln. Sie war sich fast sicher, dass das Funkeln in seinen Augen ihrer Freundin galt. Sie schien einen neuen Verehrer zu haben. Als Simon den Raum wieder verlassen hatte, rührte sich Luise einen Löffel Zucker in den Kaffee und sah in die Runde. »Wo war ich stehen geblieben?«

»Rote Punkte«, half ihr Johann.

»Stimmt. Auf dem Totenschein steht Herzstillstand. In Verbindung mit dem Alter von Frau Jensen eine durchaus übliche Formulierung, die auch keiner Erläuterung bedarf. Schon gar nicht, wenn es sich beim Kollegen, wie ich mal vermute, um den Hausarzt der alten Dame handelt.«

»Die Symptome sind also eigentlich nicht zu übersehen?«, fragte Lena.

»Nein, definitiv nicht. Unter Umständen waren sie direkt nach dem Tod nicht so ausgeprägt, aber trotzdem kann ich mir nur schwer ein Szenario vorstellen, in dem ein erfahrener Kollege sie hätte übersehen können.«

»Hast du etwas in der Lunge gefunden?«, fragte Lena weiter.

»Ja. Steht alles im Bericht.«

»Ich bin noch nicht dazu gekommen, ihn genau zu lesen«, entschuldigte sich Lena. »Vielleicht kannst du kurz …«

»Klar. Faserspuren, die eindeutig von einem längeren und direkten Kontakt mit einem Baumwollgewebe herrühren. Ansonsten habe ich noch leichte Hämatome am rechten Handgelenk gefunden, die darauf hindeuten, dass sie sich gewehrt hat.«

»DNA-Spuren?«

»Die Leiche wurde, bevor sie ins Krematorium kam, gründlich gewaschen. Das ist natürlich üblich, also muss nicht unbedingt Absicht vorliegen. Alles andere findet ihr im Bericht.«

»Okay«, sagte Lena und stand auf. Johann folgte ihr. Als er Lenas Blick bemerkte, verabschiedete er sich von der Gerichtsmedizinerin und meinte: »Ich warte dann schon mal draußen.«

Als er die Tür hinter sich verschlossen hatte, grinste Luise. »Ihr scheint euch ja ohne große Worte zu verstehen.«

»Mag sein. Gibt es noch was, das du nur mir sagen wolltest?«

»Ich habe einen solchen Fall nicht zum ersten Mal auf dem Tisch. Alles ganz klassisch. Normalerweise wird der Schuldige recht schnell im Familien- oder Bekanntenkreis auszumachen sein. Wie gesagt, hätte ich Frau Jensen am gleichen Tag auf den Tisch bekommen, hätte ich dir sicher mehr sagen können. Ohne den Laboruntersuchungen vorgreifen zu wollen, viel kann ich dir dieses Mal leider nicht bieten.«

»Überhaupt nichts?«, fragte Lena, da sie Luises kurzes Zögern bemerkt hatte.

»Ich bin mir noch nicht so ganz sicher und weiß auch nicht, ob das in diesem Fall überhaupt relevant ist. Die Frau ist ja immerhin neunundsiebzig geworden.«

Lena sah sie mit einem fragenden Blick an.

»Ohne mich wirklich festlegen zu wollen, gehe ich davon aus, dass Frau Jensen einen missglückten Schwangerschaftsabbruch hinter sich hatte, der letztlich dazu führte, dass sie keine Kinder mehr bekommen konnte. Aber wie gesagt, damit hänge ich mich weit aus dem Fenster.«

»Sie hat 1960 einen Sohn geboren. Der Abbruch müsste also später gewesen sein. Wann genau …«

»Lena«, unterbrach Luise sie. »Das ist sehr, sehr lange her. Natürlich kann ich dir nicht sagen, wann dieser Abbruch gemacht wurde. Sechzigerjahre ist aber durchaus denkbar. Du weißt, wie schwierig Frauen es zu der Zeit hatten.«

»Nicht nur zu der Zeit«, murmelte Lena und fügte hinzu: »Du bist dir also nicht sicher?«

»Nein, festlegen kann ich mich da nicht, sprich, gerichtsverwertbar ist das definitiv nicht. Aber vielleicht kannst du ja trotzdem was damit anfangen.«

»Wir werden sehen. Meldest du dich, wenn die restlichen Ergebnisse da sind?«

»Wie immer zuerst bei dir.«

Lena wandte sich ab und ging auf die Tür zu.

»Was ist jetzt eigentlich mit Erck?«, fragte Luise hinter ihr.

Lena drehte sich langsam wieder um. »Das weißt du doch. Es ist quasi aus. Ich habe ihn seit fast drei Monaten nicht mehr gesehen.«

Erck war Lenas Jugendfreund. Mit achtzehn hatte sie Amrum im Zwist mit ihrem Vater verlassen. Ohne Erck die Wahl zu lassen, war sie verschwunden und nur noch selten auf Amrum aufgetaucht. Ihre Besuche galten ausschließlich ihrer geliebten Tante Beke, der elf Jahre älteren Schwester ihrer verstorbenen Mutter. Erst vor über einem Jahr – im Zuge des Amrum-Falls – war sie Erck wieder begegnet und sie waren nach einigem Hin und Her erneut ein Paar geworden.

»Ich habe dir doch schon zigmal erklärt, dass es für unsere Situation keine Lösung gibt«, fuhr Lena fort. »Erck würde hier in Kiel eingehen und für mich gibt es auf Amrum keine berufliche Perspektive. Wir hätten es gleich sein lassen sollen.«

»Das klang aber schon mal ganz anders. Habt ihr jetzt definitiv Schluss gemacht?«

»Ich habe im Moment keinen Kopf dafür«, wich Lena aus. »Du rufst an?«

»Sicher. Und grüß Beke von mir. Du wirst ja vermutlich einen Abstecher nach Amrum machen, oder?«

Lena zuckte mit den Schultern. »Kann sein. Hängt von der Entwicklung des Falls ab.« Sie grinste. »Einen feschen Assistenten hast du dir da übrigens geholt. Er sieht dich an, als wolle er …«

Luise unterbrach sie mit einem Lachen und zeigte auf die Tür. »Johann wartet auf dich.«

ZWEI

»Immer wieder schön«, meinte Johann, als sie im Autozug über den Hindenburgdamm durchs Wattenmeer fuhren.

»Du warst schon öfter auf Sylt?«, fragte Lena, die das Seitenfenster heruntergelassen hatte und die frische Nordseeluft genoss.

»Dafür reicht mein Geldbeutel leider nicht. Ich war nur einmal mit Freunden aus Flensburg für einen Kurztrip auf der Insel. Die Eltern von einem davon hatten eine Wohnung. In so einem Hochhaus in Westerland. Klasse Ausblick, aber sonst etwas trostlos in dem Kasten. Na ja, in der Ferienwohnung haben wir dann alle Mann übernachtet.«

Lena grinste. »Immer wieder schön.«

»Eher eng.«

Lena fuhr das Seitenfenster wieder hoch. »Okay. Was haben wir?«

»Eine alte Dame, die fast ihr ganzes Leben auf Sylt verbracht hat und dort einem Tötungsdelikt zum Opfer gefallen ist.«

»Wie ich dich kenne, hast du schon zum Umfeld recherchiert?«

»Warnke hat mich gebeten, etwas vorzuarbeiten. Er hat dich wohl nicht gleich erreicht.«

»Zahnarzttermin.«

Dieses Mal grinste er. »Muss auch mal sein.«

»Also?«, drängelte Lena.

»Gesa Jensen ist neunundsiebzig geworden, ihr Sohn Thees Jensen ist siebenundfünfzig, verwitwet, drei Kinder, zwei Jungen und ein Mädchen. Bis auf das Mädchen, Marie, sechsundzwanzig, lebt niemand von ihnen auf Sylt.«

»Aber die Enkelin?«

»Ja, genau. Ist seit fast exakt drei Jahren im Haus ihrer Großmutter gemeldet. Das wäre also die eine Linie der Familie Jensen, die wie gesagt nur noch teilweise mit Sylt verbunden ist. Jetzt kommt die andere, mit dem Oberhaupt Hauke Jensen, dem Bruder der Toten, eine der führenden Familien der Insel.« Johann schmunzelte. Er amüsierte sich über seine eigene Formulierung. »Klingt ein wenig nach 19. Jahrhundert. Aber gut. Diese Jensens sind schwerreich. Papa Jensen hat sechs Kinder in die Welt gesetzt, die wiederum auch nicht untätig waren. Der gesamte Familienclan besteht aus achtundzwanzig Mitgliedern, von denen sage und schreibe dreiundzwanzig auf Sylt leben. Hinzu kommen noch vier weitere Geschwister von Gesa und Hauke, die allerdings alle nicht mehr am Leben sind. Auch waren sie nicht so fortpflanzungsaktiv wie unser Oberhaupt Hauke. Von den Nachfahren dieser vier Geschwister leben nur zwei auf Sylt.«

»Die Enkelin von Gesa Jensen wohnt weiterhin im Haus ihrer Großmutter?«

»Davon gehe ich aus. Ich habe sie auf jeden Fall dort erreicht und uns für heute am späten Nachmittag bei ihr angemeldet. Die Uhrzeit gebe ich ihr gleich noch durch. Ich hoffe, das war in deinem Sinne.«

»Sie wird sicher die weitreichendsten Informationen parat haben.«

»Das werte ich mal als ein Ja«, entgegnete Johann.

14

Lena schaute auf die Uhr. »Mit Glück sind wir gegen fünfzehn Uhr runter von diesem Monstrum. Haben die Kollegen eine Unterkunft für uns gefunden?«

Johann zuckte mit den Schultern. »Keine Ahnung. Der Witzbold am Telefon hat mich gefragt, ob wir gegebenenfalls auch in einem Zimmer schlafen würden. Was denken sich diese …«, er schluckte die Bezeichnung herunter, »diese Kollegen eigentlich?«

»Vielleicht hättest du nachfragen sollen!«, kommentierte Lena mit ernster Miene.

»Das werde ich beim nächsten Mal machen, Frau Hauptkommissarin.«

»Perfekt, Herr Oberkommissar!«

Lenas Blick fiel auf den sechsstöckigen grau verputzten Wohnhausblock, den sie eher in Hamburg verortet hätte als auf Sylt. Er stand direkt neben dem Gebäude des Polizeireviers von Westerland, einem roten Klinkerbau, den Lena auf gut hundert Jahre schätzte. Sie öffnete die Tür und ließ Johann den Vortritt. Nach kurzer Suche standen sie vor Arne Petersen, dem Leiter der Sylter Kriminalpolizei, groß, blond und vollbärtig.

»Setzen Sie sich doch«, sagte er leicht säuerlich. »Ich bin über Ihr Kommen informiert worden.«

Lena und Johann nahmen an dem kleinen Besprechungstisch Platz.

»Wir sind auch erst heute Vormittag in Kenntnis gesetzt worden«, antwortete Lena mit einer indirekten Entschuldigung. »Haben Sie für uns ein Büro mit Internetanschluss?«

»Das ist alles so weit vorbereitet.« Arne Petersen verzog seinen Mund zu einem knappen Lächeln. Seine stahlblauen Augen verrieten seine wahren Gefühle.

»Wir werden versuchen, so geräuschlos wie möglich zu arbeiten«, sagte Lena.

»Das ist ja wohl der Sinn der Aktion.« Der Sylter Hauptkommissar sah sie mürrisch an.

»Sie kennen das doch: Niemand der Vorgesetzten sagt einem wirklich, was hinter dem Auftrag steckt. Falls überhaupt etwas dahintersteckt. Aber jetzt sind wir nun mal hier und ich hoffe auf gute Zusammenarbeit.«

»Selbstverständlich.« Arne Petersen schien etwas milder gestimmt zu sein. »Wenn Sie etwas brauchen, wenden Sie sich bitte direkt an mich.« Er schob ihr eine Visitenkarte über den Tisch, auf der handschriftlich eine Telefonnummer notiert war. »Vierundzwanzig Stunden am Tag.«

»Danke! Ich komme sicher darauf zurück.« Sie räusperte sich leise. »Wenn ich das richtig verstanden habe, gab es bisher noch keinerlei Ermittlungen?«

»Nein, es schien ein ganz normaler Todesfall zu sein. Selbst jetzt weiß ich noch nicht, was Sie überhaupt herführt.«

Lena entschloss sich, ihrem Sylter Kollegen reinen Wein einzuschenken. Sie würden mit hoher Wahrscheinlichkeit seine Unterstützung und die seines Teams benötigen. »Gesa Jensen ist nicht an Herzversagen verstorben, zumindest war dies nicht die Ursache. Sie ist erstickt worden. Also müssen wir von einem Tötungsdelikt ausgehen.«

»Verstehe.«

»Bis auf die Ergebnisse der Obduktion haben wir auch noch nichts. Sie kannten Frau Jensen?«

»Persönlich? Nein. Nur vom Hörensagen.« Er zog wieder seine Mundwinkel zu einem angedeuteten Lächeln hoch. »Man könnte auch sagen: Gerüchte. Also keine gute Grundlage für solide Polizeiarbeit.«

Lena verstand, was er damit sagen wollte. Von ihm würde sie vorläufig keine persönlichen Informationen zum Opfer bekommen. Sie stand auf. »Dann würden wir jetzt erst mal unser Büro beziehen.«

»Gern.« Arne Petersen erhob sich und zeigte auf die Tür. »Gleich rechts den Gang hoch. Ich zeig es Ihnen.«

Nachdem der Hauptkommissar den kleinen Raum, der ihnen zugeteilt worden war, verlassen hatte, holte Johann seinen Laptop aus der Tasche und fuhr ihn hoch. »Der Kollege war ja ganz besonders reizend.«

»Habt ihr in Flensburg nicht ähnlich reagiert, wenn einer von den Landesheinis unverhofft aufgetaucht ist und alles besser wusste?«

Johann feixte. »Kann mich nicht mehr so genau erinnern.«

»Wo kommen wir unter?«

»Nicht ganz so kuschelig.« Johann drehte den Laptop zu Lena. Auf dem Bildschirm erschien ein schlichtes weißes Hochhaus. »Aber direkt am Strand. Und zwei Zimmer.«

»Solange du nicht schnarchst, hätte mir das nichts ausgemacht.«

»Soweit ich weiß, bin ich leise wie ein Kätzchen. Johanna hat sich auf jeden Fall noch nicht beschwert.«

Johann Grasmann hatte seine Freundin vor einem Jahr bei dem Fall auf Föhr kennengelernt. Sie war die ältere Schwester des damaligen Opfers und studierte in Kiel. Sie war auch der Grund, weshalb Johann sich beim LKA beworben hatte.

Lena lächelte. »Geht es Johanna gut?«

»Die Albträume werden allmählich weniger. Den Kontakt zu ihren Eltern verweigert sie nach wie vor. Was ich verstehen kann.«

»Wir müssen uns mal wieder treffen. Ich könnte kochen.«

Johann hielt für einen Moment die Luft an. »Vielleicht … ich meine, ich könnte ja auch …«

»Das war ein Unfall.« Mitte Januar hatte Lena Johann und seine Freundin eingeladen. Der Fischauflauf war versalzen, der Reis pampig gewesen. Am Schluss hatten sie kurzerhand den Pizzaservice gerufen.

»Ich weiß«, sagte Johann mit einem unterdrückten Grinsen. »Es ging mir auch mehr darum, dass ich meine frisch erworbenen Kochkenntnisse etwas vertiefen kann.«

Seit er mit seiner Freundin in einer gemeinsamen Wohnung lebte, hatte Johann zwei Kochkurse hintereinander belegt und schwärmte Lena seitdem von seinen Fortschritten vor.

»Das klären wir später. Meldest du uns bei der Enkelin an? Ich geh mal auf die Suche nach dem Kaffeeautomaten.«

»Hörnum?«, fragte Lena und legte den ersten Gang ein.

Johann nickte. »Wir müssen ein ganzes Stück vor Hörnum von der Rantumer Straße nach rechts in einen kleinen Privatweg, dann noch ungefähr zweihundert Meter. Das einzige Haus. So zumindest hat mir das Frau Jensen erklärt. Weit kann es nicht sein.«

»Um die fünfzehn Kilometer. Sylt ist lang.« Lena fuhr aus Westerland heraus Richtung Süden. Zur rechten Seite schlängelte sich die hügelige Dünenlandschaft die Straße entlang.

»Dahinter ist die Nordsee?«, fragte Johann.

»Vermutlich immer noch.« Lenas letzter Besuch auf Sylt lag über achtzehn Jahre zurück. Zusammen mit Erck war sie immer mal wieder von Amrum mit dem Schiff nach Hörnum oder Westerland gefahren und hatte sich dort am Strand mit Freunden getroffen.

Inzwischen hatten sie den kleinen Ort Rantum durchquert. In regelmäßigen Abständen folgten jetzt große Strandparkplätze, auf denen sonnenhungrige Urlauber ihre Autos abstellen konnten. Zu beiden Seiten der Straße waren die Dünen einer grünbraunen Hügellandschaft gewichen.

»Ich habe gelesen«, meinte Johann, »dass diese Verbindungsstraße zur Südspitze erst recht spät gebaut wurde.«

»Richtig! Um genau zu sein, 1948. Allerdings war die Straße nur einspurig und wurde erst zwanzig Jahre später richtig ausgebaut. Dafür gab es aber schon länger eine Inselbahn.«

Johann sah auf die Karte in seiner Hand. »Der Weg müsste eigentlich bald kommen. Fahr mal etwas langsamer.«

Als ihr Johann ein Zeichen gab, bog Lena in einen Sandweg ab. An dessen Ende stand ein altes eineinhalbstöckiges Haus im Friesenstil. Schon von außen konnte man sehen, dass es aufwendig restauriert worden war. Die weißen Holzsprossenfenster schienen nur wenige Jahre alt zu sein, das Reetdach musste auch vor Kurzem erst erneuert worden sein und der Vorgarten war liebevoll angelegt. Lena parkte das Auto neben einem schwarzen Mercedes-Kombi älteren Baujahrs und stieg aus.

DREI

»Schick«, sagte Johann. »Alleinlage und wenige Meter vom Strand entfernt.«

Sie gingen auf die grün lackierte Holztür zu. Lena klingelte. Wenige Sekunden später öffnete ihnen eine junge Frau die Tür. Zierlich, blonde halblange Haare, dunkle Jeans und schwarzes Shirt. Sie schaute Johann an. »Herr Grasmann?«

»Guten Tag, Frau Jensen.« Er reichte ihr die Hand und hielt ihr seinen Ausweis entgegen. »Johann Grasmann vom Landeskriminalamt in Kiel. Das ist meine Kollegin, Hauptkommissarin Lorenzen.«

Die junge Frau wandte sich Lena zu. »Kommen Sie doch bitte herein.« Sie sprach leise und ihre Körperhaltung zeigte deutlich, in welcher Gemütsverfassung sie war. Ihre Arme hingen schlaff am Körper, als würden sie nicht dazugehören, sie stand so weit nach vorn gebeugt, dass Lena Angst hatte, sie falle ihr entgegen, die Augen waren matt und die Gesichtsfarbe fast so hell wie die weiß gekalkten Wände.

Im Inneren des Gebäudes waren die ursprünglichen Proportionen erhalten geblieben, vom kleinen Flur gingen drei Türen ab und eine schmale Treppe führte nach oben in den ersten Stock. Marie Jensen öffnete die erste Tür, hinter der die Wohnküche lag. Neben modernen Küchenmöbeln stand darin ein großer alter Kachelherd, der dem Raum eine heimelige Atmosphäre verlieh. Die junge Frau bot ihnen einen Platz am Tisch an und fragte, ob sie etwas trinken wollten.

»Wenn Sie ein Wasser für uns haben«, sagte Lena.

Marie Jensen ging zum Kühlschrank, holte eine Flasche heraus und stellte sie auf den Tisch. Erst einen Augenblick später bemerkte sie, dass Gläser fehlten. Sie eilte zurück und öffnete eine Schranktür, schloss sie wieder und fand erst beim dritten Versuch die Gläser, die sie zur Flasche auf den Tisch stellte. Schließlich setzte sie sich zu den beiden Kommissaren.

»Ich habe nicht richtig verstanden, um was es Ihnen eigentlich geht«, sagte sie und schenkte Lena und Johann Mineralwasser ein.

Lena räusperte sich leise. »Vor der Einäscherung wird routinemäßig eine weitere Prüfung des Leichnams durchgeführt. Dabei sind Verdachtsmomente aufgekommen, die eine Obduktion notwendig gemacht haben.«

»Obduktion. Bei meiner Oma?«

»Wie gesagt, aufgrund der Umstände war das nicht vermeidbar. Bei der Untersuchung ist eindeutig festgestellt worden, dass Ihre Großmutter nicht eines natürlichen Todes gestorben ist.«

Marie Jensen starrte sie ungläubig an. »Wie meinen Sie das?«

»Nach bisherigen Erkenntnissen müssen wir von einem Tötungsdelikt ausgehen.«

Die junge Frau erstarrte, sprang gleich darauf auf und lief zum Fenster. Sie öffnete es, bevor sie sich langsam zu Lena umdrehte. »Oma ist ermordet worden? Wollen Sie mir das sagen?«

»Ob es Mord, Totschlag oder etwas anderes war, werden die Ermittlungen zeigen.«

Marie Jensen schloss das Fenster wieder und kehrte zum Tisch zurück, blieb aber stehen.

»Setzen Sie sich doch bitte«, sagte Lena mit ruhiger Stimme.

Wie in Trance zog Marie Jensen den Stuhl vor und glitt wie in Zeitlupe auf ihn hinunter.

»Können wir Ihnen ein paar Fragen stellen?«, sagte Lena.

Marie Jensen starrte sie an, als habe sie die Frage nicht verstanden. Lena schenkte ein Glas Wasser ein und reichte es ihr. »Trinken Sie doch erst mal einen Schluck.«

Die junge Frau trank, sah auf und fragte: »Was möchten Sie wissen?« Ihr Blick war jetzt klarer, aber Lena war sich nicht sicher, inwieweit sie die Nachricht von dem gewaltsamen Tod ihrer Großmutter realisiert hatte.

»Sie leben hier im Haus?«, begann sie mit einer einfachen Frage.

»Ja, seit über drei Jahren.«

»Was sind Sie von Beruf?«

»Ich habe Kunst studiert.«

»Also Künstlerin.«

»Ja, ich male, um genau zu sein.« Mit jedem ihrer Worte schien Marie Jensen sicherer zu werden. »Es ist nicht so einfach, als Künstlerin Fuß zu fassen, aber …« Sie schluckte. »Gesa hat immer gesagt, dass aller Anfang schwer ist.«

»Sie haben Ihre Großmutter betreut?«, fragte Johann.

»Betreut?« Sie stutzte und antwortete leise: »Nein, das war nicht nötig. Gesa war ausgesprochen fit.« Wieder hielt sie inne. »Sie sagten vorhin … Was ist bei der Obduktion genau herausgekommen?«

»Ihre Großmutter ist mit hoher Wahrscheinlichkeit erstickt worden«, entschied Lena sich für die Wahrheit.

»Sie meinen …« Sie holte tief Luft. »Im Schlaf? Aber wie …«

»Vermutlich mit einem Kissen. Aus diesem Grund müssen wir auch später das Schlafzimmer Ihrer Großmutter sehen und die Bettwäsche mitnehmen, die zu der Zeit aufgezogen war.«

»Erstickt.«

»Wer hat Ihre Großmutter gefunden? Und wo?«

»Ilse. Am Morgen. In ihrem Bett.«

»Ilse?«

»Entschuldigung.« Marie Jensen atmete einmal tief ein. »Ilse Wagner, Gesas Haushälterin. Sie kommt dreimal in der Woche, gleich morgens gegen halb neun.«

»Sie wohnt hier auf Sylt?«

»Nein. Auf dem Festland. Ich gebe Ihnen die Adresse.«

»Wo waren Sie an dem Morgen?«

Lena warf einen Blick zu Johann, der eifrig Notizen machte.

»Nicht im Haus. Ich war bei einer Freundin in …«, sagte Marie Jensen leise. Ihr schien erst in diesem Moment klar zu werden, dass eine fremde Person im Haus gewesen sein musste. »Sie meinen …« Sie schloss kurz die Augen. »Und ich war nicht da.«

»Wo lebt Ihre Freundin?«

»Flensburg. Ich war in Flensburg.«

»War das eine geplante Reise?«, warf Johann ein.

»Wie meinen Sie das?« Sie wirkte immer noch verwirrt auf Lena.

»Wer wusste davon? Haben Sie sich dazu spontan entschieden? War von vornherein klar, dass Sie über Nacht bleiben würden?«

Sie trank einen kräftigen Schluck aus ihrem Glas. »Es war kein Geheimnis, dass ich für ein paar Tage auf dem Festland sein würde. Und ich hatte es schon seit einer Weile geplant, ja. Meine Freundin hat sich für die Zeit Urlaub genommen. Das geht ja auch nicht von heute auf morgen.« Sie hielt inne. »Wer davon wusste, fragen Sie. Gesa natürlich, Ilse, ein paar Freunden habe ich es sicher auch erzählt. Ich weiß nicht genau.«

»Wann haben Sie das letzte Mal mit Ihrer Großmutter gesprochen?«

Marie Jensen atmete mehrmals flach aus und ein und brauchte eine Weile, bis sie antworten konnte. »Dieses letzte Gespräch habe ich seit ihrem Tod immer wieder in Gedanken durchgespielt. Es war später am Abend, vielleicht so gegen zehn oder auch halb elf. Wir haben uns über meine nächste Ausstellung unterhalten, wie so häufig in der letzten Zeit.« Sie schluckte. »Ich hatte nur noch diese verfluchte Ausstellung im Kopf. Ständig drehte sich alles darum. Immer wieder.« Die letzten Worte hatte sie so leise gesprochen, dass die Kommissare Mühe hatten, sie zu verstehen.

»Wie lange hat das Gespräch gedauert?«

»Ich weiß nicht so genau. Eine halbe Stunde, vielleicht auch länger. Die Zeit vergeht so schnell, wenn …« Sie wischte sich mit der Hand über die feuchten Augen.

»Aber Sie haben nicht länger als bis Mitternacht miteinander gesprochen?«, fragte Lena weiter.

»Ich glaube nicht. Gesa sagte irgendwann, dass sie müde sei und sich schlafen legen wolle. Ich hätte wohl gerne noch weiter mit ihr über die …« Wieder brach die junge Frau ab. »Das ist alles so schrecklich und jetzt soll Gesa auch noch …«

»Sie haben noch Geschwister?«, wechselte Lena das Thema.

»Ja, zwei Brüder. Hendrik und Klaas. Warum?«

»Waren die beiden und Ihr Vater nach dem Tod Ihrer Großmutter hier?«

»Ja.«

»Aber im Moment sind sie nicht auf Sylt?«

»Das weiß ich nicht so genau.« Sie hatte mit gesenktem Kopf gesprochen und sah jetzt hoch. »Ich habe im Moment keinen so engen Kontakt zu meiner Familie. Meine Mutter ist vor sechs Jahren an Krebs gestorben, Thees, das ist mein Vater, lebt schon lange nicht mehr auf Sylt. Meine Brüder auch nicht.«

Marie Jensens Stimme war in den letzten Minuten immer brüchiger geworden und inzwischen kaum noch zu vernehmen. Lena beschloss, die Befragung abzubrechen. »Eine letzte Frage.«

»Ja.«

»Der Bruder Ihrer Großmutter, Hauke Jensen …«

»Ja, was ist mit ihm?«

»War er nach dem Tod Ihrer Großmutter auch im Haus?«

»Kurz. Ich konnte es nicht verhindern.« Sie schluckte. »Nein, das ist nicht die Wahrheit. Ich hatte nicht den Mut, ihn abzuweisen.«

Lena stand auf, Johann folgte ihr. »Wir würden Sie morgen gerne noch einmal befragen. Sind Sie hier zu erreichen?«

»Ja, ich denke schon.«

»Dann müssen wir jetzt das Schlafzimmer Ihrer Großmutter kurz sehen.«

Marie Jensen nickte und stand auf. »Kommen Sie bitte.«

Die Schlafkammer, wie Marie Jensen sie bezeichnete, schätzte Lena auf zwanzig Quadratmeter. Gegenüber dem Bett standen ein Kleiderschrank und eine kleine Kommode mit einem Spiegel darauf. Das Kissen und die Bettdecke waren nicht bezogen.

»Sind die Bezüge schon gewaschen worden?«, fragte Lena.

»Ja, Ilse hat das vor zwei Tagen gemacht.« Sie öffnete die Tür vom Schrank und zeigte auf einen Stapel Wäsche.

»Wir versiegeln jetzt das Zimmer. Morgen, spätestens übermorgen kommen die Kollegen von der Spurensicherung und werden hier das Zimmer überprüfen sowie die Eingangstür und alle Fenster.«

»Sie meinen, dass hier eingebrochen wurde?«

»Das gilt es herauszufinden.«

Sie verließen Gesa Jensens Schlafzimmer wieder. Lena versiegelte es und fragte: »Sollen wir jemanden für Sie benachrichtigen? Vielleicht wollen Sie jetzt nicht alleine sein.«

Marie Jensen schüttelte den Kopf und begleitete die Kommissare zur Tür.

»Ich dachte schon, dass sie uns zusammenbricht«, sagte Johann, als sie im Auto saßen und den schmalen Sandweg zurück zur Hauptstraße fuhren.

»Ja, das war wohl etwas viel für sie. Zuerst der plötzliche Tod ihrer Großmutter und jetzt diese Nachricht. Ich bin mir nicht mal sicher, dass sie morgen mit uns sprechen kann.«

»Was nun?«

»Wir checken erst mal ein. Danach brauchen wir mehr Informationen über die Familie. Sprich: Wir haben noch ein paar Stunden mit unseren Laptops vor uns.«

Die Fenster der beiden nebeneinanderliegenden Hotelzimmer waren zu Johanns Enttäuschung nach Osten ausgerichtet.

»Da wirst du wohl an den Strand gehen müssen, um die Nordsee zu sehen«, empfahl ihm Lena und öffnete ihre Tür mit der Schlüsselkarte. »Treffen wir uns in einer halben Stunde?«

Lena warf ihre Reisetasche aufs Bett. Das einfache Zimmer machte auf sie einen trostlosen Eindruck. Sie fragte sich, wie Menschen hier freiwillig ihren Urlaub verbringen konnten. Nach einer heißen Dusche griff sie nach dem Handy und wählte die Nummer ihrer Tante Beke.

»Lena, wie schön, dass du anrufst. Wie geht es dir?«

»Hallo, Beke! Viel Arbeit, wie immer. Im Moment bin ich für ein paar Tage auf Sylt. Ein neuer Fall.«

»Auf Sylt! Aber ich habe gar nichts davon gehört, dass dort etwas Schlimmes passiert ist.«

»Kannst du auch nicht, Beke. Der Tod einer alten Dame ist ursprünglich als Herzversagen eingestuft worden, aber gestern wurde entdeckt, dass es doch nicht so war. Ich habe heute schon mit der Enkelin gesprochen, die mit ihr zusammen in der Nähe von Hörnum …«

»Du meinst doch nicht etwa Gesa Jensen?«

»Du kennst sie?«, fragte Lena erschrocken.

»Aber ja. Wir waren zusammen auf der Hauswirtschaftsschule. Vor ziemlich langer Zeit. Und Gesa ist …?«

Lena stöhnte leise. »Beke, ich hätte dir das jetzt gar nicht erzählen dürfen. Bitte behalte es vorerst für dich.«

»Natürlich mache ich das, mein Kind.« Lena hörte, wie ihre Tante tief durchatmete. »Die arme Gesa. Ich habe es in der Zeitung gelesen und mich schon gewundert, dass sie so plötzlich … Mein Gott, das ist ja schrecklich. Ich habe noch vor ein paar Wochen mit ihr gesprochen. Sie war so voller Energie. Ermordet! Das ist wirklich grausam. Wer macht nur so etwas? In was für einer Zeit leben wir nur?«

»Hatte Gesa Jensen Streit mit ihrer Familie?« Lena bereute sofort, dass ihr die Frage herausgerutscht war. Privates und Dienstliches zu vermengen hatte sie bisher immer streng gemieden. Aber im Grunde genommen war Beke als alte Freundin des Opfers eine mögliche wichtige Zeugin.

Beke seufzte. »Das kann man wohl nicht anders sagen. Schon in jungen Jahren hat sie sich gegen die Enge, wie Gesa das immer nennt …« Beke stockte. »Jetzt muss man wohl sagen, nannte.«

Lena entschloss sich weiterzufragen. »Was genau ist passiert?«

»Als wir jung waren, konnten Frauen nicht einfach machen, was sie wollten. Der Vater oder später der Mann haben über unsere Leben bestimmt. Gesa hat davon geträumt, Künstlerin zu werden. Sie ist mit neunzehn nach Hamburg gezogen, ein Unding zu dieser Zeit. Dort hat sie jemanden kennengelernt, einen Mann, der älter war als sie. Aber darüber hat sie nie gerne gesprochen und ich habe das akzeptiert.«

»Sie ist also quasi von zu Hause weggelaufen und in Hamburg untergetaucht?«

»Wenn du es so ausdrücken willst. Ja, ihr Vater hat sie wohl dort gesucht, aber Gesa war schon immer sehr geschickt darin, sich nicht erwischen zu lassen.« Sie hielt kurz inne. »Ich muss noch eine ganze Reihe von ihren Briefen haben. Wenn es dir hilft, kann ich sie raussuchen.«

»Ich weiß noch nicht, ob ihr Tod etwas mit der Vergangenheit in Hamburg zu tun hat, aber trotzdem, wenn du mir die Briefe zeigen möchtest, wäre das für uns sicher hilfreich.«

»Sie müssen auf dem Dachboden sein. Ich glaube, ich weiß auch wo. Und …« Wieder zögerte Beke. Lena wartete, bis sie weitersprach. »Ich war auch einmal in Hamburg bei ihr.«

»Das hat Opa Enno dir erlaubt?«

»Nein, natürlich nicht. Aber eine entfernte Tante hat mich nach Hamburg eingeladen. Und als ich schon mal da war, habe ich mich heimlich mit Gesa getroffen.«

»Mutig!«

»Unsinn, mein Kind. Mutig war Gesa, nicht ich. Ich habe einfach gesagt, dass ich ins Museum gehe, und bin dann zu ihr.«

»Dann werde ich dich wohl in den nächsten Tagen auf Amrum besuchen müssen.«

»Ich weiß nicht, ob ich dir viel helfen kann, aber ich freue mich natürlich immer, wenn du kommst.«

»Ich sag rechtzeitig Bescheid, Beke. Sag mal, weißt du auch, seit wann Gesa Jensen in dem Hörnumer Haus gewohnt hat?«

»Ja, natürlich. Ihr Vater ist, ein paar Jahre nachdem sie zurück auf Sylt war, gestorben und sie hat das Haus geerbt und einiges an Land. Alles in Hörnum. Damals dachte ihr Bruder wohl, dass Hörnum nie aus dem Dornröschenschlaf erwachen würde. Sie hat das Land ungefähr vor zwanzig Jahren verkauft.«

»Danke, Beke. Gleich kommt mein Kollege und wir planen den nächsten Tag. Kann ich morgen noch einmal anrufen? Du bist sozusagen eine wichtige Zeugin. Vielleicht weiß ich dann auch schon, wann ich nach Amrum komme.«

Beke lachte. »Zeugin! Wie hört sich das denn an? Ich bin deine Tante und sonst nichts. Natürlich kannst du mich jederzeit anrufen, das weißt du doch. Und wenn du kommst, freue ich mich noch mehr. Sag mal …« Sie hielt inne.

»Hast du mit Erck gesprochen?«, fragte Lena, die ahnte, was Beke fragen wollte.

»Amrum ist eine kleine Insel. Das weißt du doch. Natürlich habe ich Erck in der letzten Zeit getroffen und wir haben auch miteinander gesprochen.«

»Dann weißt du ja, warum ich in der letzten Zeit nicht auf Amrum war.«

»Erck war sehr zurückhaltend. Er hat mir nicht viel erzählt. Ihr habt euch getrennt?«

Lena war froh, dass Johann in diesem Moment an die Tür klopfte. Sie öffnete ihm und entschuldigte sich bei Beke. »Ich rufe dich spätestens morgen wieder an. Und vielleicht komme ich ja tatsächlich kurz bei dir vorbei.«

»Das wäre wirklich schön, mein Kind. Du kannst auch gerne bei mir schlafen. Das weißt du ja.«

»Danke, Beke. Ich melde mich bald. Versprochen!«

VIER

»Deine Tante?«, fragte Johann und setzte sich an den kleinen Tisch in Lenas Hotelzimmer.

»Sozusagen dienstlich. Sie kannte Gesa Jensen schon seit ihrer Jugend. Ich werde sie noch mal ausführlich befragen müssen.«

»Klingt interessant. Übrigens: Die Kollegen von der Kriminaltechnik haben sich bei mir gemeldet, vermutlich weil bei dir besetzt war. Sie kommen morgen gegen zwölf.«

»Gut, auch wenn ich keine große Hoffnung habe, dass sie was finden.«

»Irgendwie muss der Täter ins Haus gekommen sein. Wenn sich jemand – wie auch immer – Zutritt verschafft hat, werden sie zumindest das herausbekommen.«

»Es sei denn, er oder sie hatte einen Schlüssel oder die Tür war überhaupt nicht abgeschlossen.«

»Warum so negativ? So kenne ich dich gar nicht«, sagte Johann, der ernsthaft besorgt zu sein schien.

»Alles gut«, wiegelte Lena ab und erzählte Johann von dem Gespräch mit Beke. »So, was haben wir?«, fragte sie, nachdem sie ihn auf den neuesten Stand gebracht hatte.

»Eine alte Dame, die in ihrem Bett durch Fremdeinwirkung zu Tode gekommen ist, vermutlich erstickt mit einem Kissen.

Und zwei Kommissare, die erst sechs Tage nach der Tat die Untersuchung aufnehmen und dabei möglichst geräuschlos vorgehen sollen, sowie deine Tante, die alte Briefe des Opfers auf dem Dachboden hat.«

»Gute Zusammenfassung, Herr Oberkommissar«, sagte Lena schmunzelnd und wurde gleich darauf wieder ernst. »Aber jetzt mal Butter bei die Fische. Unabhängig von dem morgigen Ergebnis der Kriminaltechnik und den noch ausstehenden Laborergebnissen aus Kiel haben wir einen ziemlich kalten Fall.«

»Das scheint zu unserem Spezialgebiet zu werden«, entgegnete Johann trocken und erntete einen strafenden Blick seiner Kollegin.

»Also: Spuren im klassischen Sinne können wir sehr wahrscheinlich vergessen. Insofern werden wir uns auf die gute alte Methode der langwierigen Zeugenbefragung einstellen müssen. Ich hoffe, du hast diese entzückenden Hotelzimmer für mehrere Tage gebucht und eine zweite Unterhose eingepackt.«

»Erst mal bis Freitag, also vier Tage mit Verlängerungsoption.«

»Okay. Dann machen wir mal eine Liste.«

Johann zückte seinen Kugelschreiber und schlug das Notizheft auf. »Nummer eins: der Arzt, der den Totenschein ausgestellt hat. Seine Praxis befindet sich in Hörnum. Informiert habe ich ihn noch nicht.«

»Das ist gut so. Ich möchte seine Reaktion sehen und ihn nicht vorwarnen. Wann macht die Praxis morgen auf?«

»Sieben Uhr dreißig.«

»Dann würde ich vorschlagen, dass wir uns eine Stunde vorher zum Frühstück treffen, um anschließend rechtzeitig zur Praxisöffnung in Hörnum zu sein. Nummer zwei ist die Haushälterin. Sie ist morgen auf Sylt. Marie Jensen weiß Bescheid.«

Johann schrieb und schaute dann auf. »Nachbarn gibt es quasi keine. Das nächste Haus ist fünfhundert Meter entfernt. Habe ich gerade im Internet überprüft.«

»Ich hoffe, dass Frau Jensen morgen ansprechbar ist. Wir brauchen einfach mehr Informationen über das Umfeld. Familie, Freunde, Lieferanten. Zum Beispiel der Postbote. Ihm könnte etwas in den Tagen zuvor aufgefallen sein. Kannst du dich bei der Post erkundigen?«

»Schon notiert«, sagte Johann. »War die alte Frau Jensen eigentlich auch künstlerisch tätig?«

»Das werden wir morgen hoffentlich erfahren. Welche Ansatzpunkte haben wir noch?«

»Vergleichbare Fälle«, schlug Johann vor.

»Da habe ich auch schon drüber nachgedacht. Kannst du dich darum kümmern? Sprich: alte Damen und Herren, die unverhofft verstorben sind und ein Haus oder Grundstück hinterlassen haben. In der richtigen Lage ist so eins hier auf Sylt schnell mehrere Millionen wert. Selbst nicht ganz so attraktive Standorte werden den Besitzern für sehr viel Geld aus der Hand gerissen.«

Johann wiegte den Kopf hin und her. »Kann ich machen, aber einen Zusammenhang zu unserem Fall kann ich nicht erkennen.«

»Im Moment müssen wir nach jedem Strohhalm greifen. Wenn ich an Sylt denke, fällt mir als Erstes immer Geld ein. Viel Geld.«

Johann zuckte mit den Schultern. »Okay. Ob das Testament schon eröffnet wurde, weißt du nicht?«

»Das müssen wir auch auf morgen verschieben. Wenn Gesa Jensen so mit ihrer Familie zerstritten war, wie sich das im Moment abzeichnet, wird sie es sicher beim Notar hinterlegt haben.«

»Notar ist notiert. Wann werden wir das Oberhaupt des Clans befragen?«

Lena sah auf die Uhr. »Jetzt ist es zu spät, um uns anzumelden. Gleich morgen früh solltest du für nachmittags einen Termin machen. Bis dahin haben wir ja sicher schon die eine oder andere Information.«

»Ich werde auch noch einen Einblick in die Telefondaten von Gesa Jensen beantragen. Handy und Festnetz. Außerdem brauchen wir eine Funkzellenauswertung.«

»Ja, selbstverständlich. Die Konten der alten Dame sollten wir auch dringend einsehen. Mich interessiert vor allem, ob es in den letzten Monaten größere Bewegungen gab.«

Johann warf einen Blick auf seine Notizen. »Nicht viel bisher. Das wird ein schwieriger Fall.« Er stand auf. »Ich werde noch eine Stunde im Netz recherchieren. Kommst du anschließend mit zum Essen?«

Nach kurzem Zögern willigte Lena ein. Als Johann das Zimmer verlassen hatte, wählte sie erneut die Nummer von Beke.

»Da bist du ja schon wieder«, hörte sie ihre freundliche Stimme.

»Darf ich dir noch ein paar Fragen zu deiner Freundin stellen?«

»Natürlich, mein Kind. Ob ich dir da allerdings viel helfen kann … Wirklich enge Freundinnen waren wir nur in unserer Jugend.«

»Und später?«

»Haben wir nur losen Kontakt zueinander gehalten. Gesa ist … war eine anstrengende Person.«

Lena hörte ihre Tante seufzen. »Versteh mich nicht falsch, ich will auf keinen Fall schlecht über sie reden. Sie hatte viele liebenswerte Seiten – ansonsten hätte ich sowieso den Kontakt abgebrochen. Aber sie war auch schwierig. Wenn sie etwas wollte, hat sie alles dafür getan, es zu bekommen.«

»Gesa Jensen war also sehr energisch, wenn sie sich etwas in den Kopf gesetzt hatte?«

»Absolut! Auch als sie nach Sylt zurückgekommen ist, wahrscheinlich ja wegen ihres kleinen Sohnes. Es war natürlich demütigend und das hat sie mir auch in mehreren Briefen genauso geschrieben, aber sie hat nicht einfach klein beigegeben. Wenn ich mich richtig entsinne, hat sie sogar vor Gericht ihren Anteil am Erbe erstritten. Aber das musst du noch genau nachfragen. Es ist einfach zu lange her.«

»War sie auf Sylt weiter künstlerisch tätig?«

»Lange Zeit wohl nicht. Ich glaube, sie hat erst so vor zehn bis fünfzehn Jahren wieder angefangen zu malen.«

»Warum erst dann? Sie war doch finanziell unabhängig.«

»Am Anfang sicher nicht. Das war erst, als sie die Grundstücke verkauft hat. Hörnum war in den Fünfzigerjahren überhaupt nicht gut angebunden an den Rest der Insel. Und diese große Urlauberwelle hat ja auch erst später begonnen. Ja, was soll ich dir noch erzählen? Es sind so viele Jahre vergangen.«

»Wie war ihr Verhältnis zu ihrem Sohn?«

»Thees. Er hat damals Abitur gemacht und anschließend Jura studiert. Die beiden hatten eine sehr innige Beziehung, als Thees klein war. Selbst als Jugendlicher hat er noch an ihr gehangen. Aber später hat er sich immer mehr von seiner Mutter entfernt. Es gab dann wohl eine Zeit, in der sie sich nur selten gesehen haben. Ich vermute, das hatte mit Gesas Schwiegertochter zu tun. Gesa sagte mir mal, dass Thees durch und durch verknöchert und in ihren Augen ein regelrechter Albtraum geworden sei.« Beke seufzte. »Gesa hat bei solchen Sachen nie ein Blatt vor den Mund genommen, musst du wissen. Damit hat sie viele Menschen vor den Kopf gestoßen.«

»Und wie verstand sie sich mit ihrem Bruder?«

»Der war erst recht für sie ein rotes Tuch. Sie hat mir mal gesagt, dass er alle schlechten Eigenschaften des Vaters geerbt hätte. Und dazu sieht er ihm wohl auch noch ziemlich ähnlich.«

»Auf Deutsch: Sie waren sich spinnefeind?«

»Ja, so kann man es wohl ausdrücken. Er ist ihr älterer Bruder. Es sind zwar nur knapp drei Jahre, aber er hat damals, als Gesa nach Hamburg verschwunden ist, im Auftrag seines Vaters nach ihr gesucht. Was da genau passiert ist, hat Gesa mir nie erzählt, aber es muss schon ziemlich einschneidend gewesen sein. Und dabei waren sie als Kinder unzertrennlich.«

»Weißt du auch, warum die Enkelin zu ihr gezogen ist?«

»Die Marie! Nein, warum sie auf Sylt lebt, weiß ich nicht. Gesa hat immer von ihr geschwärmt und sie als ihren Sonnenschein bezeichnet.«

Lena schaute auf die Uhr. In Kürze würde Johann wieder vor der Tür stehen. Bekes Hintergrundinformationen waren für sie sehr wertvoll, aber trotzdem hatte Lena ein ungutes Gefühl dabei, ihre Tante auszuhorchen.

»Bist du noch da, mein Kind?«, fragte Beke in die entstandene Stille hinein.

»Ja, entschuldige. Ich war in Gedanken. Du hast mir sehr geholfen. Vielleicht melde ich mich noch mal bei dir.«

»Tu das ruhig, mein Kind.«

Lena gab sich einen Ruck. »Du hast vorhin nach Erck gefragt. Ich wollte dich nicht so abwürgen. Verzeih.«

»Das macht doch nichts. Ich verstehe ja, dass es schwer für dich ist, darüber zu reden. Ich hatte mich so gefreut für euch beide. Ihr seid ein so schönes Paar.«

»Das reicht nicht immer, Beke. Wir haben keinen Weg gefunden, der uns beiden gerecht wird.«

Beke seufzte. »Das klingt sehr förmlich.«

»Mag sein. Im Moment kann ich es nicht anders ausdrücken. Es tut …« Lena stockte. »Es tut verdammt weh. Aber so, wie es ist, ist es sicher am besten.«

Beke schwieg.

»Vielleicht schaffe ich es ja, schnell bei dir vorbeizukommen«, fuhr Lena fort. »Fährt nicht immer am späten Nachmittag ein Schiff von Hörnum nach Amrum?«

»Ja, und vormittags in die andere Richtung. Ich würde mich sehr freuen, wenn du kommst.«

Sie verabschiedeten sich herzlich. Nachdem Lena aufgelegt hatte, ging sie ins Bad, kämmte sich die Haare und legte dezentes Make-up auf. Ihr Magen knurrte inzwischen hörbar. Sie verließ das Zimmer und befreite Johann von der Spätschichtrecherche.

Johann lief staunend durch Westerland und murmelte immer wieder, dass er sich nicht erinnern könne. »Ganz ehrlich, wäre ich einfach so hierhergebeamt worden, ich wäre wohl kaum darauf gekommen, dass ich mich auf Sylt befinde. Damals muss ich über das alles …«, er machte eine ausladende Handbewegung, »hinweggesehen haben. Es ging uns auch mehr ums Feiern und es waren sowieso nur zwei Tage.«

»Es gibt auch schöne und ruhige Ecken auf Sylt.«

»Da ist ein Italiener.« Johann zeigte auf ein Lokal, auf dessen Vordach die lebensgroße Skulptur eines Kochs stand. »Ich glaube, ich habe genug von Westerland gesehen. Mein Magen beschwert sich schon seit einer Weile.«

Sie betraten den Gastraum, der sehr rustikal eingerichtet war. Von den Holzdecken hingen lange Mettwürste und Salami, Stühle und Tische hätten auch aus einem bayerischen Lokal stammen können. Johann zuckte mit den Schultern und steuerte einen freien Tisch am Fenster an. Als sie saßen, studierte er die Karte und bestellte Pizza und eine Flasche Rotwein.

»Eigentlich müssten wir vorab fragen, ob das Restaurant oder zumindest das Gebäude hier nicht der Familie Jensen gehört«, meinte Johann. »Der Bruder unseres Opfers, Hauke Jensen, dürfte im Geld schwimmen.«

»Das haben deine Recherchen ergeben?«

»Ja. In den Sechzigerjahren begann sein Aufstieg. Hauke scheint ein cleverer Geschäftsmann zu sein und die vielen Millionen, die der Verkauf von lukrativen Grundstücken erbracht hat, gewinnbringend investiert zu haben. Ferienhäuser, Restaurants und Cafés, Fahrradverleih, Campingplatz. Keine Ahnung, wo die Familie sonst noch überall ihre Finger im Spiel hat.«

»Im Moment scheint mir das nicht so relevant, oder?«

»Sagst du nicht immer, am Anfang ist alles wichtig? Und du denkst schließlich immer als Erstes an Geld bei Sylt.«

Der Kellner brachte ihnen den Wein, schenkte Johann ein und wartete, bis er zustimmend nickte.

Lena schmunzelte und fragte, als der Kellner zum nächsten Tisch weiterging: »Kannst du mir mal sagen, warum immer die Männer den Wein freigeben sollen?«

»Wir Männer haben die feinere Zunge. Nicht umsonst gibt es kaum Frauen unter den großen Köchen.«

Lena lachte. »Träum weiter.« Sie wusste, dass Johanns Antwort scherzhaft gemeint war. Während ihrer Zusammenarbeit hatte er nie Probleme mit ihr als weibliche Vorgesetzte gehabt und auch sonst keinerlei Machogehabe an den Tag gelegt.

»Hey, ich bin für diesen immer noch funktionierenden Männerklüngel nicht verantwortlich«, sagte er gespielt empört. Er hob das Glas. »Auf eine ferne Zukunft, in der Männer und Frauen in jeder Lebenslage gleichberechtigt sind.«

Lena stieß mit ihm an. »Das wird dauern.«

»Ich weiß. Trotzdem verstehe ich viele Männer nicht. Dieser ganze Scheiß behindert uns doch nur. Unsere Jägergene. Dass ich nicht lache. Alles nur Ausreden, um sich anderen Menschen überlegen zu fühlen.«

»Was hast du noch herausbekommen?«, wechselte Lena das Thema. »Ich meine, zu unserem Fall.«

Johann zog seinen Laptop aus der Tasche und zeigte ihr die Übersicht, die er erstellt hatte. »Und das sind nur die offensichtlichen Geschäftsbeziehungen der Jensens.« Er blätterte weiter zur nächsten Seite. »Hier habe ich mal das familiäre Geflecht etwas aufgedröselt.« Er fuhr mit dem Zeigefinger über den Monitor. »Da oben sitzt Papa und darunter die Kinder. Unter den Namen habe ich die Funktion in der Jensen-Gruppe notiert. Dann kommen die Enkel, die nicht alle in der Firma mitarbeiten. Die Zentrale, wenn ich sie mal so nennen darf, steht hier in Westerland.«

»Neues Programm?«, fragte Lena, die sich die Mindmap interessiert angeschaut hatte.

»Immerhin bin ich jetzt beim LKA. Da muss man doch mit der Zeit gehen. Aber im Ernst. Das ist schon ein beeindruckendes Familienunternehmen. Die haben es sicher nicht nötig, Gesa Jensen zu beerben. Ein finanzielles Motiv werden wir hier eher nicht finden.«

»Mal sehen, was im Testament steht. Gibt es eigentlich einen Pflichtteil für Geschwister?«

»Nicht solange Angehörige in gerader Linie da sind. Sprich, der Sohn hat darauf Anspruch. Wenn er nicht ohnehin alles erbt, kann er auf den gesetzlichen Erbanspruch bestehen. Wenn ich das richtig sehe, wäre das die Hälfte des vorhandenen Vermögens, da es keinen Ehemann und keine weiteren Kinder gibt.«

»Wo lebt Thees Jensen?«

Johann öffnete eine weitere Übersicht. »Schleswig. Dort hat er seine Kanzlei. Die beiden Söhne sind in Kiel und Hamburg ansässig. Ich habe dir die Datei vorhin schon gemailt.«

Der Kellner trat an ihren Tisch und servierte die Pizza. Johann schloss seinen Laptop und verstaute ihn in der Tasche. »Auf zum angenehmen Teil des Abends«, sagte er und griff nach Messer und Gabel.

FÜNF

Die Sprechstundenhilfe sah die Kommissare fragend an. »Wer von Ihnen beiden möchte denn zum Herrn Doktor?«

»Wir beide, bitte«, sagte Johann.

»Kasse oder privat?«

Johann schob ihr seinen Ausweis über den Tresen. »Keins von beidem. Wir müssen dringend Dr. Husmann sprechen.«

Die Sprechstundenhilfe starrte auf den Ausweis, sah dann nach rechts und links, als wolle sie prüfen, ob ein Patient in Hörweite war. »Polizei? Aus Kiel?«

»Das ist beides richtig«, schaltete sich Lena ein. Sie hielt kurz ihren Ausweis hoch und ließ ihn wieder in die Tasche gleiten.

»Es tut mir leid, aber Sie müssen warten.« Sie warf einen Blick auf das große Kalenderbuch, das vor ihr auf dem Schreibtisch lag. »Zwei Stunden mindestens.«

»Dann würde ich doch vorschlagen, Sie fragen kurz bei Dr. Husmann nach, ob er sich jetzt mit uns unterhalten will oder eine offizielle Vorladung des Flensburger Staatsanwalts bevorzugt.«

Die Dame im weißen Kittel sah Lena wutentbrannt an. »Sie sind ja ganz …«, zischte sie, wurde aber von einem Mann um die sechzig, der ebenfalls in Weiß gekleidet war, unterbrochen. »Gibt es Probleme, Frau Hase?«

Er trat aus einem der Behandlungszimmer heraus zu ihnen an den Tresen.

»Lorenzen, LKA Kiel. Herr Husmann?« Lena zeigte ihm ihren Ausweis.

Der Mann warf einen interessierten Blick auf das Dokument und nickte. »Was führt Sie zu mir?«

»Können wir uns irgendwo in Ruhe mit Ihnen unterhalten?«

Dr. Husmann zögerte, trat dann aber zur Seite und zeigte auf den Raum, aus dem er kurz zuvor gekommen war. Während die Kommissare eintraten, wandte er sich noch einmal an seine Sprechstundenhilfe. »Keine Telefonate bitte, Frau Hase.«

Der Hausarzt bat Lena und Johann, vor seinem Schreibtisch Platz zu nehmen, blieb aber selbst stehen.

»Bitte, setzen Sie sich doch«, forderte ihn Lena auf und wies dabei mit der Hand auf den Schreibtischstuhl. Dr. Husmann folgte mit sichtbarem Widerwillen ihrer Aufforderung.

»Was kann ich für Sie tun?«

»Sie sind beziehungsweise waren der Hausarzt von Gesa Jensen?«

»Das ist nicht ganz korrekt«, sagte er mit einem kurzen Lächeln, das seine Augen nicht erreichte. »Ich vertrete hin und wieder den Kollegen Wolf aus Westerland. In dem Zuge mag Frau Jensen sicher mal bei mir gewesen sein.«

»Sie haben am Todestag von Frau Jensen auch die Vertretung von Dr. Wolf übernommen?«

»Ja, das ist richtig.«

»Sie haben als Todesursache Herzversagen festgestellt und dies auch im Totenschein entsprechend dokumentiert.«

»Absolut korrekt, Frau …«

»Hauptkommissarin Lorenzen.« Lena erwiderte sein professionelles Lächeln. »Bei einer Obduktion ist festgestellt worden, dass Frau Jensen durch Fremdeinwirkung zu Tode kam. Ich würde gern wissen, wie Sie das übersehen konnten.« Lena legte Dr. Husmann das Foto der Pathologin auf den Tisch. »Ich denke, Sie wissen, was ich meine.«

Der Arzt warf einen kurzen Blick auf das Foto und schob es zurück. »Diese Symptome habe ich bei meiner Untersuchung nicht feststellen können. Tut mir leid.« Er sah Lena direkt an. »Kann ich sonst noch etwas für Sie tun?«

»Das hängt davon ab, wie lange Sie noch Ihre Approbation behalten wollen«, antwortete Lena ruhig und machte Anstalten, sich zu erheben.

»Wie meinen Sie das?«, fragte Dr. Husmann scharf und eine Nuance zu laut.

Lena blieb sitzen. »Ganz einfach. Es steht der Verdacht im Raum, dass Sie, entweder grob fahrlässig oder gar bewusst, eine falsche Todesursache aufgeführt haben. Im letzteren Fall würde Ihnen ein Verfahren der Staatsanwaltschaft drohen, im ersten Fall eine Untersuchung der Ärztekammer.«

Für einen kurzen Moment schien der Arzt verunsichert zu sein, fing sich aber gleich wieder. »Sie überschreiten da gerade gefährlich Ihre Kompetenzen, Frau Kommissarin. Ich denke, Sie wissen, was eine Dienstaufsichtsbeschwerde für Folgen haben kann.«

Lena zog eine Visitenkarte aus der Tasche und schrieb Warnkes Dienstgrad und Namen auf die Rückseite. »Damit Ihr Anwalt nicht zu viel Arbeit hat. Kriminaldirektor Warnke wird sich gern damit beschäftigen.« Sie fixierte ihn mit dem Blick. »Sie weigern sich also, auf unsere Fragen zu antworten?«

Der Arzt stand auf. Nur ein leichtes Flackern in seinen Augen wies darauf hin, wie angespannt er war. »Ich denke, ich habe auf alle Fragen zufriedenstellend geantwortet. Wenn Sie Details der Krankenakte einsehen wollen, brauche ich vorab einen richterlichen Beschluss.«

»Ihre Entscheidung.« Lena stand auf. »Wir werden uns sicher in Kürze wiedersehen.«

Dr. Husmann hielt ihrem Blick stand und wies mit der Hand zur Tür. »Wenn ich dann bitten darf. Meine Patienten warten.«

Als sie wieder im Auto saßen, fragte Johann: »Was bitte schön war das denn?«

»Das war ein aalglattes Arschloch, das offensichtlich sehr gern Kandidat Nummer eins auf der Liste der Verdächtigen werden möchte. Du checkst ihn später komplett durch, ich spreche jetzt gleich mit Warnke.«

Sie zog ihr Handy aus der Tasche und wählte.

»Guten Morgen, Frau Lorenzen.«

Lena grüßte zurück und erklärte ihr Anliegen.

»Ich spreche gleich mit Oberstaatsanwalt Volkens. Er wird einen seiner Staatsanwälte nach Sylt schicken müssen. Ich denke, spätestens übermorgen wird der Herr Doktor gezwungen sein, Ihnen Rede und Antwort zu stehen.«

»Sie geben mir Bescheid?«

»Sobald ich Volkens erreicht habe. Und wie sieht es sonst aus?«

»Das kann ich noch nicht beurteilen. Dass uns die sechs Tage seit dem Todeszeitpunkt fehlen, brauche ich ja nicht zu erklären. Entweder finden wir den Täter in den nächsten zwei Tagen oder es wird sehr, sehr mühsam. Das ist meine erste Einschätzung.«

»Verstehe. Die Kollegen der Spurensicherung sind übrigens unterwegs. Sie sollten in knapp einer Stunde vor Ort sein.«

»In Ordnung. Wir warten im Haus auf sie.«

»Viel Glück, Frau Lorenzen.«

Lena verabschiedete sich von ihrem Chef, darüber verwundert, dass er so zurückhaltend gewesen war. Immerhin nahm sie durch die Konfrontation mit dem Arzt einen Eklat in Kauf. Und Warnke hatte sie eigentlich ausgesucht, um genau das

42

zu umgehen. Sein Vertrauen in ihre Urteilskraft schien doch größer zu sein, als sie angenommen hatte. Sie war sich sicher, dass Dr. Husmann ihr keine weitreichendere Auskunft mehr gegeben hätte. Was hinter dieser Weigerung steckte, würden die kommenden Ermittlungen zeigen.

»Alles in Butter?«, fragte Johann, der es sich während des Gesprächs im Sitz bequem gemacht hatte.

Lena startete den Motor. »Dr. Husmann wird seine gewünschte Spezialbehandlung bekommen.«

»Und? Wird unser Doktor eine Beschwerde einreichen?«

»Werden wir sehen. Ich glaube es aber nicht. Hunde, die bellen, beißen bekanntlich nicht.«

Ilse Wagner, Gesa Jensens Haushälterin, wirkte auf Lena älter als die einundsechzig Jahre, die in ihrem Pass vermerkt waren. Sie war klein und stämmig, hatte kurzes, dauergewelltes Haar und trug einen dunklen Rock und eine weiße Bluse. Lena hatte sich entschlossen, sie allein zu befragen, und Johann gebeten, sich auf dem Polizeirevier Westerland um die Recherche zu Dr. Husmann zu kümmern. Lena erwartete ihn in zwei bis drei Stunden zurück, um anschließend mit ihm zu einem Treffen mit Gesas Bruder Hauke Jensen zu fahren.

»Wie lange haben Sie für Frau Jensen gearbeitet?«, fragte Lena die am Küchentisch vor ihr sitzende Ilse Wagner.

»Das müssen jetzt …«, sie hielt kurz inne, »ja, fünfzehn Jahre sollten es sein. Damals habe ich noch in Hörnum gewohnt und bin auch nur einmal in der Woche für drei Stunden hier gewesen. Das wurde dann schnell mehr, bis ich drei Vormittage …« Sie schluckte. »Es ist so schrecklich. Gesa ist wirklich … aber …«

»Ja, Frau Wagner, wir müssen davon ausgehen, dass sie keines natürlichen Todes gestorben ist. Sie verstehen sicher, dass wir einige Fragen haben.«

Ilse Wagner blickte erschrocken auf und brauchte eine Weile, bis sie antworten konnte. »Ja, natürlich. Fragen Sie ruhig. Alles, was ich weiß, werde ich sagen. Das bin ich Gesa schuldig.«

»Wann genau haben Sie Frau Jensen an diesem Morgen gefunden?«

»Ich fange so gegen halb neun an zu arbeiten. Das ist an dem Tag sicher auch so gewesen. Zuerst gehe ich dann immer in die Küche, begrüße Gesa, die immer schon auf ist. Als ich sie dann nicht finden konnte, bin ich kurz danach in ihrem Schlafzimmer gewesen. Ich hatte befürchtet, dass sie krank wäre, und wollte fragen, ob sie etwas braucht. Einen Tee oder … Dann habe ich sie gefunden. Sie lag auf dem Rücken, völlig regungslos, kalkweiß und mit geöffneten Augen.« Ilse Wagner starrte vor sich hin und schien die Sekunden in Gedanken noch einmal zu durchleben.

»Das war also zwischen halb neun und vermutlich neun?«, fragte Lena, als Ilse Wagner nicht weitersprach.

»Ja, auf jeden Fall. Eher früher als später.«

»Haben Sie sie berührt?«

Ilse Wagner schloss die Augen und sagte: »Ja, das habe ich.« Sie sah auf. »Ich wollte es zuerst nicht glauben, dachte, dass sie schläft. Aber als ich ihr über die Wange gestrichen habe … Sie war kalt. Ich glaube, ich bin sogar erschrocken zurückgetaumelt. Wahrscheinlich habe ich da eine Ewigkeit gestanden, bis ich mich wieder rühren konnte. Es war schrecklich.«

»Was haben Sie dann gemacht?«

»Ich …« Ilse Wagner schluckte. »Ich habe den Arzt gerufen.«

»Sie haben also direkt in der Praxis von Dr. Husmann angerufen?«

»Nein, natürlich nicht. Ich habe bei Dr. Wolf angerufen, aber da kam nur eine Ansage, dass die Praxis nicht geöffnet sei und …« Wieder stockte Ilse Wagner.

»Und dann?«

»Ich habe aufgelegt und dann bei dem Arzt in Hörnum angerufen.«

»Sie kennen Dr. Husmann?«

»Ja.«

»Woher?«

»Ich ... Vor ungefähr einem Jahr hatte ich einen Hexenschuss und brauchte unbedingt eine Spritze. Da hat Marie mich nach Hörnum zu der Praxis gefahren. Seitdem habe ich die Karte mit seiner Telefonnummer im Portemonnaie.«

»Sie riefen also in der Praxis an. Und dann?«

»Er ist gleich gekommen. Ich wusste ja auch nicht, ob Gesa vielleicht nur bewusstlos ist. Man hört ja manchmal von solchen Sachen, dass Menschen selbst im Sarg noch wieder aufwachen.«

»Wie lange hat Dr. Husmann gebraucht?«

»Das weiß ich nicht. Es waren nur ein paar Minuten, würde ich vermuten. Er hat Gesa gleich untersucht und ...«

»Was weiter?« Lena musste sich zwingen, ruhig zu bleiben. Wieso konnte Ilse Wagner den Ablauf nicht konzentrierter wiedergeben? Sie verhielt sich wie jemand, der erst kurz zuvor die schreckliche Entdeckung gemacht hatte.

»Ich war wohl so aufgelöst und durcheinander ... Dr. Husmann hat mir dann auch ein Beruhigungsmittel gegeben.«

Lena machte sich während des Gesprächs kurze Notizen. Das Wort *Beruhigungsmittel* unterstrich sie zweimal.

»Was haben Sie dann gemacht?«

Ilse Wagner atmete tief durch. »Ich habe in der Küche gesessen und ...« Sie brach wieder ab.

»Wann haben Sie Marie Jensen informiert?«

»Ich habe sie erst später erreicht. Sie war doch nicht auf Sylt, aber das wissen Sie ja sicher.« Sie zuckte mit den Schultern. »Das war vielleicht gegen Mittag. Die Marie steht nicht so früh auf, müssen Sie wissen. Aber Dr. Husmann hat mir geholfen und ein Beerdigungsinstitut angerufen. Die haben Gesa dann …«

»Das hat Dr. Husmann gemacht?«, hakte Lena nach. »Warum?«

»Ich weiß nicht. Mir ging es nicht so gut und ich wusste ja auch nicht, wann ich Marie erreichen würde. Da hat er das wohl vorgeschlagen. Die sitzen hier in Hörnum. Marie hätte sicher dieselbe Firma beauftragt. Die sind auch ziemlich schnell gekommen.«

Als Ilse Wagner wieder in Gedanken versank, fragte Lena weiter. »Und die haben Frau Jensen dann abgeholt?«

»Ja, genau.« Sie sah Lena mit großen Augen an. »War das falsch?«

»Zu dem Zeitpunkt war ja noch nicht klar, dass Gesa Jensen getötet wurde. Von daher lag es nahe, ein Beerdigungsinstitut zu informieren.« Lena verschwieg, dass der zeitliche Ablauf durchaus Fragen aufwarf. »Gegen Mittag haben Sie also Marie Jensen erreicht?«

»Ja, sie hat sich sofort auf den Weg gemacht. Ich habe hier auf sie gewartet und bin erst dann nach Hause gefahren.«

»Wann war das?«

»Ich weiß nicht mehr genau. Es war auf jeden Fall schon dunkel, als ich an dem Abend zu Hause angekommen bin.«

Lena ließ Frau Wagner eine kleine Verschnaufpause, bevor sie weiterfragte: »Sie waren mit Gesa Jensen befreundet?«

»Ich weiß nicht, ob sie das so gesehen hätte. Aber wir haben uns geduzt, das schon. In den ersten Jahren natürlich nicht. Und ich selbst hätte es ihr nicht angeboten, aber mit der Zeit lernt man sich ja kennen. Schließlich hat sie mir das Du angeboten. Ich habe natürlich nicht abgelehnt. Schließlich war sie älter als ich und eine …« Ilse Wagner brach ab, aber Lena konnte sich vorstellen, was es für sie bedeutet hatte, mit jemandem aus der Familie Jensen persönlichen Kontakt zu haben.

»Sie haben sich um den ganzen Haushalt gekümmert?«

»Ja, so könnte man das sagen. In den letzten drei Jahren, seit Gesas Enkelin auch hier lebt, habe ich nochmals ein paar Stunden draufgelegt. Meistens sind es so sieben Stunden an den Tagen, die ich auf Sylt bin. Ich kaufe ein, koche, mache die Wäsche und putze. Eben alles, was so anfällt.«

»Sie hätten sicher mitbekommen, wenn sich in den letzten Monaten, sagen wir mal in den letzten sechs bis zehn Monaten, etwas im Leben von Frau Jensen geändert hätte?«

Ilse Wagner schaute sie unschlüssig an. »Was genau meinen Sie damit?«

»Hat sich Frau Jensens tägliche Routine verändert? Hat sie plötzlich Besuch bekommen, den Sie nicht kannten? Hat sie sich selbst verändert? War sie plötzlich ängstlicher oder hat von etwas erzählt, das Ihnen jetzt im Nachhinein merkwürdig vorkommt?«

Ilse Wagner schien unwohl bei dem Gedanken, über das Privatleben ihrer Arbeitgeberin zu sprechen. »Ich glaube nicht, dass Gesa mit mir über solche Sachen gesprochen hätte«, wich sie aus.

»Das mag sein, aber wenn man so nah an einem Menschen ist wie Sie, bekommt man doch so einiges mit. Und wenn Sie sogar schon fünfzehn Jahre hier im Hause arbeiten, müssen Sie Frau Jensen sehr gut gekannt haben.«

Ilse Wagner schüttelte langsam den Kopf. »Das sagen Sie so, junge Frau. Gesa ist … sie war niemand, die Vertrauen hatte in Menschen. Ich habe nie so richtig verstanden, warum sie mir das Du angeboten hat. Sie hat es mich ja trotzdem immer spüren lassen, dass ich die kleine Angestellte bin.« Frau Wagner sprach jetzt sehr leise, als hätte sie Angst, dass jemand mithören könnte. »Es mag sein, dass Gesa sich in der letzten Zeit verändert hatte. Sie war manchmal vollkommen abwesend, wenn ich sie etwas fragte. Es gab sogar Tage, da habe ich sie überhaupt nicht gesehen. Erst habe ich mir Gedanken gemacht, ob sie wohl krank war und es mir nicht sagen wollte. Ich habe die junge Frau Jensen darauf angesprochen, nicht direkt, aber durch die Blume. Sie hat gesagt, dass es Gesa gut gehe. Da habe ich mir dann keine weiteren Sorgen gemacht.«

»War Gesa Jensen an den Tagen, an denen Sie ihr nicht begegnet sind, im Haus?«

»Ich glaube nicht. Ich bin ja in fast allen Räumen, zumindest staubsauge ich. Nein, wenn Sie mich jetzt so direkt fragen, wahrscheinlich war sie gar nicht im Haus.«

»Aber Sie wissen nicht, wo sich Frau Jensen aufgehalten haben könnte?«

Ilse Wagner schüttelte ärgerlich den Kopf. »Nein, natürlich nicht. Ich spioniere doch Gesa nicht nach. Was denken Sie von mir?«

Lena spürte, dass die Haushälterin mehr wusste, als sie sagen wollte. Sie weiter unter Druck zu setzen ergab aber keinen Sinn. »Selbstverständlich denke ich das nicht, Frau Wagner. Aber wenn man so viel Zeit miteinander verbringt, bekommt man doch automatisch das eine oder andere mit. Habe ich recht?«

»Das mag schon sein, Frau Lorenzen. Ich will Ihnen auch gerne versprechen, noch einmal darüber nachzudenken.«

Lena registrierte, dass Frau Wagner sich ihren Namen gemerkt hatte, obwohl sie ihn nur einmal gehört hatte. Sie schien erheblich aufmerksamer zu sein, als sie wirkte. Lena entschloss sich, die Befragung abzubrechen und zu einem späteren Zeitpunkt wieder aufzunehmen.

»Das wäre wirklich hilfreich, Frau Wagner. Im Moment habe ich auch keine weiteren Fragen an Sie.« Lena schob ihr eine Visitenkarte über den Tisch. »Falls Ihnen noch etwas einfällt, rufen Sie mich einfach an. Ich bin immer erreichbar.«

Als es an der Tür klingelte, stand Lena auf. »Das werden meine Kollegen sein.«

Sie öffnete den vier Beamten der Spurensicherung die Tür und sprach eine Weile mit ihnen. Schließlich teilten sie sich auf und begannen mit ihrer Arbeit.

Aus dem Augenwinkel hatte Lena gesehen, dass Marie Jensen in die Küche gegangen war. Lena hatte sie bei ihrem Eintreffen kurz begrüßt und darum gebeten, dass sie sich später für ein Gespräch zur Verfügung halten möge.

»Ich würde jetzt gerne noch einmal mit Ihnen sprechen«, sagte Lena.

Marie Jensen sah immer noch mitgenommen aus. Nach den Augenringen zu urteilen schien sie wenig oder schlecht geschlafen zu haben, ihre Haare waren nur flüchtig gekämmt, auf Make-up hatte sie ganz verzichtet.

»Ja, natürlich. Wo wollen wir uns hinsetzen?«

»Was halten Sie davon, wenn wir einen kleinen Spaziergang am Strand machen?« Als sie den zögerlichen Blick der jungen Frau bemerkte, fügte sie hinzu: »Frau Wagner ist ja im Haus, falls meine Kollegen Fragen haben.«

Marie Jensen atmete tief durch. »Ja, warum nicht.« Schließlich lächelte sie matt. »Doch, das ist sicher eine gute Idee.«

Sechs

Vom Haus führte ein schmaler Weg durch die Dünen. Als sie den Strand erreichten, fragte Lena: »Süden oder Norden?«

Marie Jensen zeigte mit dem Kopf nach links. Sie gingen schweigend nebeneinanderher. Lena wartete, bis Marie Jensen nach einer Weile zuerst sprach.

»Ich kann es immer noch nicht fassen. Sind Sie sich hundertprozentig sicher, dass Gesa …« Die letzten Worte sprach sie so leise aus, dass Lena sie nicht verstehen konnte.

»Es gibt keinen Zweifel, Frau Jensen. So leid es mir tut. Ich habe eine sehr liebe Tante auf Amrum, die im gleichen Alter ist, und kann mir vorstellen, wie schwer es für Sie sein muss.«

»Auf Amrum? Sind Sie dort aufgewachsen?«

»Ja, das bin ich.«

Marie Jensen nickte und schien zufrieden mit der Antwort.

»Ich muss Ihnen leider noch einige Fragen stellen«, fuhr Lena fort.

»Ihre Tante heißt nicht zufällig mit Vornamen Beke?«

»Doch, das ist ihr Name.«

»Gesa hatte eine … Freundin mit dem gleichen Namen, die auf Amrum lebt. Das ist …«

»Ja, das ist meine Tante. Ich habe gestern Abend mit ihr telefoniert und erfahren, dass sie sich seit ihrer Jugend kannten.«

»Dann müssen Sie mir unbedingt die Adresse geben. Ich konnte sie bisher noch nicht finden. Ich würde Ihre Tante gern zur Beerdigung einladen.«

»Das mache ich.«

Sie gingen weiter. Hin und wieder kamen ihnen Urlauber entgegen. Marie Jensen blieb stehen und schaute auf die auflaufende Nordsee hinaus. »Lieben Sie das Meer auch so? Diese unglaubliche Naturgewalt, mal angsteinflößend, dann wieder sanft wie eine Mutter. Diese Weite, diese Kraft, diese unbändige Stärke des Lebens.«

»Ich weiß, was Sie meinen.«

»Das ist gut«, sagte sie leise. »Dann wissen Sie auch, was Gesa fast ihr ganzes Leben hier gehalten hat. Bis auf die wenigen Jahre in Hamburg.« Sie brach ab.

»Meine Tante hat mir davon erzählt.«

»Wahrscheinlich weiß sie mehr von dieser Zeit als ich. Gesa hat nicht so gern darüber gesprochen.«

»Sie wissen nicht, wer ihr Großvater väterlicherseits ist?«

»Nein. Gesa hat es mir nie gesagt. Auch wenn …«

»Ja?«, fragte Lena vorsichtig.

»Ich habe so das Gefühl, dass sie es mir bald verraten hätte.« Marie Jensen blieb stehen und wandte ihr Gesicht ab. Nach einer Weile drehte sie sich wieder zu Lena um. »Wir können weitergehen.«

Inzwischen waren sie auf Höhe des Hörnumer Campingplatzes. Hier hielten sich mehr Urlauber am Strand auf. Sie spielten Volleyball, ließen Drachen steigen oder lagen im Windschutz auf Liegen und sonnten sich.

»Wie lange war Dr. Husmann schon der Hausarzt Ihrer Großmutter?«

»Eigentlich ist er das gar nicht, aber Dr. Wolf aus Westerland ist im Moment im Urlaub und Dr. Husmann war wohl der einzige Arzt, den Ilse so schnell erreicht hat.«

»Ihre Großmutter hatte also überhaupt keinen Kontakt zu Dr. Husmann?«

»Das weiß ich nicht. Sie hat mal erwähnt, dass Dr. Wolf erst zehn Jahre auf Sylt ist, also wird sie vorher wohl zu einem anderen Arzt gegangen sein. Vielleicht war es ja dieser Dr. Husmann.«

»Sie selbst kennen ihn nicht?«

»Nein, ich war nie bei ihm.«

Zwei Kinder spielten wenige Meter vor ihnen im Sand. Sie hatten eine Burg gebaut und schmückten jetzt die Wände mit Muscheln. Marie Jensen blieb stehen und beobachtete die beiden lächelnd. Plötzlich schien ihr wieder bewusst zu werden, weshalb sie mit der Kommissarin am Strand spazieren ging. Sie wandte sich zu Lena. »Sie haben sicher noch mehr Fragen?«

»Ja, wir sind noch ganz am Anfang unserer Ermittlungen.« Lena hielt kurz inne, bevor sie die nächste Frage stellte: »Ist Ihnen in den letzten Wochen oder vielleicht auch Monaten etwas Ungewöhnliches aufgefallen im Zusammenhang mit Ihrer Großmutter?«

Marie Jensen warf ihr einen fragenden Blick zu.

»Hat sie sich anders verhalten?«, fuhr Lena fort. »War sie ängstlicher oder hat sie sich über etwas aufgeregt? Hatte sie Kontakt zu Menschen, die vorher keine Rolle in ihrem Leben gespielt haben?«

Marie Jensen schloss kurz die Augen und strich sich dann die Haare aus dem Gesicht. »Ich habe bald eine große Ausstellung in Hamburg und arbeite seit Monaten daran. Ich war quasi rund um die Uhr im Atelier.«

»Das Atelier ist der kleine Anbau am Haus?«

»Ja, den hat Gesa schon vor zehn Jahren bauen lassen. Natürlich nicht für mich, sondern für sich. Sie töpfert viel …«, Marie Jensen schluckte, »hat viel getöpfert, aber auch gemalt.«

»Dann haben Sie dort gemeinsam mit ihr gearbeitet?«

»Schon, aber wir hatten unterschiedliche Rhythmen. Während sie schon frühmorgens am Arbeiten war, habe ich erst gegen Mittag begonnen und dafür manchmal abends länger gemacht.«

Lena fragte nicht weiter und hoffte, dass Marie Jensen sich später noch über ihre Frage zu Veränderungen im Leben der Großmutter Gedanken machen würde. Inzwischen waren sie auf Höhe von Hörnum angelangt. Hier stand Strandkorb an Strandkorb, die meisten von ihnen waren schon besetzt.

»Ich will Ihnen einfach nichts Falsches sagen«, begann Marie Jensen. »Aber es könnte wirklich so sein, dass Gesa in der letzten Zeit mit irgendetwas beschäftigt war, von dem ich nichts gewusst habe. Eigentlich war sie ein lebensbejahender Mensch, freundlich und gut gelaunt. Das hatte sich etwas geändert. Erst habe ich es gar nicht bemerkt und dann … die viele Arbeit und ich dachte wohl, dass sie in ihrer Kunst nicht weiterkam. Solche Phasen kennt jeder Künstler. Man fällt in ein riesiges Loch und fragt sich, ob der Weg, den man eingeschlagen hat, der richtige war. Man zweifelt an seinen Fähigkeiten, sucht neue Wege. Das alles ist ein Prozess, der sehr schmerzhaft sein kann. Ich weiß von mir selbst, dass ich in solchen Phasen lieber in Ruhe gelassen werden will. Wahrscheinlich habe ich unterbewusst ihre Stimmung akzeptiert und deshalb nicht nachgefragt.«

»Sie war häufiger als sonst außer Haus?«

Marie Jensen blickte erstaunt auf. »Ja, woher wissen Sie das?«

»Frau Wagner hat es erwähnt.«

»Ja, Gesa war tatsächlich öfter als früher unterwegs. Und jetzt werden Sie gleich fragen, wo sie gewesen ist. Vor ein paar Tagen hätte ich noch gesagt, dass sie Freunde besucht hat, aber jetzt … Ich muss Ihnen ehrlich sagen, dass ich es nicht in jedem Einzelfall weiß. Sicher werde ich das eine oder andere Mal nachgefragt und auch eine Antwort bekommen haben. Aber ich habe mir weder gemerkt, was sie mir gesagt hat, noch bin ich mir sicher, dass es sich nicht um Ausreden gehandelt hat.«

»War sie den ganzen Tag unterwegs?«

Marie Jensen nickte. »In aller Regel wohl. Das Auto vor der Tür gehört Gesa. Ich meine, es war für sie kein Problem, auch aufs Festland zu kommen. Aber ich kann Ihnen wirklich nicht sagen, wo sie sich aufgehalten hat.« Marie Jensen blieb stehen. »Ich glaube, wir sollten umkehren. Ich bin doch ein wenig erschöpft.«

Lena stellte keine Fragen mehr. Die junge Frau lief gedankenverloren neben ihr her. Doch als sie die Hälfte des Rückwegs zurückgelegt hatten, schien sie plötzlich wieder zu erwachen. »Könnte es sein, dass Gesa einen Dieb überrascht hat?«

»Einbrecher sind eigentlich bemüht, niemandem im Haus zu begegnen. Und wenn, dann flüchten sie in aller Regel. Außerdem werden inzwischen die meisten Einbrüche am Tag verübt.«

»Und es ist ja auch nichts verschwunden. Ich meine, Wertgegenstände. Das hätte ich sicher bemerkt.«

»Gibt es ein Testament?«

»Ja, es liegt bei Gesas Notar. Warum?«

»Das ist einer der Punkte, die in solchen Fällen immer überprüft werden«, wich Lena ihr aus. »Wenn Sie mir dann bitte Namen und Anschrift des Notars aufschreiben würden.« Sie machte eine kurze Pause. »Sie kennen den Inhalt des Testaments?«

»Wenn Gesa es nicht geändert hat …«

Lena sah sie fragend an.

»Ich erbe alles. Mein Vater bekommt lediglich den Pflichtteil. Außerdem hat Gesa mir schon seit meinem achtzehnten Geburtstag einiges überschrieben. Zum Beispiel das Haus. Rein rechtlich ist es wohl meins, auch wenn ich es nie so empfunden habe.«

Lena hatte schon vermutet, dass Gesa Jensen weit vor ihrem Tod angefangen hatte, ihr Erbe zu regeln. Als Enkelin hatte Marie Jensen bei Weitem nicht so hohe Freibeträge wie ihr Vater. Nur durch geschickte und rechtzeitige Schenkung waren hohe Steuerzahlungen zu vermeiden.

»Der vermutliche Inhalt des Testaments ist anderen Beteiligten aber noch nicht bekannt?«

»Sie meinen meine Geschwister und meinen Vater? Ich weiß nicht, was sie wissen. Gesa wollte es so und ich habe mich nicht dagegen gewehrt. Mir ist Geld ehrlich gesagt nicht so wichtig.«

Sie kamen wieder an den Strandkörben vorbei. Marie Jensen zeigte auf einen verwaisten Korb, der nicht verschlossen war. »Können wir uns einen Augenblick hinsetzen?«

Lena stimmte zu. Wieder schien Marie Jensen in ihre Gedankenwelt abzutauchen. Sie hatte die Augen geschlossen und sich im Korb zurückgelehnt. »Das sollte gerade nicht arrogant klingen, dass mir Geld egal ist. Ich weiß, wenn man welches besitzt, hat man gut reden.« Sie hatte leise gesprochen, ohne die Augen zu öffnen. Doch jetzt sah sie Lena direkt an. »Gesa war da noch viel radikaler. Sie hat einen Teil ihres Vermögens an gemeinnützige Organisationen gespendet. Ich fürchte, mein lieber Herr Papa wird sich wundern, wie gering sein Pflichtteil ausfällt. In drei Tagen ist die Testamentseröffnung. Hatte ich das schon erwähnt?«

»Nein, das hatten Sie nicht.«

»Wenn Sie auch dort sind, können Sie sicher meine ganze Familie kennenlernen. Ich fürchte, sie wird Ihnen nicht gefallen.«

»Wie kam es zu den Familienauseinandersetzungen zwischen Ihrem Vater und Ihrer Großmutter?«

Marie Jensen seufzte. »Wenn ich darauf nur eine einfache Antwort geben könnte. Der eigentliche Konflikt ist sicher vor meiner Geburt entstanden, alles, was ich im Laufe der Jahre mitbekommen habe, hat hier anscheinend seine Ursache. Sagt man nicht, dass sich die Geschichte wiederholt? In unserer Familie scheint es auf jeden Fall so zu sein. Erst flieht meine Großmutter vor ihrer Familie, die nicht bereit war, ihr die Freiheit zu geben, die sie brauchte, und dann flieht mein Vater vor seiner Mutter, aber dieses Mal mit umgekehrten Vorzeichen, und schließlich ich, die wieder vor die Wahl gestellt wird, der Familie oder der eigenen Leidenschaft zu folgen. Ist das nicht verrückt? Warum konnte nicht Gesa meine Mutter sein und mein Urgroßvater der Vater meines Vaters? Alles wäre so schön einfach gewesen.« Sie schaute auf. »Keine Angst, Frau Lorenzen. Ich bin nicht so naiv zu glauben, dass das die Lösung gewesen wäre. Familienkonflikte haben immer viele Ursachen und niemand der Beteiligten ist unschuldig an der ganzen Tragödie. Weder ich noch Gesa noch mein Vater Thees. Wenn Menschen so viele Jahre so eng miteinander verbunden sind, gibt es ein Geflecht von Abhängigkeiten, die am Schluss niemand mehr durchblickt, niemand mehr wirklich versteht und erklären kann. Trotzdem: Blut ist dicker als Wasser. Mein Vater hat meine Großmutter geliebt. Glauben Sie mir, auch wenn Sie bei Ihren Ermittlungen etwas anderes hören werden. Er konnte es nur nicht so zeigen und jetzt ist es zu spät dafür.«

»Ich habe da noch eine sehr persönliche Frage. Hat Ihre Großmutter Ihnen erzählt, dass sie einen missglückten Schwangerschaftsabbruch hatte und aus diesem Grund keine weiteren Kinder mehr bekommen konnte?«

Marie Jensen sah sie entsetzt an. »Nein, davon weiß ich überhaupt nichts. Wann …« Sie brach ab.

»Das lässt sich nicht mehr feststellen. Und ganz sicher ist die Gerichtsmedizinerin sich auch nicht. Sie haben also nie etwas von einer zweiten Schwangerschaft gehört?«

»Nein, definitiv nicht. Und wenn es so war, wie Sie gerade geschildert haben, hätte Gesa da wahrscheinlich auch nicht drüber gesprochen.« Marie Jensen stand auf. »Ich würde jetzt gerne nach Hause gehen. Wenn Sie noch Fragen haben, stellen Sie sie ruhig.«

Als sie wieder das Haus erreichten, bat Lena um die Adresse und Telefonnummer der Freundin, die Marie Jensen besucht hatte, und notierte sich gleich auch die Daten des Notars.

Die Kollegen der Spurensicherung hatten inzwischen ihre Untersuchungen abgeschlossen. Lena bat Nils Frohberg, den Leiter der Gruppe, um einen kurzen Bericht.

»Lena, du weißt, wie ungern ich vor Abschluss der Untersuchungen irgendwelche Prognosen abgebe. Aber gut, weil du's bist. Wir haben bisher keine Anhaltspunkte für einen Einbruch. Weder Fenster noch Terrassentüren sind aufgehebelt worden. Das kann ich mit Bestimmtheit sagen. Bei der Eingangstür ist es schon etwas schwerer zu bestimmen. Ich würde da gern noch mal einen erfahrenen Kollegen um Rat bitten.«

»Du hast also etwas gefunden?«

»Die Tür wurde schon einmal ohne Schlüssel geöffnet. Ich würde sagen, das war ein Profi. Allerdings ist das bei diesem Türschloss kein richtig großes Problem. Die Fenster und restlichen Türen sind alle auf dem neuesten Sicherheitsstand, nur die Eingangstür nicht. Wahrscheinlich sollte die alte Tür erhalten bleiben, trotzdem keine gute Idee, würde ich mal sagen.« Er holte Luft und fügte hinzu: »Jetzt willst du natürlich wissen, wann das war.« Er hob entschuldigend die Hände. »Da muss ich dich leider enttäuschen. Das ist schwer bis gar nicht festzustellen.«

Lena sah ihn mit einem auffordernden Lächeln an.

»Nee, Lena. Dazu werde ich keine Mutmaßung abgeben. Da kannst du genauso gut eine Wahrsagerin auf dem Jahrmarkt befragen.«

Lena gab auf. »Okay. Sonst irgendwas gefunden?«

»Wie denn? Das Haus ist ja fast klinisch rein. Lass mich raten, wie häufig die Putzfrau in der Woche kommt.« Er hielt inne und grinste. »Mindestens dreimal. Und obendrein ist sie mehr als gründlich. Also: Wir haben natürlich Fingerabdrücke gefunden, aber wenige, und die Auswertung wird eine Weile dauern. Vergleichsabdrücke von Frau Wagner haben wir, von der jungen Frau Jensen werden sie gerade genommen. Die der Toten bekommen wir aus der Gerichtsmedizin. Wenn du weitere Kandidaten hast, wirst du wohl selbst tätig werden müssen.«

Lena reichte ihrem Kollegen die Hand. »Ich hätte zwar gerne etwas anderes von dir gehört, aber danke für den schnellen Einsatz. Kommt gut nach Hause.«

SIEBEN

Johann lehnte sich auf seinem Schreibtischstuhl zurück. »Das ist alles nicht viel.«

Lena hatte ihn soeben über die Befragungen und die ersten Ergebnisse der Spurensicherung informiert und ihn gebeten, das Testament beim Notar anzufordern. »Und bei dir?«

»Gute Frage. Ich habe mir zuerst mal alle Todesfälle der letzten zwölf Monate herausgesucht und mich dann auf die über Sechzigjährigen konzentriert. Das sind dann noch hunderteinundfünfzig Fälle. Also nicht gerade wenig. Ich werde jetzt die ohne Grundbesitz außer Acht lassen und mich dann an die Sterbeurkunden machen. Einfacher wäre es natürlich, wenn ich Zugriff auf die Daten von unserem Doktor hätte. Aber davon sind wir sicher noch weit entfernt?«

»Keine Chance. Übrigens hat mich vorhin der Staatsanwalt angerufen. Dr. Husmann ist für übermorgen um zehn Uhr vorgeladen.«

»Hier auf dem Polizeirevier?«

»So ist es. Es wäre gut, wenn du bis dahin schon ein paar belastbare Daten hättest.« Als Johann protestieren wollte, fügte sie schnell hinzu: »Ich weiß durchaus, wie lange solch eine Recherche dauern kann. Unter Umständen müssen wir

Verstärkung anfordern oder hier im Revier fragen, ob jemand abgestellt werden kann.«

»Gib mir noch heute. Morgen sehen wir dann weiter«, schlug Johann vor.

Lena sah auf die Uhr. »Kurze Pause mit Nahrungsaufnahme und danach Hauke Jensen?«

Johann sprang auf. »Ich bin dabei!«

Wenig später saßen sie in einem kleinen Imbiss. Johann hatte einen Spezialburger vor sich auf dem Teller liegen, Lena eine Portion Pommes frites.

»Du hast schon eine Weile nichts mehr von deinem Freund erzählt«, sagte Johann, nachdem er seinen leeren Teller zur Seite geschoben hatte.

Lena trank einen Schluck Mineralwasser und ließ sich Zeit mit der Antwort. »Du bist ein aufmerksamer Beobachter.«

Johann sah auf. »So schlimm?«

»Was würdest du machen, wenn Johanna auf Föhr leben wollte oder müsste?«

»Das ist mir ehrlich gesagt zu hypothetisch.«

»Früher gingen die Männer auf Walfang und die Frauen blieben zurück. Das war sicher auch nicht einfach, aber zumindest klar geregelt. Leider bin ich für ein Hausfrauendasein aber nicht geschaffen.«

»Und Kinder?«

»Du meinst, das wäre die Lösung? Sicher, ich könnte noch drei Kinder bekommen, wenn wir uns beeilen würden. Da wäre ich dann auch so einige Jahre mit beschäftigt, sagen wir mal, zwei Jahre pro Kind, das wären dann schon sechs. Plus fünf für die ersten schweren Jahre und wir wären schon bei elf. Guter Plan?«

»Ich wollte dir nicht …«

»Lass gut sein, Johann. Ich weiß doch, dass du es gut meinst. Aber es gibt manchmal im Leben keine Lösung.«

»Ihr habt euch getrennt?«

»Sozusagen.«

Er warf ihr einen erstaunten Blick zu. »Wie bitte schön kann man sich sozusagen trennen?«

»Das geht ganz einfach. Man lässt das erste Wochenende wegen eines aktuellen Falls sausen. Beim Ersatzwochenende kommt einem dann eine Fortbildung dazwischen. Die Telefongespräche werden kürzer und drehen sich immer wieder im Kreis. Inzwischen ist ein Monat vergangen, seit man sich gesehen hat. Es tut weh, aber nicht so weh wie in den Monaten davor. Also ist man am nächsten Wochenende so krank, dass es keinen Sinn macht zu kommen. Und so weiter und so fort.«

Johann schluckte. »Entschuldige, ich hoffe, die Frage war nicht zu intim.«

»Wie gesagt: alles gut. Pass einfach auf, dass du es mit Johanna besser hinbekommst.«

Er nickte betroffen. »Ich gebe mir Mühe. Wir geben uns Mühe. Und als Apothekerin kann sie fast überall arbeiten.«

Lena beendete das Gespräch, indem sie aufstand. »Wir müssen!«

Die Büros der Jensen-Gruppe befanden sich in bester Lage von Westerland in einem historischen Gebäude aus der Zeit der vorletzten Jahrhundertwende. Der Balkonvorbau aus weiß gestrichenem Holz ging über die zweieinhalb Stockwerke und verlieh dem Haus den Charme einer längst vergangenen Bäderarchitektur.

Sie gingen hinein. Das Gebäude schien wenige Jahre zuvor komplett entkernt und neu gebaut worden zu sein. Lena hatte das Gefühl, sich in einem modernen Bürokomplex aufzuhalten. In der Vorhalle befand sich der großzügig angelegte Empfangsbereich. Hinter einem Tresen lächelte ihnen eine junge Frau zu und wartete, bis die beiden Kommissare ihr Anliegen vortrugen.

»Herr Jensen erwartet Sie«, sagte die Empfangsdame, hob den Telefonhörer ab und meldete ihr Kommen an. »Wenn Sie noch einen Augenblick dort Platz nehmen wollen.« Sie deutete auf eine Sitzecke mit gemütlich aussehenden Sofas. »Sie werden dann in Kürze von Herrn Jensens Assistentin abgeholt.«

Lena und Johann setzten sich. Hin und wieder klingelte das Telefon, die Empfangsdame nahm das Gespräch an und stellte es durch.

»Zehn Minuten schon«, sagte Johann mit Blick auf die Uhr.

»Da kommen noch weitere zehn drauf«, sagte Lena und blätterte die Illustrierte durch, die sie sich vom Zeitungsstapel am Empfang mitgenommen hatte.

»Ist das ein Spiel der Mächtigen?«

»Kannst du ihn ja später fragen. Er wird dir sicher nicht die Antwort verweigern wie unser Doktor.«

Fast auf den Punkt zwanzig Minuten nach der vereinbarten Zeit trat eine etwa fünfunddreißigjährige blonde Frau in die Halle. Sie trug einen Hosenanzug und hatte ein professionelles Lächeln aufgesetzt, während sie auf sie zulief und ihnen die Hand reichte.

»Entschuldigen Sie bitte vielmals. Herr Jensen hatte ein wichtiges Gespräch nach Übersee, das sich nicht verschieben ließ.«

»Kein Problem«, sagte Lena.

Die junge Frau, die sich als Anja Lürssen vorgestellt hatte, lächelte immer noch. »Wenn ich Sie dann in den Boardroom begleiten darf.«

Die Kommissare gingen hinter Frau Lürssen her, fuhren mit dem Fahrstuhl in den zweiten Stock, wo sie über einen langen Flur geführt wurden. Schließlich blieb die Assistentin stehen, klopfte kurz an eine Tür und öffnete sie gleich darauf.

Im etwa dreißig Quadratmeter großen Raum befand sich ein Holztisch aus Eiche, an dessen Längsseite ein älterer Herr im dunklen Anzug saß, graue, streng zurückgekämmte Haare, breite Schultern. Lena schätzte, dass er mindestens einen Meter neunzig groß war. Bevor er zu seinen Gästen aufsah, schrieb er noch einige Zeilen auf die vor ihm liegenden Unterlagen, klappte dann den Ordner zu und stand auf.

»Die Kommissare aus Kiel, nehme ich an.«

Er wartete, bis die Dreiergruppe ihn erreicht hatte, zeigte dann auf die Stuhlsitzreihe und sagte: »Setzen Sie sich doch bitte.«

Frau Lürssen verabschiedete sich, die Kommissare nahmen Platz. Lena zog eine Visitenkarte aus der Tasche und reichte sie Hauke Jensen. Er warf einen Blick darauf. »Was kann ich für Sie tun, Frau Hauptkommissarin?«

»Mein Kollege und ich untersuchen den Tod Ihrer Schwester Gesa. Bei einer Routineuntersuchung im Krematorium …«

»Ich bin im Bilde«, unterbrach Hauke Jensen sie. »Kommen Sie doch bitte zur Sache.«

Lena ließ sich ihr Erstaunen nicht anmerken und fragte direkt: »Darf ich fragen, wer Sie informiert hat?«

»Natürlich dürfen Sie. Als ich von Ihrem Terminwunsch erfahren habe, habe ich ein paar Telefongespräche geführt. Wir leben hier auf einer Insel, da bleibt nichts lange geheim.« Der alte Herr sah Lena offen an. Für ihn schien dieser Punkt mit dem Gesagten abgehakt.

»Verschieben wir die Frage auf später«, entgegnete Lena ruhig. »Das Verhältnis zu Ihrer Schwester war seit langer Zeit angespannt?«

»Das ist kein Geheimnis und sicher auch nichts Ungewöhnliches in großen Familien. Man streitet sich und findet irgendwann wieder zusammen. Blut ist halt dicker als Wasser.«

»Sie haben sich also vor dem Tod Ihrer Schwester wieder mit ihr versöhnt?«

Hauke Jensen lehnte sich auf seinem Stuhl zurück und nickte. »Ja, das könnte man durchaus so formulieren. Wir haben die Unstimmigkeiten schon vor einer ganzen Weile beigelegt. Im Alter wird man milder und hat einen klareren Blick auf die Dinge, die wirklich wichtig sind.«

»Welcher Art war der Konflikt?«

»Junge Frau, das liegt jetzt schon so viele Jahre zurück, dass es gar nicht mehr wahr ist. Und wie gesagt, der Konflikt, wie Sie ihn bezeichnen, war beigelegt.«

»Sie hatten in den letzten zwölf Monaten direkten Kontakt zu Ihrer Schwester?«

»Durchaus. Aber fragen Sie mich jetzt nicht nach den genauen Daten. Ich kann gern meine Assistentin bitten, meine Terminkalender zu durchforsten. Sie bekommen dann Bescheid.«

»Wir bräuchten von Ihnen noch die Angabe, wo Sie sich letzte Woche in der Nacht von Dienstag auf Mittwoch aufgehalten haben. Zwischen zwölf Uhr in der Nacht und acht Uhr am Morgen.«

»Das ist jetzt aber nicht die Frage nach einem Alibi?« Hauke Jensen schien eher belustigt als betroffen. »Liebe Frau Kommissarin, das kann wohl kaum Ihr Ernst sein.«

»Tut mir leid, Herr Jensen. Das ist eine Routinefrage, die wir allen stellen, die Ihrer Schwester nahestanden oder in letzter Zeit mit ihr zu tun hatten.«

Er zog die Augenbrauen hoch. »Gewöhnlich schlafe ich um diese Zeit und stehe morgens fast immer gegen sieben Uhr auf. Zeugen habe ich dafür nicht. Ich bin Witwer, wie Ihnen sicher bekannt sein wird.«

»Kennen Sie Dr. Husmann aus Hörnum?«

Hauke Jensen zog hörbar die Luft ein und schien kurz davor zu sein, das Gespräch zu beenden. Trotzdem antwortete er ruhig: »Ja, ich bin ihm hier und da über den Weg gelaufen. Wir sind nicht direkt befreundet miteinander, falls Sie das wissen wollen.«

Lena stand auf. »Dann bleibt mir nur noch, Ihnen für Ihre Zeit zu danken. Wenn wir weitere Fragen haben, werden wir uns bei Ihnen melden.«

»Ich habe das Gefühl, wir werden hier rundweg verarscht oder für dumm verkauft«, meinte Johann, als sie zum Auto zurückgingen.

»Von wem kann Hauke Jensen die Info bekommen haben?«, fragte Lena gedankenversunken.

»Zunächst mal von unserem Kollegen Arne Petersen oder einem der anderen Sylter Kollegen, die es wiederum von ihm gesteckt bekommen haben. Dann von der Haushaltshilfe und natürlich von Dr. Husmann. Dass Marie Jensen ihn informiert hat, würde ich mal bezweifeln, genauso wenig glaube ich, dass die ganze Insel schon Bescheid weiß. Wenn du mich fragst, war es der Doktor. Was wiederum heißen würde, dass sich die beiden doch etwas besser kennen, als Jensen vorgibt.«

Sie hatten das Auto erreicht, Lena schloss auf und zögerte. Schließlich warf sie Johann den Schlüssel zu. »Kannst du vor unserem Hotel halten? Ich hole nur kurz meine Tasche und anschließend bringst du mich zum Hörnumer Hafen. Ich nehme die Fähre nach Amrum.«

Eine Viertelstunde später fuhren sie auf der Hauptstraße nach Süden. Johann hatte bisher Lenas spontanen Beschluss noch nicht kommentiert und schien auch jetzt keine Anstalten zu machen nachzufragen.

»Wir treten auf der Stelle. Ich habe das Gefühl, dass Gesa Jensens Tod mit der Vergangenheit zu tun hat. Ich muss unbedingt mit meiner Tante reden und auch die Briefe abholen. Morgen Vormittag bin ich wieder da.«

»Gut.«

»Der andere Strang ist dieser Dr. Husmann. Wenn wir ihn in die Zange nehmen wollen, brauchen wir harte Fakten. Sonst wird er beziehungsweise sein Anwalt uns die kalte Schulter zeigen.«

»Der Arzt ist mir auch suspekt«, sagte Johann und verringerte die Geschwindigkeit, als ein Lkw vor ihnen auftauchte.

»Wir dürfen Frau Wagner nicht außer Acht lassen. Kannst du Kollege Petersen bitten, dass jemand den Busfahrer ausfindig macht, der an dem Morgen auf der Strecke nach Hörnum Dienst hatte? Vielleicht erinnert er sich an sie.«

»Du meinst …« Johann überholte den Lkw und schaffte es gerade noch, wieder rechts einzuscheren, ohne mit dem Gegenverkehr zu kollidieren.

»Wir haben Zeit.«

Johann grinste. »Angst, Chefin?«

Lena warf ihm einen ernsten Blick zu.

»Hast recht«, gab er zu. »Das war gerade ganz schön knapp. Aber wenn man nur noch auf der Autobahn unterwegs ist, verliert man das Gefühl für die Abstände beim Überholen.« Er verlangsamte die Geschwindigkeit. »Hast du noch Aufträge für mich?«

»Wann rechnest du mit den Daten von den Telefongesellschaften?«

»Schwer zu sagen. Der Beschluss ist da. Ich hoffe, dass wir morgen, spätestens übermorgen die Daten haben.«

»Was hat die Auswertung des Laptops erbracht?« Marie Jensen hatte ihnen den Computer ihrer Großmutter zur Verfügung gestellt.

»Nur wenige E-Mails. Ein paar Galerien, mit denen sie Kontakt hatte, und sonst so offizielles Zeug. Ich habe bei den

Textdateien auch keine Briefe gefunden. Entweder hat sie alles telefonisch erledigt oder per Hand geschrieben.«

»Ich tippe auf beides«, sagte Lena. »Einen Kopierer hatte sie nicht im Haus, also werden wir von möglichen Schreiben, an wen auch immer sie gegangen sind, wohl nichts mehr finden.«

»Allerdings haben die Kollegen noch einen passwortgeschützten Bereich gefunden. Sie versuchen, da reinzukommen. Vermutlich müssen sie aber Experten hinzuziehen und das kann dauern.«

Lena warf ihm einen verwunderten Blick zu. »Komisch. Das hätte ich jetzt nicht vermutet. Das wird Gesa Jensen sich doch wohl kaum selbst eingerichtet haben. Merkwürdig.«

»Das Gleiche habe ich auch gedacht. Vielleicht ist ja nichts in dem Bereich gespeichert und … Ich weiß auch nicht.«

»Bleibt nichts, als abzuwarten. Die Funkzellenauswertung hast du auch in die Wege geleitet?«

»Ja, natürlich. Ich glaube aber kaum, dass der Täter so dämlich war, sein Handy anzulassen.«

»Warten wir's ab. Mich interessiert, ob Frau Wagner zu der Zeit im Handynetz eingeloggt war, die sie angegeben hat.«

Sie hatten inzwischen Hörnum erreicht und fuhren durch den Ort direkt auf den Hafen zu. Johann parkte den Passat und stellte den Motor ab.

»Du bleibst also über Nacht bei deiner Tante?«

»Heute geht kein Schiff mehr zurück. Außerdem werde ich wohl eine ganze Weile zuhören müssen. Die Fünfziger- und Sechzigerjahre sind nicht unbedingt mein Spezialgebiet.«

»Grüß Beke von mir, auch wenn wir uns nur einmal kurz begegnet sind.«

Lena stieg aus und warf noch einen Blick durch das geöffnete Seitenfenster. »Bis morgen! Das Schiff legt hier kurz nach zehn morgen Vormittag an.«

Johann nickte ihr zu. »Werde da sein.«

ACHT

Lena stand auf dem Deck des kleinen Ausflugsschiffes, das täglich nur zweimal zwischen Hörnum und Wittdün verkehrte. Der Wind wirbelte ihre Haare durcheinander und ließ sie leicht frösteln. Für Anfang Juni waren die Temperaturen mit um die zwanzig Grad zwar erfreulich hoch, fielen aber jetzt am späten Nachmittag schnell.

Lenas Familie lebte schon seit Generationen auf Amrum. Ihr Urgroßvater, Kapitän auf einem Walfangschiff, hatte sich nach seinem Ruhestand ein Haus in Nebel gebaut, in dem ihre Tante Beke immer noch wohnte. Vom Hafen in Wittdün bis Nebel waren es knapp drei Kilometer, die Lena mit dem Bus zurücklegen würde.

Eigentlich waren die ersten achtundvierzig Stunden die entscheidendste Zeit einer Ermittlung. In dieser wurden wichtige Zeugen befragt und der Tatort gründlich untersucht und Spuren gesichert. Nicht selten kam es vor, dass ein Fall schon innerhalb dieser zwei Tage aufgeklärt wurde. Verdächtige hatten keine Chance, sich Alibis zu beschaffen, oder die Spurenlage war so eindeutig, dass die nachfolgenden Verhöre zu einem schnellen Ergebnis führten. In ihrem Fall waren sechs Tage vergangen, in denen der oder die Täter in aller Ruhe ihre Spuren hatten verwischen können. Der Tatort war durch die Haushälterin gereinigt worden, Zeugen würde es schwerer fallen, sich nach einer Woche an etwas zu erinnern.

Eine Möwe flog über sie hinweg aufs offene Meer hinaus. Lena sah ihr hinterher. Ihr kamen die Worte von Marie Jensen in den Sinn. Hatte für sie das Meer die gleiche Bedeutung? Kiel, ihr Wohnort, lag an der Ostsee. Sie liebte die langen Spaziergänge an der Steilküste. Auf der Landseite die intensiv blühenden Rapsfelder, auf der Seeseite die weite Sicht über die Ostsee. Das alles war nur ein halber Ersatz für die Heimat ihrer Jugend. Auf Amrum und den anderen Nordfriesischen Inseln roch es intensiver nach Meer, der Westwind wehte stärker, die Wellen waren höher und vor allem geräuschvoller.

Lena zwang sich, ihre Gedanken auf den aktuellen Fall zu richten. Auch wenn Johann meinte, sie wären bisher keinen Millimeter weitergekommen, sah sie die Lage etwas differenzierter. Hauke Jensen hatte sich mit der Behauptung, er habe mit seiner Schwester Frieden geschlossen, weit aus dem Fenster gelehnt. Ihre bisherigen Erkenntnisse sprachen nicht dafür, dass er die Wahrheit gesagt hatte. Marie Jensen hatte ihn nur ungern ins Haus gelassen, Beke wusste auch nichts von einer Versöhnung. Die Auswertung der Festnetz- und Handydaten würde zeigen, wie häufig sie in den letzten Wochen telefoniert hatten. Dank Marie Jensen hatte Lena einen ersten, sehr persönlichen Eindruck von deren Großmutter bekommen. Sie musste eine eigenwillige Frau gewesen sein, die keinen Konflikt scheute. Außerdem hatten sowohl die Enkelin als auch die Haushälterin ausgesagt, dass sich Gesa Jensen in den letzten Monaten verändert hatte. Es konnte durchaus sein, dass genau hier der Schlüssel zum Fall lag. Aber stand diese Veränderung mit dem Bruder des Opfers in Verbindung?

Weiterhin hatte Dr. Husmann sich sicher keinen Gefallen damit getan, die Aussage zu verweigern. Wenn es Anhaltspunkte für Unregelmäßigkeiten in seiner ärztlichen Arbeit gab, würde Johann etwas finden, an das sie im Verhör anknüpfen konnten.

Auch die Haushaltshilfe Ilse Wagner war lange noch nicht aus Lenas Fokus entschwunden. Warum hatte sie Dr. Husmann gerufen? War es ein Zufall gewesen? Wie hatte ihr wirkliches Verhältnis zu Gesa Jensen ausgesehen? Anscheinend hatte die alte Dame durchaus den Standesunterschied betont, Frau Wagner zwar geduzt, aber nicht wie eine Freundin oder gute Bekannte behandelt. Was hatte das im Laufe der Jahre mit Ilse Wagner gemacht? Hatte es Konflikte zwischen den beiden gegeben und wenn ja, aus welchen Gründen?

Das Schiff hatte inzwischen fast die Nordspitze von Amrum erreicht und fuhr parallel zum breiten Kniepsand, dem Amrumer Strand, der sich über fünfzehn Kilometer an der Westseite der Insel entlangzog. Im Hintergrund schlängelten sich die Dünen, der Strand auf Höhe von Norddorf war mit unzähligen Strandkörben gespickt. Neben dem Strandübergang lag die Strandhalle. Saß Erck dort und trank mit einem Freund ein Bier? Lena wandte den Blick ab und ging zur anderen Seite des Schiffs mit Blick aufs offene Meer.

Als sie im Wittdüner Hafen anlegten, stand der Bus, der einmal quer über die Insel fahren würde, schon bereit. Lena eilte über den Platz, zahlte ihre Karte und ließ sich in den Sitz fallen. Zehn Minuten später stieg sie in Nebel aus und ging den Rest des Weges zu Fuß. Bei Abfahrt des Schiffes auf Sylt hatte sie Beke am Telefon erreicht und ihr die Ankunftszeit durchgesagt. Beke hatte sich hörbar gefreut und ihr mitgeteilt, dass sie Gesa Jensens Briefe gefunden habe. Als Lena jetzt auf das alte Haus zulief, öffnete sich bereits die Haustür und Beke kam ihr mit weit geöffneten Armen entgegen.

Beke reichte ihr den Brotkorb. »Kind, du musst was essen. Du siehst richtig schmal im Gesicht aus.«

Lena griff nach einer Scheibe Schwarzbrot und belegte sie mit Käse. »Ich? Im Gegenteil: Ich hatte ein paar Kilo zu viel drauf«, meinte sie und schnitt das Brot in kleine Stücke, bevor sie diese mit der Hand aß.

»Wer hat dir denn den Blödsinn eingeredet?« Beke schüttelte verärgert den Kopf. »Ein paar Kilo zu viel. Was für ein Unsinn.«

Lena beugte sich vor und umarmte ihre Tante. »Schon gut, Beke. Ich bin doch nun wirklich nicht spiddeldünn. Und jetzt lassen wir das Thema, okay?«

»Nichts ist okay. Du musst ordentlich essen, sonst wirst du ...«

»Beke! Ich bin schon lange erwachsen und kann auf mich aufpassen.«

»Nur weil du so ein Ding mit dir rumschleppst ...«, sie zeigte auf Lenas Dienstpistole, »heißt das noch lange nicht, dass du auf dich aufpassen kannst.«

Lena holte tief Luft und aß das letzte Stück Schwarzbrot. »Gut, einigen wir uns darauf, dass ich noch so ein Teil verputze und wir dafür jetzt das Thema wechseln.«

Beke lächelte und strich ihr mit der Hand über die Wange. »Na gut. Dann machen wir das so.«

»Erzählst du mir jetzt mal was von dir? Was hat Dr. Grote denn gesagt? Du wolltest doch wegen der Schmerzen in deiner Hüfte in seine Sprechstunde gehen.«

Beke winkte ab. »Ach, das geht schon so.«

Lena drehte sich um und holte eine Schachtel Schmerztabletten aus dem Regal hinter ihr. »Und was ist das? Wie häufig nimmst du die?«

»Hin und wieder mal. Hast du nie Kopfschmerzen?«

»Nein, nur wenn ich eine Nacht durchgezecht habe, was du ja ganz sicher nicht tust, oder?«

Beke grinste verschmitzt. »Warum nicht? So alt bin ich nun auch wieder nicht.«

Lena rollte mit den Augen und warf ihrer Tante einen strengen Blick zu. »Wann gehst du zum Arzt?«

Beke schenkte Lena und sich Tee ein. »Mal sehen. Vielleicht nächste Woche, wenn denn Zeit ist.«

»Versprochen?«

Beke antwortete nicht, sondern trank ihren Tee. Lena schüttelte seufzend den Kopf. »Ich werde dich spätestens am Mittwoch fragen.«

»Wolltest du nicht was zu Gesa Jensen wissen?«, sagte ihre Tante lächelnd. »Oder habe ich dich falsch verstanden?« Sie stellte die Medikamentenschachtel wieder auf die Ablage und reichte Lena einen großen Stapel Briefe. »Mehr habe ich nicht gefunden. Die meisten sind auch aus den ersten Jahren. Später haben wir häufig mal telefoniert.«

»Danke!« Lena legte die Briefe auf den freien Stuhl neben sich. »Die schaue ich mir später an. Ich kann sie doch mitnehmen?«

»Natürlich, Kind.«

»Du bekommst sie so schnell wie möglich zurück.«

»Was wolltest du denn jetzt von Gesa wissen?«, fragte Beke und begann, den Tisch abzuräumen.

Lena steckte das letzte Stück Brot in den Mund und half ihr. »Wollen wir das nicht gleich im Wohnzimmer besprechen? Da kannst du bequem in deinem Sessel sitzen.«

Kurz darauf saß Beke in ihrem Ohrensessel und Lena auf dem Sofa.

»Du hast mir ja schon erzählt, dass Gesa Jensen mit zwanzig vor ihrer Familie geflohen ist. Was war denn der Auslöser dafür?«

Beke seufzte. »Ihr Vater hatte einen Mann für sie ausgesucht. Sie sollte sich mit ihm verloben und ein Jahr später wäre dann die Hochzeit gewesen. Natürlich kannte sie den Mann, aber sie wollte ihn nicht heiraten. Sie hat ihn nicht geliebt, fand ihn nicht einmal sympathisch. Was das für eine Frau bedeutet, brauche ich dir nicht zu sagen. Heute wäre das ja unvorstellbar, aber damals kam das noch häufig vor. Für Gesa war das der Albtraum. Sie wollte nicht Mutter und Hausfrau werden und schon gar nicht ein schickes Anhängsel von einem betuchten Mann.«

»Die Frauen waren quasi Menschen zweiter Klasse.«

»Ja, so könnte man das sagen«, erwiderte Beke. »Das Einzige, was Gesa damals machen konnte, war, wohl tatsächlich wegzulaufen. Ihr ging es ja auch noch darum, Künstlerin werden zu dürfen. Du weißt doch, dass ich mit ihr zusammen auf der Hauswirtschaftsschule in Niebüll war. Das war ein Internat und wurde von Ordensschwestern geführt. Alles sehr streng. Gesa war zwar ein Jahr weiter als ich, aber wir hatten ein Zimmer zusammen. Da erzählt man sich natürlich viel. Sie war unglücklich und wäre am liebsten schon zu der Zeit davongelaufen und nach Hamburg gegangen. Aber sie hatte natürlich auch Angst, wie sie in der Großstadt überleben sollte. Ohne richtige Arbeit, ohne Geld von den Eltern und dann noch immer in Gefahr, von der Polizei aufgegriffen zu werden.«

»Die drohende Verlobung war dann endgültig zu viel?«

»Ja, Gesa hatte die Schule abgeschlossen und war wieder auf Sylt. Du findest das alles in einem der Briefe. Ihr Vater hat sie in sein Büro zitiert und ihr die Mitteilung gemacht. Genau so hat sie es mir geschrieben. Ich habe es gestern noch einmal gelesen. Die Verlobung sollte dann schon eine Woche später stattfinden, da blieb Gesa nicht viel Zeit zu überlegen. Sie hat ihrer Mutter gesagt, dass sie noch einmal nach Niebüll zur Schule müsse, weil eine der Ordensschwestern im Sterben liege.« Beke seufzte. »Gesa konnte schon immer gut lügen, ohne rot zu werden. Mir wäre es damals nicht in den Sinn gekommen, meine Eltern bewusst zu täuschen. Das hätte ich einfach nicht geschafft.«

Lena schmunzelte. »Auch deshalb bist du meine Lieblingstante.«

»Du redest wieder …« Sie hielt einen Moment inne, bevor sie fortfuhr. »Gesa ist dann natürlich nicht nach Niebüll gefahren, sondern mit dem Geld, das ihre Mutter ihr mitgegeben hatte, direkt nach Hamburg. Frag mich jetzt nicht, wie sie es geschafft hat, dort so schnell eine Unterkunft zu finden, und wovon sie gelebt hat. Mag sein, dass etwas darüber in den Briefen steht und ich es inzwischen vergessen habe. Aber das findest du dann ja schnell. Sie sind alle nach Datum geordnet.«

»Du hast mir gestern gesagt, dass du Gesa Jensen einmal in Hamburg besucht hast.«

Beke nickte. »Das war fast zwei Jahre, nachdem sie in Hamburg untergetaucht war. Ich war mit der Schule fertig und eine Tante hatte mich für eine Woche nach Hamburg eingeladen. Ich habe das Gesa geschrieben und sie kam dann auf die Idee, dass wir uns treffen sollten.«

»Wo war das?«

»Sie hatte eine kleine Wohnung in Altona.«

»Eine eigene Wohnung?«

»Ein Zimmer mit Kochecke, Bad und Schlafzimmer. Das war damals in Hamburg der reinste Luxus. Du weißt ja, dass die Stadt im Krieg sehr gelitten hat und viele der Häuser nicht mehr bewohnbar waren. Wir haben uns in einem Café getroffen und eigentlich sollte ich wohl gar nicht mit in ihre Wohnung. Aber wie das so ist, sie war so stolz, dass sie ein eigenes Zuhause hatte … Schließlich hat sie mich mitgenommen. Ich muss schon sagen, damals war das für mich ein richtiges Abenteuer.«

»Warst du denn während der Hamburgwoche mehrmals in ihrer Wohnung?«

»Dreimal. Warum willst du das wissen?«

»Ist dir da jemals jemand begegnet?«

»Nein, Gesa war immer allein dort.«

»Irgendwer muss ihr ja die Wohnung finanziert haben. Oder hat sie von einer festen Arbeit erzählt?«

»Nein, wir haben uns ja auch während des Tages getroffen. Am Abend durfte ich natürlich nicht durch Hamburg laufen.«

»Von einem Freund oder Liebhaber hat sie nichts erzählt?«

»Nein, und ich wäre damals auch gar nicht auf die Idee gekommen, sie danach zu fragen. So offen wie heute hat man da nicht drüber geredet. Aber wenn du mich jetzt so fragst, so angedeutet hat sie schon etwas. Ich war damals wohl zu naiv, um das zu verstehen.«

»Kannst du dich denn noch erinnern, was sie genau gesagt hat?«

»Nein, natürlich nicht. Weißt du, wie lange das her ist? Aber später, als ich auch verheiratet war, habe ich schon verstanden, was sie mir sagen wollte.«

Lena beugte sich vor. »Jetzt spann mich nicht so auf die Folter.«

»Sie muss schon damals Kontakt zu einem Mann gehabt haben.«

»Sexuellen Kontakt meinst du.«

Beke nickte. »Meinst du, das ist auch der Vater von ihrem Jungen?«

»Das weiß ich nicht, Beke. Aber wenn es wichtig ist, werden wir es herausbekommen.«

»Du willst sicher wissen, ob sie mir jemals etwas von dem Vater ihres Sohnes erzählt hat. Ich zermürbe mir schon seit gestern den Kopf darüber. Dass ich denke, dass er verheiratet war, habe ich dir ja schon gesagt. Und dass er älter war als sie. Ich kann mir das ja schlecht ausgedacht haben, also wird sie das angedeutet haben.«

»Verheiratet und Kinder?«

»Du musst dir die Briefe aus den Jahren durchlesen. Da muss etwas darüber drinstehen, weil ich der festen Meinung bin, dass dieser Mann Kinder hatte.«

»Und du hast nicht gefragt, wie sie das alles bezahlt hat?«

»Lena, das ist fast sechzig Jahre her. Vielleicht habe ich gefragt, vielleicht auch nicht. Was gibt es schon für eine andere Möglichkeit, als dass dieser Mann für sie die Wohnung bezahlt hat?«

»Sie könnte sich prostituiert haben.«

Beke starrte Lena an. »Das ist jetzt doch wohl nicht dein Ernst? Gesa Jensen und eine … Nein, das ist nicht denkbar. Sie hätte es als Demütigung empfunden, für Geld mit Männern zusammen zu sein.«

»Vielleicht war es nur *ein* Mann, der sie bezahlt hat.«

»Du hast Gesa nicht gekannt. Sie war stolz, ich fand, sogar zu stolz. Das war ihr wichtiger als alles andere.«

»Ich werde mir die Briefe anschauen. Vielleicht habe ich ja danach noch Fragen.« Lena trank aus dem Wasserglas, das sie sich aus der Küche mitgebracht hatte. »Du hast doch sicher auch in den letzten zwölf Monaten Kontakt mit Gesa Jensen gehabt. Ist dir da an ihr etwas Besonderes aufgefallen?«

»Wir haben vielleicht zwei- oder dreimal telefoniert. Schwer zu sagen. Ich hatte den Eindruck, dass sie beim letzten Gespräch sehr niedergeschlagen war.«

»Als Gesa Jensen nach Sylt zurückgekehrt ist, war ihr Sohn ja schon drei Jahre alt. Warum genau dann?«

»Gesa hat nie darüber gesprochen, warum sie so plötzlich wieder da war, aber zwischen den Zeilen ihrer Briefe meine ich herausgelesen zu haben, dass ihr kleiner Sohn krank war, vielleicht auch Gesa selbst. Was sollte sie machen? Ihr Elternhaus auf Sylt war wohl die einzige Möglichkeit. Es muss sehr demütigend gewesen sein. Gesprochen hat sie nie viel drüber. Aber …« Beke brach ab.

Eine Weile saßen sie schweigend zusammen, bis Beke schwungvoll aufstand. »So, jetzt hören wir mal mit diesen alten Geschichten auf und machen noch einen kleinen Spaziergang. Die Sonne geht erst in einer Stunde unter.«

Neun

Liebe Beke,

du hast inzwischen sicher davon gehört, dass ich nicht mehr auf Sylt lebe. Wahrscheinlich erzählen die Leute die wildesten Geschichten über mich. Habe ich recht? Glaub diesen niederträchtigen Gerüchten nicht! Es sind alles Lügen!

Du warst mir immer eine treue Freundin und du weißt aus meinen Erzählungen, warum mir nichts anderes übrig blieb als dieser drastische Schnitt.

Ich kann dir nicht sagen, wo ich untergekommen bin. Nur so viel: Ich bin in Hamburg. Und es geht mir gut. Wenn du mir schreiben willst, musst du es postlagernd machen. Weißt du, wie das geht? Schick einfach deinen Brief mit meinem Namen an das Hauptpostamt in Hamburg. Einmal in der Woche hole ich dort die Sendungen ab.

Ich bin jetzt vier Wochen in dieser Stadt und du fragst dich sicher, wo ich denn wohne. Auch das kann ich dir nicht sagen.

Sicher verstehst du meine Vorsicht. Ich weiß nicht, ob meine Familie etwas von unserer Freundschaft weiß. Wenn das so ist, wird schon längst jemand bei deinen Eltern vor der Tür gestanden haben. Wahrscheinlich mein Bruder Hauke. Von einem Sylter Freund, dem ich voll und ganz vertraue, weiß ich, dass mein Vater und stellvertretend für ihn Hauke auf der Suche nach mir sind. Du wirst schon einen Weg finden, um mir mitteilen zu können, ob auch du von diesem Terror der Jensen-Familie betroffen bist.

Vielleicht fragst du dich, wie ich es hier in der Ferne so alleine aushalte und ob ich Sehnsucht nach meiner Insel habe. Als Erstes kann ich dir versichern, dass ich nicht alleine bin. Ich habe schnell Freunde gefunden, die mir mit all ihrer Kraft beistehen. Ob ich Sylt vermisse? Ja, ich muss zugeben, dass es so ist. Schon seinerzeit in Niebüll in diesem schrecklichen Internat war das Einzige, was ich vermisst habe, das Meer und die Seeluft und die Dünen und einzigartigen Geräusche. Ich träume von meiner Insel, fast jede Nacht. Ein Freund hat mir versichert, dass es mit den Monaten und Jahren leichter wird und man die Heimat irgendwann vergisst. Ich glaube nicht an seine Worte. Er wollte mir in meiner Verzweiflung beistehen und mir Hoffnung machen. Das ist lieb von ihm, aber ich spüre tief in meinem Herzen, dass meine Sehnsucht auch mit den Jahren nicht weniger werden wird.

Ja, du hast richtig gelesen. Ich habe von Jahren gesprochen. Oder glaubst du, dass meine Familie (ich habe schon Schwierigkeiten, überhaupt diesen Begriff zu verwenden) mir jemals verzeihen wird? Nein, das wird sie nicht. Und ehrlich gesagt werde ich meinem Vater auch nicht verzeihen.

Ich hoffe, dass dich dieser Brief erreicht hat und nicht abgefangen wurde. Du meinst, ich bin zu misstrauisch. Nein, ich bin eher zu gutgläubig. Mein Freund auf Sylt hat mich gewarnt. Mein Vater und Hauke setzen im Moment alle Hebel in Bewegung, um mich zu finden. Du kannst dir vorstellen, was das für mich bedeuten würde.

Beke, für heute schließe ich mit einem lieben Gruß aus der Hansestadt Hamburg.

Deine Gesa

Lena legte den Brief in den Umschlag zurück und rieb sich die Augen. Gesas Schrift war äußerst schwer zu entziffern. Sie schien eine Mischung aus Kurzschrift und normalen Buchstaben zu sein. Lena ahnte, dass sie einige Zeit für die Durchsicht aller Briefe brauchen würde. Aus der Küche hörte sie Geräusche. Beke schien schon früh aufgestanden zu sein, um das Frühstück vorzubereiten. Mit einem leisen Seufzen schwang sie sich aus dem Bett und machte sich auf den Weg ins Bad.

»Guten Morgen«, begrüßte Beke sie.

»Du hast das Frühstück ja schon fertig. Das wollte ich doch machen.«

»Unsinn! Und jetzt setzt du dich da hin und trinkst erst mal eine schöne Tasse Kaffee.«

»Gegen den Althusen-Starrsinn komme ich wohl nicht an«, sagte Lena und nahm am Küchentisch Platz.

Beke reichte ihr die gefüllte Tasse. »Dabei dachte ich, deine Mutter hätte ihn dir auch vererbt.«

»Mir? Niemals!«, protestierte Lena. »Ich bin das liebste Wesen in ganz Nordfriesland.«

»Dann ist ja gut«, sagte Beke und setzte sich zu ihr an den gedeckten Tisch. »Jetzt greif mal zu, mein Kind.«

Lena lachte. »Beke, ich verhungere schon nicht. Hatten wir das Thema nicht gestern beendet?«

»Wenn man so alt ist wie ich, erinnert man sich nicht immer an alles.«

Lena beugte sich zu ihr vor und umarmte sie. »Du bist nicht alt. Und dein Gedächtnis ist besser als meins.«

»Wenn du das sagst, wird es ja wohl stimmen.«

»Auf jeden Fall. Ich bin eine deutsche Beamtin und die haben immer recht. Das weißt du doch.«

Beke sah sie mit sorgenvoller Miene an. »Und was hat die deutsche Beamtin mit einem gewissen Amrumer Jungen so vor?«

Lena war froh gewesen, dass Beke am Abend zuvor das Thema Erck nicht angesprochen hatte, aber ihr war auch klar gewesen, dass sie dies spätestens beim Frühstück nachholen würde. Lena trank einen Schluck Kaffee und setzte die Tasse langsam wieder ab.

»Du hast mit Erck gesprochen?«

»Habe ich dir das nicht schon am Telefon gesagt?«

»Mag sein.« Lena begann, sich Butter auf eine Scheibe Graubrot zu schmieren. »Was hat er gesagt?«

»Du kennst ihn doch viel besser als ich. Er würde nie etwas Schlechtes über dich sagen.« Beke beugte sich zu Lena vor. »Er liebt dich über alles.«

»Das hat er gesagt?«

»Nein, natürlich nicht. Aber um das zu wissen, brauchte ich ihm nur einmal in die Augen zu sehen. Da steht alles geschrieben.«

Lena schob den Brotteller zur Seite. »Jetzt antwortest du mir mal ganz ehrlich, Beke. Wenn ich zulasse, dass Erck zu mir nach Kiel zieht, was passiert dann? Meinst du, er wird sich dort wohlfühlen? Und wenn, wie lange?«

Beke schwieg eine Weile. »Meinst du etwa, ich hätte mir darüber noch keine Gedanken gemacht? Ich kenne Erck jetzt schon so lange und weiß, wie sehr er an seiner Heimat hängt. Aber wenn er hier unglücklich ist, weil ihr nicht zusammen sein könnt, und auf dem Festland unglücklich ist, weil er nicht auf Amrum ist, was ist dann am Ende wichtiger? Die Liebe zu einem Menschen oder zu seiner Heimat? Ich weiß schon, wie schwierig die Frage zu beantworten ist. Aber musst du das nicht Erck überlassen? Kannst du wirklich für ihn die Entscheidung treffen?«

Lena musste unwillkürlich an Gesa Jensens Brief denken, den sie am Morgen im Bett gelesen hatte. Auch ihr hatte jemand die Entscheidung über ihr Leben aus der Hand nehmen wollen. Nein, das war mit Ercks Situation nicht zu vergleichen. Oder doch? Wäre Gesa Jensen in Hamburg glücklich geworden? Waren die Hamburger Jahre vielleicht sogar die glücklichsten in ihrem Leben gewesen? Und Erck? Beke hatte recht mit ihrem Vorwurf, dass sie die Frage für sich selbst entschieden hatte, ohne Erck eine Wahl zu lassen. Hatte sie tatsächlich vor allem Angst vor einem gemeinsamen Leben in Kiel?

»Bin ich nicht auch ein Stück weit dafür verantwortlich, wenn ich Erck nach Kiel locke?«

»Sag mir eins: Liebst du ihn?«

Lena schloss für einen Moment die Augen. Sie hatte die Frage erwartet, aber jetzt, wo sie konkret gestellt im Raum stand, verschlug es ihr den Atem. Sie sah Erck vor sich, wie er lächelnd auf sie zukam, seine Arme ausbreitete und darauf wartete, dass sie den Kopf an seine Schulter legte. Ein wohliges Gefühl erfasste sie. War das sein Herzschlag, den sie zu hören glaubte? Und die Stimme, die dunkle, aber weiche Männerstimme, der sie während ihrer langen Spaziergänge am Strand so gern zuhörte? Schließlich sah sie wieder auf und sagte: »Ja.«

»Hast du Erck jemals gefragt, wie er sich das Leben in Kiel vorstellt und was er dort beruflich machen will?«

»Nein.«

»Lena, du bist nicht für alle Menschen in deiner Umgebung verantwortlich. Glaub mir, das kann nicht gut gehen.«

»Mag sein, Beke. Aber lassen sich solche Gefühle einfach abstellen? Wohl kaum. Und wenn ich es tatsächlich könnte, was macht das am Schluss aus mir? Ich habe Angst vor dem, was kommt.« Sie stockte. Zum ersten Mal hatte sie ausgesprochen, was schon länger ihre Gedanken dominierte. Sie hatte Angst.

»Das verstehe ich doch, mein Kind. Und ich will dich auch nicht überreden, etwas zu tun, was du partout nicht möchtest. Lass es dir doch einfach noch mal durch den Kopf gehen. Erck ist noch da und er wartet. Da bin ich mir ganz sicher.«

Lena nickte und zog den Brotteller wieder zu sich. »Das mache ich, Beke.«

Ihre Verabschiedung fiel tränenreich aus und Lena versprach ihrer Tante, bald wieder nach Amrum zu kommen. Lange winkte ihr Beke hinterher, bis Lena in die nächste Straße abbog. In der Ferne kam ihr ein Fahrradfahrer entgegen. Schon von Weitem kamen ihr die Bewegungen vertraut vor. Erck. Einen Moment zögerte sie, ging dann aber langsam weiter. Jetzt hatte er sie entdeckt, verlangsamte die Fahrt und hielt schließlich neben ihr am Straßenrand.

»Lena!«, sagte er und rang gleichzeitig nach Luft. »Du hier?«

Sie nickte. »Ich war nur kurz bei Beke.« Sie zeigte in die Richtung der Bushaltestelle. »Und wollte gleich mit dem Bus zurück zum Hafen.«

Erck schien zu überrascht zu sein, um gleich antworten zu können. Er drehte sein Fahrrad um und sah sie schweigend an.

»Begleitest du mich?«, fragte Lena.

»Ja ... natürlich.«

Langsam setzten sie sich in Bewegung.

»Es ist ... schön, dass ich dich getroffen habe«, sagte Erck stockend. »Ich meine ...« Er brach ab.

Lena blieb stehen. »Ich weiß, wir müssen reden.«

Er nickte.

»Ich stecke mitten in einem komplizierten Fall«, hörte sich Lena sagen. Warum fiel ihr als Erstes nur wieder eine Ausrede ein? »Auf Sylt«, fügte sie schnell hinzu.

»Bist du länger da?«

»Wahrscheinlich schon.«

Sie setzten sich wieder in Bewegung.

»Ich könnte vorbeikommen«, schlug Erck mit zurückhaltender Stimme vor. »Ich meine, wenn du Zeit hast ...«

»Im Moment ... also ich kann das noch nicht sagen. Wollen wir telefonieren?« Sie hasste sich für diese Frage, die sie schon so häufig gestellt hatte, ohne eine Antwort zu erwarten.

Schweigend erreichten sie die Bushaltestelle. Der Bus bog in die Straße ein, hielt dort noch einmal und kam dann auf sie zu.

Erck griff nach ihrer Hand und hielt sie in seiner fest, als wolle er sie daran hindern, in den Bus zu steigen. »Ich ruf dich an«, sagte er, als sich die Tür des Fahrzeuges öffnete. Lena nickte, löste sich von ihm und trat einen Schritt auf die Tür zu. Im letzten Moment blieb sie stehen, drehte sich blitzschnell um und umarmte Erck kurz, bevor sie in den Bus sprang. Durchs Fenster sah sie ihn am Straßenrand stehen, bis der Bus die nächste Kreuzung erreichte und abbog. Erst da hob Lena die Hand und winkte Erck zum Abschied.

Als Lena am Hafen aus dem Bus ausstieg, schlenderte sie gedankenversunken zum Kai, an dem das Ausflugsschiff angelegt hatte. Von allen Seiten strömten die Amrumurlauber, die einen Tag auf Sylt verbringen wollten, auf die Fähre zu. Viele hatten kleine, noch nicht schulpflichtige Kinder im Schlepptau, andere waren im Rentenalter. Lena stellte sich in die Schlange vor dem Fallreep, über das sie aufs Schiff hinüberlaufen würden. Als sie schon oben auf ihrem Stammplatz an der Reling angekommen war, sah sie in der Schlange ihren Vater. Sie erschrak und zog sich zurück auf die andere Seite des Schiffs. Hatte Beke ihm gesagt, dass sie auf Amrum war und heute nach Sylt übersetzen würde? Nein, das war unmöglich. Sie wusste, dass Lena auf solche Überraschungen allergisch reagierte, und würde sie niemals in eine solche Situation bringen. Lena zog ihre Kapuze über den Kopf und hoffte, dass ihr Vater sich einen Platz im Inneren des Schiffs suchen würde. Schon im Frühsommer waren sie sich begegnet, damals auf der Fähre von Amrum nach Föhr. Er hatte versucht, mit ihr ins Gespräch zu kommen, was Lena aber rundweg abgelehnt hatte.

Verstohlen sah sie sich um, als das Ausflugsschiff ablegte. Anscheinend hatte sie Glück, ihr Vater war weit und breit nicht zu sehen. Vorsichtig näherte sie sich den Fensterreihen und fand ihn, mit einer Tasse Kaffee und geöffnetem Laptop, im Inneren des Schiffs. War er geschäftlich unterwegs? Was hatte er auf Sylt zu tun?

Lenas Vater war der Grund, weshalb sie nach dem Abitur die Insel fluchtartig verlassen hatte. Kurz zuvor war ihre Mutter bei einem Fahrradunfall, der nach einer der heftigen Streitereien zwischen ihren Eltern passiert war, ums Leben gekommen.

Lena kehrte auf ihren sicheren Platz an der Reling zurück und setzte die Kapuze wieder ab. Mit Mühe gelang es ihr, die

Gedanken auf den Fall zu richten. Johann hatte sich noch nicht gemeldet, also konnte sie davon ausgehen, dass es keine relevanten Neuigkeiten gab. In den nächsten Tagen hingegen standen gleich zwei wichtige Termine an. Zuerst das staatsanwaltliche Verhör von Dr. Husmann und am nächsten Vormittag die Testamentseröffnung und falls möglich ein erstes Gespräch mit dem Sohn von Gesa Jensen. Heute musste schon eine Reihe von Fragen angegangen werden. Eine der wichtigsten schien ihr, ob Gesa Jensens Sohn Thees ein finanzielles Interesse an ihrem Vermögen haben könnte. Das Gleiche galt für ihren Bruder Hauke Jensen. Solange es keine ausreichenden Verdachtsmomente gegen die beiden Männer gab, würde kein Richter in Deutschland ihr einen Beschluss ausstellen, um die Finanzen der Herren untersuchen zu dürfen.

Sie zog ihr Handy aus der Tasche und kontrollierte, ob ausreichend Empfang vorhanden war. Parallel zu Amrum schien dies kein Problem zu sein. Nach kurzem Zögern wählte sie die Nummer von Leon. Nach dem zehnten Klingeln nahm er endlich das Gespräch an. »Und?«, fragte er wie üblich ohne Begrüßung.

Lena hatte Leon vor Jahren bei einem Fall kennengelernt und ihn später vor dem Gefängnis bewahrt. Seitdem tat der begnadete Hacker ihr hin und wieder einen Gefallen und recherchierte im nicht ganz so legalen Umfeld.

»Entschuldige, dass ich dich so früh störe.«

»Und?«, wiederholte er.

»Ich arbeite gerade an einem Fall …«

»Ach!«

»… und habe da zwei Herren, deren finanzielle Hintergründe ich dringend und über den kleinen Dienstweg in Erfahrung bringen musste. Und bevor du fragst, ich bekomme keinen richterlichen Beschluss dafür.«

»Sonst würdest du mich ja auch kaum anrufen«, kommentierte Leon trocken ihre Ausführungen. »Schick mir die Daten.«

Lena hörte ein Knacken in der Leitung und wusste, dass Leon das Gespräch ohne Gruß beendet hatte. Trotz seiner unkommunikativen Art konnte sie sich auf ihn verlassen. Sie tippte die Namen und Adressen von Hauke und Thees Jensen ins Handy und fügte den Firmensitz der Jensen-Gruppe und die Anschrift der Kanzlei von Thees Jensen hinzu. Wenn etwas ohne richterlichen Beschluss herauszubekommen war, dann würde Leon das in den kommenden Tagen schaffen. Lena ließ das Handy in die Tasche gleiten und sah sich noch einmal verstohlen auf dem Deck um. Ihr Vater schien immer noch im Inneren des Schiffs zu sitzen.

Lena überlegte, wie sie an die Identität von Thees Jensens Vater kommen könnte. Wenn in den Briefen, die Beke ihr gegeben hatte, das Krankenhaus erwähnt wurde, in dem Gesa entbunden hatte, wäre es vielleicht möglich, die Akten von dort anzufordern. Des Weiteren war ganz sicher von Amts wegen nach dem Vater geforscht worden. Thees Jensen war 1960 geboren worden. Im Falle von nichtehelichen Kindern musste damals automatisch das Jugendamt auf den Plan treten und unter bestimmten Umständen sogar das Sorgerecht übernehmen. Ob allerdings die fast sechzig Jahre alten Akten noch vorhanden waren beziehungsweise gefunden werden konnten, blieb abzuwarten. Falls Gesa Jensen tatsächlich den Namen des Vaters verraten hatte, würde dieser außerdem in den Unterlagen des Standesamtes geführt werden.

Inzwischen kam Sylt in Sicht. In spätestens zwanzig Minuten würden sie im Hörnumer Hafen anlegen. Als zwei Frauen ganz in ihrer Nähe über Amrum sprachen, musste Lena unwillkürlich an ihr Gespräch mit Beke denken. Ihr schien viel daran zu liegen, dass sie mit Erck redete. Und kurz darauf war sie ihm direkt in die Arme gelaufen, ohne die Chance zu nutzen. Erck hatte es nicht verdient, dass sie ihm einfach so die kalte Schulter zeigte. Sie würde mit ihm sprechen müssen. Sie nahm sich vor, nach Amrum zu fahren, sobald der Fall gelöst war. Bis dahin hatte sie Zeit, sich alles durch den Kopf gehen zu lassen.

Als sie im Hörnumer Hafen angelegt hatten, wartete Lena, bis sie ihren Vater über das Fallreep gehen sah, bevor sie selbst das Schiff verließ.

Zehn

»Alles gut verlaufen?«, fragte Johann, als sie zusammen im Auto durch Hörnum fuhren.

Lena, die auf dem Beifahrersitz Platz genommen hatte, fasste Bekes Erinnerungen kurz zusammen. »Bis auf einen habe ich die Briefe noch nicht gelesen. Es dauert ewig, die Schrift zu entziffern.«

»Dir ist schon klar, dass diese Ereignisse fast sechzig Jahre zurückliegen? Weshalb sollte gerade jetzt jemand aus der Hamburger Zeit nach Sylt kommen und die Jensen töten? Mir scheint das vollkommen abwegig zu sein.«

»Wir werden sehen«, meinte Lena, der selbst nicht ganz klar war, warum ihr Gesa Jensens junge Jahre im Exil so wichtig erschienen. Allein die Briefe durchzusehen würde aufgrund der schwer lesbaren Schrift eine Ewigkeit dauern. Wenn sich dort tatsächlich keine Anhaltspunkte finden würden und darüber hinaus auch der Vater von Thees Jensen nicht zu ermitteln war, würde dieser Ermittlungsansatz ohnehin ins Leere laufen. »Was macht unser Arzt?«

Johann grinste. »Der wird wohl gerade wieder seine Patienten warten lassen.«

»Bist du auf irgendwas Interessantes gestoßen?«

»Ich denke schon. Aber lass uns das gleich in Ruhe im Büro besprechen. Es gibt da auch noch einiges zu prüfen.«

»Die Daten der Telefongesellschaft …«

»… sind noch nicht da«, vervollständigte Johann ihren Satz. »Die übliche Warterei. Leider geht das nur in den Fernsehkrimis innerhalb von Sekunden. Vermutlich hätten wir dann auch von sämtlichen Beteiligten die Bankauskunft und was es sonst noch so alles gibt an Daten. Leider sind wir nicht beim Film.«

»Kommt Zeit, kommt Rat«, sagte Lena trocken.

»Ah, hat da jemand wieder jemanden auf etwas nicht ganz so Legales angesetzt?« Er hob eine Hand hoch. »Nein, ich will es gar nicht wissen.«

»Bisher sind wir mit meinem Mann im Dunkeln doch ganz gut gefahren.« Johann hatte Leon einmal so bezeichnet.

»Mag sein, aber ganz wohl ist mir dabei nie gewesen. Wenn das rauskommt, haben wir ein Riesenproblem.«

»Nicht wir, sondern ich.«

»Glaubst du wirklich, dass mir das jemand abnimmt? Wir arbeiten so eng zusammen und ich bekomme nicht mit, wenn plötzlich illegale Daten auf dem Tisch liegen? Aber gut. Sei einfach vorsichtig. Ich möchte dich nicht vor Gericht sehen.«

Lena lachte. »Keine Angst, ich bin vorsichtig. Allerdings …« Sie grinste breit. »Erinnerst du dich an diese skandinavische Krimireihe mit der toughen Kommissarin?«

»Sarah sowieso. Ich habe nur eine Folge davon gesehen.«

»Sarah Lund. Sie eckt ständig an und wird sogar einmal in die Provinz versetzt. Egal. Am Schluss der Serie erschießt sie einen Kinderschänder, dem sie sonst nicht beigekommen wäre.«

»Ups!« Johann parkte vor dem Polizeirevier in Westerland. »Wird sie wieder in die Provinz versetzt? Oder gibt es da keine Gefängnisse?«

»Mithilfe eines befreundeten Kommissars flieht sie ins Ausland. Die in den Horizont fliegende Maschine ist die letzte Szene.«

Johann stellte den Motor aus. »Dann würde ich dich doch sehr bitten, dir an dieser Filmkollegin kein Vorbild zu nehmen. Das wäre mir dann doch zu aufregend.« Er schüttelte den Kopf: »In den Horizont …«, und öffnete die Autotür. »Kommst du?«

Zehn Minuten später saßen sie sich in ihrem Büro gegenüber, jeder mit einem heißen Kaffee ausgestattet.

»Also, was hast du?«, fragte Lena.

»Du erinnerst dich an die Anzahl der Todesfälle? Ich habe schnell gesehen, dass ich da einen kreativen Ansatz brauche, um hier nicht Wochen oder gar Monate recherchieren zu müssen.«

»Wow! Jetzt bin ich aber gespannt.«

Johann warf ihr einen gespielt ärgerlichen Blick zu. »Hey, nicht nur du hast geniale Einfälle. Ausnahmsweise … Lassen wir das.« Er legte eine Kunstpause ein. »Ich habe mir überlegt, wen ich konkret ansprechen kann. Angehörige? Aus vielerlei Gründen nicht so gut. Manchmal gibt es gar keine, andere sind weit weg oder wollen – aus gutem Grund – nicht mit der Polizei sprechen.«

»Jetzt mach's nicht so spannend.«

»Ich habe die drei Beerdigungsinstitute auf Sylt abgeklappert. Gleich beim ersten traf ich auf eine engagierte junge Dame, die vor ein paar Jahren das Institut von ihrem Vater übernommen hat.«

Lena schmunzelte. »Und die dir natürlich bereitwillig Auskunft gegeben hat.«

»Ganz so einfach war es leider nicht. Aber nach einer guten Tasse Tee und einem angenehmen Gespräch sind wir dann schon zu den harten Fakten gekommen.« Wieder legte er eine Pause ein und schien es zu genießen, Lena zappeln zu lassen. »Okay. Dann lasse ich mal die Katze aus dem Sack. Sie hatte in den letzten zwei Jahren zwei Fälle, in denen ein älterer Herr beziehungsweise eine ältere Dame über Nacht den Tod fanden. Herzversagen. Außerdem weiß sie von einem Kollegen, dass er ebenfalls einen ähnlich gelagerten Fall hatte. Ich brauche jetzt nicht zu sagen, welcher Arzt jedes Mal den Totenschein ausgestellt hat.«

»Dr. Husmann.«

»So ist es. Aber gut, habe ich mir gedacht, das ist ja erst mal nichts Ungewöhnliches. Da Sophie gut vernetzt ist auf Sylt …«

»Sophie?«

»Oh, das hatte ich vergessen. Sophie Wiesinger, die Dame vom Beerdigungsinstitut. Wie gesagt, Sophie hat da so ihre Informationsquellen. Kurz und gut, eigentlich hatten die beiden älteren Herrschaften, von denen ich gerade gesprochen habe, keine Erben. So dachte man zumindest, bis bei einer wie aus dem Nichts eine entfernte Verwandte auftauchte und ihren Anspruch angemeldet hat.«

»Was allerdings nachgewiesen werden muss.«

»Da bin ich dran. Und ob von der zweiten Dame und dem älteren Herrn ebenfalls Verwandte aufgetaucht sind, versuche ich gerade herauszubekommen.«

»Hast du übrigens das Testament gekriegt?«

»Der Notar wollte es nicht ohne richterlichen Beschluss rausrücken. Den habe ich angefordert, aber noch nicht bekommen.«

Lena nickte und öffnete ihren Laptop. Nach wenigen Minuten hatte sie Zugriff auf die Daten des entsprechenden Hamburger Standesamtes. Thees Jensens Vater war hier als unbekannt vermerkt. Sie suchte nach der Telefonnummer des Hamburger Jugendamtes, das für den Bereich Altona zuständig war, und fragte sich mit Geduld bis zu einer Sachbearbeiterin durch.

»Das ist jetzt nicht Ihr Ernst, oder?«, fragte Frau Wüsting, bei der Lena gelandet war. Ihrer Stimme nach zu urteilen war sie in Lenas Alter. »Ich habe nicht die geringste Ahnung, wo fast sechzig Jahre alte Akten gelagert werden. Wir haben genug mit den aktuellen zu tun, müssen Sie wissen.«

»Das verstehe ich absolut. Aber hier geht es um ein Tötungsdelikt an einer alten Dame, die ihren unehelichen Sohn in Ihrem Einzugsbereich geboren hat.« Lena verschwieg ihr, dass sie sich nicht sicher war, ob Gesa Jensen zum Zeitpunkt der Geburt tatsächlich noch in Altona gewohnt hatte. »Wenn ich jetzt den normalen Dienstweg gehe, bekomme ich allenfalls in ein paar Wochen Auskunft, wenn ich Pech habe, dauert es Monate.«

»Sie sind bei der Mordkommission?«, fragte Frau Wüsting und ihre Stimme klang jetzt interessiert.

»Sozusagen. Landeskriminalamt Kiel. Ich bin Hauptkommissarin und Ermittlungsleiterin.«

»Ich lese gerne Krimis«, sagte Frau Wüsting. »Nicht diese blutrünstigen, die es im Moment überall gibt. Mir liegen mehr die mit psychologischem Schwerpunkt.«

Lena schwieg. Sie konnte nur hoffen, dass die Jugendamtsmitarbeiterin ihre Meinung ändern und ihr helfen würde.

»Ich habe noch eine ältere Kollegin.« Sie lachte verlegen. »Sie ist natürlich nicht so alt, dass sie damals schon hier gearbeitet hat. Aber sie weiß vielleicht, wie ich an die alten Akten komme.« Sie lachte kurz. »Auf dem kleinen Dienstweg, sozusagen.«

»Das wäre fantastisch.« Lena bedankte sich überschwänglich und gab Frau Wüsting ihre Kontaktdaten. Diese versprach, sich noch am gleichen Tag darum zu kümmern und sich wieder zu melden.

Johann führte bereits sein drittes Gespräch, seit sie zurück im Büro waren, und schien, wie Lena aus seinen Fragen erahnen konnte, dem Husmann-Rätsel und den eventuell ungeklärten Todesfällen auf der Spur zu sein.

Lena nahm das Telefon wieder zur Hand und rief Luise im Institut für Rechtsmedizin an.

»Du bist noch zu früh dran«, sagte Luise nach einer kurzen Begrüßung.

»Das habe ich mir schon gedacht. Eigentlich wollte ich auch etwas anderes von dir.«

»Erzähl!«

»Du interessierst dich doch für die deutsche Kunstszene der jüngeren Zeit.«

»Schon. Was willst du wissen?«

»Die alte Dame, die du auf dem Tisch hattest, war als junge Frau Ende der Fünfzigerjahre in Hamburg und wollte eigentlich an der Kunstakademie studieren. Ich gehe davon aus, dass sie zu der Zeit in der Hamburger Kunstszene Bekannte und Freunde hatte. Ich würde gerne mit jemandem sprechen, weiß nur nicht, wo ich da anfangen soll.«

»Dir ist schon klar, dass diese Leute mindestens achtzig Jahre sein müssten?«

»Ich bin zwar nur eine kleine Kommissarin, aber die Grundrechenarten habe ich schon noch drauf.«

Luise lachte. »Kleine Kommissarin! Seit wann bist du so bescheiden? Aber gut, die meisten Künstler dieser Zeit sind tatsächlich schon verstorben. Der Zeichner Horst Janssen zum Beispiel ist in den Fünfzigerjahren immer bekannter geworden und hat damals in Hamburg gelebt und gearbeitet. So aus dem Bauch heraus kann ich dir da nicht helfen, aber ich werde nach der Arbeit mal meine schlauen Bücher in die Hand nehmen und außerdem meine Mutter anrufen. Sie hat eine gute

Freundin, eine Fotografin, die Anfang der Sechzigerjahre in Hamburg tätig war. Kannst du dich so lange gedulden?«

»Werde ich wohl müssen«, sagte Lena.

»Und sonst? Wie geht es dir auf Sylt?«

Lena ahnte, worauf Luises Frage abzielte. Da sie überhaupt keine Lust hatte, über Erck zu sprechen, sagte sie: »Alles gut so weit. Rufst du mich dann an, falls du was finden solltest?«

Sie verabschiedeten sich und Lena konzentrierte sich wieder auf ihre Notizen, als sie sah, dass Johann immer noch oder schon wieder am Telefonieren war. Sie stellte fest, dass der Bericht der Spurensicherung gerade eingetroffen war, druckte ihn aus und fing an zu lesen.

Nils Frohberg bestätigte im Bericht, dass keinerlei Einbruchspuren an den Fenstern und Terrassentüren gefunden wurden, die alte Eingangstür aber mit hoher Wahrscheinlichkeit mit Spezialwerkzeug geöffnet worden war. Über den Zeitpunkt ließe sich, so der Kriminaltechniker, keine seriöse Feststellung treffen. Nils Frohberg hatte ihr allerdings direkt in der E-Mail geschrieben, dass er davon ausgehe, dass die Manipulation am Schloss nicht mehr als ein Jahr alt war. Weiter stand im Bericht, dass die Bettwäsche gründlich gewaschen worden sei und am übrigen Bett keine Spuren hatten sichergestellt werden können. Die wenigen Fingerabdrücke seien in erster Linie auf die Bewohner des Hauses zurückzuführen: Gesa und Marie Jensen sowie Ilse Wagner. Weiter wurden vier unterschiedliche Abdrücke gefunden, die den drei Personen nicht zugeordnet werden konnten und auch in keiner Datenbank hinterlegt waren. Die Auswertung des gefundenen DNA-Materials wie Hautschuppen und Haare würde bis zu zwei Wochen in Anspruch nehmen. Die Untersuchungsergebnisse des Laptopinhalts würden in zwei bis drei Tagen vorliegen. Die zahlreichen Briefe, die vor allem aus den Sechziger- und

Siebzigerjahren stammten, wollte Frohberg am Folgetag für Lena eingescannt online stellen.

Weiterhin führte der Kriminaltechniker im Bericht aus, dass die Fasern des Kissenbezuges mit denen in der Lunge von Gesa Jensen identisch seien. Insofern sei mit hoher Wahrscheinlichkeit davon auszugehen, dass das Opfer mit dem Bettkissen erstickt worden war. Nils Frohberg schloss den Bericht mit dem Hinweis, dass keine weiteren Spuren gefunden worden seien.

Johann legte soeben den Telefonhörer auf und lehnte sich auf seinem Stuhl weit zurück. Er streckte alle Glieder von sich und sagte: »So weit, so gut!«

Lena sah ihn fragend an, er grinste frech zurück. »Ich würde mal sagen, wir haben eine Spur.«

»Bedeutet?« Lena wusste, dass ihr Kollege genau auf diese Aufforderung gewartet hatte. Auch wenn ihm jeder Hang zur Überheblichkeit abging, zögerte er gern mal eine wichtige Information hinaus, um ihr mehr Gewicht zu geben.

»Auch die zweite Dame, die verstorben ist und deren Totenschein Dr. Husmann ausgestellt hat, ist ihr Erbe losgeworden. Es hat sich, nachdem ein Anwalt tätig wurde, eine entfernte Verwandte gefunden.«

»Anwalt? Wer hatte ihn beauftragt?«

»Niemand. Er ist als Erbenermittler tätig und beauftragt sich quasi selbst. Falls er dann jemanden findet, bekommt er eine dem Erbe angemessene Provision.«

»War dieser Anwalt auch bei dem ersten Fall tätig?«

»Soweit ich es herausfinden konnte, nein. Da hat sich die Erbin wohl von allein gemeldet.«

»Dieser Anwalt kann ja trotzdem seine Finger im Spiel haben. Und der dritte Fall?«

»Da ist derselbe Anwalt tätig geworden und hat seine Dienste bereits beim Nachlassgericht angemeldet. Und ich gehe jede Wette ein, dass er wieder jemanden finden wird.« Er grinste breit. »Die Welt ist halt voller unentdeckter Verwandter. So stirbt wenigstens nie die Familie aus.«

»Wie heißt der Anwalt und wo ist seine Kanzlei?«

»Dr. Josef Meyerdierks. Er hat sein Büro in List. Wollen wir ihm einen kleinen Besuch abstatten?«

Lena schaute auf die Uhr. Kurz vor eins. »Ruf doch bitte an und frag ganz unverbindlich, ob er im Hause ist. Ich möchte ihn nicht vorwarnen.«

Zehn Minuten später saßen sie im Auto und fuhren Richtung List. Das Navi zeigte an, dass sie in fünfzehn Minuten vor Ort sein würden. Johann hatte mit der Sekretärin gesprochen und dabei erfahren, dass der Anwalt den ganzen Tag über Termine in der Kanzlei hatte.

»Die Frage ist natürlich, ob wir auf diesem Weg wirklich weiterkommen«, sagte Johann, der auf dem Beifahrersitz saß. »Gesa Jensen hat ja mehr als genug Erben.«

»Schon richtig, aber Dr. Husmann interessiert mich. Und genau über ihn sind wir auf Meyerdierks gestoßen. Wenn wir dem Arzt irgendwie beikommen wollen, brauchen wir ein paar mehr Fakten, als wir im Moment haben.«

Sie durchquerten Kampen. An beiden Seiten der Straße lugten die Reetdächer über den hohen Sichtsperren aus Sträuchern und Hecken hervor. Johann pfiff durch die Zähne. »Was hier wohl eins dieser niedlichen Häuser kostet?«

»Mehr, als wir jemals im ganzen Leben verdienen werden«, antwortete Lena trocken.

»Es sei denn …«, Johann hob seinen Zeigefinger, »wir wechseln den Job und werden auch Erbenermittler. Grasmann und Lorenzen. Das wär's doch.«

»Grasmann und Lorenzen?«

»Okay! Dein Name käme natürlich zuerst. Alter vor …« Er stockte. »Ich meine, du bist die mit der Erfahrung.«

Sie fuhren jetzt parallel zum Wattenmeer, das zu ihrer rechten Seite hin und wieder zwischen den Baumreihen zu sehen war.

»Dann wäre das ja geklärt«, sagte Lena schmunzelnd und wurde gleich darauf wieder ernst. »Was hältst du von der Enkelin?«

»Marie Jensen? Gute Frage. Als Alleinerbin dürfen wir sie wohl nicht außer Acht lassen. Ihr Alibi ist allerdings erst mal wasserdicht.«

Als er Lenas verwunderten Blick sah, fuhr er schnell fort: »Habe ich vergessen, dir zu sagen. Ein ehemaliger Kollege in Flensburg hat sich darum gekümmert und die Freundin befragt. Er hat mir schon vorab einen mündlichen Bericht gegeben. So weit scheint das wasserdicht zu sein. Aber das war nicht deine Frage, oder?«

»Richtig.«

»Ja, was halte ich von ihr? Da drängen sich mir Fragen auf. Warum ist sie zu ihrer Großmutter nach Sylt gezogen? Warum lebt sie hier schon über drei Jahre mit ihr zusammen? Wie ist ihr Verhältnis zu dem Rest der Familie?«

Lena verlangsamte das Tempo, da sie die Ortsgrenze von List erreicht hatten. »Und dein Eindruck?«

»Ich weiß, ich drück mich gerade vor einer Einschätzung. Sie ist für mich irgendwie nicht zu fassen. Ich kann nicht wirklich viel mit ihr anfangen. Und jetzt frag mich nicht, woran ich das festmache. Wie gesagt, ich weiß nicht, was ich von ihr halten soll.«

Lena bog von der Hauptstraße rechts ab und hielt vor einem eineinhalbstöckigen schlichten Klinkerbau. Neben der Tür war ein weißes Schild angebracht, das auf die Kanzlei hinwies. Sie parkten an der Straße und stiegen aus.

ELF

»Nehmen wir ihn hart ran?«, fragte Johann, als sie auf das Haus zugingen.

»Wenn er nicht von alleine redet, werden wir wohl etwas nachhelfen müssen.«

»Du oder ich?«

Lena musste unwillkürlich schmunzeln. Johann spielte für sein Leben gern den *Bad Cop*, gerade weil bei seinem Alter und seiner Statur niemand damit rechnete. »Du kannst den Bösen mimen, wenn es dich danach gelüstet.«

»Okay!«, sagte er mit einer zwei Oktaven tieferen Stimme und schob seine Brust vor.

Lena rollte mit den Augen und drückte auf den Klingelknopf.

Eine junge Frau Anfang zwanzig öffnete ihnen die Tür. Sie begrüßte sie und bat sie in die Kanzlei.

»Sie möchten zu Dr. Meyerdierks? Darf ich fragen, in welcher Angelegenheit?«

Lena zeigte ihr ihren Ausweis. »LKA Kiel. Hauptkommissarin Lorenzen. Wir müssen Dr. Meyerdierks sprechen. Es ist dringend.«

Die Anwaltsgehilfin hatte Mühe, die Fassung zu wahren. »Sie sind von der Polizei?«, fragte sie und schien im gleichen Augenblick zu merken, wie überflüssig die Frage war. »Wenn

Sie sich bitte setzen wollen.« Sie wies mit der Hand auf eine Glastür mit der Aufschrift *Wartezimmer.*

Lena setzte ihr professionelles Lächeln auf. »Wir haben leider nur wenig Zeit. Wenn Sie bitte gleich bei Dr. Meyerdierks nachfragen könnten. Wir warten hier.«

Die Anwaltsgehilfin schluckte und schien zu überlegen, wie sie reagieren sollte. Schließlich drehte sie sich abrupt um und ließ die beiden Kommissare im Eingangsbereich stehen. Nachdem sie an einer Tür am Ende des Flurs geklopft hatte, trat sie dort ein und schloss die Tür hinter sich. Als sie kurz darauf zurückkam, hatte sie ihr Lächeln wiedergefunden. »Dr. Meyerdierks erwartet Sie. Wenn Sie mir folgen möchten.«

Hinter dem Schreibtisch saß ein untersetzter Mann Mitte fünfzig mit streng zurückgekämmten Haaren in einem dunkelblauen Anzug, der seine besten Tage schon gesehen hatte. Er blieb sitzen und wies mit der Hand auf die zwei Stühle vor seinem Schreibtisch. »Polizei? Wie kann ich Ihnen helfen?«

Lena und Johann setzten sich. Lena schob ihm eine Visitenkarte über den Tisch. »Wir ermitteln in einem Tötungsdelikt.«

»Oh, hier auf Sylt? Davon habe ich überhaupt nichts gehört.«

»Sie sind als Erbenermittler tätig?«

»So ist es, Frau …«, er schaute auf die Visitenkarte, »Lorenzen.«

»Im Zuge unserer Ermittlungen ist mehrfach Ihr Name im Zusammenhang mit Ihrer Tätigkeit als Anwalt gefallen.«

»Interessant«, sagte er mit verächtlichem Blick. »Sie müssen sich irren. Kann ich sonst noch …«

»Da bin ich mir sicher«, unterbrach Lena ihn. Ihr war nach den Antworten des Anwalts und seinem selbstgerechten und arroganten Auftreten klar, dass sie bei ihm mit freundlichen

Fragen nicht weiterkommen würden. Sie entschied sich, sofort zum Kern der Sache zu kommen.

»Sie stehen in Kontakt mit Dr. Husmann?«

»Dr. Husmann? Ist das der Arzt aus Hörnum?« Er imitierte ein angestrengtes Nachdenken. »Doch, wir sind entfernt bekannt miteinander. Man trifft sich hier auf Sylt mal hier, mal da.«

»Waren Sie auch als Erbenermittler im Fall von Irene Bergmann tätig?« Johann hatte Lena noch auf dem Polizeirevier einen Zettel mit den drei Namen gegeben.

»Frau Kommissarin, Sie wissen doch genauso gut wie ich, dass ich Interna meiner Arbeit nicht einfach offenlegen muss oder besser gesagt darf.«

»Waltraut Postner?«

Er lächelte sie schweigend an.

»Joachim Rother?«

»Wie gesagt, ich kann Ihnen dazu nichts sagen.«

Johann räusperte sich. »Wie genau kommen Sie zu Ihren – wie soll ich es nennen – Aufträgen?«

»Ich weiß zwar nicht, was es Sie angeht, aber gut. Ich beziehe meine Informationen aus öffentlich zugänglichen Quellen. Zeitungen, amtliche Bekanntmachungen, Kirchenblätter.« Er erhob sich. »Kann ich sonst noch etwas für Sie tun?«

»Unterhalten Sie eine Geschäftsbeziehung zu Dr. Husmann?«, legte Johann nach, ohne auf den offensichtlichen Rausschmiss einzugehen.

Meyerdierks sank zurück auf seinen Stuhl. »Junger Mann, ich bin Anwalt und kein …«, er schien nach dem richtigen Wort zu suchen, »keine Firma, die Geschäftsbeziehungen unterhält. Ich habe Mandanten. Ich gehe einmal davon aus, dass ich Ihnen den Unterschied nicht erklären muss.«

»Ihre Mandanten sind also die von Ihnen ermittelten Erben?«

»Sehr gut erfasst, Herr ...«

»Grasmann.« Johann verzog keine Miene. »Sind Ihre Bemühungen bei der Suche nach Herrn Rothers Erben inzwischen ebenfalls erfolgreich verlaufen?«

»Dazu kann ich im Moment ebenso wenig sagen.«

»Sie sind auch über Sylt hinaus tätig?«, fragte Lena.

»So ist es, Frau Hauptkommissarin.«

Johann beugte sich leicht nach vorn. »Es macht Ihnen sicher nichts aus, wenn wir Ihre gesamten Fälle unter die Lupe nehmen?«

Dr. Meyerdierks rieb sich mit dem Finger über den Nasenrücken und verdeckte dabei mit der Hand die untere Gesichtshälfte. Lena vermutete, dass er damit seine kurze Schockstarre verbergen wollte, aber seine Augen verrieten ihn. Er zwinkerte nervös und schien nicht zu wissen, wohin er schauen sollte. Einen Moment später hatte er sich wieder im Griff. Einem nicht so aufmerksamen Beobachter wäre die zweimalige Veränderung kaum aufgefallen.

»Sie werden das tun, was Sie für nötig halten«, sagte er schließlich, nachdem er zum wiederholten Mal einen kurzen Blick zur Uhr an der Wand geworfen hatte. »Ob es mir nun gefällt oder nicht. Solange Sie sich dabei an Recht und Gesetz halten ...« Sein Lächeln wirkte jetzt verkrampft.

»Ich muss gestehen, wir befinden uns mit unseren Ermittlungen noch ganz am Anfang und ich hatte nur wenige Stunden Zeit, um mich mit Ihrer Arbeit zu beschäftigen. Aber Sie wissen ja, wir sind viele. Ein kleines, aber schlagkräftiges Team wird sich ab morgen um nichts anderes mehr kümmern als um die letzten Jahre Ihrer Arbeit.«

»Soll das eine Drohung sein?«

»Lieber Dr. Meyerdierks«, mischte sich Lena ein. »Unser Gespräch ist eine ganz normale Befragung im Rahmen unserer Ermittlungsarbeit. Mich würde schon interessieren, wo genau

Sie eine Drohung gehört haben. Mein Kollege hat Sie nur informiert, dass uns Ihre Arbeit der letzten Jahre interessiert.«

»Aber in was für einem Ton!«, fuhr Meyerdierks Lena an, schien es aber im nächsten Augenblick zu bereuen. Er hatte lauter und aggressiver als zuvor gesprochen und sich dabei auch abrupt mit den Armen auf seinen Schreibtisch gestützt.

»Haben Sie etwa was zu verbergen?«, schob Johann ruhig, aber bestimmt nach.

Der Anwalt schnaubte verächtlich. »Netter Versuch. Suchen Sie, bis Sie schwarz werden mit Ihrem kleinen Team.« Er erhob sich. »Ich denke, wir sind jetzt hier fertig.«

Keiner der beiden Kommissare erhob sich. Johann ließ sich Zeit, bevor er sagte: »Schlagkräftig haben Sie vergessen. Kleines schlagkräftiges Team.«

Meyerdierks' Augenlider zuckten wieder nervös. Er stand immer noch vor seinem Schreibtisch und schaute unschlüssig zuerst Johann und dann Lena an.

»Sie haben uns nichts mehr zu sagen?«, fragte Lena.

»Nein! Und ich verbitte mir Ihre dummen und haltlosen Unterstellungen. Wenn Sie jetzt bitte mein Büro verlassen würden.«

Lena stand langsam auf, Johann folgte ihr.

»Schade. Sie als Anwalt sollten wissen, wie sinnvoll es sein kann, mit der Polizei zu kooperieren. Sie hören von uns.« Sie zog ihre Mundwinkel kurz hoch. »Einen angenehmen Tag wünsche ich!«

Als die beiden Kommissare im Auto vor der Kanzlei saßen, seufzte Johann theatralisch. »Wir sind keinen Millimeter weitergekommen. Hätten wir das anders anpacken sollen?«

»Der gute Herr Meyerdierks war im Grunde genommen noch verschlossener als unser Hausarzt. Nein, da war nichts zu machen, außer ihn aufzuschrecken. Und das haben wir geschafft.« Sie startete den Motor. »Und weitergekommen sind wir auch.«

»Habe ich da was verpasst?«

Lena lenkte den Wagen auf die Straße und fuhr an. »Wie hoch ist die Wahrscheinlichkeit, dass sich ein Anwalt so unkooperativ verhält, wenn er nichts zu befürchten hat? Ich denke mal, sehr gering. Sprich: Deine Spur war und ist sehr vielversprechend.«

In diesem Augenblick klingelte Johanns Handy. Er nahm das Gespräch an, hörte eine Weile zu und bedankte sich dann.

»Perfektes Timing! Ob du es glaubst oder nicht, während wir bei unserem Erbenermittler im Büro saßen, hat sich beim Vormundschaftsgericht ein junger Mann gemeldet und angegeben, dass er mit Joachim Rother verwandt ist.«

»Sieh an! Hat Meyerdierks deshalb immer wieder auf die Uhr geschaut? Wären wir ein paar Stunden eher gekommen, gäbe es vielleicht keinen Verwandten, der so plötzlich aus dem Nichts aufgetaucht wäre.«

»Sehe ich auch so. Also werde ich mal die drei Erben unter die Lupe nehmen. Fährst du zum Revier zurück?«

»Ja, ich muss auch noch ein paar Dinge überprüfen.«

Johann rieb sich die Hände. »Dann mal ran an den Speck!« Er grinste. »Es wäre doch gelacht, wenn unser kleines, aber schlagkräftiges Team keine Ansatzpunkte findet, die uns weiterbringen.«

Zurück im Büro, kontrollierte Lena ihren Mailaccount. Weder waren Luises restliche Ergebnisse der Laboruntersuchungen gekommen, noch hatte Jensens Sekretärin wie angekündigt die Termine geschickt, an denen Hauke Jensen angeblich mit seiner Schwester Kontakt gehabt hatte. Die einzige Nachricht kam von Johann: die Daten des Postboten, der in Hörnum die

Briefe austrug. Lena griff nach dem Telefon und wählte die Handynummer.

»Johansen!«, meldete sich eine tiefe Männerstimme.

Lena stellte sich vor und erklärte ihr Anliegen.

»Ja, ich trage da schon seit Jahren die Post aus«, sagte Raik Johansen bereitwillig.

»Ich würde Sie gern dazu befragen. Wenn es geht, sofort. Ich kann bei Ihnen vorbeikommen. Wo befinden Sie sich gerade?«

Ihr Gesprächspartner zögerte, sagte dann aber: »In der Postfiliale in Westerland. Kjeirstraße.«

Lena stand auf und stellte sich vor den großen Stadtplan von Westerland, der an der Wand hing. »Das ist nicht weit entfernt. Ich bin in zehn Minuten bei Ihnen.«

Die Filiale befand sich im Erdgeschoss eines fünfstöckigen Hauses mit weiß-blauer Außenfassade, das Lena an einen bunten Legostein erinnerte. Ein Mann in den Vierzigern, schlank und mit blonden kurz geschnittenen Haaren, stand vor ihr, nachdem sich Lena zu ihm durchgefragt hatte.

»Können wir uns irgendwo in Ruhe unterhalten?«

»Zwei Türen weiter ist der Mitarbeiterraum. Da ist im Moment niemand.«

Er führte Lena in ein schmuckloses Zimmer, in dessen Mitte drei Tische zu einer Reihe zusammengestellt waren.

»Geht es hier?«, fragte er zurückhaltend.

Lena nickte. »Das, was Sie gleich erfahren, ist nur für Ihre Ohren bestimmt. Ich muss mich darauf verlassen können, dass Sie es für sich behalten.«

»Ja, natürlich.«

»Ich hatte Ihnen ja bereits am Telefon gesagt, um welchen Bezirk es geht. Konkret handelt es sich um das Haus von Gesa Jensen. Sie haben sicherlich mitbekommen, dass sie verstorben ist.«

Er nickte.

»Wir haben den begründeten Verdacht, dass es sich um ein Tötungsdelikt handelt. Von daher sprechen wir mit allen Personen, die Kontakt zu Frau Jensen hatten.«

»Ist sie ermordet worden?«, fragte er.

»Dazu kann ich Ihnen nichts sagen.« Lena ließ sich einen Moment Zeit, bevor sie fragte: »Sie kannten Frau Jensen persönlich?«

»Persönlich ist vielleicht zu viel gesagt. Ich trage in dem Bezirk seit neun Jahren die Post aus und da wechselt man schon ab und an ein paar Worte. Sie war eigentlich ganz in Ordnung. Eine nette alte Dame, würde ich sagen.«

»Eigentlich?«, hakte Lena sofort nach.

Der Postbote zögerte. »Habe ich *eigentlich* gesagt?« Er zuckte mit den Schultern. »Ja, so etwas von oben herab war sie manchmal schon. Wenn Sie wissen, was ich meine.«

Lena nickte und wartete, dass er von selbst weitersprach.

»Okay, zu Weihnachten hat sie mir schon mal einen Schein zugesteckt. Das kommt ja durchaus vor, gerade bei den älteren Kunden. Aber ihr Blick dabei …«

»Ja?«

»Wie soll ich das beschreiben?« Er verzog das Gesicht. »Ehrlich gesagt war ich manchmal schon kurz davor, ihr das Geld zurückzugeben. Aber das geht ja irgendwie auch nicht. Nachher bekommt man noch eine Beschwerde an den Hals … Das wäre ja absurd.«

Lena ließ dem Mann Zeit, sich zu erinnern, seine Eindrücke in Worte zu fassen. Sie wusste aus zahlreichen Befragungen und Verhören, dass es manchmal wichtiger war, an der richtigen Stelle zu schweigen, als die Befragung mit immer neuen Fragen voranzutreiben.

»Sie hatte aber auch eine ganz andere Seite«, fuhr er fort. »Da verwickelte sie mich in ein Gespräch, fragte, wie es meiner

Familie gehe, in welcher Klasse der Älteste inzwischen sei und solche Sachen.« Er sah Lena jetzt direkt an. »Sie müssen wissen, mir ist das wichtig, auch hin und wieder etwas Kontakt zu den Leuten zu haben. Klar, das kostet Zeit und die bekomme ich auch nicht bezahlt. Ich habe mein Pensum abzuarbeiten. Gerade in den letzten Jahren …« Er atmete schwer durch. »Aber das interessiert Sie jetzt sicher nicht.«

»Ich habe es nicht eilig«, sagte Lena.

»Nun gut, wenn ich recht überlege, habe ich schon häufiger mit der Frau Jensen gesprochen als mit anderen Kunden. Sie war ja auch fast immer im Haus. Ich bin meistens so gegen zehn Uhr bei ihr gewesen. Da hat sie häufig gefrühstückt – wohl zum zweiten Mal, weil sie mir mal sagte, sie wäre Frühaufsteherin – und aus dem Küchenfenster kann man sehen, wenn jemand den Weg hinaufkommt.«

»Ja, ich kenne die Örtlichkeiten. Ist Ihnen in den letzten Wochen etwas Besonderes aufgefallen? Standen dort Fahrzeuge, die Sie sonst nicht gesehen haben, sind Ihnen Menschen begegnet, die nicht zum Haus gehören?«

Der Postbote runzelte die Stirn. »Das ist eine schwierige Frage. Man rechnet ja nicht damit, dass es mal wichtig sein kann.« Er fuhr sich mit der Hand über die kurz geschorenen Haare. »In den letzten Wochen …« Er zögerte wieder, bevor er sagte: »An dem Tag, als sie gestorben ist … Daran erinnere ich mich natürlich. Der Wagen des Bestatters stand ja vor der Tür und die Haushälterin lief aufgeregt herum. Ich habe sie natürlich gefragt, was passiert ist.«

»Sie waren wieder gegen zehn Uhr am Haus?«

»An dem Tag war das Briefaufkommen nicht so groß wie gewöhnlich und dadurch bin ich etwas eher da gewesen. Vielleicht so eine halbe Stunde früher.«

»Das Fahrzeug des Arztes stand nicht vor dem Haus?«

»Nein, ich glaube nicht.« Er legte den Kopf in den Nacken. »Nein, ganz bestimmt nicht. Da war nur der Leichenwagen und der hatte mich kurz zuvor überholt.«

»Okay. Und sonst? Mich interessieren die Wochen vor dem Tod von Frau Jensen, aber natürlich besonders die Tage davor.«

»Sie meinen jetzt aber nicht irgendwelche dubiosen Typen, die ums Haus geschlichen sind?«

»Gab es denn welche?«

Ein Grinsen huschte über das Gesicht von Raik Johansen. »Nein, natürlich nicht.« Er seufzte leise. »Ich bin mir nicht sicher. Es kann sein … oder war das letztes Jahr?«

Wieder wartete Lena geduldig. Der Postbote schien ein Mensch zu sein, der nicht einfach etwas in die Welt hinausposaunte, ohne dass es seiner Meinung nach Hand und Fuß hatte.

»Es stand dort häufiger ein Fahrzeug mit Hamburger Kennzeichen. Da bin ich mir ganz sicher. Sie wollen jetzt sicher wissen, was es für ein Fabrikat war, und nach Möglichkeit noch das ganze Kennzeichen. Aber das weiß ich nicht. Das Kennzeichen sowieso nicht und die Marke … es war ein teures Auto. Irgendeine Edelmarke. Mir fällt gerade nicht der Name ein.«

»Ferrari? Bentley? Jaguar?«, schlug Lena vor.

Er schüttelte den Kopf. »Da ist so ein Dreizack im Logo.«

»Maserati?«

»Ja, genau. Deshalb habe ich es mir auch nur gemerkt. Diese Teile sind doch irre teuer.«

»Häufiger, sagten Sie?«

»Ja, zwei- oder dreimal. Aber ganz genau habe ich mir das natürlich nicht gemerkt.«

»Sind Sie dem Besitzer des Fahrzeugs einmal begegnet?«

»Eine gute Frage. Ich will Ihnen auch nichts Falsches sagen. Aber … ja, ich glaube schon. Es war ein Mann, Anzugträger, Mitte fünfzig, glaube ich. Und bevor Sie fragen, ob ich ihn wiedererkennen würde – ich weiß es nicht. Das käme denn wohl auf einen Versuch an. Ich habe so etwas noch nie gemacht.«

»Ich kann im Moment noch nicht sagen, ob Ihre Beobachtung wichtig sein könnte, aber falls ja, müssten wir eventuell eine Phantomzeichnung anfertigen.«

»Ich weiß nicht …« Er schluckte.

»Warten wir es einfach ab, Herr Johansen. Unsere Zeichner sind sehr gut darin, auch ungeübten Beobachtern die richtigen Informationen zu entlocken.«

»Wenn Sie meinen …«, sagte er unsicher.

Lena schenkte Raik Johansen ein aufmunterndes Lächeln und sprach noch eine Weile mit ihm über seine Beobachtungen vor dem und im Haus von Gesa Jensen. Als sie nicht weiterkamen, reichte sie ihm ihre Visitenkarte und bat ihn, sich zu melden, falls ihm noch etwas einfallen sollte.

ZWÖLF

Zurück auf dem Polizeirevier, nahm Lena sich die bei Gesa Jensen gefundenen Briefe vor. Da sie nach Datum sortiert waren, suchte Lena zuerst ab 1963, dem Jahr, in dem Gesa Jensen nach Sylt zurückgekehrt war. Neben einigen Briefen von Beke, die Lena übersprang, fand sie Schreiben von drei Männern und zwei Frauen, die zu jener Zeit alle in Hamburg gelebt hatten. Sie berichteten von der Kunstszene, ihren eigenen Projekten und von allerlei Tratsch und Klatsch. Einer der Männer schien es sehr zu bedauern, dass Gesa die Hansestadt verlassen hatte. Ihr Kollege Jan Lotze hatte zu den einzelnen Briefen die Umschläge mit eingescannt, auf denen sich jeweils der Absender befand. Lena notierte sich die Namen und scrollte durch die restlichen Briefe. Nur vereinzelt fand sie Stellen, in denen die Schreibenden auf Dinge eingingen, die sie zuvor von Gesa erfahren hatten. Lena schrieb sich einige Passagen auf, war sich aber nicht sicher, ob die Inhalte der Briefe im Rahmen der Ermittlungen relevant werden würden.

»Soll ich dir einen Kaffee mitbringen?«, fragte sie den auf seinen Laptop konzentrierten Johann.

Er schaute verwirrt auf. »Was? Ach so, ja, ich will auch einen.«

»Kommst du weiter mit der Erbensache?«

»Gar nicht so einfach. Aber gib mir noch ein paar Stunden, dann können wir darüber reden.«

Lena zog ab und lief den Flur entlang zur Kaffeemaschine. Im Glasbehälter befand sich nur noch ein eingetrockneter Rest. Sie nahm das Glas aus der Maschine, säuberte es und füllte Wasser nach. Als sie Kaffeepulver in den neuen Filter füllen wollte, bemerkte sie, dass die Dose leer war.

»Nichts mehr drin?«, fragte eine Männerstimme hinter ihr.

Lena drehte sich um. Arne Petersen stand vor ihr. »Leider nein.«

Er bückte sich und öffnete den kleinen Schrank, auf dem die Kaffeemaschine stand, holte eine neue Packung heraus, riss sie auf und reichte sie Lena.

»Danke!« Sie zählte fünf Löffel ab, schloss die Filterklappe und legte den Kippschalter um.

»Kommt ihr weiter?«, fragte der Leiter der Polizeistation.

»Mühsam ernährt sich das Eichhörnchen«, antwortete Lena ausweichend. »Aber wo ich Sie gerade treffe: Hauke Jensen hatte schon vor unserem Gespräch mit ihm erfahren, dass seine Schwester getötet wurde.«

Er hob sofort schützend die Hände. »Nicht von meinen Leuten, falls Sie das andeuten wollten.«

»Das habe ich nicht gesagt, Kollege Petersen. Aber sehr viele Quellen gab es für Herrn Jensen nicht. Zu dem Zeitpunkt wussten nur äußerst wenige Personen von dem Verdacht.«

»Wie gesagt, das kam nicht aus meinem Team.«

»Sie halten trotzdem die Augen offen?«

Arne Petersen schluckte. »Ihr Kaffee ist gleich durchgelaufen. Wenn Sie noch etwas brauchen, sagen Sie mir einfach Bescheid. Einen schönen Tag noch.« Sein Lächeln misslang, er wandte sich abrupt ab und lief den Flur entlang zu seinem Büro.

Lena fragte sich, ob sie vorsichtiger hätte vorgehen sollen. Der Punkt konnte schnell kommen, an dem sie die

Unterstützung der Sylter Kollegen brauchen würden. Schon zu häufig hatte sie erlebt, dass die Kollegen vor Ort der *LKA-Tussi* Steine in den Weg legten. Sie nahm sich vor, Arne Petersen beim nächsten Zusammentreffen mit weniger Vorbehalten zu begegnen.

Lena stellte Johann die Tasse auf seinen Tisch. »Danke«, murmelte dieser, ohne hochzuschauen.

Als sie wieder vor ihrem Laptop saß, poppte eine Meldung auf. Petersen hatte ihr eine Mail geschrieben. Leise stöhnend öffnete sie die Nachricht. Die von Lena erwartete Beschwerde blieb aus. Ihr Kollege teilte ihr den Namen des Busfahrers mit, der am fraglichen Morgen Dienst gehabt hatte. Er hatte bei der Befragung angegeben, dass er sich nicht daran erinnern könne, ob Ilse Wagner zur üblichen Zeit im Bus gesessen hatte. Auf Nachfrage hatte er bestätigt, die Frau, die regelmäßig dreimal in der Woche mit dem Bus fuhr, zu kennen. Lena bedankte sich bei ihrem Kollegen für die Zuarbeit und fügte hinzu, dass sie ihn auf dem Laufenden halten werde.

Ihre Abfrage der in Hamburg gemeldeten Fahrzeuge der Marke Maserati ergab hundertfünfzig Halter. Um sie alle zu überprüfen, würden sie Wochen brauchen. Sie speicherte die Liste ab, um sie abgleichen zu können, falls weitere Namen im Zusammenhang mit Gesa Jensen auftauchten.

Nach Durchsicht ihrer Notizen griff sie nach den Briefen, die sie von Beke bekommen hatte, öffnete einen zeitlich nach der Hamburgflucht liegenden und fing an, Wort für Wort zu entziffern.

Liebe Beke,
du hast schon eine Weile nichts mehr von mir gehört. Entschuldige, aber ich hatte viel zu tun. Auf jeden Fall sind deine beiden Briefe wohlbehalten bei mir angekommen.

111

Offensichtlich bist du nicht in die Fänge meiner Familie geraten und von meinem verehrten Bruder aufgesucht worden. Apropos Bruder: Ob du es glaubst oder nicht, er stellt doch tatsächlich immer noch Nachforschungen an. Zwei meiner Freunde haben mir davon berichtet, dass er in Cafés und Kneipen mit einem Foto von mir herumgelaufen ist und nach mir gefragt hat. Was er natürlich nicht weiß, ist, dass ich nicht mehr so aussehe wie auf den alten Bildern. Ich trage meine Haare jetzt kurz und auch ein wenig Schminke im Gesicht. Allein der Lippenstift verändert mein Aussehen so erheblich, dass selbst du mich vielleicht nicht wiedererkennen würdest. Nein, Beke, das war natürlich ein Scherz, auch wenn mir angesichts von Haukes neuer Detektivleidenschaft gar nicht zum Lachen zumute ist.

Du fragst in deinem letzten Brief nach meinem neuen Leben. So viel kann ich dir verraten: Ich habe inzwischen eine eigene kleine Wohnung. Schade, dass ich jetzt nicht dein Gesicht sehen kann. Ganz sicher bist du mächtig erstaunt. Habe ich recht? Ja, ich bin auch unglaublich stolz darauf. Sicher fragst du dich jetzt, woher ich das Geld dafür habe. Erstens arbeite ich als Aushilfe in einem Künstlercafé und zweitens habe ich einen lieben Menschen gefunden, der mich unterstützt. Ich weiß, was du jetzt denkst, aber du musst dir keine Sorgen um mich machen. Dieser liebe Mensch glaubt an mich und ist überzeugt, dass ich einmal eine große Künstlerin werde. Er ist sozusagen eine Art Kunstmäzen. Ja, ich habe sehr viel Glück gehabt und träume weiter davon, dass es mir auch noch eine Weile hold bleibt und ich einen Platz an der Kunstakademie bekomme.

Ich hoffe, dir geht es auch gut. Was hast du für Zukunftspläne? Ich würde mich freuen, wenn wir trotz der Entfernung weiter in Kontakt blieben.

Deine liebe Freundin Gesa

Lena blätterte die nächsten Briefe durch, als Johann sich laut räusperte und fragte: »Hast du Zeit?«

Sie legte Gesas Briefe wieder auf einem Stapel zusammen. »Klar! Schieß los.«

Johann schaute sich in ihrem winzigen Büro um und grinste: »Besser nicht, in diesem kleinen Raum.«

Lena rollte mit den Augen. »Witzbold! Also, was hast du?« Sie kam zu ihm an den Tisch und zog sich einen Stuhl heran.

»Okay. Zuerst einmal musste ich mich mit dem Erbrecht auseinandersetzen. Vererbt wird nach verschiedenen Gruppen. Die gehen von der ersten Ordnung bis zur fünften. In Kategorie eins fallen alle direkt vom Erblasser abstammenden Personen. Natürlich Kinder, Enkel, Urenkel. Das ist der Normalfall, wie wir ihn alle kennen. Dann kommt die zweite Ordnung mit den Eltern des Erblassers und deren Abkömmlingen. So weit verstanden?«

»Klar! Mach weiter!«

»Die dritte Ordnung umfasst die Großeltern und deren Abkömmlinge. Das kann also schon ganz schön weit weg sein. In der vierten haben wir dann die Urgroßeltern und deren Nachkommen. Und in der letzten Ordnung befinden sich noch weiter entfernte Verwandte, die sogenannten Voreltern und deren Nachkommen.«

»Bedeutet, dass es im Grunde genommen sehr wahrscheinlich ist, irgendeinen, wenn auch unglaublich entfernten Verwandten zu finden?«

Johann nickte. »So ist es. Natürlich gibt es auch Familien, die tatsächlich komplett verwandtschaftslos sind, aber darum geht es in unserem Fall ja nicht. Wir vermuten ja, dass die drei Erben, die sich gemeldet haben, gar keine sind.«

»Wie müssen die Personen nachweisen, dass sie erbberechtigt sind?«

»Durch Originaldokumente. Nur je länger der Ursprung des Verwandtschaftsverhältnisses zurückliegt, desto schwieriger ist das. Stell dir vor, der Bruder deines Ururgroßvaters ist nach Amerika ausgewandert und hat dort Nachfahren, die, falls du jetzt zum Erblasser werden würdest, ihr Erbe, also dein Vermögen, haben wollen. Natürlich vorausgesetzt, du hast sonst keine Verwandten in den oberen Kategorien.«

»Klingt kompliziert«, sagte Lena.

»In diesem Fall wäre es vielleicht sogar noch gut nachweisbar. Über Kirchenbücher oder sonstige offizielle Dokumente. Aber die Frage ist natürlich, wie genau untersucht wird, ob diese Dokumente echt sind.« Er legte eine Kunstpause ein. »Wenn meine Informationen richtig sind, findet zwar eine Plausibilitätsprüfung statt und im besten Fall werden die Dokumente genau unter die Lupe genommen, aber dann ist auch irgendwann Schluss mit lustig. Solange es sich nicht um viele Millionen Euro handelt, ist dem Betrug hier wohl Tür und Tor geöffnet.«

Johann lehnte sich zurück und schien ein Lob zu erwarten. Lena tat ihm den Gefallen. »Sehr gut recherchiert. Und was heißt das jetzt in unserem Fall?«

»Dass wir es genauso schwer haben werden nachzuweisen, dass diese Erben gar keine sind. Sobald das Nachlassgericht dem Antrag stattgibt, sind sie quasi per Beschluss offizielle Erben. Punkt, aus, Ende. Die einzigen Anhaltspunkte, die wir haben, sind unser Dr. Husmann und dieser schmierige Anwalt, die in alle drei Fälle involviert waren. Reicht das, um die Erben zu befragen oder gar einem gründlichen Verhör zu unterziehen?«

»Hast du irgendwelche Anhaltspunkte gefunden, dass da etwas nicht ganz koscher ist?«, fragte Lena.

»Ich habe jetzt mehrfach mit einer netten Dame im Nachlassgericht telefoniert und sie hat mir dabei auf dem kleinen Dienstweg ein paar Informationen zukommen lassen. Sie ist sehr überrascht über die Häufung der plötzlichen Erben. Die beiden ersten Fälle sind durchgekommen, der letzte wurde ja gerade erst heute eingereicht. Luka Waldheim. Ein Mann Anfang zwanzig, der nicht ganz so selbstsicher ist wie seine Vorgänger. Jutta hat ihn gebeten, am Nachmittag noch einmal zu kommen.«

»Jutta?«

»Die Dame bei Gericht.« Johann grinste und schaute auf die Uhr. »In knapp zwei Stunden ist der Termin. Wenn wir uns beeilen, schaffen wir es bis Niebüll.«

Lena sprang auf. »Worauf wartest du? Der Zug fährt in genau vierzehn Minuten.«

Johann telefonierte im Zug mit dem Revier in Niebüll und bat darum, dass sie jemand vom Bahnhof abholte. »Zurück können wir zu Fuß gehen«, meinte er. »Das ist, wenn ich das richtig sehe, nicht mal ein Kilometer.«

»Dann wollen wir mal hoffen, dass Meyerdierks nicht schon mit unserem Erben gesprochen hat«, sagte Lena.

»Glaube ich nicht. Er kann nicht wissen, dass wir schon so weit sind.« Er hob den Zeigefinger. »Wie wollen wir gleich vorgehen?«

»Das überlege ich auch schon die ganze Zeit. Wenn deine Informantin recht hat, ist der junge Mann eher der ängstliche Typ. Vielleicht sollten wir alles auf eine Karte setzen und ihm mächtig Druck machen. Immerhin geht es um Mord, falls wir mit unserem Verdacht richtigliegen. Entweder steckt er ganz tief mit drin, dann wird er sowieso alles leugnen und nicht weiter mit uns sprechen wollen. Oder er ist da reingerutscht und nur eine kleine Schachfigur von diesem Anwalt oder wer immer hinter der ganzen Sache steckt. Wenn wir ihn dazu bewegen können, mit uns zusammenzuarbeiten, haben wir vielleicht eine Chance, dem Anwalt und dem Arzt etwas nachzuweisen. Auch dann wird es noch schwer genug. Ich vermute mal, dass die Papiere so gut gemacht sind, dass nur wirkliche Experten etwas nachweisen können. Es wird also nicht leicht.«

»Das heißt, wir müssen unserem Erben einen ziemlichen Schreck einjagen, damit er kapiert, in welchem Schlamassel er steckt?«

»Im Moment sieht es wohl danach aus. Ansonsten müssen wir in der Situation bei der Befragung spontan entscheiden, wie wir vorgehen.«

Johann schmunzelte. »Ist das nicht eine unserer Stärken?« Plötzlich schlug er sich leicht mit der Hand an die Stirn. »Ich habe übrigens noch etwas vergessen: In den ersten beiden Fällen wurde beziehungsweise wird gerade das Haus der Verstorbenen von ein und derselben Immobilienfirma angeboten.«

»Ein weiteres Indiz, würde ich sagen.«

Johann nickte. »Bist du übrigens mit denen verwandt? Lorenzen-Immobilien?« Er öffnete seinen Laptop und gab den Namen in die Suchmaschine ein. »Hier! Sylt, Amrum, Föhr – Lorenzen-Immobilien.«

Als Lena »Amrum« hörte, blickte sie erstaunt auf. »Zeig mal.«

Sie klickte auf den Button *Über uns* und schreckte zurück. Unter einem Foto ihres Vaters stand sein Name und der Hinweis, dass er als Geschäftsführer der Firma fungierte.

Johann schaute ihr über die Schulter. »Das ist jetzt aber nicht dein Vater, oder?«

Sie klappte den Laptop zu. »Doch, ist er.«

DREIZEHN

Als Lena und Johann um kurz nach sechzehn Uhr aus dem Zug stiegen, stand auf dem nahen Parkplatz bereits ein wartendes Polizeifahrzeug. Lena hatte sich inzwischen leidlich von dem Schock erholt. Dass ihr Vater in der Immobilienbranche und darüber hinaus auf Sylt tätig war, hatte sie nicht gewusst. Dass ausgerechnet er in den Fokus ihrer Ermittlungen geraten sollte, hatte ihr einen kräftigen Schlag versetzt. Spätestens wenn sich herausstellte, dass er an Unregelmäßigkeiten beteiligt war, würde ihr nichts anderes übrig bleiben, als den Fall abzugeben.

Johann begrüßte den Kollegen im Streifenwagen und bat darum, zum Amtsgericht gefahren zu werden. Als sie auf der Rückseite des schlichten Zweckbaus parkten, fragte der Beamte, ob er warten solle.

»Das ist nicht nötig, Kollege«, sagte Lena. »Wir gehen später zu Fuß. Vielen Dank für den Fahrdienst.« Sie nickte ihm zu und stieg aus.

Im Amtsgerichtsgebäude gingen sie direkt zum Büro von Jutta Bischof. Johann klopfte an und betrat gleich darauf mit Lena den Raum. Hinter dem Schreibtisch saß eine Frau um die dreißig, mit mittelblondem langem Haar und Hornbrille.

»Johann?«, fragte sie lächelnd, stand auf und reichte ihm die Hand. »Freut mich.«

»Das ist Hauptkommissarin Lorenzen«, stellte Johann Lena vor. Er zog seinen Ausweis aus der Tasche und legte ihn der Rechtspflegerin vor. »Nur zur Sicherheit. Wir sind schließlich auf Eigeninitiative hier und suchen nach dem Erben von Joachim Rother.«

Jutta Bischof schmunzelte. »Da habt ihr wirklich Glück. Er müsste jeden Augenblick hier eintreffen. Die Unterlagen kann ich allerdings nicht herausgeben. Dazu brauche ich einen richterlichen Beschluss.« Sie gab Johann den Ausweis zurück.

In diesem Augenblick klopfte es an der Tür. Frau Bischof rief: »Herein!« In der Tür stand ein junger Mann, Jeans, Sommerjacke, schulterlanges Haar. Er sah zwischen den Kommissaren und der Rechtspflegerin hin und her, bis Lena auf ihn zutrat. »LKA Kiel. Wir haben ein paar Fragen an Sie.«

Luka Waldheim musterte den Ausweis, den Lena ihm hinhielt. »Polizei? Warum?«

Jutta Bischof war inzwischen aufgestanden und wies jetzt mit der Hand auf eine kleine Sitzgruppe mit vier Stühlen. »Sie können sich gerne dort hinsetzen. Ich wollte sowieso gerade Pause machen.«

»Und unser Termin?«, fragte der überrumpelte Waldheim.

»Keine Sorge, das geht schnell. Ich bin heute noch bis mindestens achtzehn Uhr im Haus.« Ohne auf seine Reaktion zu warten, verließ sie den Raum.

»Nehmen Sie doch Platz, Herr Waldheim.«

Der junge Mann sah sie unsicher an. »Ich verstehe nicht, was ...«

»Das erklären wir Ihnen gleich.« Lena zeigte auf den Stuhl und wartete, bis er sich gesetzt hatte.

Die beiden Kommissare nahmen rechts und links von ihm Platz, sodass Waldheim von nun an jedes Mal den Kopf wenden musste, wenn er mit einem von ihnen sprach. Lena ergriff als Erste das Wort. »Wir ermitteln in einem Tötungsdelikt. In diesem Zusammenhang sind Sie in unseren Fokus gekommen. Seit wann wissen Sie, dass Sie mit Joachim Rother verwandt sind und er ein Haus und Grundstück auf Sylt zu vererben hat?«

»Noch nicht so lange.«

»Wie sind Sie darauf aufmerksam geworden?«

»Der Anwalt … Er hat mich gefunden.«

»Dr. Meyerdierks?«

»Ja, genau der.«

»Er ist also auf Sie zugekommen und hat Sie darüber informiert, dass Sie mit Joachim Rother verwandt und sein einziger Erbe sind. Was ist mit Ihren Eltern?«

»Die sind bei einem Autounfall gestorben.«

»Großeltern, Onkel, Tante, Geschwister?«

Er schüttelte den Kopf.

»Verstehe. Dr. Meyerdierks hat Ihnen auch die notwendigen Dokumente besorgt?« Lenas Stimme klang immer noch, als frage sie lediglich nach seinem Namen oder seiner Adresse.

»Ja, er hat sie besorgt. Sonst könnte ich ja auch gar nicht erben.«

Johann beugte sich vor und fixierte Luka Waldheim. »Wie viel zahlt dir der Anwalt für das ganze Schauspiel?«, fragte er in scharfem Tonfall.

Der junge Mann schreckte zurück. »Was? Ich weiß nicht …«

»Wie viel?«, wiederholte Johann laut und aggressiv.

»Ich weiß nicht, was Sie … meinen«, stammelte Waldheim.

Lena räusperte sich und zog damit die Aufmerksamkeit des jungen Mannes wieder auf sich. »Dr. Meyerdierks ist also auf Sie zugekommen?« Er nickte, schwieg aber. »Was hat er Ihnen angeboten?«

»Wieso angeboten?«

Johann beugte sich wieder vor. »Sich fälschlicherweise als Erbe auszugeben und dabei einen Millionenbetrag zu kassieren kann schnell im Knast enden. Das ist schwerer Betrug.« Er wandte sich an Lena. »Was meinst du, wie viele Jahre er dafür bekommt?«

»Jahre?« Waldheim sah verwirrt von Johann zu Lena und zurück.

»Das hängt davon ab«, meinte Lena ruhig. »Im besten Fall ein oder zwei Jahre. Wenn er ganz tief mit drinsteckt und auch noch Beihilfe zum Mord dazukommt«, sie atmete schwer aus, »das kann dann schnell zweistellig werden.«

»Also zehn Jahre«, nahm Johann den Faden auf und fixierte dabei Waldheim. »Willst du wirklich so lange in den Knast? Weißt du, was sie da mit solchen Weicheiern wie dir machen? Das hältst du keine vier Wochen durch. Ach, was rede ich da. Vier Tage.«

Luka Waldheim starrte ihn entsetzt an. »Ich habe …« Er verstummte.

Lena legte kurz die Hand auf seine Schulter. Er drehte sich wieder zu ihr. »Herr Waldheim, bisher ist ja noch nicht viel passiert. Sie haben einen Antrag gestellt und Dokumente eingereicht. Das war sicher nicht Ihre eigene Initiative, sondern ist von jemand anderem ausgegangen. Sie haben ja schon gesagt, dass Sie die Dokumente von Dr. Meyerdierks bekommen haben und er Sie auch über die ganze Angelegenheit überhaupt erst in Kenntnis gesetzt hat.«

»Ja, genauso war es.« Die Stimme von Luka Waldheim war kaum noch zu verstehen. Er machte inzwischen einen vollkommen verwirrten Eindruck.

»Also!«, fuhr Johann ihn an und zog an seiner Schulter. »Was hat dir der Anwalt geboten?«

Lena hoffte, dass der junge Mann bald einknicken würde. Johanns Befragungsmethode ging weit über das Erlaubte hinaus. Wenn Waldheim eine Dienstaufsichtsbeschwerde einreichen würde, könnten sie sich nur mit Mühe herausreden.

»Das … Erbe«, stotterte Luka Waldheim.

»Du bekommst also das ganze Erbe? Alles für dich? Das kannst du deiner Oma erzählen, aber nicht mir. Raus mit der Sprache, was bekommst du für den Deal?«

Waldheim sackte in sich zusammen. »Achtzigtausend«, murmelte er leise.

»Ich habe dich nicht verstanden!«, legte Johann direkt nach.

»Achtzigtausend Euro«, wiederholte er jetzt etwas lauter. »Und die Erbschaftssteuer.«

Lena deutete Johann mit der Hand an, dass er sich etwas zurücknehmen sollte. »Hat Dr. Meyerdierks Ihnen gesagt, wie viel Haus und Grundstück wert sind?«, fragte sie, woraufhin Luka Waldheim sich wieder ihr zuwandte.

»Das ist ein altes Haus«, sagte er und schien erleichtert zu sein, dass Lena jetzt mit ihm sprach.

»Achtzigtausend ist sehr viel Geld für Sie, vermute ich mal.«

Wieder nickte er, statt zu antworten.

»Das Haus mit dem Grundstück ist vermutlich weit über eine Million Euro wert. Selbst wenn Sie die Steuer abziehen und die Provision für den Anwalt, bleibt reichlich mehr als achtzigtausend. Sind Sie wirklich so naiv oder ist es Ihnen völlig egal, was hier gespielt wird?«

Er zuckte mit den Schultern, schien sich nicht entscheiden zu können, ob er den Polizisten trauen konnte.

»Ist Ihnen das Ganze nicht merkwürdig vorgekommen?«, fragte Lena weiter.

»Ich brauche Geld und der Anwalt hat alles geregelt. Er hat mir gesagt, dass er die Dokumente besorgen kann und dass ich allein nie an sie rankommen würde. Dann hat er mir den Vertrag vorgelegt. Da ist alles geregelt.«

»Sie selbst hatten also keine Ahnung von Ihrem entfernten Verwandten?«

»Nein, woher auch? Wenn der Anwalt sagt, dass ich mit diesem Rother verwandt bin, dann wird das schon stimmen. Ohne ihn hätte ich doch gar nichts bekommen.« Seine Stimme klang jetzt etwas fester, hörte sich aber trotzdem an, als spräche er wie ferngesteuert und auswendig gelernt.

»Sie haben jetzt zwei Möglichkeiten«, sagte Lena und suchte dabei Augenkontakt zu Luka Waldheim. »Entweder arbeiten Sie mit uns zusammen oder ziehen die Sache durch, so wie von Meyerdierks geplant.« Lena hatte bewusst den akademischen Titel des Anwalts unterschlagen. »Wenn Sie nicht mit uns zusammenarbeiten, können Sie davon ausgehen, dass Sie, falls etwas dran ist an unseren Vermutungen, mit auf der Anklagebank sitzen werden. Kein Richter der Welt wird Ihnen abnehmen, dass Sie sich mit achtzigtausend Euro haben abspeisen lassen und von nichts wussten.« Sie sah ihn eindringlich an. »Wir werden Ihre Dokumente überprüfen lassen. Und glauben Sie mir, das LKA hat andere Möglichkeiten als ein Nachlassgericht in der Provinz. Wenn die Angaben nicht stimmen, sind zuerst einmal Sie verantwortlich.«

»Und wenn sie doch echt sind, die Dokumente?«

»Dann haben Sie Anspruch auf das gesamte Erbe, abzüglich einer überschaubaren Provision für den Anwalt. Sie können also nur gewinnen. Entweder gehen Sie leer aus, kommen aber auch nicht ins Gefängnis, oder Sie gewinnen ein kleines Vermögen.« Lena verschwieg, dass er im letzten Fall natürlich den Vertrag mit dem Anwalt würde anfechten müssen. Sie ließ ihm einen Moment Zeit, um das Gesagte zu verarbeiten. »Haben Sie mich verstanden, Herr Waldheim?«

Er schluckte und atmete einmal tief durch. »Ich glaube schon. Sie glauben, dass der Anwalt ...« Er brach ab.

»Wie entscheiden Sie sich?«, stellte Lena die Frage noch einmal.

»Was bleibt mir denn übrig?« Er stützte seinen Kopf mit der Hand ab. Schließlich richtete er sich wieder auf. »Was genau soll ich machen?«

Die nächste halbe Stunde instruierte Lena Luka Waldheim. Sie schlug vor, dass er zunächst seinen Antrag aufrechterhalten und gleichzeitig Meyerdierks in Sicherheit wiegen sollte. Unter Umständen würde sich eine Situation ergeben, in der es nützlich wäre, Meyerdierks mit einer neuen finanziellen Forderung zu konfrontieren. Der junge Mann zögerte, aber als Lena ihm anbot, ein detailliertes Protokoll von der Befragung zu machen, willigte er grundsätzlich ein, mit ihr zusammenzuarbeiten.

»Wenn Sie recht haben und dieser Anwalt etwas mit dem Tod von Herrn Rother zu tun hat, bin ich dann nicht auch in Gefahr?«, fragte er.

»Bevor ich mit dem Staatsanwalt gesprochen habe, halten Sie sich komplett zurück. Dann werden wir mit ihm gemeinsam überlegen, wie wir weiter vorgehen und wie wir Sie gegebenenfalls schützen können.« Lena sah im Augenwinkel Johann, der bereits auf seinem Laptop das Protokoll anfertigte. »Wo sind Sie im Moment untergebracht?«

»In einem kleinen Hotel hier in Niebüll. Das Zimmer ist von Dr. Meyerdierks bis übermorgen bezahlt worden.«

»Okay.« Lena ließ sich die Adresse geben und notierte sich die Handynummer von Luka Waldheim. »Sie gehen gleich zurück ins Hotel und verhalten sich ruhig. Wenn Meyerdierks anruft, sagen Sie ihm, alles sei in Ordnung und Sie müssten morgen noch einmal zum Nachlassgericht.«

Der junge Mann nickte, schien aber von der Strategie nicht ganz überzeugt zu sein.

»Sie haben Angst?«, fragte Lena direkt.

Er seufzte.

Lena warf Johann einen Blick zu, er nickte unmerklich.

»Okay. Mein Kollege bleibt heute bei Ihnen und Sie fahren dann morgen früh mit ihm nach Sylt. Dort besprechen wir alles mit dem Staatsanwalt. Ist das in Ordnung?«

»Ja, ich glaube schon«, sagte Luka Waldheim und Lena sah ihm die Erleichterung an.

Kurz darauf kam Jutta Bischof zurück in ihr Büro und Johann druckte das Protokoll auf ihrem Drucker aus, das Lena neben Luka Waldheim unterschrieb.

Auf dem Rückweg zum Bahnhof telefonierte Lena mit dem Staatsanwalt, erklärte ihm die neue Lage und verlegte den Termin für den folgenden Tag um eine Stunde vor.

Der nächste Anruf galt Kriminaldirektor Warnke, dem sie in kurzen Worten die Entwicklung schilderte.

»Und diese Erbengeschichte hat etwas mit unserem Fall zu tun?«, fragte er.

»Das kann ich noch nicht sagen. Vermutlich nicht unmittelbar, da bei Gesa Jensen mehr als genug Erben vorhanden sind.«

»Das würde ich auch so sehen. Okay, halten Sie mich auf dem Laufenden. Ansonsten alles in Ordnung bei Ihnen? Sie klingen etwas niedergeschlagen.«

Lena wunderte sich über Warnkes neues Einfühlungsvermögen. Lag er mit seiner Vermutung richtig? »Das täuscht. Wie geht es Ihrer Frau?«

Bei ihrem letzten Fall auf Föhr, der Nachbarinsel von Sylt, hatte sie auf persönlichen Wunsch von Warnke ermittelt. Ein vierzehnjähriges Mädchen, das einer streng religiösen Gemeinschaft angehört hatte, war vermisst worden. Warnkes Frau hatte zu jener Zeit mit dieser Sekte geliebäugelt.

»Ihr geht es gut«, sagte Warnke nach einer Weile. Er räusperte sich. »Sie engagiert sich seit einigen Monaten in der örtlichen Gemeinde der evangelisch-lutherischen Kirche.«

»Grüßen Sie sie von mir«, sagte Lena und verabschiedete sich von ihrem Chef.

Niedergeschlagen hatte Warnke gemeint. Lena zuckte mit den Schultern und stellte sich in die Schlange vor dem Ticketschalter. Als sie sich im Abteil in den Sitz fallen ließ, musste sie unwillkürlich an ihren Vater denken. Im Bahnhof und beim Einsteigen hatte sie sich immer wieder umgeschaut. Hatte sie unbewusst nach ihm gesucht? Als der Zug langsam anfuhr, stand sie auf und stellte sich auf dem Gang ans Fenster. Kurz darauf hielt sie das Smartphone in der Hand und wählte Bekes Nummer.

»Lena, Kind. Schön, dass du anrufst«, sagte ihre Tante zur Begrüßung.

»Hast du gewusst, dass er mit Immobilien handelt?«

Auf der anderen Seite der Leitung wurde es für eine Weile still.

»Du sprichst von deinem Vater?«

»Natürlich, von wem denn sonst?« Lena bemerkte zu spät, dass sie laut geworden war. »Entschuldige«, fügte sie schnell hinzu.

»Werner macht das schon viele Jahre. Du wolltest doch nicht, dass wir über ihn reden.«

»Du hast ja recht. Tut mir leid, Beke.«

»Was ist passiert?«

Lena stöhnte leise. »Nichts, eigentlich. Oder besser gesagt, noch nichts. Bei unseren Ermittlungen ist sein Name gefallen. Er hat zwei Häuser verkauft, die ... Am besten, du vergisst ganz schnell, was ich gesagt habe.«

»Aber Werner hat doch nichts Schlimmes getan, oder?«

»Beke, ich hätte dich gar nicht anrufen sollen. Wahrscheinlich ist es nur ein blöder Zufall. So viele Immobilienhändler gibt es ja auch wieder nicht auf den Inseln.«

»Kommst du noch einmal, bevor du wieder nach Kiel fährst?«

»So weit ist es noch lange nicht, Beke. Und ja, ich komme vorher noch mal. Ich muss dir ja noch die Briefe von Gesa Jensen zurückgeben.«

Beke schwieg eine Weile, bevor sie fragte: »Geht es dir gut, Kind?«

VIERZEHN

Zurück in Westerland, verbrachte Lena noch eine Stunde im Büro des Polizeireviers und suchte nach vergleichbaren Fällen auf Amrum und Föhr, bei denen ältere Menschen ohne Erben verstorben waren. Als sie ihren Magen laut knurren hörte, klappte sie den Laptop zu und verließ das Büro. Mit einer heißen Pizza im Pappkarton und einer Flasche Bier setzte sie sich in der Nähe der Promenade an den Strand. Ein verlassener Strandkorb bot ihr Schutz vor den Blicken der vorbeilaufenden Spaziergänger und diente ihr als Lehne. Hungrig verschlang sie ihren Proviant. Johann hatte sich kurz gemeldet. Er war im gleichen Hotel wie Luka Waldheim abgestiegen, hatte aber trotz eines längeren Gesprächs mit ihm nichts weiter erfahren. Als ihr Handy wieder klingelte, vermutete Lena, dass Johann noch etwas eingefallen war, und nahm das Gespräch an, ohne aufs Display zu schauen.

»Hast du noch was vergessen?«, fragte sie.

Am anderen Ende der Leitung war es zunächst still. Lena wollte gerade nachfragen, als sie Ercks Stimme hörte. »Hallo, Lena. Bist du gut auf Sylt angekommen?«

»Hallo, Erck«, antwortete sie nach einer Schrecksekunde.

»Beke hat mir erzählt, dass es um ihre alte Freundin geht. Ein schwerer Fall?«

»Ja.« Sie schluckte. Wieso war sie nicht in der Lage, souverän mit der Situation umzugehen? Es gab keinen Menschen, der ihr vertrauter war, aber sie bekam keinen vernünftigen Ton heraus.

»Ich weiß, du darfst nicht darüber sprechen.«

»Nein.«

»Schade, dass du schon auf dem Rückweg zum Schiff warst. Gestern, meine ich. Tut mir leid, dass ich nicht so gesprächig war. Ich war so überrascht, dich zu sehen, dabei schiebe ich schon seit Wochen einen Anruf bei dir vor mir her. Nicht nur das, ich war sogar in Kiel, aber …«

»Du warst in Kiel?« Endlich hatte sie ihre Stimme wiedergefunden.

»Ja, vor knapp drei Wochen. Nur kurz, zwei Tage. Ich war auch bei deiner Wohnung, habe auf dich gewartet.«

»Ein Fall. Ich war in Schleswig.«

»Das hatte ich schon vermutet. Schlechtes Timing, hätte Herr Rose gesagt.«

Herr Rose war ihr gemeinsamer Sportlehrer auf der Grundschule gewesen. Ein engagierter Lehrer, der damals schon kurz vor seiner Pension gestanden hatte. Beke hatte ihr vor ein paar Wochen erzählt, dass er immer noch auf Amrum lebte.

»Hast du ihn mal wieder besucht?«, fragte Lena in die entstandene Stille hinein.

»Wir sehen uns ab und an. So groß ist Amrum ja nun nicht.«

»Ich weiß.«

»Können wir uns sehen, bevor du wieder nach Kiel fährst?«

Lena schwieg. Sie hatte geplant, sobald der Fall abgeschlossen war, ein paar Tage bei Beke auf Amrum zu verbringen. Erck konnte das nicht wissen, weil sie selbst Beke noch nicht davon erzählt hatte.

»Bitte«, sagte er und es klang, als zittere seine Stimme.

»Ich weiß nicht, ob das …«

»Aber ich«, unterbrach Erck sie sanft. »Lass uns reden, Lena. Ich kann auch nach Sylt kommen. Das ist überhaupt kein Problem.«

»Ich muss darüber nachdenken.«

»Ja«, antwortete Erck. »Ruf mich an. Ich bin immer zu erreichen.«

»Ich melde mich, Erck.«

»Versprochen?«

»Ich melde mich. Bis dann, Erck.«

Lena starrte das Handy an. Erst die Information, dass ihr Vater etwas mit ihrem Fall zu tun hatte, und dann der Anruf von Erck. Dann hatte sie auch noch Beke angefahren, die mit der ganzen Sache am wenigsten zu tun hatte. Lena trat mit dem Fuß in den weißen Sand, der aufwirbelte und sofort vom Wind davongetragen wurde.

Spätabends im Bett rief sie Leon an, der sie wie immer charmant begrüßte: »Hab noch nichts.«

»Guten Abend, Leon.«

Er schwieg.

»Kannst du sagen, wie lange es dauern wird?«

»Gott verdammt! Du hast nicht die geringste Ahnung, wie schwierig es ist, in diese Systeme reinzukommen, oder?«

»Dann würde ich es vermutlich selbst machen«, antwortete Lena genauso patzig wie ihr Hackerfreund.

»Eben!«, konterte Leon. »Ich melde mich!«

»Idiot«, murmelte Lena, als sie das Knacken in der Leitung hörte. Sie ärgerte sich, dass sie auf seine wie üblich schlechte Laune eingegangen war. Normalerweise schaffte sie es spielend, mit Leons abweisender Art umzugehen. Vielleicht waren ein paar Tage Urlaub doch keine schlechte Idee. Etwas Kraft tanken, über das eine oder andere nachdenken und …

»Mist!«, fluchte sie, warf das Handy aufs Bett und öffnete das Fenster. Auch hier, auf der von der Nordsee abgewandten Seite, war die salzige Luft auf der Zunge zu spüren. Der Wind hatte zugenommen und pfiff ums Hochhaus. Lena atmete einmal tief durch und schloss das Fenster wieder.

Am nächsten Morgen reckte Lena sich. Der Wecker stand auf kurz nach sechs. Um zehn Uhr erwartete sie den Staatsanwalt Dr. Rosenbaum auf dem Polizeirevier, gegen neun würde Johann mit Luka Waldheim eintreffen. Die staatsanwaltliche Befragung von Dr. Husmann war für elf Uhr angesetzt.

Lena rollte sich aus dem Bett und schleppte sich unter die Dusche. Sie hatte unruhig geschlafen und war immer wieder aufgewacht. Neben ihrem Vater waren ihr Beke und Erck im Traum begegnet. An mehr konnte sie sich nicht erinnern.

Am Frühstücksbüfett schnappte sich Lena ein Croissant, verließ das Hotel und holte sich auf dem Weg zum Polizeirevier einen Latte Macchiato zum Mitnehmen. Schon am Tag zuvor hatte sie den Kaffee im Hotel als ungenießbar eingestuft und die kleine Kaffeebar auf halber Höhe zum Revier entdeckt.

Im Büro fuhr sie ihren Laptop hoch und bekam die Meldung, dass die Funkzellenauswertung eingetroffen sei. In einem Zeitfenster von vierundzwanzig Stunden rund um Gesa Jensens Tod waren dort die Handydaten aufgelistet. Da die Straße nach Hörnum ganz in der Nähe des Hauses und somit des untersuchten Radius lag, war die Liste lang. Über dreihundert verschiedene Nummern waren in der fraglichen Zeit ins Mobilnetz eingeloggt gewesen. Lena suchte nach Ilse Wagners Handynummer und wunderte sich. Frau Wagner war am Todestag von Gesa Jensen zum ersten Mal um Viertel nach sieben eingeloggt gewesen, was ihrer Aussage widersprach, erst gegen acht Uhr am Haus eingetroffen zu sein. Lena kontrollierte den Busfahrplan und stellte fest, dass zu diesem Zeitpunkt kein Bus auf der Strecke fuhr. Entweder hatte er sich um eine Viertelstunde verspätet oder Frau Wagner war anders zum Haus gekommen. Nach einem Blick auf die Uhr rief Lena die Buszentrale an und bekam schließlich die Auskunft, dass der Bus an jenem Tag keine Verspätung gehabt hatte. Der nächste Anruf galt den Taxiunternehmen. Beim zweiten wurde sie fündig: Eine Fahrt vom Bahnhof Westerland nach Hörnum war um die entsprechende Zeit verzeichnet. Sie ließ sich die Telefonnummer des Fahrers geben und rief ihn an. Er erinnerte sich an die Fahrt und beschrieb Ilse Wagner als seinen Fahrgast. Lena bat ihn, im Laufe des Tages auf dem Polizeirevier vorbeizukommen, damit seine Aussage protokolliert werden konnte. Schließlich informierte sie Arne Petersen über das Kommen des Taxifahrers.

Warum hatte Ilse Wagner gelogen? Wenn sie gegen zwanzig nach sieben im Haus gewesen war, gab es einen Zeitraum von über einer Stunde bis zu den Anrufen bei den Ärzten. Was hatte sie in dieser Zeit gemacht?

Lenas Handy machte sich bemerkbar. Der Blick aufs Display verriet ihr, dass Luise sich meldete. »Guten Morgen, Frau Doktor!«

»Ebenso, Frau Hauptkommissarin«, antwortete Luise lachend.

»Du hast Neuigkeiten?«

»Wie man's nimmt. Viel war ja auch nicht mehr zu erwarten, bei den Umständen. Du bekommst natürlich alles noch schriftlich, aber vorab schon mal auf diesem Weg: Unabhängig von den weiteren Laborergebnissen habe ich mir noch einmal Frau Jensens Leiche angeschaut. Du erinnerst dich an meine Vermutung bezüglich des Schwangerschaftsabbruchs?«

»Ja, natürlich.«

»Ich hatte mich bei unserem Gespräch etwas bedeckt gehalten, bin mir inzwischen aber sicher, dass meine Vermutung richtig ist. Es steht übrigens auch so im Bericht.«

»Okay, ich bin dabei, die Zeit, die Gesa Jensen in Hamburg verbracht hat, zu rekonstruieren und zu durchleuchten. Es könnte durchaus wichtig sein. Aber so weit bin ich noch nicht. Hast du übrigens mit deiner Mutter gesprochen? Da ging es …«

»Kommt gleich als Letztes. Zuerst die Laborergebnisse. Bei Frau Jensen ist kein toxikologischer Befund nachweisbar. Sprich: Sie hat weder ein Schlafmittel noch irgendein Psychopharmakon genommen. Auch sind keine Rückstände von Drogen jeglicher Art gefunden worden. Die Haaranalyse war auch ergebnislos.«

»Insofern wird sie einen sehr tiefen Schlaf gehabt haben.«

»Da kann man von ausgehen. Mich hat natürlich interessiert, ob sie sich noch wehren konnte. Zuerst habe ich keine Fremd-DNA gefunden, wie du weißt. Nachdem klar war, dass sie nicht auf die eine oder andere Weise betäubt worden ist, habe ich mir noch einmal die Fingernägel vorgenommen.«

»Du hast doch was gefunden?«

»Winzige Rückstände. Das hoffe ich zumindest. Die Hautpartikel sind im Labor und ich vermute, dass ich in zwei bis drei Tagen die Ergebnisse habe. Ich bin mir allerdings nicht sicher, ob sie nicht bei der Reinigung des Körpers unbrauchbar gemacht wurden. Wenn nicht, ist die Wahrscheinlichkeit, dass wir die DNA vom Täter haben, sehr hoch. Jemanden mit einem Kissen zu ersticken ist nicht so leicht, wie die Krimis im Fernsehen das gerne vorgaukeln. Wir können davon ausgehen, dass sie sich gewehrt und zum Beispiel instinktiv versucht hat, den Täter wegzustoßen.«

»Dann drücke ich uns mal die Daumen«, sagte Lena zu dieser erfreulichen Entwicklung. »Das würde uns einen

Riesenschritt voranbringen. Bisher haben wir quasi nichts oder nur sehr wenig in der Hand.«

»Okay, so weit das Offizielle. Ich habe mit meiner Mutter gesprochen und sie zur Hamburger Kunstszene in den Fünfziger- und Sechzigerjahren ausgefragt. Sie hat mir einige Namen genannt von Künstlern, und wenn ich das richtig verstanden habe, ging es dir ja vor allem um Mäzene. Ich habe sie hier notiert und werde sie dir gleich per Mail schicken. Ist das in Ordnung?«

»Perfekt! Sag deiner Mutter einen lieben Gruß von mir. Sie hat mir sehr viel Recherchearbeit erspart.«

»Das mache ich doch gerne. Und sonst? Alles gut bei dir? Du klingst etwas ermüdet.«

Noch jemand, der besser als sie selbst wusste, wie es ihr ging, dachte Lena, zwang sich aber, keine bissige Antwort zu geben. Immerhin hatte Luise nicht nach Erck gefragt. »Schlecht geschlafen. Das Bett im Hotel ist eine einzige Katastrophe.«

»Verstehe«, sagte Luise, aber Lena war klar, dass sie ihr kein Wort glaubte. »Pass auf dich auf! Ich melde mich, sobald ich etwas habe.«

Nachdem sie sich verabschiedet hatten, zog Lena den Stapel Briefe zu sich und wollte gerade anfangen zu lesen, als Johann das Büro betrat. »Melde mich zurück zum Dienst!«

»Wo ist unser Erbe?«

»Den habe ich bei den Kollegen geparkt. Er weiß, dass wir ihn später hinzuholen. Gibt es ansonsten Neuigkeiten?«

Lena brachte Johann auf den aktuellen Stand. Er pfiff durch die Zähne, als er von Ilse Wagner und der falschen Zeitangabe erfuhr. »Sieh an! Die ersten Ungereimtheiten treten zutage.« Lena erzählte von dem DNA-Fund, den Johann freudig erregt mit einem gehobenen Daumen kommentierte. »Das wäre ein Riesenglück, wenn das klappt.«

Kurze Zeit später empfing Lena Staatsanwalt Dr. Rosenbaum und zog sich mit ihm in einen Raum zurück, der als Besprechungszimmer und für Verhöre genutzt wurde. Als Erstes übergab Rosenbaum ihr den richterlichen Beschluss, mit dem sie das Testament vorab einsehen konnten. Lena fasste noch einmal kurz die Ereignisse um Luka Waldheim zusammen und erklärte ihre Strategie.

Dr. Rosenbaum zog einen Kugelschreiber aus der Aktentasche und machte sich Notizen. »Wie sicher sind Sie, dass Dr. Meyerdierks etwas mit dem Tod der drei älteren Herrschaften zu tun hat? Wenn ich das richtig sehe, haben wir nichts gegen ihn in der Hand.«

»Luka Waldheims Aussage zufolge hat er im Fall Joachim Rother sämtliche Unterlagen beigebracht. Der angebliche Erbe hat keinerlei eigene Kenntnisse von der Verwandtschaft und soll auch mit einem Bruchteil des Erbes abgespeist werden. Ich sehe da einige Anhaltspunkte.«

Dr. Rosenbaum wiegte den Kopf hin und her. »Wenn sich Herr Waldheim so über den Tisch ziehen lässt, ist das erst mal seine Angelegenheit und aus meiner Sicht keineswegs strafrelevant. Wir können ihn, so wie sich die Situation im Moment darstellt, nicht auffordern, eine höhere Summe von Dr. Meyerdierks zu fordern oder diesen anderweitig zu provozieren. Was genau wollen Sie damit erreichen?«

Lena stöhnte innerlich auf. Rosenbaum hatte die Schwachstelle ihrer Idee auf Anhieb erkannt. »Wir müssen Meyerdierks irgendwie aus der Reserve locken. Uns bleibt …«

»Tut mir leid«, unterbrach sie der Staatsanwalt. »Das ist mir alles etwas zu windig. Die Verdachtsmomente gegen Dr. Meyerdierks scheinen mir nicht ausreichend, um eine wie auch immer geartete Undercoveraktion zu starten. Er könnte mit Recht, sollten sich die Dokumente als echt herausstellen, eine Dienstaufsichtsbeschwerde einreichen.«

»Sie stimmen mir aber zu, dass wir die Dokumente eingehend überprüfen sollten?«

»Ohne Frage. Dazu ist das Nachlassgericht ohnehin verpflichtet und die Kollegen werden sicher nichts dagegen haben, wenn das LKA dabei Unterstützung anbietet. Ich werde das vermitteln, Frau Lorenzen. Und sollte sich dann bewahrheiten, dass sie gefälscht sind, können wir, falls es sich als sinnvoll herausstellt, immer noch Herrn Waldheim auf ihn ansetzen.«

»Was bedeutet das für ihn?«

»Ich schlage vor, dass wir Luka Waldheim Straffreiheit anbieten für den Fall, dass sich die Dokumente als Fälschung herausstellen. Er soll bei Dr. Meyerdierks Vollzug melden, abreisen und sich ruhig verhalten. Wir werden die örtlichen Kollegen informieren, dass sie hin und wieder einen Blick auf ihn werfen. Eine wirkliche Gefahr sehe ich für ihn nicht. Mehr kann ich im Moment nicht machen. Seine Aussage haben Sie sicher aufgenommen und alles Weitere werden wir nach der Prüfung der Dokumente sehen.«

Lena atmete erleichtert auf. Da sie davon ausging, dass die Dokumente gefälscht waren, würden sie zwar Zeit verlieren, dafür aber in ein paar Tagen Klarheit haben. »Das klingt doch gut«, meinte sie.

»Dann kommen wir zu Dr. Husmann.« Er hob die Hand und schaute auf seine Uhr. »In einer guten halben Stunde sollte er ja hier sein. Ich habe die Protokolle gelesen, trotzdem die Frage: Wo genau setzen wir an?«

»Ich will den Morgen, als er von der Haushälterin gerufen wurde, haarklein durchgehen. Entscheidend wird die Frage sein, wie er die Symptome übersehen konnte.« Lena berichtete von Luises Einschätzung. »Er wird uns das erklären müssen.«

»Ich gehe davon aus, dass er seinen Anwalt mitbringt. Es wird also nicht leicht, ihn unter Druck zu setzen. Und genau das haben Sie vor, vermute ich.«

»Das ist richtig. In zwei der drei Todesfälle, in denen er und Dr. Meyerdierks involviert waren, hat es eine Feuerbestattung gegeben. Dies ist glücklicherweise bei Joachim Rother nicht so.«

»Ich verstehe schon, worauf Sie hinauswollen, aber im Moment bekomme ich eine Exhumierung nicht durch. Wir können das vorsichtig andeuten, vielleicht hilft es ja.«

Lena war davon überzeugt, dass allein die Frage nach einer eventuellen Verbindung zu Dr. Meyerdierks ihn ausreichend aufschrecken würde. Sie klärten noch ein paar Fragen und sprachen danach gemeinsam mit Luka Waldheim. Der junge Mann schien froh zu sein, dass er nach Berlin zurückkehren konnte, und versprach, erreichbar zu bleiben.

FÜNFZEHN

Kurz vor elf Uhr warteten die Kommissare und der Staatsanwalt auf Dr. Husmann. Als zehn Minuten später noch niemand erschienen war, verließ Lena den Raum. Auf dem Flur saß ein Mann um die fünfzig, dem Lena seinen Beruf ansah. Sie ging auf ihn zu und reichte ihm die Hand. »Lorenzen, LKA Kiel.«

»Otto, Frank Otto. Ich bin der Anwalt von Dr. Husmann. Leider ist mein Mandant noch nicht eingetroffen.«

»Haben Sie ihn schon telefonisch zu erreichen versucht?«

Der Anwalt nickte. »AB. Ich habe ihn um Rückruf gebeten.«

»Dann sollten wir noch ein paar Minuten warten.« Lena ging zurück und erzählte, was sie erfahren hatte.

»Das klingt nicht gut«, warf Johann ein.

Der Staatsanwalt warf einen Blick auf die Uhr. »Wir warten noch zwanzig Minuten, dann brechen wir ab.«

»Hast du noch einen Wagen der Sylter Kollegen geordert?«, fragte Lena, als sie aus Westerland hinausfuhren.

»Habe ich. Sie sollten gleich vor Ort sein. Vielleicht hat sich dann schon alles erledigt und sie können den Herrn Doktor vorführen.« Er sah auf die Uhr. »In knapp einer Stunde sitzt der Staatsanwalt wieder in seinem Zug.«

Lena beschleunigte den Passat, als sie die Ortsgrenze von Westerland erreicht hatten. »Wir werden sehen.«

»So ein Aufwand wegen ein paar Fragen. Hat sein Anwalt ihm denn nicht erklärt, dass es katastrophal aussieht, wenn er der Aufforderung des Staatsanwalts nicht folgt? Und warum ordert er seinen Anwalt zum Termin und kommt selbst nicht?«

Lena schwieg. Für sie gab es nur zwei Möglichkeiten: Entweder hatte er sich zur Flucht entschieden oder ihm war etwas zugestoßen.

»Du meinst, er ist abgehauen?«, vermutete Johann. »Aber das käme ja fast einem Geständnis gleich. Warum sollte er das machen? Okay, vielleicht hat er genug Geld gescheffelt und sich ins Ausland abgesetzt. Aber glaubst du das?«

»Lass uns abwarten, Johann. In zehn Minuten sind wir vor Ort.«

Johann lehnte sich im Sitz zurück und schloss die Augen. »Ich habe gestern mit Johanna telefoniert.«

»Tust du das nicht jeden Abend?«

»Ja, aber gestern … Es ging wieder um ihre Schwester. Sie macht sich Vorwürfe, dass sie nicht für sie da war. Das Übliche halt, aber gestern … ich weiß nicht. Sie war vollkommen niedergeschlagen. So habe ich sie noch nie erlebt.«

Derart besorgt hatte Lena ihren Kollegen selten gesehen. »Willst du vielleicht für einen Tag nach Kiel fahren?«

Johann zuckte mit den Schultern. »Kommt gerade nicht so gut, oder?«

»Wenn Johanna dich wirklich braucht … Ich komme schon alleine klar.«

Bis das Ortsschild von Hörnum in Sicht kam, schwiegen sie.

»Ich überlege es mir«, sagte Johann schließlich. Er zeigte nach vorn auf einen blau-silbernen Streifenwagen. »Die Kollegen sind schon da.«

Sie parkten neben dem Polizeiauto und stiegen aus. Das Privathaus von Dr. Husmann stand in einer wenig befahrenen Seitenstraße in der Nachbarschaft augenscheinlich teurer Villen. Auch sein Haus schien den Millionenwert weit zu überschreiten. Als die beiden Kommissare ausstiegen, kamen ihnen die uniformierten Kollegen entgegen.

»Da öffnet niemand«, sagte der Ältere der beiden.

»Habt ihr schon einen Gang ums Haus gemacht?«, fragte Lena und bekam ein Kopfschütteln zur Antwort.

Mit einem Satz sprang Johann über den halbhohen Zaun und wartete, bis Lena hinterhergeklettert kam.

»Rechts oder links?«, fragte er.

Lena wies mit dem Kopf zur einen Seite, Johann nickte und nahm die andere Richtung. Langsam arbeitete sich Lena vor, überwand eine Hecke und gelangte so auf die Rückseite des Hauses. Der Garten war klein, aber professionell angelegt. Neben einem Teich mit Goldfischen gab es einen Bereich, der mit Kies ausgelegt war, und einen bepflanzten Teil mit unterschiedlichen Sträuchern, Gräsern und Blumen. Schwere Natursteine waren an verschiedenen Stellen im Garten platziert.

Lena ließ ihren Blick über die Anlage streifen, konnte aber niemanden entdecken. Aus dem Augenwinkel sah sie Johann, der jetzt von der anderen Seite des Hauses auf sie zukam. Das Gebäude hatte zur Gartenseite große deckenhohe Fenster. Die hellen Vorhänge waren zugezogen. Als Johann die andere Seite der langen Fensterfront erreichte, hob er die Arme hoch und zuckte mit den Schultern. Erst als die beiden Kommissare aufeinandertrafen, bemerkten sie einen schmalen Spalt an der Stelle, wo zwei Vorhänge aneinanderstießen.

»Verflucht!«, zischte Johann. »Total dunkel da drinnen. Siehst du was?«

Lena zog eine kleine, leistungsstarke Stablampe aus der Tasche, schaltete sie ein und hielt sie direkt ans Glas. Langsam schwenkte sie die Lampe und versuchte gleichzeitig, durch den engen Spalt im hinter der Scheibe liegenden Zimmer etwas zu entdecken.

»Siehst du was?«, fragte Johann, der sich hingehockt hatte, um weiter unten den Lichtstrahl der Lampe zu verfolgen.

»Nein«, sagte Lena und wollte gerade aufgeben, als Johann »Halt, da ist was!« schrie.

Lena verharrte in der Position und änderte ihren Blickwinkel. Jetzt sah sie es auch. Hinter einer Kommode guckte ein Männerschuh hervor, der nicht flach auf dem Boden lag, sondern nach oben aufgerichtet war.

»Da muss jemand auf dem Boden liegen«, flüsterte Johann. »Kannst du mehr sehen?«

Noch einmal wechselte Lena leicht die Position, aus der sie den Schuh anstrahlte, und war sich jetzt sicher, dass es sich um eine liegende Person handelte. Sie nickte Johann zu.

»Tür aufbrechen?«, fragte er.

»Ja.« Beide sahen sich im Garten um. »Da!«, rief Johann und lief bereits auf einen Findling zu. Er hob den schweren Stein hoch und rief Lena zu, dass sie zur Seite treten solle. Mit Anlauf warf er den Stein ins Fenster, das Glas zerbrach mit einem lauten Knall. Johann konnte gerade noch seinen Lauf stoppen, bevor er in die geborstene Scheibe rannte.

»Das war knapp«, rief er mit hochrotem Kopf, während Lena bereits neben ihm stand und vorsichtig durch das Loch in der Scheibe den Fenstergriff umlegte und gleich darauf die Tür aufstieß.

Als sie in den Raum hineintraten, knirschte unter ihren Füßen das Glas. Nach wenigen Metern hatte sie die Kommode erreicht. Dr. Husmann lag dort auf der Erde und schien bewusstlos zu sein. Als Lena zwei Finger an die Hauptschlagader am Hals hielt, spürte sie einen schwachen Puls. »Notarzt! Schnell, er lebt noch.«

Aus dem Augenwinkel sah sie, wie Johann sein Smartphone in der Hand hielt und kurz darauf mit jemandem sprach. Als sie ihren Blick wieder auf den Arzt richtete, sah sie neben ihm eine leere Einwegspritze mit aufgesetzter Kanüle liegen.

»Zehn Minuten«, sagte Johann, der inzwischen hinter ihr stand.

»Was sagt der Arzt?«, fragte Johann, als Lena zu ihm in den Wartebereich der Intensivstation zurückkehrte.

Der Notarzt war, wenige Minuten nachdem Johann die Notrufnummer gewählt hatte, eingetroffen. Er hatte Husmann reanimiert und ihn gleich darauf in die Nordseeklinik nach Westerland bringen lassen. Lena hatte die Kollegen vor Ort damit beauftragt, auf einen Handwerker zu warten, der das Terrassenfenster notdürftig abdichten würde. Die Spurensicherung aus Flensburg würde am späten Nachmittag eintreffen und den möglichen Tatort gründlich untersuchen.

»Der Notarzt vermutet, dass sich in der Spritze Haloperidol befand. Das ist, wie er mir eben erklärt hat, ein Neuroleptikum, das unter anderem bei Erregungszuständen gespritzt wird und bei Überdosierung zum Koma und letztlich Herzstillstand führt. Offensichtlich befindet sich das in jedem Arztkoffer.«

»Und das hat er sich selbst gespritzt?«

»Möglich. Kannst du dich erinnern, ob er Rechtshänder ist?«

Johann schloss kurz die Augen und schien sich die Befragung des Hausarztes ins Gedächtnis zu rufen. »Ja, er hat deine Visitenkarte auf jeden Fall mit der rechten Hand aufgenommen. Sonst wäre es mir aufgefallen.«

»Insofern könnte es stimmen. Er hat im linken Arm eine Einstichstelle. Mehr konnte mir der behandelnde Arzt aber nicht sagen.«

»Wann können wir mit Husmann sprechen?«

»Der Arzt ruft mich an.«

»Und wenn er es nicht selbst war?«, fragte Johann und beantwortete gleich seine eigene Frage. »… müssen wir wohl davon ausgehen, dass er weiterhin in Gefahr schwebt.«

Lena nickte, zog ihr Handy aus der Tasche und wählte die Nummer der Polizeistation. Als sie Arne Petersen am Apparat hatte, erklärte sie ihm die Situation. Er sagte ihr zu, dass in spätestens einer halben Stunde ein Kollege vor Ort sein würde.

Lena setzte sich auf einen der Stühle im sonst leeren Wartebereich. »Kollege Petersen schickt jemanden. Solange bleiben wir.«

Johann setzte sich zu ihr und fuhr sich mit der Hand durch die Haare. »Wir scheinen permanent gegen eine Mauer zu rennen. Kommt dir das nicht auch so vor?«

»Mit Husmann kommen wir im Moment auf jeden Fall nicht weiter. Solange er nicht aus dem Koma erwacht, können wir sowieso nichts machen. Und wenn, wird es auch seine Zeit dauern, bis er vernehmungsfähig ist.«

»Können wir wenigstens seine Konten durchleuchten und das Haus und die Praxis durchsuchen?«

»Ich rede später mit dem Staatsanwalt. Ich denke, er wird einwilligen und uns die notwendigen Beschlüsse besorgen. Bisher sieht alles nach Suizid aus, und das ist durchaus ein Indiz dafür, dass er in den Fall verwickelt ist. Selbst wenn Fremdeinwirkung im Spiel war, wäre es schon ein Riesenzufall, wenn es nicht mit unseren Ermittlungen in Zusammenhang steht.«

»Okay. Wenigstens etwas. Wie lange wird es dauern, bis die Dokumente von Waldheim auf Echtheit überprüft worden sind?«

Lena zuckte mit den Schultern. »Ich hoffe, dass wir da in zwei oder drei Tagen Klarheit haben.«

Zurück auf dem Polizeirevier, bat Johann einen uniformierten Kollegen, mit dem Beschluss zum Notar zu fahren, um die Kopie des Testaments abzuholen. Gleichzeitig telefonierte Lena mit Luise und fragte, ob sie am Tag darauf nach Sylt kommen könne, um Dr. Husmann zu untersuchen. Anschließend rief sie den Staatsanwalt an, der auf dem Rückweg nach Flensburg war. Sie gab ihm eine kurze Übersicht und bat um einen Beschluss für Luises Untersuchung und die Durchsuchung von Husmanns Praxis.

Als Lena den Telefonhörer auflegte, rollte Johann mit seinem Bürostuhl zu ihrem Schreibtisch. »Ich fürchte, das wächst uns so langsam über den Kopf. Wir brauchen dringend Verstärkung.«

»Sieht ganz danach aus. Aber lass uns noch bis morgen warten.« Sie schob die Papiere auf ihrem Schreibtisch zusammen und legte sie zur Seite. »So, wo stehen wir?«

»Ich habe Gesa Jensens Telefondaten der letzten zwei Monate auf meinem Tisch. Womit soll ich sie abgleichen?«

»Letztlich sind alle Anrufe interessant. Du musst entscheiden, welche wir zuerst unter die Lupe nehmen. Die Hamburger interessieren mich besonders, und hier in erster Linie diejenigen, die einen Maserati fahren.«

Johann stöhnte theatralisch. »Ich sehe schon: Das wird ein langer Arbeitstag.«

»Weiterhin müssen wir morgen mit Ilse Wagner sprechen. Fragst du heute noch bei ihr nach, ob sie morgen sowieso auf Sylt ist? Und wenn nicht, bestell sie trotzdem ein.«

Johann notierte seine Aufgaben in einer Kladde.

In diesem Augenblick klingelte Lenas Telefon. Sie sah aufs Display und deutete Johann an, dass es länger dauern würde. Er nickte und rollte mit seinem Bürostuhl zurück zum Schreibtisch, als Lena das Gespräch annahm.

»Guten Tag, Frau Wüsting«, begrüßte sie die Mitarbeiterin des Jugendamtes. »Schön, dass Sie zurückrufen.«

»Hallo, Frau Lorenzen. Es hat etwas länger gedauert, aber dafür habe ich jetzt tatsächlich die Akte hier vor mir auf dem Tisch liegen.«

»Das klingt fantastisch«, lobte Lena.

»Was wollen Sie wissen?«

»Frau Jensen ist damals sicher von einer Ihrer Kolleginnen betreut worden. Gibt es dazu Protokolle?«

»Richtig. Das war in den Sechzigerjahren alles noch etwas … wie soll ich sagen, rigider als heutzutage. Das muss ein sehr unangenehmes Gespräch für die junge Frau gewesen sein.«

»Hat Frau Jensen den Namen des Vaters angegeben?«

»Nein. Es gab aber erheblich weitergehende Fragen, in denen es um alle Sexualkontakte in der fraglichen Zeit ging. Sie hat sich – verständlicherweise – auch hier geweigert, etwas zu sagen. Die damalige Kollegin ist, so lese ich es aus dem Protokoll heraus, etwas energischer geworden. Vermutlich sogar sehr. Anscheinend hat sie die junge Frau Jensen so weit eingeschüchtert, dass sie ihr verraten hat, dass der Vater ein verheirateter Mann war. Wenn Sie mich fragen, hat diese Kollegin damals alle Register gezogen und ihr sogar damit gedroht, ihr das Kind wegzunehmen – was nebenbei gesagt auch damals niemals durchgekommen wäre –, und die junge Frau hat trotzdem den Namen nicht verraten. Das schien ihr wohl sehr wichtig zu sein.«

»Verstehe. Hat das Jugendamt das Sorgerecht für das Kind übernommen?«

»Ja, das war damals üblich. Aber wie ich aus der Akte entnehmen konnte, ist das nach einem Jahr aufgehoben worden und die Mutter hat das alleinige Sorgerecht bekommen. Zwischenzeitlich war die Kollegin wohl in Rente gegangen und ihre Nachfolgerin hat den Fall übernommen. Anscheinend war

145

Frau Jensen finanziell gut abgesichert und konnte das auch nachweisen. Das Kind hat sich laut Akte absolut normal entwickelt und von daher gab es wohl keinen Grund, sie weiter so intensiv zu betreuen. Oder sollte ich sagen, zu überwachen? So in etwa liest sich das nämlich in der Akte.«

Bei den letzten zwei Sätzen hatte Frau Wüsting ihre Stimme gesenkt, als befürchtete sie, dass jemand mithören könnte.

»Ich dürfte Ihnen das jetzt eigentlich gar nicht alles erzählen und die Akte als Ganzes kann ich Ihnen natürlich auch nicht überlassen.«

»Sie brauchen keine Angst zu haben, in den nächsten Tagen liegt Ihrer Behörde der richterliche Beschluss vor und dann bekommen wir die Akte ganz offiziell. Ich wollte den Weg nur etwas abkürzen und bin Ihnen dankbar, dass Sie mir geholfen haben. Zumal Sie mir einen interessanten Einblick in die damaligen Verhältnisse gegeben haben, den ich sicher so nicht aus der Akte hätte herauslesen können.«

»Gerne. Möchten Sie sonst noch was wissen?«

»Steht etwas von einer zweiten Schwangerschaft in den Unterlagen?«

»Nein, zumindest habe ich bei meiner schnellen Durchsicht nichts gefunden. Gab es denn eine?«

»Es könnte sein«, antwortete Lena ausweichend.

»Verstehe«, sagte die Jugendamtsmitarbeiterin in einem ähnlichen Tonfall wie zwei Minuten zuvor Lena.

»Ist Ihnen sonst noch etwas Besonderes aufgefallen?«

»Nein, eigentlich nicht. Obwohl … ich bin keine Expertin für die Zeit damals, auch wenn ich im Studium natürlich so einiges vermittelt bekommen habe.«

»Ja?«

»Mir kam es schon komisch vor, dass die junge Frau, also Frau Jensen, nach einem Jahr schon das alleinige Sorgerecht bekommen hat. Wenn ich das richtig verfolgt habe, ging sie keinem regulären Beruf nach und arbeitete nur aushilfsweise in einem Café. Selbst wenn sie gut mit der Situation zurechtkam ...« Frau Wüsting hielt inne. Lena vermutete, dass ihr die Äußerungen peinlich waren, weil sie heute ganz anders mit der Situation umgehen würde. Zum Glück standen ledige Mütter schon lange nicht mehr unter dem Generalverdacht, ihr Kind nicht ausreichend versorgen zu können. »Sie verstehen sicher, was ich meine. Die Situation von Frauen in den Fünfziger- und Sechzigerjahren war eine ganz andere als heute. Aber wenn ich das in Rechnung stelle, hätte Frau Jensen meiner Meinung nach viel länger und intensiver betreut werden müssen.«

»Ich verstehe schon, was Sie meinen. Aber in der Akte findet sich kein Vermerk, dass von außen Einfluss genommen wurde?«

»Nein. Ich glaube auch nicht, dass so etwas vermerkt worden wäre. Selbst damals wäre es ja nicht gerade legal gewesen, sie zu überwachen.«

Lena bedankte sich bei der Jugendamtsmitarbeiterin und bat sie, sich noch einmal zu melden, falls ihr noch etwas einfallen sollte.

Lena beendete das Gespräch und gab Johann ein Zeichen, dass sie weitersprechen konnten.

SECHZEHN

»Wo waren wir stehen geblieben?«, fragte Lena, nachdem sie Johann über das Gespräch mit Frau Wüsting informiert hatte.

»Ilse Wagner. Ich habe sie gerade zu erreichen versucht. Niemand geht ran. Weder an ihren Festnetzanschluss noch an ihr Handy.«

»Vielleicht ist sie ja morgen bei der Testamentseröffnung dabei. Wir sollten übrigens den Notar fragen, ob es Vorgängerversionen von dem Testament gab.«

Johann zog ein Blatt aus einem Stapel und las: »Der Beschluss umfasste auch nicht mehr gültige Versionen. Vielleicht haben wir ja gleich schon unsere Antwort.«

»Sehr gut.« Lena stützte sich leicht nach vorne gebeugt mit den Armen auf den Tisch. »Was haben wir? Eine Haushälterin, die uns eine falsche Ankunftszeit nennt und die später einen Arzt ruft, der Gesa Jensen sonst nicht behandelt. Dieser Arzt übersieht die vermutlich ausreichend sichtbaren Zeichen eines Erstickungstodes, stellt einen Totenschein aus und ist wieder verschwunden, nachdem er das Beerdigungsinstitut informiert hat, das kurz darauf die Leiche abholt. Der Arzt verweigert letztlich die Aussage und erscheint nicht zum staatsanwaltschaftlichen Verhör, weil er entweder Suizid begangen hat oder es jemand so hat aussehen lassen. Dieser Arzt stellt wiederum bei drei älteren Herrschaften einen Totenschein aus, die alle keine direkten oder bekannten Erben haben. Hier kommt unser Erbenermittler in Form des Anwalts Dr. Meyerdierks ins Spiel. Er findet für alle drei toten Hausbesitzer einen entfernten Erben und wird sie vermutlich alle mit einem relativ kleinen Betrag abgespeist haben, um den größten Teil des Erbes selbst einstreichen zu können. Unter Umständen war Husmann an seinem Gewinn beteiligt.«

»Hier stellt sich die Frage«, warf Johann ein, »was dieser eventuelle Betrugsfall, der unter Umständen auch um den Mordvorwurf erweitert werden muss, mit dem Tod von Gesa Jensen zu tun hat. Weder der Arzt noch der Erbenermittler scheinen von ihrem Tod profitiert zu haben.«

»Das wissen wir noch nicht, Johann. Eins scheint zumindest klar zu sein: Haushälterin, Arzt und Erbenermittler haben auf die eine oder andere Weise eine Verbindung zueinander. Ob das letztlich fallrelevant ist, müssen wir klären.«

Johann sah auf ihre Notizen. »Dann haben wir da den Bruder, der behauptet, er sei inzwischen wieder mit seiner Schwester versöhnt gewesen. Wollte er nicht über seine Sekretärin die angeblich stattgefundenen Kontakte nachweisen?«

»Ich habe noch nichts bekommen. Wenn du gleich die Telefonlisten durchgehst, kannst du schon mal ein Auge auf Hauke Jensen werfen.«

»Wird gemacht! Was hältst du von diesem aalglatten Typen?«

»Ich sehe weit und breit kein Motiv. Dass er kein Erbe zu erwarten hatte, war ihm wohl seit ewigen Zeiten klar. Ganz davon abgesehen, scheint er das Geld seiner Schwester nicht zu brauchen. Der Streit ist jahrzehntealt. Warum sollte er erst jetzt etwas gegen sie unternommen haben?«

»Wir haben Hinweise, dass sich Frau Jensen in den letzten Monaten verändert hat, und auch, dass sie häufiger als sonst auf dem Festland war. Vielleicht hat sie etwas erfahren, das mit ihrem Bruder oder auch ihrem Sohn zu tun hat.«

Genau diesen Zusammenhang hatte Lena auch schon hergestellt, aber mangels weiterer Informationen vorerst nicht verfolgt. Sie nahm sich vor, die Briefe, die sie von Beke bekommen hatte, mit ins Hotel zu nehmen und am Abend weiter durchzugehen.

»Bruder, Sohn oder auch die Enkel. Daran habe ich auch schon gedacht. Allerdings müsste das schon eine sehr schwerwiegende Sache gewesen sein«, meinte Lena. »Ich werde das auf jeden Fall im Auge behalten.«

»Okay, die Einzige mit einem wirklichen Motiv ist nach wie vor die Enkelin. Sie wohnt und arbeitet im Haus des Opfers und wird die Alleinerbin sein. Sie hielt sich zwar zur Tatzeit nicht auf der Insel auf und war zusätzlich am Vormittag für die Haushälterin nicht erreichbar, es wäre aber denkbar, dass die Enkelin jemanden beauftragt hat und sich nicht nur zur Tatzeit ein hieb- und stichfestes Alibi besorgt hat, sondern auch bewusst nicht zu erreichen war.«

»Möglich, aber wo ist ihr Motiv?«, warf Lena ein.

»Vielleicht hat es Streit gegeben zwischen den beiden?«, fragte Johann.

»Dann hätte es irgendeinen Hinweis darauf gegeben. Da wir bisher keinen gefunden haben, läuft dieser Ermittlungsansatz ins Leere. Ich habe zweimal mit ihr gesprochen und hatte nicht den Eindruck, als würde sie mir etwas verschweigen.«

»Okay, stellen wir Marie Jensen also zurück. Vielleicht ergeben sich ja noch Hinweise.«

In diesem Augenblick klopfte es an der Tür. Johann stand auf und nahm die Notarunterlagen vom uniformierten Kollegen entgegen. Er öffnete den großen Umschlag und legte mehrere Kopien nebeneinander auf Lenas Schreibtisch.

»Also doch mehrere Testamente«, sagte er und ordnete sie nach Datum.

Vor ihnen lagen vier Dokumente. Das erste Testament stammte aus dem Jahr 1975. Als Alleinerbe war Thees Jensen, der Sohn von Gesa Jensen, eingetragen. Die nächste Verfügung war datiert auf 2005. In diesem Jahr hatte Gesa Jensen ihren Sohn aus dem Testament genommen und ihre drei Enkel eintragen lassen. Das nächste Dokument war sieben Jahre später aufgesetzt worden. Als Haupterbin wurde nun Marie Jensen genannt. Ihre beiden Brüder würden jeweils zwanzigtausend Euro erben. Ilse Wagner wurden zweihundertfünfzigtausend Euro zugesprochen. Zusätzlich waren mehrere Vereine und Organisationen mit kleinen bis mittelgroßen Beträgen bedacht worden. Der Sohn ging, bis auf seinen Pflichtteil, leer aus.

Lena zeigte auf das letzte Dokument. »Das ist interessant.« Die letzte Änderung war erst zwei Wochen alt. Ilse Wagner war ersatzlos aus dem Testament gestrichen worden. »Fällt dir etwas auf?«, fragte Lena.

»Das ist nur ein Entwurf, oder?«

»Genau. Ilse Wagner wird also erben.«

Johann sprang auf und stieß einen Pfiff aus. »Das sind etwas viele Ungereimtheiten bei der Dame, würde ich mal sagen.«

»Zumindest wird sie uns einiges erklären müssen«, meinte Lena und steckte die Testamente in eine Klarsichthülle. »Zweihundertfünfzigtausend Euro sind kein Pappenstiel. Warum wollte Gesa Jensen ihr Testament ändern? Und vor allem: Wusste Ilse Wagner von ihren Plänen? Zwischen den beiden muss etwas vorgefallen sein. Da Ilse Wagner weiter dort gearbeitet hat, scheint der Konflikt wohl noch in der Schwebe gewesen zu sein.«

»Heißt?«, fragte Johann.

»Das Erbe wollte sie ihr schon mal nehmen, die Arbeit offensichtlich noch nicht. Mit Betonung auf *noch*. Was ist also passiert? Warum hat die Enkelin uns von so einem offensichtlich schweren Zerwürfnis nichts erzählt?«

Johann nickte und setzte sich wieder hin. »Sie muss doch etwas mitbekommen haben, so eng, wie die beiden waren.«

»Ja, das sieht schon merkwürdig aus. Oder Gesa Jensen wollte ihre Enkelin nicht damit belasten, weil sie gerade vor ihrer großen Ausstellung stand.«

»Ich habe das verdammte Gefühl, als fehlten uns einige wichtige Puzzlestücke«, sagte Johann. »Wieso sollte die Enkelin uns einen heftigen Vorfall zwischen Gesa Jensen und Ilse Wagner verschweigen? Das ergibt doch überhaupt keinen Sinn.«

»Ich denke, ich werde noch heute zu ihr fahren.«

Johann stand auf. »Dann gehe ich mal an meine Arbeit.«

In diesem Moment klopfte es an der Tür und gleich darauf stand Arne Petersen bei ihnen im Büro.

»Kann ich kurz?«, fragte er.

»Treten Sie ein in unser kleines Reich«, scherzte Lena.

Er schloss die Tür. »Es geht um die Bewachung von Dr. Husmann. Wenn das vierundzwanzig Stunden laufen soll und nicht gerade morgen erledigt ist, komme ich schnell an meine Grenzen bezüglich des Personals.«

Lena stand auf. »Haben Sie Zeit für einen Kaffee?«

Wenig später saßen sie in einem nahen Café, jeder eine dampfende Tasse vor sich. Lena brachte Petersen auf den Stand ihrer Ermittlungen, ohne zu sehr ins Detail zu gehen.

»Unsere kleine Unstimmigkeit gestern …«, fügte sie hinzu. »Ich wollte wirklich nicht andeuten, dass in Ihrer Mannschaft ein Informant ist. Tut mir leid.«

»Alles gut. Ich habe auch etwas überreagiert. Ich würde denn mal vorschlagen: Schwamm drüber.«

»Okay. Ich heiße übrigens Lena …« Sie hielt ihm die Hand hin. »Ein Du wäre doch angenehmer, oder?«

Arne Petersen schien im ersten Moment erstaunt zu sein, fing sich aber schnell wieder und schlug ein. »Arne.«

»Fein, dann wäre das geklärt. Noch mal zu deinem Einwand vorhin: Du hast natürlich recht, dass die Bewachung von Husmann sehr aufwendig werden könnte. Wie lange seid ihr in der Lage, das zu gewährleisten?«

»Das hängt ganz von dem Krankheitsstand ab, der im Moment zum Glück sehr niedrig ist, und natürlich von den Umständen draußen. Wenn jetzt wirklich der Bär los ist, kann ich nur schlecht auf ein oder zwei Kollegen verzichten.« Er legte kurz den Kopf in den Nacken und schien nachzudenken. »Zwei Tage?«

»Okay, das ist ein Wort. Wir überlegen sowieso, ob wir Unterstützung aus Flensburg anfordern. Die Recherchearbeit wächst uns etwas über den Kopf.«

»Meinen Sie … meinst du denn wirklich, dass Dr. Husmann sich nicht alleine die Spritze gesetzt hat?«

»Beide Varianten wären möglich. Sowohl vom Handling als auch von der Motivlage her. Aber ich will und kann im Moment einfach kein Risiko eingehen.«

»Verstehe. Das wäre ja schon eine heftige Sache, wenn er wirklich … Und das hier bei uns auf Sylt.«

Lena war sicher, dass ihr Kollege von ihren Einsätzen auf Amrum und Föhr gehört hatte. Bei beiden Fällen war die Zusammenarbeit mit den Beamten vor Ort, vorsichtig formuliert, nicht optimal gelaufen.

Sie schaute auf ihre Uhr. »Ich habe leider noch eine Befragung in Hörnum.« Sie stand auf. »Ich halte dich auf jeden Fall auf dem Laufenden.«

Sie verabschiedeten sich. Auf dem Weg zu ihrem Auto wählte Lena Marie Jensens Nummer und kündigte ihren Besuch an.

Noch bevor Lena klingeln konnte, öffnete Marie Jensen die Tür. Nach wie vor sah sie mitgenommen aus, hatte dunkle Augenringe, einen trüben Blick und war blass im Gesicht.

Ihr Lächeln misslang. »Kommen Sie doch rein, Frau Lorenzen. Ich habe uns Tee gemacht.«

Wenig später saßen sie draußen auf der Terrasse an einem kleinen Tisch. Marie Jensen hatte eingeschenkt und reichte Lena jetzt die Sahne.

»Wann war Frau Wagner das letzte Mal hier im Haus?«

»An dem Tag, an dem Sie zum ersten Mal bei uns waren. Warum?«

Lena ging über ihre Frage hinweg. »Arbeitet sie nicht mehr hier?«

»Doch, natürlich. Aber sie hat sich krankgemeldet. Ich vermute, dass ihr Gesas Tod und die ganzen schrecklichen Umstände sehr zugesetzt haben.«

»Hatten Ihre Großmutter und Frau Wagner in den letzten Wochen Streit oder eine wie auch immer geartete Auseinandersetzung?«

Marie Jensen blickte erstaunt auf. »Wie kommen Sie darauf? Nein, davon weiß ich nichts. Natürlich gab es hin und wieder kleine Unstimmigkeiten, aber … Sie fragen doch sicher aus einem bestimmten Grund, oder? Ist etwas passiert?«

Lena zögerte kurz, entschied sich dann aber für die Vollversion. »Frau Wagner wird morgen zweihundertfünfzigtausend Euro erben.«

Marie Jensen schien wenig überrascht. »Ja, das habe ich schon vermutet und es ist auch absolut in Ordnung. Ilse ist schon sehr lange hier, sie gehört schon fast zur Familie.«

»Ihre Großmutter hatte vom Notar ein neues Testament aufsetzen lassen, laut dem Frau Wagner nichts geerbt hätte. Das Dokument war allerdings noch nicht unterschrieben.«

»Wann war denn das?«, fragte die junge Frau mit verblüffter Miene.

»Ungefähr eine Woche vor ihrem Tod.«

Marie Jensen schluckte. »Aber warum? Das ist doch ...« Plötzlich schien sie Lenas Eingangsfrage zu verstehen. »Und Sie meinen jetzt ...?«

»Wir ermitteln. Deshalb bin ich hier. Sie haben wirklich nicht die leiseste Ahnung, was da vorgefallen sein könnte? Ihre Großmutter war anscheinend eine Frau, die sehr bewusst gehandelt hat. Sie wird vermutlich nicht einfach aus einer Laune heraus das Testament geändert haben.«

»Nein, ganz bestimmt nicht«, murmelte Marie Jensen.

»Überlegen Sie bitte. Gab es keinerlei Anhaltspunkte? Es muss etwas Gravierendes passiert sein.«

Marie Jensen stand auf und ging ein paar Schritte durch den Garten. Zurück bei Lena, blieb sie am Tisch stehen. »Aber Ilse kann doch nichts mit Gesas Tod zu tun haben.«

Lena war klar gewesen, welche Gefühle sie bei der jungen Frau mit der Information auslösen würde, in diesem Fall konnte sie darauf aber keine Rücksicht nehmen.

»Das kann ich jetzt noch nicht sagen, aber ich muss diesen Hinweisen nachgehen. Das verstehen Sie sicher.«

»Ja, natürlich.«

»Ist Ihnen an Frau Wagner in der letzten Zeit etwas aufgefallen? Hat sie sich anders benommen als in den Jahren zuvor?«

Marie Jensen setzte sich wieder zu Lena an den Tisch. »Ich hatte Ihnen ja schon erzählt, dass ich sehr mit der Vorbereitung meiner Ausstellung beschäftigt war. Ich habe Ilse vor Gesas Tod nur wenig gesehen. Und Gesa wollte mich vielleicht nicht stören mit dem, was da passiert ist. Sie wusste, wie wichtig mir die Ausstellung ist.«

»Kann es sein, dass Frau Wagner hier im Haus etwas entwendet hat?«

Marie Jensen erstarrte. »Sie meinen …«

»Ich hatte Sie ja schon gefragt, ob nach dem Tod Ihrer Großmutter etwas fehlte. Aber da meinten Sie, dass Sie nichts vermissen.«

»Ja, das habe ich gesagt. So verrückt es ist, aber ich habe gestern festgestellt, dass Gesas Kladde fehlt.«

»Kladde? Was für eine Kladde?«

»Sie hat Ende des letzten Jahres angefangen, eine Art Tagebuch zu führen.«

»Über die aktuelle Zeit oder ging es mehr um die Vergangenheit?«

»Ich habe nie gesehen, was genau sie geschrieben hat. Gesa sagte mir nur einmal, dass sie sich Notizen mache. Über ihr Leben. Da habe ich wohl automatisch an ein Tagebuch gedacht.«

Lena zog ihr Smartphone aus der Tasche und schrieb Johann eine Nachricht, in der sie ihn bat, die Liste der Kriminaltechniker durchzusehen. Aus ihrer Erinnerung war sie sich fast sicher, dass das Tagebuch nicht aufgeführt war.

»Entschuldigung«, sagte Lena, als sie Marie Jensens fragenden Blick bemerkte. »Ich habe gerade meinen Kollegen gefragt, ob die Kladde in unserer Liste aufgeführt ist. Er wird mir sicher gleich antworten.«

Marie Jensen stand erneut auf. Sie wirkte plötzlich nervös und angespannt. »Es könnte natürlich sein …«, sagte sie und verschwand im Haus.

In diesem Augenblick schrieb Johann zurück. Auf der Liste befand sich keine Kladde. Lena lehnte sich in dem Gartenstuhl zurück, schloss für einen Moment die Augen und ließ sich die Sonne ins Gesicht scheinen. Mit den bisherigen Fakten würden sie Ilse Wagner kaum aus der Reserve locken können. Die falsche Angabe der Ankunftszeit könnte sie auf die Hektik der Situation schieben, zum geänderten Testament musste sie sich überhaupt nicht äußern. Als Lena Schritte hörte, öffnete sie wieder die Augen.

»Ich war im Atelier. Gesa hat dort ihre Grafiksammlung gelagert.« Sie setzte sich zurück zu Lena an den Tisch. »Ich muss es natürlich noch genau überprüfen, aber es fehlen meiner Meinung nach einige Originalzeichnungen von Horst Janssen.«

»Gibt es eine Liste?«, fragte Lena, die versuchte, ihre Aufregung nicht zu zeigen.

»Ja, natürlich. Ich werde sie noch genau durchgehen müssen. Aber ich bin mir fast sicher.«

»Welchen Wert haben die Zeichnungen?«

»Schwer zu sagen. Aber Originalzeichnungen von Janssen haben schon bis zu dreißigtausend Euro bei Versteigerungen gebracht. Zwischen zehn- und zwanzigtausend im Durchschnitt, würde ich vermuten. Es sind Werke aus einer Schaffenszeit, aus der es wenige Originale gibt.«

»Es wäre gut, wenn ich so schnell wie möglich von Ihnen eine Liste der fehlenden Zeichnungen bekäme. Sie sind sicher, dass Ihre Großmutter die Werke nicht selbst verkauft hat?«

»Warum hätte sie das tun sollen? Sie hat Janssen verehrt. Nein, niemals. Sie haben sicherlich gesehen, dass wir hier im Haus die eine oder andere Arbeit von ihm hängen haben. Das sind alles Originale und Gesa hat sie immer wieder mal gegen andere Werke von ihm ausgetauscht.«

»Und in dem Zuge wäre ihr spätestens aufgefallen, dass etwas fehlt?«

Marie nickte nachdenklich. »Meinen Sie, dass hier jemand eingebrochen ist? Oder dass …« Sie sprach ihren Verdacht nicht aus.

»Warten wir's ab«, antwortete Lena ruhig. »Wir informieren Sie, wenn wir in der Sache weitergekommen sind.« Sie legte eine kurze Pause ein. »Ich hatte Sie auch schon danach gefragt, aber vielleicht ist Ihnen ja noch etwas eingefallen. Ich forsche sozusagen in der Vergangenheit Ihrer Großmutter und interessiere mich da für die Hamburger Zeit. Hat Ihre Großmutter jemals Namen genannt? Egal in welchem Zusammenhang?«

»Eigentlich nein«, sagte Marie Jensen nachdenklich. »Sie sprach nur selten darüber. Die Zeit davor und danach, ja, da hat sie schon von erzählt. Von ihrem autoritären Vater, der sie quasi zwangsverheiraten wollte. Und von meinem Großonkel Hauke, der in die Fußstapfen meines Urgroßvaters getreten ist. Sie wissen ja, dass Gesa ihr Erbe vor Gericht erstreiten musste.« Sie schüttelte verächtlich den Kopf. »Die liebe Verwandtschaft war der Meinung, dass sie mit dem Land hier in Hörnum und dem alten Haus eine schlechte Partie gemacht hat, aber manchmal kommt es doch anders, als man denkt. Ganz anders. Trotzdem waren Gesa die Millionen nie wirklich wichtig. Gut, sie hat dieses Haus von Grund auf sanieren lassen, aber sonst … Sie sehen ja, was sie für ein Auto gefahren hat. Ein uralter Mercedes-Kombi. Ein regelrechter Oldtimer. Aber sie sagte immer: ›Er läuft doch noch, warum sollen wir einen neuen Wagen kaufen?‹«

»Sie erinnern sich also nicht an einen Namen aus der Hamburgzeit?«, brachte Lena das Gespräch wieder in die vorherige Richtung.

Marie Jensen zuckte mit den Schultern. »Ich weiß nicht. Einen Reinhard hat sie mal erwähnt. Ich glaube, der hatte etwas mit Hamburg zu tun.« Sie hielt inne. »Und einen Alexander. Allerdings hatte Gesa damals etwas zu viel … sie hatte ein oder zwei Gläser Wein zu viel getrunken. Und an dem Tag hatte einer von den beiden Geburtstag. An mehr kann ich mich nicht erinnern.«

»Sie haben mir von Ihrer Vermutung erzählt, dass Ihre Großmutter Ihnen den Namen Ihres Großvaters offenbaren wollte. Woran haben Sie das festgemacht?«

Marie Jensen seufzte. »Ach, so vor eineinhalb Jahren hatte ich so eine Phase. Ich habe viel über mich und meine Familie nachgedacht und habe darüber auch mit Gesa gesprochen. Irgendwie kamen wir auch auf meinen Großvater, den ich ja nicht kenne. Ich weiß nicht einmal, ob er überhaupt noch lebt. Gesa hat ein wenig erzählt, wie damals das Leben für sie als Frau war. Sie hat es hier auf ihrer eigentlich so geliebten Insel nicht mehr ausgehalten und ist vor der eigenen Familie geflüchtet, musste sich in der Großstadt verstecken und immer Angst haben, dass die Polizei sie aufgreift, solange sie noch keine einundzwanzig war.« Marie Jensen lächelte in sich hinein. »Ja, in einem dieser Gespräche muss es gewesen sein. Sie hat über diesen Mann gesprochen, erzählt, dass er verheiratet gewesen sei und es keine Chance gegeben habe auf ein gemeinsames Leben. Ich glaube, sie war kurz davor, mir den Namen zu verraten, aber dann meinte sie, dass sie noch Zeit brauche.«

»Und sie hat nie wieder darüber gesprochen?«

»Nein.« Marie Jensen schluckte.

»Darf ich Ihnen eine sehr persönliche Frage stellen?« Als Marie Jensen nickte, fuhr Lena fort. »Warum sind Sie damals zu Ihrer Großmutter nach Sylt gezogen?«

»Ja, Sie haben recht, das ist eine sehr persönliche Frage. Aber gut, ich verstehe, dass Sie alles über Gesas Umfeld wissen müssen. Und da gehöre ich natürlich als Erste dazu.« Sie holte tief Luft und fuhr fort. »Ich war in einer Krise. Nach dem Studium habe ich viel gearbeitet, aber keinen rechten Weg gefunden, meinen eigenen Stil zu finden. Ich habe kaum etwas verdient und war abhängig davon, dass mein Vater mich finanziell unterstützte. Die ganze Situation hat sich immer weiter zugespitzt, ich konnte nicht mehr arbeiten, mein Vater hat mich immer mehr unter Druck gesetzt, sodass ich irgendwann zusammengebrochen bin. Erst da habe ich Gesa um Hilfe gebeten. Sie ist sofort gekommen und hat mich erst mal mit nach Sylt genommen. Nachdem sie mich aufgepäppelt hatte, hat sie mir den Vorschlag gemacht, bei ihr zu bleiben. Ich habe erst gezögert, aber letztlich war das die beste Entscheidung, die ich in meinem Leben getroffen habe.«

»Warum haben Sie Ihre Großmutter nicht eher um finanzielle Unterstützung gebeten? Dann wären Sie doch von Ihrem Vater unabhängig gewesen.«

»Das wollte ich nicht. Das konnte ich nicht. Gesa war immer mein Vorbild. Ihre Unabhängigkeit, ihre Stärke. Es wäre damals für mich wie ein Verrat gewesen. Ich wollte ihr beweisen, dass ich es alleine schaffe. Ich weiß nicht, ob Sie das verstehen können.«

»Doch, das kann ich sogar sehr gut verstehen«, antwortete Lena.

Siebzehn

Gegen siebzehn Uhr befand Lena sich auf dem Rückweg nach Westerland. In der letzten halben Stunde hatte Marie Jensen ausführlicher über ihre Großmutter gesprochen. Schon vor dem Tod ihrer Mutter war Gesa Jensen für ihre Enkelin einer der wichtigsten Menschen in ihrem Leben gewesen. Während ihrer Jugend war sie jede Ferien bei ihr zu Besuch gewesen und später, während des Studiums und als sie zu arbeiten begann, hatte sie neben dem persönlichen Kontakt einen engen künstlerischen Austausch mit ihr gepflegt. Im Moment schien sie nicht zu wissen, wie es mit ihr weitergehen sollte. Ihre Ausstellung hatte sie um ein halbes Jahr verschoben, an Arbeiten war, wie sie Lena versichert hatte, im Moment nicht zu denken.

Zurück im Büro, saß Johann immer noch über seinen Laptop gebeugt. Er schaute kurz hoch, nickte Lena zu und konzentrierte sich dann wieder auf den Bildschirminhalt.

Lena kontrollierte ihren E-Mail-Posteingang, in dem sich immer noch keine Nachricht aus Hauke Jensens Büro befand. Schon auf dem Weg nach Hörnum hatte Lena dort angerufen und mit der Sekretärin gesprochen. Angeblich war sie noch nicht dazu gekommen, die Liste der Kontakttermine zu erstellen, sagte Lena aber zu, dass sie diese noch am gleichen Tag bekommen würde.

»Hast du noch mal bei Ilse Wagner angerufen?«, fragte sie Johann, nachdem sie ihm in wenigen Worten das Gespräch mit Marie Jensen zusammengefasst hatte.

»Niemand da«, sagte Johann. »Ich habe schon überlegt, ob wir die Husumer Kollegen bitten, bei ihr vorbeizuschauen.«

»Die Testamentseröffnung ist morgen um neun. Wenn sie dort nicht erscheinen sollte, werden wir sie in Husum befragen müssen.«

»So machen wir's«, sagte Johann und konzentrierte sich wieder auf seine Unterlagen, während Lena die Mail von Luise mit den zehn Namen der Hamburger Kunstszene öffnete. Als Erstes fiel ihr Reinhard Köster ins Auge. Sie googelte ihn und erfuhr, dass er eine Lokalgröße in der Hansestadt war. Der Künstler war dreiundachtzig Jahre alt und lebte in Hamburg-Eppendorf. Nach einer kurzen Suche hatte sie seine Telefonnummer gefunden. Als sich eine weibliche Stimme meldete, nannte sie ihren Namen und die Dienststelle und fragte, ob sie Reinhard Köster sprechen könne. Frau Maas, die sich als Haushälterin vorstellte, zögerte und fragte, um welche Angelegenheit es sich handele.

»Könnten Sie Herrn Köster bitte sagen, dass es um Gesa Jensen geht und dass ich ihn dringend sprechen muss?«

»Ich fürchte …«

»Bitte. Frau Maas. Es geht um eine dringende Auskunft. Vermutlich ist es Herrn Köster lieber, kurz mit mir am Telefon zu sprechen, als ins Polizeipräsidium vorgeladen zu werden.«

»Warten Sie bitte«, sagte sie schnippisch und legte deutlich vernehmbar den Hörer zur Seite. Zwei Minuten später war sie zurück und raunte ein »Ich verbinde!« in den Apparat. Gleich darauf hörte Lena ein Freizeichen, das von einer freundlichen tiefen Männerstimme abgelöst wurde. »Guten Abend. Mit wem spreche ich?«

»Lena Lorenzen, LKA Kiel. Ich ermittle im Todesfall von Gesa Jensen und bin dabei auf Ihren Namen gestoßen.«

Reinhard Köster schwieg einen Moment. »Gesa ist gestorben?«

»Ja, vor zehn Tagen.«

»Oh. Das tut mir leid.« Wieder entstand eine Pause. »Dabei habe ich noch vor gar nicht so langer Zeit mit ihr gesprochen. Sie hat mich hier in Eppendorf besucht.«

»Sie waren also gut bekannt mit ihr?«

»Ja, natürlich. Wir waren schon seit vielen Jahrzehnten eng befreundet.« Er hielt inne. »Landeskriminalamt, sagten Sie? Warum ermittelt die Polizei?«

»Wir müssen leider davon ausgehen, dass sie keines natürlichen Todes gestorben ist.« Lena versuchte, den Tötungsumstand so gut wie möglich zu umschreiben. Sie hörte ein leises Stöhnen und danach einen Seufzer.

»Ich bin auf der Suche nach Personen, die Gesa Jensen während ihrer Hamburger Zeit zwischen 1957 und 1963 kannten.«

»Ja«, antwortete er nur.

»Darf ich Ihnen ein paar Fragen stellen?«

Lena hörte den alten Künstler schwer atmen. »Wie ist Gesa gestorben?«

»Es tut mir leid, Herr Köster. Ich darf über die Details nicht reden. Aber so viel: Sie ist am Morgen in ihrem Bett tot aufgefunden worden.«

»Ermordet? In der Nacht?«

»Wir gehen definitiv von Fremdeinwirkung aus.«

»Fremdeinwirkung«, wiederholte Reinhard Köster. »Was für ein schreckliches Wort.«

Lena ließ dem alten Herrn Zeit. Vermutlich würde er ohnehin nicht am Telefon mit ihr über private Einzelheiten aus Gesa Jensens Leben sprechen wollen.

»Das ist traurig, sehr traurig. Und Sie wollen von mir jetzt etwas über Gesas Hamburger Zeit, wie Sie es ausgedrückt haben, wissen? Am Telefon? Es tut mir leid, Frau Kommissarin, aber das ist nicht meine Art. Ich weiß nicht mal, ob Sie wirklich bei der Polizei sind. Es tut mir leid, aber Sie können gerne bei mir vorbeikommen und wir sehen dann weiter. Versprechen kann ich Ihnen nichts.«

»Ich bin momentan auf Sylt. Ich kann im Moment noch nicht genau sagen, wann ich morgen bei Ihnen vorbeikommen kann. Darf ich mich am Vormittag noch einmal bei Ihnen melden? Dann können wir einen Termin absprechen.«

»Das können Sie gerne tun.«

»Vielen Dank, Herr Köster. Und bis morgen.«

Lena legte auf und warf einen Blick zu Johann. Er streckte sich gerade und verzog dabei das Gesicht.

»Hunger?«, fragte sie.

Johann klappte seinen Laptop zu und stand auf. »Los geht's! Meine Augen flimmern und mein Magen knurrt schon mindestens seit zwei Stunden.«

»Was hältst du von Sushi?«

»Teuer!«

»Ich lade dich ein.«

»Oh, Sushi ist wirklich gut.« Er grinste übers ganze Gesicht.

»Das war hervorragend!«, sagte Johann und rieb sich den Bauch.

Mit viel Glück hatten sie einen Zweiertisch in einer Sushibar bekommen und saßen jetzt seit einer Dreiviertelstunde in einer langen Reihe von zehn Tischen.

Johann sah sich um. Bisher hatten sie kein Wort über den Fall verloren. Die Tische standen zu eng zusammen und die Gefahr, dass ihre Nachbarn etwas von ihrem Gespräch mitbekommen würden, war zu groß. »Hier gefällt es mir«, sagte er.

»Hast du noch mit Johanna gesprochen? Fährst du nach Kiel?«

»Gesprochen ja, Entscheidung noch nicht gefällt. Ich glaube, sie hat sich wieder etwas gefangen. Ich kann dich doch im Moment auch nicht mit der Arbeit sitzen lassen.«

»Vielleicht muss ich morgen kurz nach Hamburg. Wir könnten über Kiel fahren und ich sammele dich anschließend wieder ein. Während der Fahrt haben wir dann Zeit genug, den Fall im Detail durchzugehen.«

Seine Miene hellte sich auf. »Das wäre natürlich ...« Er hielt inne.

»Eine ausgesprochen elegante Lösung«, half Lena ihm.

»Ich hätte es nicht besser formulieren können.« Er sah aus dem Fenster, als er fragte: »Und bei dir?«

Die Frage kam so überraschend für Lena, dass sie wie automatisch antwortete. »Ich habe mit Erck gesprochen.«

»Gut!«

»Ich bin wohl nicht geschaffen für eine langfristige Beziehung«, murmelte Lena ausweichend.

»Wohl wahr!«, antwortete Johann. »Bei deiner panischen Angst vor Bindung ist das kein Wunder.« Als er ihren Blick bemerkte, hob er abwehrend die Hände hoch und fügte schnell hinzu: »Ich bin kein Psychologe, aber sei doch mal ehrlich: Eine wirklich gute Beziehung, die länger hält, gibt es nicht zum Nulltarif. Auf die eine oder andere Weise musst du immer etwas von dir abgeben. Oder sollte ich sagen, aufgeben?«

»Amrum ist eine Insel. Schon vergessen?«

»Nein, durchaus nicht.« Er zog sein Handy aus der Tasche und gab etwas ein. »Wie wäre es mit Schleswig? Tolle Stadt und liegt fast auf der Hälfte der Strecke.« Er hielt ihr den auf dem Handy aufgerufenen Plan hin. »Eine gute Stunde bis Dagebüll und eine knappe Stunde nach Kiel. Oder Husum, wenn ihr es etwas ruhiger haben wollt. Okay, Erck müsste wahrscheinlich ein Zimmer oder eine kleine Wohnung auf Amrum haben, damit er seinem Job nachkommen kann, aber wenn ich das richtig verstanden habe, organisiert er auch viel von zu Hause aus für die Ferienwohnungen. Du hättest etwas mehr Fahrerei, aber wie häufig bist du sowieso im Land unterwegs und musst irgendwo übernachten? Auf vier bis fünf gemeinsame Nächte würdet ihr auf jeden Fall pro Woche kommen.«

»Da hat sich ja jemand einen richtigen Plan ausgedacht«, kommentierte Lena spöttisch, ärgerte sich aber im nächsten Augenblick über ihre pampige Art. »Entschuldige. War nicht so gemeint.«

»Kein Thema. Eigentlich steht mir das auch nicht zu, solche Vorschläge zu machen. Aber ...«

Lena legte die Hand auf seinen Arm. »Ich habe überreagiert. Schon gut. Wir sind befreundet und ich würde dir auch ungefragt einen Rat geben, wenn ich sehen würde, dass es bei dir und Johanna in die falsche Richtung läuft.«

»Es war auch nur so eine Idee ...«

Lena stand auf. »Noch Lust auf ein Eis am Strand?«

Der Wind hatte zugenommen und die Temperaturen waren nach Lenas Schätzung auf unter zwanzig Grad gesunken. Die beiden Kommissare saßen in einem verwaisten Strandkorb und aßen schweigend ihr Eis.

»Eigentlich ganz schön hier«, sagte Johann, als er seine leere Eisschachtel in den Sand stellte und tief die salzige Luft einatmete. »Ein paar Touristen weniger würden der Insel aber ganz guttun.«

»Das ist auf allen deutschen Inseln der große Zwiespalt. Auf der einen Seite leben die Menschen von den Touristen, auf der anderen Seite bedroht der Riesenrun das ursprüngliche Inselleben. Hier auf Sylt ist das am deutlichsten zu sehen. Manche Ortsteile sind außerhalb der Hauptsaison total verwaist. Etliche Ferienhausbesitzer haben es nicht einmal nötig, an fremde Gäste zu vermieten. Für Insulaner wird es immer schwieriger, bezahlbaren Wohnraum zu finden. Und wenn jemand das Glück hat, ein Haus zu erben, schlägt das Finanzamt mit der Erbschaftssteuer zu. Viele verkaufen und ziehen aufs Festland.«

»Ja, das liebe Geld«, sagte Johann. »Das zerstört vieles. Nicht nur Landschaften und Orte. Manchmal träume ich davon, irgendwo weit draußen auf dem Land zu leben und mich selbst zu versorgen. Aber mir fehlen nicht nur die Kenntnisse, mir fehlt auch der Mut.«

»Wie wäre es mit Vater und Husmann? Wenn Johanna erst mal ihre eigene Apotheke hat …«

Johann lachte. »Kannst du dir mich wirklich als Vater vorstellen?«

»Sehr gut sogar. Du bist empathisch, behältst die Ruhe auch in hektischen Situationen und denkst nach, bevor du redest.« Sie grinste. »Zumindest meistens.«

»Dann kannst du dich ja mit Johanna zusammentun. Sie redet auch immer so ein wirres Zeug.«

Lena musste unwillkürlich schmunzeln. »Dann hör mal lieber auf die klugen Frauen.« Sie lehnte sich im Strandkorb zurück und schloss die Augen. Seit Johann sie in der Sushibar auf Erck angesprochen hatte, ging dieser ihr nicht mehr aus dem Kopf. War die Lösung wirklich so einfach? Eine Wohnung in Schleswig oder Husum? Nein, das Problem lag tiefer. Sie hatte Angst, Erck noch einmal wehzutun. Oder schob sie diesen Grund nur vor? Warum war dann plötzlich das Verlangen da, jetzt sofort nach Amrum zu fahren, um ihn zu sehen und in seinen Armen zu liegen?

Johann stand auf. »Ich gehe noch für ein oder zwei Stunden arbeiten. Und du?«

»Ich wollte mir jetzt endgültig die Briefe vornehmen, die ich von meiner Tante bekommen habe.« Sie erzählte ihm noch kurz von dem Gespräch mit Reinhard Köster. »Ich werde das

Gefühl nicht los, dass wir – und sei es nur ein Teil der Lösung – in der Vergangenheit suchen müssen.«

Johann hielt ihr die Hand hin und zog sie hoch. »Wir werden sehen.«

Sie stieß ihn spielerisch in die Seite. »Hey, das ist eigentlich mein Spruch.«

Lena hatte Gesa Jensens Briefe noch einmal geordnet und angefangen weiterzulesen. Die Schrift war nach wie vor nur mühsam zu entziffern und an manchen Stellen musste sie regelrecht raten. Aber im Zusammenhang gelesen ergab sich letztlich ein Bild.

Gesa Jensen schrieb begeistert über ihre neuen Freunde aus der Hamburger Kunstszene und, da sie weiterhin keinen der begehrten Plätze an der Kunstakademie bekommen hatte, von dem Privatunterricht, den sie bei einer Kunstprofessorin nahm. Zwischen den Zeilen trat immer deutlicher ihre Kritik an den herrschenden Verhältnissen zutage. Sie empörte sich über die Ungleichbehandlung, die ihr als Frau widerfuhr, und die Schwierigkeiten, die sie durch ihr fast illegales Leben zusätzlich hatte. Zwischen den Zeilen konnte Lena immer mehr ihre Einsamkeit herauslesen. Sie schien die Insel zu vermissen, die Natur, das Meer und den Wind. Da Lena ähnliche Erfahrungen gemacht hatte, als sie von Amrum auf die Polizeiakademie gewechselt war, konnte sie Gesa Jensens Gefühle nachvollziehen. Die schwindende Hoffnung, jemals wieder dort leben zu können, wo man am glücklichsten gewesen war, die Angst, in der Fremde unterzugehen, und die Scham, etwas falsch gemacht zu haben, als sie von zu Hause weggelaufen war.

Liebe Beke,
jetzt sind schon wieder sechs Wochen vergangen, seit du mir den letzten Brief

geschrieben hast. Es ist schön, dass du jemanden gefunden hast, den du von ganzem Herzen gernhast. Ich kann dir nur raten, lass dir alle Zeit der Welt mit deiner Entscheidung, ob er der richtige Mann für dich ist.

Du hast mich in deinem letzten Brief wieder gefragt, ob ich glücklich bin. Ich habe lange über deine Frage nachgedacht und überlegt, was für mich Glück ist. Dass ich hier in Hamburg frei von meiner tyrannischen Familie leben darf? Dass ich viele Künstler als Freunde gefunden habe? Dass ich nun schon im dritten Monat Privatunterricht bei Prof. Süssmuth bekomme? Dass ich eine eigene, wenn auch kleine Wohnung habe? Ich bin zu keinem Ergebnis gekommen. Warum? Weil mir etwas fehlt?

Ich will heute wirklich ganz offen zu dir sein. Ich liebe den Mann, der mich schon seit der zweiten Woche nach meiner Ankunft in Hamburg unterstützt. Und er liebt mich. Du wirst jetzt fragen, warum ich das oben in meiner Liste nicht aufgeführt habe, und ich muss dir antworten, dass unsere Liebe eine Liebe im Verborgenen sein muss. Du ahnst wahrscheinlich schon, was ich dir jetzt schreiben werde. Ja, dieser Mann, die Liebe meines Lebens, ist verheiratet. Seine Eltern und die seiner Frau gehören den besten Kreisen Hamburgs an und es wäre ein ungeheuerlicher Skandal, wenn er sich von seiner Frau trennen würde. Du wirst denken, besser ein Ende mit Schrecken als ein Schrecken ohne Ende. Du hast natürlich recht, aber was du nicht weißt: Seine Frau bekommt ein Kind von ihm. Kann ich diesem ungeborenen Leben den Vater nehmen?

Du siehst, auf der einen Seite erlebe ich ein unglaubliches Glück, auf der anderen Seite zerrinnt es zwischen meinen Fingern.

Immer wieder sage ich mir, dass ich die richtige Entscheidung getroffen habe und ich auch weiter standhaft bleiben muss, aber dann, in diesen ganz einsamen Stunden, verliere ich den Mut und bin so verzweifelt, wie ich es war, als mein Vater mir mitteilte, dass er einen Bräutigam für mich gefunden habe.

Liebe Beke, ich will dich jetzt nicht mit meinen Problemen belasten, auch wenn es eine Erleichterung für mich ist, meine Gedanken einer lieben Freundin mitteilen zu können. Ich weiß, dass du mir gerne helfen würdest, aber mach dir keine zu großen Sorgen um mich. Ich bin bis jetzt zurechtgekommen und werde es auch weiter schaffen.

Es ist schön, dich als Freundin zu haben. Schreib mir bald wieder und ich verspreche dir, dass ich beim nächsten Mal nicht wieder so viel Zeit verstreichen lassen werde, bis ich dir antworte.

Deine Freundin Gesa

Lena legte den Brief zur Seite. Gesa Jensen hatte mit keinem Wort angedeutet, wer der geheimnisvolle Förderer und Liebhaber war, außer dass er zur Hautevolee gehörte. Offensichtlich war ihr die Geheimhaltung so wichtig, dass sie nicht einmal ihrer entfernt lebenden Freundin den Vornamen des Mannes nennen wollte. Die nächsten Briefe handelten von ganz normalen Alltagsproblemen, aber auch von glücklichen Momenten. Gesa schrieb über ihre Arbeit im Café, der sie nicht nur wegen des Gehalts nachging, sondern auch weil sie dort viele ihrer neuen Freunde treffen konnte. Immer wieder thematisierte sie das Verhältnis zwischen Mann und Frau. Ihre Beobachtungen waren verblüffend genau, wenn sie das, was die Männer sagten, mit dem verglich, was sie letztendlich taten. Dabei schrieb sie aber nie über den Mann, den sie liebte und der sie, wovon Lena inzwischen überzeugt war, ausnutzte und als Geliebte hielt. Er hatte, lange bevor seine Frau schwanger wurde, eine Affäre mit Gesa begonnen. Seine finanzielle Unterstützung machte sie abhängig von ihm und verhinderte, dass Gesa auf eigenen Füßen stand.

Spät in der Nacht wachte Lena auf. Sie musste inmitten der ausgebreiteten Briefe eingeschlafen sein. Sie legte die Schreiben zusammen, warf die Kleidung von sich und zog die Decke bis über die Schultern.

ACHTZEHN

Als Lena am nächsten Tag die Tür ihres provisorischen Büros öffnete, saß Johann bereits hinter seinem Laptop und telefonierte. Er sah auf, nickte ihr zu und sprach weiter.

Lena stellte ihren Kaffee, den sie wie inzwischen gewohnt auf dem Weg zum Polizeirevier gekauft hatte, auf dem Schreibtisch ab.

»Bist du eigentlich mit dem Maserati schon weitergekommen?«, rief sie Johann zu, als er aufgelegt hatte.

»Nee, ich bin jetzt zweimal die Liste durch und konnte niemanden entdecken, der Kontakt mit Gesa Jensen hätte haben können. Die nächste Stufe wäre, alle Halter anzurufen. Die ersten zehn habe ich schon durch. Keiner von ihnen hat irgendwie komisch reagiert und alle haben beteuert, nie auf Sylt gewesen zu sein.«

»Was ist mit den Kontodaten von Gesa Jensen?«

»Sind auch da. Ich habe sie grob durchgesehen und für die letzten zwölf Monate keine augenscheinlich ungewöhnlichen Überweisungen gefunden. Aber wie gesagt, das war nur ein erster Überblick.«

Lena sah auf die Uhr. In spätestens zwei Stunden würden sie zum Notar aufbrechen müssen. Sie ging noch einmal ihren

172

E-Mail-Account durch und fand die Nachricht von Hauke Jensens Sekretärin. Die hatte ihr sieben Termine aufgeführt, an denen die Geschwister Kontakt gehabt hatten. Fünf davon waren Telefongespräche, zwei persönliche Treffen. Hauke Jensen schien selbst über seine privaten Termine akribisch Buch zu führen. Das erste Telefongespräch hatte Anfang Januar stattgefunden, das zweite Ende Februar. Mitte März kam es zum ersten persönlichen Treffen im Büro des Hauptsitzes, Mitte April zu einem weiteren Telefongespräch. Danach gab es eine Pause bis Mitte Mai. Dort folgte ein weiteres Telefongespräch und kurz darauf ein Treffen in Gesas Haus. Anfang Juni hatten die Geschwister ein letztes Mal miteinander telefoniert.

Lena ließ sich von Johann die entsprechenden Listen geben und kontrollierte die Länge der Telefonate. Die ersten beiden waren mit jeweils knapp zwei beziehungsweise drei Minuten relativ kurz gewesen. Das Telefonat im April war mit fast zehn Minuten das längste in der Reihe. Nummer vier und fünf dagegen mit unter einer Minute die kürzesten.

Lena notierte sich alle Zeiten und gab Johann die Listen zurück. »Kannst du dir einen Reim darauf machen, warum uns Jensen bei unserem Gespräch so bereitwillig die Kontaktdaten mit seiner Schwester angeboten hat?«

»Keine Ahnung. Ich fand es von Anfang an etwas merkwürdig. Als wenn er uns unbedingt beweisen wollte, dass sein Verhältnis zu der Schwester wieder besser geworden war.«

»Gleichzeitig hat es jetzt ewig gedauert, bis die Daten kamen. Hätte ich nicht nachgefragt, wäre sicher nichts gekommen. Zumindest die Telefongespräche haben laut Liste an den jeweiligen Tagen stattgefunden.«

»Vielleicht musste die Sekretärin auch erst die Telefonrechnungen durchsehen. Das dauert.«

»Trotzdem …« Lena rief sich die Befragungssituation in Hauke Jensens Büro ins Gedächtnis. Er hatte die Liste freimütig angeboten, ohne dass Lena oder Johann ihn unter Druck setzen mussten. Sie versah ihre Notizen mit drei Fragezeichen und legte die Unterlagen zur Seite.

»Wir müssen gleich los«, rief sie Johann zu. »Ich melde mich noch kurz für morgen bei Reinhard Köster in Hamburg an, heute klappt das nicht, fürchte ich. Ist das für dich und Johanna auch in Ordnung?«

»Ja, auf jeden Fall«, sagte Johann.

Dieses Mal ließ die Haushälterin sie schneller passieren. Der alte Maler sagte ihr zu, sie am Vormittag des nächsten Tages zu empfangen.

Rechtzeitig vor Eintreffen der eingeladenen Erben standen die beiden Kommissare im Büro des Notars Bünnigstedt. Sie informierten ihn darüber, dass sie Thees Jensen und seine beiden Söhne befragen wollten. Der Notar bot ihnen einen Besprechungsraum an, was Lena dankend annahm.

Als Erste betrat Marie Jensen die Kanzlei. Nach einer kurzen Begrüßung setzte sie sich ins Wartezimmer. Als die drei Männer sich anmeldeten, sprach Lena sie an, wies sich aus und bat sie darum, nach der Testamentseröffnung für eine Befragung in der Kanzlei zu verbleiben.

Thees Jensen warf kurz einen Blick zu seinen Söhnen und meinte: »Wir stehen Ihnen dann später zur Verfügung.«

Er nickte ihr zu und die drei verschwanden im Wartezimmer.

»Jetzt fehlt nur noch Ilse Wagner«, sagte Johann und trat einen Schritt vor, um durchs Fenster auf dem Parkplatz vor dem Haus nach neu eintreffenden Fahrzeugen zu schauen.

Als Ilse Wagner um fünf Minuten nach neun noch nicht eingetroffen war, rief der Notar die anwesenden Personen in sein Zimmer.

»Was machen wir nun?«, fragte Johann.

»Wir befragen gleich die drei Jensens und sehen dann weiter. Vermutlich reicht die Zeit nicht mehr, um aufs Festland zu fahren. Wir werden das wohl auf morgen verschieben müssen.«

Thees Jensen kam sichtbar aufgebracht neben seinen Söhnen aus dem Notarzimmer. Lena musterte ihn unauffällig. Für einen Mann war er mit geschätzten ein Meter achtzig relativ klein. Er war schlank und drahtig und trug sein Haar streng zurückgekämmt wie sein Onkel Hauke. Doch die Ähnlichkeit mit seiner Mutter fiel Lena sofort ins Auge. Sie gab ihm ein paar Minuten, um sich mit seinen Söhnen besprechen zu können, bevor sie ihn als Ersten bat, ihr zu folgen.

»Wie kann ich Ihnen helfen?«, fragte Thees Jensen, der sich schnell wieder im Griff hatte.

»Sie waren gerade etwas erregt«, fragte Lena ihn direkt. »Hatten Sie sich einen anderen Verlauf der Testamentseröffnung erwartet?«

Er lächelte. »Ja, das könnte man so formulieren.«

Lena sah ihn fragend an und wartete.

»Da Sie es als ermittelnde Kommissarin ohnehin erfahren: Meine Mutter hielt nicht so viel von der gesetzlichen Erbfolge und hat einen Großteil ihres Vermögens vorab verteilt. Darüber, ob sie die eine oder andere Million wirklich so sinnvoll angelegt hat, lässt sich sicher trefflich streiten.«

»Sie hatten sich einen größeren Pflichtteil erwartet?«

»Ich verstehe zwar nicht, wie dieser Umstand Ihre Ermittlungen weiterbringen soll, aber man könnte es so formulieren.«

Aus dem Augenwinkel sah Lena, dass Johann sich eine Notiz machte. Sie entschloss sich, mit Thees Jensen nicht über die Höhe des Erbes zu sprechen. Es würde ihn nur unnötig gegen sie aufbringen.

»Wie war das Verhältnis zu Ihrer Mutter?«

Thees Jensen zeigte keine Reaktion und sprach mit kalter Stimme. »Liebe Frau Lorenzen, ich gehe davon aus, dass Sie schon aus mehreren Quellen erfahren haben, wie es um mein Verhältnis zu meiner Mutter stand. Sollten wir nicht gleich zum Punkt kommen? Was wollen Sie wirklich wissen?« Ohne Lenas Reaktion abzuwarten, fuhr er fort: »Da wäre sicher die Frage nach meinem Alibi. Ich war an dem Tag, bevor meine Mutter starb, in München bei einem Mandanten und bin am nächsten Morgen mit der ersten Maschine nach Hamburg zurückgeflogen. Meine Sekretärin wird Ihnen gern die Daten übermitteln. Gibt es weitere Fragen?«

Lena ließ sich einen Moment Zeit, bevor sie sprach. »Wie kam es zu dem Konflikt mit Ihrer Mutter?«

»Da ich nicht als Täter infrage komme, sollten wir diese Dinge dort lassen, wo sie hingehören. Das ist eine Privatangelegenheit, die ich nicht hier diskutieren möchte.«

»Wann haben Sie Ihre Mutter das letzte Mal gesehen?«

»Das war zwei Tage nach ihrem Tod im Beerdigungsinstitut.«

Lena ging nicht auf die Provokation ein. »Und davor?«

»Das muss einige Jahre her sein. Brauchen Sie das genaue Datum?« Thees Jensen sah sie mit unbewegter Miene an.

»Hatten Sie telefonischen Kontakt?«, fragte Lena, erneut ohne auf seine Bemerkung einzugehen.

»Ich notiere mir für gewöhnlich nicht, wenn ich privat mit Familienmitgliedern spreche. Es kann sein, dass wir in den letzten Jahren hin und wieder ein paar Worte miteinander gewechselt haben. Auch hier kann ich nicht mit den genauen Daten dienen.«

Lena war klar, dass Thees Jensen als Rechtsanwalt über ausreichend Erfahrung in Gesprächsführung verfügen musste und dass sie ihn auch deshalb mit den bisherigen Fragen nicht aus der Reserve hatte locken können. Als ihr Smartphone, das sie vor sich auf den Tisch gelegt hatte, vibrierte, warf sie einen kurzen Blick aufs Display. Eine Nachricht von Leon. Johann schien bemerkt zu haben, dass sie kurz ihre Aufmerksamkeit aufs Handy gerichtet hatte, und übernahm die Gesprächsführung.

»Wir benötigen von Ihnen Fingerabdrücke, um sie mit denen abgleichen zu können, die wir im Haus genommen haben.«

Lena hatte inzwischen die Nachricht von Leon geöffnet. Er schrieb: *Bruder steht blendend da, Sohn ist vollkommen verschuldet. Infos abrufbereit.* Leon hatte ihr, wie er es bei umfangreicheren Materialien üblicherweise machte, einen Downloadlink geschickt, den er spätestens in drei Stunden wieder löschen würde.

Thees Jensen ließ sich mit seiner Antwort reichlich Zeit. »Ich gehe davon aus, dass es sich um eine freiwillige Aktion meinerseits handelt?«

»Selbstverständlich, Herr Jensen«, antwortete ihm Johann. »Wie gesagt, es geht um einen Abgleich, da wir eine Reihe von Abdrücken noch nicht zuordnen können. Da Sie nach dem Tod Ihrer Mutter im Hause waren, ist es nur wahrscheinlich, dass wir Ihre finden werden.«

»Dann will ich Ihre Arbeit nicht unnötig erschweren.«

Lena räusperte sich. »Mein Kollege wird dann im Anschluss Ihre Abdrücke sichern.«

Thees Jensen stand auf. »Haben Sie noch weitere Fragen?«

»Ja«, sagte Lena lächelnd und wartete, bis sich der Anwalt wieder gesetzt hatte. »Auch wenn Sie in letzter Zeit nur sehr wenig Kontakt zu Ihrer Mutter hatten, möchte ich Sie fragen, ob Ihre Mutter Feinde hatte.«

»Das ist lächerlich. Mit Menschen, die zu so etwas fähig sind, verkehren wir nicht. Niemand in unserer Familie. Suchen Sie lieber nach einem brutalen Einbrecher. Es wäre nicht das erste Mal, dass diese Kreaturen keine Skrupel haben, ihre Opfer zu töten.«

»Bisher haben wir keine Anhaltspunkte für eine Verdeckungstat im Zusammenhang mit einem Einbruch.«

»Dann suchen Sie halt weiter«, sagte er herablassend.

Lena lächelte kalt und entschied sich, die Daumenschrauben etwas mehr anzuziehen. »Bei unseren Ermittlungen ist uns zugetragen worden, dass Sie finanziell außerordentliche Schwierigkeiten haben. Ist das richtig?«

Zum ersten Mal bemerkte Lena an ihm eine unmittelbar lesbare Reaktion. Seine Augen verengten sich, die Mundwinkel sanken nach unten. Er starrte sie wütend an und sagte einen Ton zu laut: »Wer sagt das?«

»Tut mir leid, Herr Jensen. Darüber kann ich Ihnen keine Auskunft geben. Sind die Informationen nicht korrekt?«

»Ich glaube kaum, dass dieses Thema auch nur im Entferntesten etwas mit dem Tod meiner Mutter zu tun hat. Von daher scheint es mir absolut überflüssig, auf Ihre Frage zu antworten.«

»Da muss ich Ihnen leider widersprechen. Bei Tötungsdelikten sind wir angehalten, das nähere Umfeld des Opfers zu durchleuchten. Das ist ein Routinevorgang. Natürlich können Sie die Frage unbeantwortet lassen, das brauche ich Ihnen als Rechtsanwalt nicht zu erklären.«

»Das ist komplett lächerlich. Und genau aus diesem Grund werde ich Ihnen nicht antworten.« Er stand auf. »Falls es von Ihrer Seite noch etwas Substanzielles geben sollte, wissen Sie ja, wo Sie mich finden.« Mit Blick auf Johann sagte er: »Wenn wir die Prozedur jetzt hinter uns bringen könnten?«

Ohne sich von Lena zu verabschieden, verließ er zusammen mit Johann den Raum. Lena nutzte die Zeit bis zur Befragung der beiden Söhne mit dem Abruf von Leons Daten. Nachdem sie sich einen ersten Überblick verschafft hatte, trat Johann mit Hendrik Jensen ins Befragungszimmer. Die Ähnlichkeit mit seinem Vater beschränkte sich auf die dominante Nase. Ansonsten überragte er ihn um einen Kopf und wirkte erheblich ausgeglichener als sein Vater. Das Lächeln auf seinem Gesicht schien echt zu sein und auch die Augen wirkten offen und freundlich.

Nach einer kurzen Einleitung stellte Lena die erste Frage. »Sie arbeiten bei einer Bank?«

Hendrik Jensen nickte und nannte freimütig seinen Arbeitgeber. »Ich bin dort in der Immobilienfinanzierung tätig. Wir sind an Großprojekten in ganz Europa beteiligt.«

»Klingt interessant. Wir müssen Sie routinemäßig fragen, wo Sie sich in der Nacht, als Ihre Großmutter starb, aufgehalten haben.«

Er lächelte. »Ich war am Abend beim Volleyball, bin so gegen halb elf zurück nach Hause und vermutlich kurz darauf schlafen gegangen. Meine Frau kann das bestätigen. Am nächsten Tag hatte ich um acht Uhr meinen ersten Termin.«

»Wir würden auch von Ihnen gerne die Fingerabdrücke nehmen, um sie mit den im Haus gefundenen abzugleichen.«

»Selbstverständlich. Jetzt gleich?«

»Nein, das macht mein Kollege im Anschluss an unser Gespräch.«

Er nickte.

»Wie war Ihr Verhältnis zu Ihrer Großmutter?«

»Eigentlich ganz normal, aber leider hat der Zwist zwischen meinem Vater und ihr auch auf mich abgefärbt. Ich habe mich einfach geweigert, mich auf eine der Seiten zu schlagen. Der eine ist mein Vater, die andere war meine Großmutter. Es ist unredlich, von einem Enkel so etwas zu verlangen.«

»Aber das war der Fall?«

»Gesa hat das wohl mehr oder weniger erwartet. Und letztlich mein Vater genauso.«

»Wissen Sie, wie es zu dem Zerwürfnis der beiden kam?«

Hendrik Jensen schüttelte langsam den Kopf. »Nicht wirklich. Schon seit meiner Jugend war das Verhältnis zwischen den beiden mehr als angespannt. Meine Mutter hatte auch nicht das beste Verhältnis zu ihrer Schwiegermutter, was ja durchaus vorkommen soll, aber in unserem Fall eher symptomatisch war. Als Kind war mir das natürlich nicht bewusst, aber es ging eben nicht nur um kleine Unstimmigkeiten, sondern um grundsätzliche Vorstellungen vom Leben. Dass meine Großmutter Künstlerin war, wissen Sie ja sicherlich. Aber das war für sie mehr als nur ein Beruf. Sie hat es quasi gelebt. Mein Vater ist – ich will es mal so ausdrücken – grundkonservativ und …«, er schmunzelte jetzt, »so hätte es sicher Gesa ausgedrückt, grundtrocken. Die beiden sind so häufig aneinandergeraten, dass es wohl besser war, einen eher losen Kontakt zu pflegen.«

»Aber vor ein paar Jahren hat sich der Konflikt zugespitzt?«

»Anscheinend ja. Ich kann Ihnen dazu nichts sagen. Und das aus einem einfachen Grund: Ich weiß es einfach nicht und es hat mich auch nie brennend interessiert. Ich habe immer versucht, mich neutral zu verhalten, was von beiden Seiten nicht immer so honoriert wurde, wie ich es mir gewünscht hätte.«

»Sie sprechen auf das Erbe an?«, brachte sich Johann ein. Seine Frage klang wie nebensächlich und war von ihm ruhig und gelassen vorgebracht worden.

Hendrik Jensen lächelte. »Nein, ganz gewiss nicht. Ehrlich gesagt habe ich über die Summe gestaunt. Ich hatte eigentlich nicht damit gerechnet, etwas zu erben. Und das wäre auch vollkommen in Ordnung gewesen. Erstens verdiene ich ausgesprochen gut und zweitens sollte ein Enkel meiner Meinung nach nicht auf das Erbe der Großeltern schielen.« Er schien äußerst selbstbewusst, als er weitersprach. »Und das ist mein voller Ernst. Es war ihr gutes Recht, dass sie die Organisationen und Vereine im Vorfeld bedacht hat. Und meine Schwester stand ihr nun mal sehr nahe. Schon alleine durch die Kunst. Außerdem kann sie das Erbe gut gebrauchen. Ich gönne es ihr.«

Entweder war Hendrik Jensen ein ausgezeichneter Schauspieler oder seine Worte entsprachen der Wahrheit. Lena neigte sehr dazu, die zweite Variante zu wählen.

»Wie häufig haben Sie Ihre Großmutter in den letzten Jahren gesehen?«, fuhr Lena fort.

Hendrik Jensen schien einen Augenblick zu überlegen. »Hin und wieder habe ich mit ihr telefoniert. Mein letzter Besuch liegt schon etwas zurück. Ich bin nicht so ein Syltfan wie meine Schwester. Vielleicht vor vier Jahren? Fragen Sie Marie, sie war damals mit mir dort. Sie wird es sicherlich wissen.« Er hielt kurz inne. »Und bevor Sie fragen, ich kann Ihnen absolut nichts dazu sagen, wer Gesa das angetan haben könnte.«

Lena entschied sich dafür, Hendrik Jensen hart auf die Probe zu stellen. »Sie wissen davon, dass Ihr Vater hoch verschuldet ist?«

Hendrik Jensen schluckte und war sichtlich bestürzt. »Nein … Hat er das gesagt?«

Auch diese Reaktion schien ehrlich zu sein. »Die Information ist uns zugespielt worden«, antwortete Lena und achtete ganz genau auf seine Reaktion. Zuerst schien er leicht belustigt zu sein, dann aber erstarrte er. »Tut mir leid. Davon weiß ich nichts.« Er hielt noch mal kurz inne. »Ich denke, dass es sich dabei um intrigante Gerüchte handelt. So etwas wird in bestimmten Kreisen gerne eingesetzt, um jemandem zu schaden.«

Die letzten Worte klangen nicht sehr überzeugend und schienen eher aus einem Reflex heraus gesagt worden zu sein.

»Vielen Dank für die Beantwortung unserer Fragen, Herr Jensen.«

Er verabschiedete sich freundlich und verließ zusammen mit Johann den Raum, um ebenfalls seine Fingerabdrucke abzugeben.

Lena stand auf und öffnete das Fenster, das zum Garten des Hauses hinausging. Der älteste Sohn von Thees Jensen hatte nicht nur äußerlich wenig Ähnlichkeiten mit seinem Vater. Nach Lenas Einschätzung war er aufgeschlossen, empathisch und gleichzeitig intelligent. Auch wenn er in letzter Zeit wenig Kontakt mit seiner Großmutter gehabt hatte, schien er über ihr Ableben betrübt zu sein.

Als Klaas Jensen den Raum betrat, kam er Lena vor wie eine junge Kopie seines Vaters. Die gleiche Figur, verblüffende Ähnlichkeit im Gesicht.

»Guten Tag, Herr Jensen«, begrüßte ihn Lena und reichte ihm die Hand. »Es tut mir leid, dass Sie warten mussten.«

»Guten Tag«, sagte er und setzte sich Lena gegenüber auf den Stuhl. »Was kann ich für Sie tun?«

»Wir überprüfen routinemäßig das Umfeld Ihrer Großmutter. Wie war Ihr Verhältnis zu ihr?«

Klaas Jensen sah sie mit zusammengezogenen Augenbrauen an. »Gut.«

»Sie hatten regelmäßig Kontakt?«

»In letzter Zeit etwas eingeschränkter, aber sonst durchaus.«

»In letzter Zeit? Ist es zu Konflikten gekommen?«

»So etwas kommt in jeder Familie mal vor.«

Lena warf ihm einen fragenden Blick zu, aber Klaas Jensen reagierte nicht. »Können Sie mir das näher erläutern?«

»Ich denke, mein Vater hat Ihnen schon erläutert, dass wir den Konflikt als Privatsache betrachten. Mehr habe ich dazu nicht zu sagen.«

»Was für einer Arbeit gehen Sie nach?«, fragte Johann eine Spur zu aggressiv.

Klaas Jensen warf ihm einen überheblichen Blick zu, als habe Johann ihn etwas Anrüchiges gefragt. »Ich bin freiberuflicher Anlageberater.«

»Sie haben auch Betriebswirtschaft studiert?«, fasste Johann sofort nach.

»Was tut hier mein Lebenslauf zur Sache? Können wir uns bitte auf die relevanten Fragen konzentrieren?«

»Sie haben recht«, stimmte Lena ihm lächelnd zu. »Wie gesagt, das sind alles Routinefragen. Von daher müssen wir wissen, wo Sie am Abend und in der Nacht vor dem Tod Ihrer Großmutter waren.«

»Ich habe schon von meinem Vater gehört, dass Sie uns verdächtigen, etwas … lächerlich!«

»Tut mir leid, aber das ist Teil unserer Arbeit. Wir verdächtigen Sie und Ihren Vater keineswegs. Es geht lediglich darum, Sie auszuschließen.«

Klaas Jensen stöhnte theatralisch. »Ich war in Kiel.«

»Wo genau in Kiel?«

»Am Abend im Kino und später noch in der einen oder anderen Kneipe. In der Nacht habe ich wie üblich geschlafen.« Er nannte mit einem süffisanten Unterton den Namen des Films und zählte in schneller Folge Lokale auf, in denen er hin und wieder verkehrte.

»Sie leben allein?«

»Im Moment ja.«

Lenas Frage nach Menschen in der Umgebung seiner Großmutter, die ihr feindlich gegenübergestanden haben könnten, beantwortete er ähnlich wie sein Vater.

»Ich nehme einmal an, dass Sie auch Ihren Vater in Anlagebelangen beraten?«

»Ich glaube kaum, dass ich hier meine Geschäftspartner offenlegen muss«, sagte er in vermeintlich ruhigem Ton, aber Lena fiel sofort auf, wie sehr es innerlich in ihm brodelte.

»Sie wissen um die finanziell prekäre Lage Ihres Vaters?«, mischte sich Johann ein. Im ersten Augenblick klang seine

Frage wie eine Feststellung und nur sein fragender Blick ersetzte das fehlende Fragezeichen.

»Erwarten Sie jetzt wirklich, dass ich dazu etwas sage, nachdem mein Vater Ihnen schon nicht auf diese unverschämte Frage geantwortet hat?« Er rollte mit den Augen. »Sind wir jetzt durch?«

Lena stand auf. »Sie sind in den nächsten Tagen in Kiel zu erreichen?«

»Nein, wir sind übers Wochenende hier auf Sylt. Was ich in der nächsten Woche für Termine habe, kann ich Ihnen im Moment noch nicht sagen.« Er ignorierte Lenas Hand zum Abschied und verließ schnellen Schrittes den Raum. Johann eilte ihm nach, um seine Fingerabdrücke zu nehmen.

NEUNZEHN

Den Nachmittag verbrachten die beiden Kommissare mit weiteren Recherchen. Gegen fünf schlug Johann vor, gemeinsam zu essen. Lena willigte ein und verabschiedete sich nach einer Stunde von ihm, um einen ausgedehnten Strandspaziergang zu machen. Auf dem Hinweg Richtung Süden ging sie noch einmal alle Personen durch, die bisher in dem Fall eine Rolle gespielt hatten. Zu viele der einzelnen Puzzleteile passten nicht zueinander und schienen, allein betrachtet, unterschiedliche Geschichten zu erzählen. Lena kannte diese Phase einer Ermittlung, in der einem die unzähligen Fakten zu entgleiten schienen. In dieser Situation blieb nichts anderes übrig, als die gesammelten Informationen immer wieder auf Verbindungen abzuklopfen, um so den entscheidenden Zugang zur Lösung zu finden. Das Bauchgefühl sagte ihr zwar, dass Gesa Jensens Vergangenheit eine wesentliche Rolle bei der Tat gespielt hatte, die Fakten sprachen im Moment jedoch eine andere Sprache. Wichtig war, dass sie weder ausschließlich auf ihre Intuition noch auf die harten Fakten setzte. Solange sie hierbei ein Gleichgewicht behielt, würde sich in den nächsten Tagen eine Tür zeigen, die sie dann nur noch aufstoßen musste.

Auf dem Rückweg ihrer kleinen Wanderung ließen sich die Gedanken an Erck nicht mehr verdrängen. Sie spielte einen

185

möglichen Umzug nach Schleswig oder Husum durch, notierte sich im Kopf die Vor- und Nachteile und kam zu keinem Ergebnis. Hier schienen die Fakten tatsächlich eine untergeordnete Rolle zu spielen. Sie würde sich entscheiden müssen. Traute sie Erck und vor allem sich selbst zu, ein gemeinsames Leben aufzubauen? Ohne es zu merken, schlich sich nach und nach ein immer stärker werdendes Bild einer kleinen gemütlichen Wohnung in ihre Gedanken. Sie sah sich beim gemeinsamen Aussuchen von neuen Möbeln, dachte darüber nach, ob sie Teppichboden oder einen Holzbelag vorzog, und ertappte sich dabei, ein zusätzliches Zimmer haben zu wollen. War es ein Gästezimmer oder für einen anderen Zweck gedacht? Glücklicherweise erreichte sie Westerland, bevor sie sich ihren Tagträumen stellen musste.

Am nächsten Morgen erreichten sie rechtzeitig den Sylt Shuttle, der um sieben Uhr in der Früh nach Niebüll fuhr. Als sie schließlich oben auf dem Autozug standen und Lena den Motor ausgestellt hatte, meinte Johann: »So weit, so gut. Wenn die Autobahn frei ist, sind wir schon um elf Uhr in Kiel.« Er tippte etwas ins Smartphone und legte es wieder zurück in die Tasche mit den Unterlagen.

»Johanna?«, fragte Lena, die ihren Sitz in eine bequeme Rückenlage gebracht hatte.

»Ja«, murmelte er und sah auf sein Handy, das sich bemerkbar gemacht hatte. »Ich soll dich schön von ihr grüßen.«

»Gruß zurück!«

»Richte ich aus.« Er schraubte auch seinen Sitz in eine bequeme Lage. »Ich habe gestern noch mit den Kollegen in Husum gesprochen und sie gebeten, heute Ilse Wagner zur Befragung vorzuladen. Werden wir gegen siebzehn Uhr in Husum sein können?«

»Das sollte funktionieren.«

»Dann regele ich das noch von Kiel aus.« Er setzte sich wieder aufrecht hin. »Was hältst du vom Jensen-Männer-Clan?«

»Hendrik war noch der angenehmste von den dreien. Beke würde Papa Thees als eitlen Fatzke bezeichnen.«

Johann grinste. »Und du?«

»Wieder einer aus der Jensen-Sippe, der sich zu verteidigen weiß. Ich habe Leons Unterlagen noch nicht durchgesehen, aber ich kann mir gut vorstellen, wo das Geld geblieben ist.«

»Ich mir auch. Sohnemann wird schon einige windige Anlagen gefunden haben, die sich dann durch ein nicht vorhersehbares Ereignis pulverisiert haben. Dieser Klaas ist doch eine einzige Luftnummer.«

»Lass uns das besprechen, wenn ich Leons Unterlagen durchgesehen habe. Außerdem müssen wir noch die Alibis prüfen. Dann sehen wir weiter. Trotz allem ist es schwer vorstellbar, dass Thees Jensen nach Sylt fährt und seine Mutter erstickt.«

»Wohl eher nicht. Er scheint auch ein hieb- und stichfestes Alibi zu haben. Vielleicht aber unser lieber Klaas? Hast du seine Augen gesehen?«

»Du meinst, er kokst?«, fragte Lena, der die Symptome durchaus aufgefallen waren.

»Ich habe schon schlimme Augen gesehen, aber die waren schon leicht blutunterlaufen. Und er hat mehrfach geschnieft, als ich ihm die Fingerabdrücke abgenommen habe. Aktuell hatte er sicher nichts intus, aber ein Kandidat dafür wäre er schon.«

»Dann lass mal in Kiel deine Beziehungen spielen und frag die Kollegen der Drogenfahndung, ob sie Klaas Jensen kennen oder von ihm gehört haben.«

»Hast du übrigens mitbekommen, was er uns für Lokale genannt hat?«

»Wieso? Ich kannte nicht alle, aber …«

»Eins davon war eine Schwulenbar. Und als er die genannt hat, hat er einen kurzen Moment gezögert, als habe er sich versprochen.«

Lena richtete sich im Sitz auf. »Du meinst, er ist homosexuell? Das würde Papa aber bestimmt nicht so gut gefallen, oder?«

»Sicher nicht.«

»Aber bringt uns das weiter? Das ist nun wirklich seine Privatsache und doch schon lange kein Makel mehr.«

Johann zuckte mit den Schultern. »Ich wollte es nur erwähnt haben.« Er klappte seinen Laptop auf, starrte ihn kurz an und rief dann eine Liste auf. »Ich werde die Zeit nutzen und ein paar Maserati-Fahrer anrufen.«

»Streber«, murmelte Lena, tat es ihm aber gleich und nahm sich Luises Liste vor. Bis auf Reinhard Köster hatte sie noch niemanden erreicht.

Bis sie in Niebüll einfuhren, hatte Lena sechs Kandidaten der Liste erreicht, zwei hatten das Gespräch nicht angenommen.

»War noch etwas Erfolgversprechendes dabei?«, fragte Johann.

»Zwei der Männer kannten Gesa Jensen, hatten aber seit den Sechzigerjahren keinen Kontakt mehr zu ihr. Eine ehemalige Galeristin hat vor etwa zwei Jahren das letzte Mal mit ihr telefoniert, die anderen kannten sie nicht. Zwei Männer stehen noch auf der Liste. Und bei dir?«

»Nichts! Ich habe zwar zwei Maserati-Halter erreicht, die auch regelmäßig auf Sylt verkehren, Gesa Jensen kennen sie aber angeblich nicht. Ich habe sie erst mal in die engere Auswahl mit hineingenommen, falls uns die Namen noch einmal über den Weg laufen.«

»Und die Funkzellenauswertung hat auch nichts gebracht?«

»Auf jeden Fall ist keiner der Maserati-Halter dort zu dem Zeitpunkt eingeloggt gewesen. Das wäre ja auch zu schön gewesen, um wahr zu sein. Ich habe noch eine Nummer, die länger während der fraglichen Zeit registriert wurde, habe aber den Herrn noch nicht erreicht. Bei der Anrufliste des Festnetzanschlusses bin ich noch dabei.«

Sie waren inzwischen vom Autozug abgefahren und fuhren Richtung Flensburg, um dort auf die A7 zu wechseln.

»Ich habe übrigens gestern noch kurz mit Kriminaldirektor Warnke gesprochen. Morgen werden wohl zwei Kollegen aus Flensburg zur Unterstützung kommen.« Lena musste unwillkürlich an Ben denken, einen der Flensburger Kollegen, dem sie vor Jahren auf einer Fortbildung nähergekommen und der beim Fall auf Föhr mit im Ermittlungsteam gewesen war. Er hatte während dieser Zeit keinen Hehl daraus gemacht, dass er immer noch etwas für sie empfand.

»Ben ist mit seinen Kindern in Urlaub«, sagte Johann, der scheinbar ihre Gedanken erahnt hatte. »Ich habe vor zwei Wochen mit ihm telefoniert.«

Lena ließ sich ihre Erleichterung nicht anmerken. »Okay. Es wird sich schon jemand finden. Es geht ja vor allem um Recherchearbeit am Schreibtisch.«

Johann nickte und schwieg eine Weile. Als sie auf die Autobahn auffuhren, sagte er: »Wir haben bisher deinen Vater noch außer Acht gelassen. Soll ich …« Er ließ den Satz in der Luft hängen.

Lena hatte das Thema bis jetzt vor sich hergeschoben, aber sie wusste, dass ihr Vater befragt werden musste. »Hast du seine Telefonnummer?«

»Ja, er hat eine eigene Seite im Netz.«

»Dann ruf ihn an und bestell ihn für morgen nach Sylt. Du wirst mit ihm sprechen. Ich halte mich da erst mal raus.«

»Okay.« Johann wählte die Nummer und sprach kurz darauf mit Lenas Vater. Aus seinen Antworten entnahm Lena, dass die Befragung am nächsten Tag gegen Mittag stattfinden würde.

»Lass dir seine Provisionsabrechnungen zeigen. Wenn sie im normalen Rahmen liegen, sehe ich erst mal keine Anhaltspunkte. Du hast Erfahrung genug, um seine Reaktionen einzuschätzen. Danach sehen wir weiter.«

»Hast du Warnke informiert?«

»Nein, ich wollte die Befragung abwarten.«

»Ich bin mir nicht sicher, ob er dich gleich vom Fall abziehen würde. Solange sich nicht irgendwelche Verdachtsmomente auftun …«

»Schon gut, Johann. Du weißt so gut wie ich, dass ich Probleme kriege, wenn das rauskommt. Hoffen wir mal, dass er sauber ist.«

Lena beschleunigte den Passat auf hundertneunzig und überholte mehrere Lkw. So groß ihre Schwierigkeiten mit ihrem Vater waren, sie konnte sich nicht vorstellen, dass er in kriminelle Machenschaften verwickelt war. Auf der anderen Seite hatte sie schon seit Jahren keinen Kontakt mehr zu ihm. Meyerdierks hatte auf sie allerdings nicht den Eindruck gemacht, dass er gern seine Gewinne teilte. Falls es sich tatsächlich um ein groß angelegtes Komplott handelte, würde der Anwalt sicherlich Wert darauf legen, ganz normale Firmen in die legalen Geschäfte miteinzubeziehen. Dadurch bliebe nach außen der seriöse Schein gewahrt und es würde noch weniger ein wie auch immer gearteter Verdacht aufkommen. Trotzdem durften sie nicht ausschließen, dass ihr Vater in die ganze Sache verwickelt war.

Lena zwang sich, ihre Gedanken auf das anstehende Gespräch mit Reinhard Köster zu lenken. Auch wenn sie Gesa Jensens Briefe an Beke noch nicht alle gesichtet hatte, versprach sie sich von dem alten Maler wertvolle Auskünfte, bis hin zum Namen von Thees Jensens Vater. Nach allem, was sie bisher wussten, war Gesa einem geplanten Mord zum Opfer gefallen. Der Täter hatte gewusst, dass ihre Enkelin nicht vor Ort sein würde, er war in der Lage gewesen, unbemerkt ins Haus zu gelangen, und skrupellos genug, die alte Dame im Schlaf zu ersticken. Entweder kannte sich der Täter vor Ort bestens aus oder er hatte Gesa Jensen eine Zeit lang beobachtet. Unter Umständen hatte er sogar einen Schlüssel fürs Haus. Hinzu kam, dass offensichtlich zum gleichen Zeitpunkt das Tagebuch verschwunden war. Wenn dies kein Zufall war oder Gesa Jensen das Buch an einem geheimen Ort versteckt gehalten hatte, mussten die Eintragungen mit ihrem Tod zusammenhängen. Keiner dieser Fakten wies auf einen Totschlag im Affekt hin.

»So nachdenklich?«, fragte Johann.

»So planlos stand ich schon lange nicht mehr vor einem Fall. Es deutet meiner Meinung nach einiges auf einen geplanten Mord hin. Aber ich sehe weit und breit kein ausreichendes Motiv für eine solch schwerwiegende Tat.«

»Verdächtige Personen sind ja nun nicht gerade Mangelware in diesem Fall. Husmann, Meyerdierks, Wagner, Klaas und Thees Jensen – und selbst Hauke Jensen ist mir nicht ganz geheuer.«

»Wir haben kein Motiv, Johann.«

»Ein Junkie braucht kein nachvollziehbares Motiv. Lass uns Klaas Jensen ohne Papa in die Mangel nehmen. Ich wette, er bricht über kurz oder lang zusammen.«

»Daran habe ich auch schon gedacht. Aber warten wir erst mal ab, was der Fingerabdruckabgleich bringt. Vielleicht bekommen wir noch auf legalem Wege ein paar Informationen über seine finanzielle Lage und seinen vermutlichen Drogenmissbrauch.«

»Und die Haushälterin? Wenn Gesa ihr auf die Schliche gekommen ist, wäre das ihr Ruin gewesen. Sie hätte nicht nur das horrende Erbe verloren, sondern wäre am Schluss auch noch vor Gericht gelandet. Ich habe schon schlechtere Motive gesehen.«

»Traust du ihr einen eiskalten Mord zu?«

»Ganz ehrlich?«

»Klar!«

»Ich könnte mir das durchaus vorstellen. Da ist meiner Ansicht nach sehr viel Wut und Enttäuschung im Spiel. Gesa Jensen war wohl nicht immer die liebenswerte Person, als die ihre Enkelin sie uns verkaufen will.«

»Gibt es solche Menschen überhaupt? Jeder von uns hat doch seine Schattenseiten.«

»Mag sein. Wir haben ja auch noch unseren Hausarzt und den Erbenermittler. Ich weiß zwar auch noch nicht, ob und wie die in der Sache mit drinstecken, aber ich glaube nicht an einen Zufall.«

»Ich habe vom Staatsanwalt gehört, dass die Dokumente der Erben noch heute von einem Experten untersucht werden. Mit Glück wissen wir morgen mehr.«

Johann ballte seine Hand zur Faust. »Und dann ist Meyerdierks reif. Ich freue mich schon auf das Verhör.«

»Johann der Tiger«, lästerte Lena schmunzelnd.

ZWANZIG

Lena hatte einen Parkplatz in einer Seitenstraße gefunden und stand jetzt vor einem fünfstöckigen Haus aus der Gründerzeit. Weiß verputzt, dunkle Holzfenster, große Balkons auf jeder Etage. Der Flur im Haus war noch mit den Originalkacheln gefliest, der Deckenstuck gut erhalten. Reinhard Köster wohnte in der zweiten Etage, in der offensichtlich zwei Wohnungen zu einer zusammengelegt worden waren.

Auf ihr Klingeln öffnete eine Frau in den Fünfzigern die Tür. Einen Kopf kleiner als Lena, drahtig und mit dunklen, hinten zu einem Dutt zusammengebundenen Haaren. Lena reichte ihr die Hand. »Frau Maas?«

»Guten Tag, Frau Lorenzen«, antwortete die Haushälterin mit unbewegter Miene. »Herr Köster erwartet Sie.«

Lena lief ihr durch einen langen Flur hinterher und stand kurz darauf in einem großen Raum, der ebenfalls mit einer Stuckdecke verziert und mit Parkettfußboden ausgelegt war. Über zwei der Wände erstreckten sich Bücherregale, in der Nähe der drei Fenster standen sich zwei Ledersofas gegenüber, beide mit einem Beistelltisch an der Seite.

»Herr Köster ist jeden Augenblick bei Ihnen.« Frau Maas wies mit der Hand in Richtung der Sofas. »Sie können sich gerne schon setzen.« Sie nickte Lena zu und verließ den Raum.

Lena trat ans Fenster und sah hinaus ins Grüne. Eine Doppelwohnung in dieser Lage musste ein Vermögen gekostet haben. Hinter ihr wurde die Tür geöffnet. Ein alter, leicht gekrümmter Mann mit grauen Haaren kam auf sie zu. Sein Lächeln war herzlich und erfasste sein gesamtes Gesicht.

»Guten Tag, Frau Lorenzen! Es tut mir leid, wenn Sie warten mussten«, sagte Reinhard Köster und reichte ihr die Hand. »Ich hatte mich etwas hingelegt und Frau Maas vergaß, mich zu wecken.«

»Guten Tag, Herr Köster. Vielen Dank, dass Sie mich empfangen.«

Er wies mit der Hand auf die Sofas. »Wollen wir uns setzen? Frau Maas bringt uns gleich einen Tee. Sie trinken doch Tee?«

»Gerne.« Lena setzte sich auf das Sofa dem alten Maler gegenüber. »Sie haben es sehr schön hier.«

Reinhard Köster schaute sich um, als sehe er den Raum zum ersten Mal. »Ja, da haben Sie recht, junge Frau. Ich habe die Wohnung vor vierzig Jahren gekauft, als sie noch halbwegs erschwinglich war. Wie ich gehört habe, sind die Immobilienpreise ins Absurde gestiegen.« Er hielt kurz inne. »Aber deshalb sind Sie sicher nicht hier.«

Die Tür wurde leise geöffnet. Frau Maas servierte ihnen den Tee und verabschiedete sich genauso geräuschlos, wie sie gekommen war. Lena trank einen Schluck und stellte die Tasse ab.

»Zunächst möchte ich mein Beileid zum Tod Ihrer alten Freundin ausdrücken.«

»Danke«, sagte Reinhard Köster und senkte den Blick. »Das ist ein schwerer Verlust, müssen Sie wissen. Gesa war eine gute, eine sehr gute Freundin, auch wenn wir uns nur noch selten gesehen haben.«

»Mich interessiert die Zeit, die Frau Jensen hier in Hamburg verbracht hat. Sie kannten sie auch damals schon gut?«

Er stellte seine Teetasse ab und seufzte leise. »Ja, natürlich. Sie war ein regelrechter Engel. Wir haben uns zu der Zeit fast jeden Tag gesehen. Entweder im Café oder in meinem Atelier. Auch wenn ich damals noch nicht so viel Platz hatte, es reichte für eine zweite Staffelei. Es war eine wunderschöne Zeit mit ihr zusammen.«

»Sie waren aber niemals ein Paar?«

Reinhard Köster schüttelte den Kopf. »Nein. Es hat nicht sein sollen. Leider. Liebe hat nun mal ihre eigenen Gesetze. Sie lässt sich nicht erzwingen.«

»Frau Jensen war ja damals vor ihrer Familie geflüchtet und letztlich vollkommen mittellos. Können Sie mir sagen, wie sie die Wohnung und ihr Leben finanziert hat?«

»Sie wissen, dass Gesa in unserem Stammcafé gearbeitet hat?«

»Ja, das ist mir bekannt.«

»Sie war zwar regelmäßig dort als Bedienung tätig, aber natürlich reichte das nicht für ein selbstbestimmtes Leben.«

Lena wartete, bis Reinhard Köster fortfuhr. Sie wollte den alten Herrn nicht zu sehr unter Druck setzen. Im Moment war er ihre einzige Quelle, die tatsächlich sehr nah an Gesa Jensen dran gewesen zu sein schien.

»Ja, woher stammte das Geld, fragen Sie.« Der alte Maler nickte bedächtig. »Das war lange Zeit ein großes Geheimnis. Nicht dass unsere Gruppe neugierig gewesen wäre und sich ungefragt in private Angelegenheiten eingemischt hätte, aber das eine oder andere Mal war es schon Thema in unseren Gesprächen.« Wieder legte er eine längere Pause ein und es schien Lena, als verweile er jedes Mal in Gedanken in der Zeit vor sechzig Jahren.

»Ich bin mir fast sicher, dass Alexander ihr Mäzen war. Alexander von Eiden. Er ist übrigens vor über einem halben Jahr verstorben. Mit sechsundachtzig. Ich habe es in der Zeitung gelesen, zur Beerdigung war ich nicht eingeladen.«

Lena wartete, aber Reinhard Köster tauchte wieder in seine Erinnerungen ab. Nach einer Weile stellte sie die entscheidende Frage. »Herr von Eiden war auch der Vater von Frau Jensens Sohn?«

Reinhard Köster schien für einen Moment irritiert, fing sich dann aber gleich wieder und sagte: »Liebe Frau Lorenzen. Ich habe zu Beginn unseres Gesprächs versäumt, mir Ihren Polizeiausweis zeigen zu lassen.«

Lena zog den Ausweis aus der Tasche. »Entschuldigen Sie, das wäre eigentlich meine Aufgabe gewesen.«

Der alte Maler studierte das Dokument eingehend, bevor er es Lena zurückreichte. »Danke. Werten Sie es bitte nicht als Misstrauen, aber … dazu später. Sie fragten mich, ob Alexander der Vater von Gesas Sohn gewesen ist. Ja, davon würde ich definitiv ausgehen. Und bevor Sie fragen, ich habe mit Gesa nie über das Thema gesprochen. Das war für sie absolut tabu und ich habe ihre Entscheidung akzeptiert.«

»Sie sind aber trotzdem davon überzeugt, dass die beiden ein Liebespaar waren?«

»Ja.« Er atmete tief durch. »Gesa arbeitete doch hin und wieder bei mir im Atelier und Alexander … Er war einer derjenigen, die früh an mich geglaubt haben, und das hieß letztendlich, dass er als einer der wenigen meine Werke kaufte. Zumeist für einen für mich sehr schmeichelhaften Preis für damalige Verhältnisse. Falls er die Arbeiten immer noch in seinem Besitz hatte, werden sich seine Erben sehr darüber gefreut haben. Auf jeden Fall ist Alexander eines Tages unverhofft bei mir aufgetaucht. Normalerweise meldete er sich an, weil er ja auch nicht wissen konnte, ob ich überhaupt bei der Arbeit war. Gesa stand hinter ihrer Staffelei und war aus seiner Position nicht sofort zu sehen. Erst als sie eine laute Frage stellte, in der Annahme, dass nur ich im Atelier war, horchte Alexander auf. Seine Reaktion habe ich immer noch vor Augen. Er hielt regelrecht den Atem an und wurde um mehrere Nuancen blasser. Seine Hand, in der er eine meiner Grafiken hielt, begann zu zittern, und als Gesa, da ich ihr nicht geantwortet hatte, zu uns trat, war bei ihr eine ähnliche Reaktion zu bemerken.« Er schloss kurz die Augen. »Ich ließ die beiden kurz allein, gab vor, auf die Toilette zu müssen. Als ich wiederkam, war Gesa gegangen und Alexander blieb auch nicht mehr lange. Ja, ich bin mir sehr sicher, dass die beiden ein Liebespaar waren. Und der Junge, Thees war sein Name, muss von ihm gewesen sein. Die gleiche Augenpartie, der gleiche Mund. Ich habe Gesa allerdings nie darauf angesprochen. Nein, das war nicht meine Art.«

»Alexander von Eiden war zu dem Zeitpunkt verheiratet?«

»Ja, mit Beatrix Weidenbach, der einzigen Tochter des seinerzeit größten Reeders der Hansestadt. Alexander selbst entstammte dem Hochadel, seine Familie war aber seit über hundert Jahren verarmt. Sie verstehen sicher, was ich meine.«

»Die Affäre mit einer noch nicht volljährigen Frau wäre nicht nur ein Riesenskandal gewesen, sondern hätte Herrn von Eiden auch sein Vermögen gekostet?«

Reinhard Köster nickte. »Davon ist auszugehen. Die Familie der Frau hätte das niemals auf sich sitzen lassen. Er wäre ein toter Mann gewesen, wie wir es damals nannten.«

»Sie haben mit Herrn von Eiden auch nie über das Thema gesprochen?«

»Nein, das stand mir nicht zu. So dachte ich zumindest. Heute würde ich vielleicht anders handeln, aber in den Fünfzigerjahren wurde das Standesdenken noch großgeschrieben. Der Adel und gerade der Hochadel waren neben dem Geldadel quasi unantastbar. Natürlich will ich nicht verschwelgen, dass ich meinen einzigen Förderer nicht unbedingt verlieren wollte. Auch deshalb habe ich geschwiegen.«

Lena gab ihm etwas Zeit, bevor sie die nächste Frage stellte.

»Warum ist Gesa Jensen wieder zurück nach Sylt gezogen?«

Reinhard Köster sah sie mit traurigen Augen an. »Wissen Sie, wie häufig ich mir genau diese Frage gestellt habe? Unzählige Male und ich bin nie auch nur einen Millimeter weitergekommen. Ich weiß es wirklich nicht. Ich habe in Frankfurt eine Ausstellung vorbereitet und war gut drei Wochen nicht in Hamburg. Als ich zurückkehrte, war Gesa nicht mehr da. Ihre Wohnung stand leer und ich konnte niemanden finden, der mehr wusste. Sie war wie vom Erdboden verschluckt.«

»Haben Sie nicht bei Alexander von Eiden nachgefragt?«

»Zunächst nicht, aber irgendwann hielt ich es nicht mehr aus. Er tat so, als wisse er von nichts, und meinte, er würde Gesa ja nur flüchtig aus dem Café kennen. Damit war das Gespräch beendet.«

»Er hat sie verleugnet?«

»Definitiv! Zu dem Zeitpunkt hatte ich auch schon von Kollegen gehört, dass sie die gleichen Vermutungen angestellt hatten wie ich. Ich halte es für ausgeschlossen, dass die beiden sich nicht näher kannten. Es ist beschämend, wie Alexander von Eiden mit der Situation umgegangen ist. Ich vermute, dass er froh war, dass sich die Angelegenheit so einfach für ihn geklärt hat.«

»Und wann haben Sie erfahren, dass Gesa wieder auf Sylt war?«

»Oh, das war Jahre später. Sie schrieb mir einen Brief und bat mich um Verständnis dafür, dass sie seinerzeit so plötzlich aufgebrochen war. Ich habe ihr zurückgeschrieben und wir blieben seitdem in Kontakt. In den Siebzigerjahren habe ich sie einmal auf der Insel besucht, später regelmäßig. In den letzten Jahren hat mich dann ein schweres Rückenleiden ans Bett und an die Wohnung gefesselt. Inzwischen habe ich jedoch Ärzte gefunden, die mir helfen können. Für nächsten Monat hatte ich eine Reise nach Sylt geplant. Leider ist es jetzt zu spät.«

Reinhard Köster atmete schwer. Seine Augen waren feucht, der Körper weit nach vorn gebeugt.

»Das tut mir leid, Herr Köster.«

»Danke. Ich würde viel darum geben, Gesa noch einmal lebend begegnen zu dürfen.«

Sie schwiegen eine Weile, bis Lena eine letzte Frage stellte.

»Hat Herr von Eiden Kinder?«

»Er hatte eine Tochter. Sie dürfte Ende der Fünfzigerjahre geboren worden sein. Aber sie ist 1984 bei einem Autounfall ums Leben gekommen. Alexanders Frau hat sich nie wieder von diesem Schicksalsschlag erholt und ist schon früh an Krebs gestorben. Auch er war ein gebrochener Mann und hat sich aus der Öffentlichkeit zurückgezogen.«

»Er hat also keine direkten Erben?« Lena wusste nicht genau, warum sie diese Frage stellte, die ja letztendlich bereits beantwortet war.

»Nein, aber die Familie ist groß. Soweit ich weiß, hat er einen Neffen als Haupterben eingesetzt.« Reinhard Köster stutzte. »Jetzt hätte ich doch beinahe vergessen, was ich Ihnen unbedingt mitteilen wollte.« Er stand auf und lief zu einem kleinen Schreibtisch und suchte nach etwas. Nach einer Weile schaute er auf. »Jetzt finde ich die Visitenkarte nicht.« Er kehrte zum Sofa zurück. »Vor einem halben Jahr ungefähr, es war auf jeden Fall einige Wochen nach Alexanders Tod, stand ein Mann vor meiner Tür. Er meinte, es wäre sehr wichtig und würde mit Alexander zusammenhängen. Ich war zu verdutzt, um ihn abzuweisen, und habe dann hier in diesem Raum mit ihm gesprochen.«

»Um was genau ging es?«

»Er sagte, er sei Privatermittler und forsche nach Alexanders Erben. Als ich fragte, was ich damit zu tun habe, erwiderte er, davon gehört zu haben, dass es Anfang der Sechzigerjahre eine Frau in Alexanders Leben gegeben hätte, die ein Kind von ihm bekommen habe. Und er sei jetzt auf der Suche nach diesem Kind.«

Lenas Aufmerksamkeit war geweckt. Die erste heiße Spur im Zusammenhang mit Gesa Jensens Vergangenheit. »Sie haben ihm vermutlich nicht von Frau Jensen erzählt?« Lena versuchte, so ruhig wie möglich zu sprechen, auch wenn ihr Puls inzwischen deutlich erhöht war.

»Nein, natürlich nicht. Sie verstehen jetzt vielleicht, warum ich vorhin Ihren Ausweis sehen wollte. Ich habe diesem Privatermittler gesagt, dass ich davon keine Kenntnis hätte, und ihn dann hinauskomplimentiert.« Er stand erneut auf und ging zu einem der Bücherregale, um dort vermutlich nach der Visitenkarte zu suchen. »Es ist wie verhext. Normalerweise bin ich ein sehr ordentlicher Mensch. Wenn Sie noch einen Augenblick Zeit haben, frage ich Frau Maas, ob sie vielleicht die Karte gesehen hat.«

»Überhaupt kein Problem, Herr Köster.«

Er öffnete die Tür, rief nach Frau Maas und wechselte ein paar Worte mit ihr, bevor er wieder zu Lena in die Bibliothek kam.

»Sie kann sich nicht genau erinnern. Aber wir werden die Karte suchen.« Er setzte sich wieder aufs Sofa. »Ich habe übrigens damals gleich mit Gesa über diesen Menschen gesprochen. Sie war sehr erstaunt und hatte auch noch nicht von Alexanders Tod erfahren.«

»An den Namen des Privatdetektivs können Sie sich nicht erinnern?«

»Nein, oder …« Er hielt kurz inne. »Es war auf jeden Fall ein sehr gebräuchlicher Name. Ich weiß aber noch, dass er ein Büro auf Sylt hatte.«

»Westerland?«

»Nein. Ich glaube, es war List. Aber das werden Sie sicher schnell herausbekommen, nehme ich mal an. Und sobald ich die Visitenkarte finde, rufe ich Sie an.«

Lena nickte und reichte ihm ihre Karte. »Unter der Handynummer können Sie mich Tag und Nacht erreichen. Wenn Sie mir noch kurz schildern könnten, wie der Detektiv aussah?«

»Oh ja, das ist kein Problem. Er war etwas größer als Sie, hatte strohblonde Haare, einen Dreitagebart und eine dominante Nase, schmale Lippen und strahlend blaue Augen. Alles in allem wirkte er sehr groß auf mich. Vermutlich wegen seiner eher groben Sprache und seiner ganzen Körperhaltung, die Dominanz ausstrahlte. Kommen Sie damit weiter?«

»Auf jeden Fall, Herr Köster. Sie haben mir sehr geholfen.« Lena stand auf und reichte dem alten Maler die Hand. »Darf ich Sie anrufen, falls sich noch weitere Fragen ergeben?«

Reinhard Köster erhob sich. »Sehr gerne, junge Frau.« Er begleitete sie bis zur Wohnungstür und schenkte ihr ein warmherziges Lächeln. »Ich wünsche Ihnen viel Glück bei der Suche nach dem schrecklichen Menschen, der Gesa das angetan hat.«

EINUNDZWANZIG

Endlich hatte sich eine konkrete Spur aufgetan. Auch wenn Reinhard Köster die Visitenkarte nicht finden konnte, würde es kein Problem sein, den Privatermittler aufzuspüren. Die Frage war, in wessen Auftrag er tätig geworden war. Die Vermutung lag nahe, dass Meyerdierks seine Hände im Spiel hatte. Und dies wäre die erste vage Verbindung zwischen dem Erbenermittler und Gesa Jensen.

Lenas Handy meldete sich. Sie sah aufs Display. Kriminaldirektor Warnke, stellte sie verwundert fest. Sie hatte doch erst gestern mit ihm gesprochen und ihn auf den neuesten Stand gebracht.

»Guten Tag, Herr Kriminaldirektor«, begrüßte sie ihn direkt.

»Hallo«, hörte sie seine verärgerte Stimme. »Ich hatte soeben ein ausgesprochen unangenehmes Gespräch mit dem Generalstaatsanwalt. Sie können sich sicher denken, um was es ging.«

»Nein, im Moment nicht«, sagte Lena, obwohl sie ahnte, dass der Jensen-Clan die Finger im Spiel hatte.

»Es liegt eine Beschwerde gegen Sie vor. Das Oberhaupt der Familie Jensen, Hauke Jensen, hat seine Beziehungen spielen lassen. Angeblich haben Sie ihn und seine Familie, hier geht es wohl um den Sohn des Opfers und dessen beiden Söhne, in einer Weise angegangen, die jeglichen Respekt vor den Trauernden vermissen ließ. Darüber hinaus sollen Sie Gerüchte über die finanzielle Situation der Familie in Umlauf gebracht haben, denen jegliche Substanz fehlt. Die Herren fühlten sich im Übrigen als Tatverdächtige angegangen und verunglimpft. Sie wissen doch genau, wie Ihr Auftrag lautet. Staub aufwirbeln kann auch jeder Anfänger, Frau Lorenzen. Es ging hier ...«

Als Warnke Luft zu holen schien, fiel Lena ihm ins Wort. »Herr Kriminaldirektor. Um was genau geht es jetzt? Herr Hauke Jensen ist von mir sehr zurückhaltend befragt worden. Er kann nicht den geringsten Anlass für eine Beschwerde haben. Thees Jensen und seine beiden Söhne musste ich nach ihrem Alibi fragen. Alles andere wäre grob fahrlässig gewesen. Zwei von ihnen hatten ein ausgesprochen schlechtes Verhältnis zum Opfer, man könnte fast sagen, sie standen sich feindselig gegenüber.«

»Das mag ja alles sein, Frau Hauptkommissarin«, sagte Warnke mit immer noch deutlich hörbarem Ärger in der Stimme. »Aber eine solche Situation verlangt nach Fingerspitzengefühl. Leider scheinen Sie das nicht im Mindesten berücksichtigt zu haben.«

»Es tut mir leid, aber ich kann Ihnen da nicht folgen. Es hat sich gestern keinesfalls um ein Verhör gehandelt, sondern lediglich um eine erste Befragung. Die Angelegenheit mit den Finanzen ist natürlich im Zusammenhang mit einem hohen Erbe eine wichtige. Oder stimmen Sie mir da nicht zu?«

»Fin-ger-spit-zen-ge-fühl«, antwortete Warnke und zog dabei die Silben weit auseinander. »Hauke Jensen hat Beziehungen bis weit nach oben. Sehr weit nach oben. Da sind Sie schneller weg vom Fenster, als Sie A sagen können.«

»Dann würde ich Sie jetzt darum bitten, darüber zu entscheiden, ob ich von den Ermittlungen abgezogen werde.«

Lena hörte, wie Warnke die Luft einzog und sich anschließend räusperte. »Frau Lorenzen, das ist im Moment wirklich nicht die Frage! Sie wissen, dass Sie mein vollstes Vertrauen haben, aber ich werde meine Hände nicht mehr schützend über Sie halten können, wenn der Druck zu groß wird.«

»Okay. Was schlagen Sie vor?«

Er hatte offensichtlich nicht mit dieser Frage gerechnet und brauchte eine Weile, bevor er antwortete: »Gehen Sie den absolut formalen Weg. Und das bedeutet, nur noch Befragungen der genannten Personen in Anwesenheit des Staatsanwaltes. Dr. Rosenbaum ist ein sehr kompetenter Kollege, auf den Sie sich absolut verlassen können. Er wird Sie unterstützen, wo es nur irgend geht. Ich spreche gleich im Anschluss mit ihm. Sie sind dann erst mal aus der Schusslinie und können in Ruhe weiterermitteln.«

»Sie wissen, dass ich meine Grenzen habe?«

»Absolut, Frau Lorenzen. Absolut. Und genau deshalb schätze ich Sie auch und natürlich Ihre Arbeit. Und damit Sie mich nicht falsch verstehen: Wenn jemand aus der Familie Jensen etwas mit dem Tod der alten Dame zu tun hat, werden wir ihm das nachweisen.«

»Okay, Sie hören von mir.«

Sie warf das Handy auf den Beifahrersitz.

»Nicht mit mir!«, zischte sie. Für sie hatte Hauke Jensen durch sein Einschreiten eine rote Linie überschritten. Glaubte er wirklich, damit die Ermittlungen hemmen zu können? Das Gegenteil war der Fall. Lena würde ihn jetzt noch deutlicher unter die Lupe nehmen. Sie war davon überzeugt, dass dieser Mann niemals ohne Eigennutz handelte. Warum sollten ihm plötzlich Thees Jensen und seine Söhne so ans Herz gewachsen sein? Benutzte er sie nur? Und wenn es so war, warum tat er das? Wo lag sein eigentliches Interesse, seine Beziehungen spielen zu lassen?

Immer noch aufgebracht, telefonierte sie mit Johann und kündigte an, dass sie ihn in einer guten Stunde abholen würde.

»Für wann haben wir noch Ilse Wagner einbestellt?«, fragte Lena, als Johann zu ihr ins Auto gestiegen war und sie wieder auf die Autobahn aufgefahren war.

»Siebzehn Uhr. Das schaffen wir locker. Die Kollegen haben sie übrigens gegen Mittag zu Hause angetroffen und ihr die *Einladung* überbracht.«

»Gut.«

»Deine Laune ist ja nicht gerade die beste«, meinte Johann und schaute dabei aus dem Seitenfenster.

»Dann hättest du mich mal vor einer Stunde erleben sollen.«

»Okay.« Johann hatte die letzte Silbe besonders betont.

Lena beschleunigte und überholte zwei Fahrzeuge. »Warnke!«

»Was ist passiert?«

Lena erzählte ihm in kurzen Worten von dem Gespräch.

»Sieh an! Dann ist ja wohl klar, wo die drei Jensens nach der Testamentseröffnung waren und wahrscheinlich auch noch sind.«

»Genau.«

»Was heißt das jetzt für uns?« Er schüttelte den Kopf. »Unglaublich, dieser Jensen. Meint, er könnte uns mal eben so durch einen Anruf davon abhalten, weiter gegen ihn und seine Sippschaft zu ermitteln. Du willst dich doch nicht darauf einlassen, oder?«

»Um den Staatsanwalt werden wir im Moment wohl nicht herumkommen. Ich vermute ohnehin, dass keiner von den vier Jensens noch einmal mit uns gesprochen hätte. Ohne handfeste Beweise kommen wir bei denen nicht weiter. Warten wir ab, ob sich ihre Alibis bestätigen und was uns die Auswertung der Fingerabdrücke bringt.«

Johann verzog das Gesicht. »Schöner Mist. Ich habe übrigens, als ich vor dem Haus auf dich gewartet habe, mit einem Kieler Kollegen der Drogenfahndung gesprochen. Sie kennen Klaas Jensen.«

Lena warf einen kurzen Blick zu Johann. »Sieh an!«

»Natürlich nicht als Dealer, aber er ist einige Male im Zuge von Razzien kontrolliert worden und hatte jedes Mal Koks dabei. Nur einmal war es mehr als ein halbes Gramm, aber es ist trotzdem als Eigenbedarf durchgegangen.«

»Einige Male? Was heißt das?«

»Der Kollege geht davon aus, dass Klaas Jensen sehr regelmäßig, wenn nicht täglich konsumiert. Aber das ist natürlich nur eine Vermutung.«

»Dann bin ich mal gespannt, ob sein Alibi hält.« Johann hatte bereits auf der Fahrt nach Kiel die Kollegen in den verschiedenen Städten um Amtshilfe gebeten. Lena hoffte, dass sie spätestens in zwei Tagen Ergebnisse vorliegen hatten.

»Selbst wenn nicht, mit dem neuen Schutzschirm um die Jensens werden wir damit kaum weiterkommen. Drogen nehmen viele, und wenn er einen Kneipenrundgang gemacht hat, wird es schwierig, ihm nachzuweisen, dass er gar nicht in Kiel war, oder noch besser, er gar auf Sylt war.«

»Trotzdem sollten wir das überprüfen. Hotels, Syltshuttle und so weiter.«

Johann nickte. »Ich setze da morgen gleich die Kollegen aus Flensburg dran. An die Kreditkartenzahlungen von Klaas Jensen kommen wir wohl kaum ran, oder?«

Lena lachte. »Du kannst gerne den Generalstaatsanwalt fragen.«

»Eher nicht. Sag, was hast du bei Köster in Erfahrung gebracht?«

Lena berichtete von dem Gespräch. Noch bevor sie ans Ende gelangt war, hatte Johann seinen Laptop aufgeklappt und suchte nach dem Privatdetektiv.

»Detlev Schulz sitzt in List«, verkündete er. »Aber er hat leider kein Foto im Internet.«

»Ruf einfach bei Kollege Petersen an. Der wird ihn sicher kennen.«

Johann griff zum Handy, wählte und ließ sich von Arne Petersen den Privatdetektiv beschreiben. Als er das Gespräch beendet hatte, sagte er: »Bingo! Er ist es.«

»Dann werden wir ihm wohl morgen einen Überraschungsbesuch abstatten. Aber jetzt zu Ilse Wagner. Ich habe ehrlich gesagt genug davon, von allen belogen und ver-schaukelt zu werden.«

»Die Liste der verschwundenen Grafiken hast du jetzt bekommen?«

»Ja, Marie Jensen hat sie mir geschickt. Sie schätzt den Schaden auf mehr als hunderttausend Euro. Auf dem Schwarzmarkt wird es natürlich erheblich weniger dafür ge-geben haben, aber gelohnt hat es sich auf jeden Fall.«

»Woher wissen wir, dass die Grafiken nicht von Gesa Jensens Mörder mitgenommen worden sind?«

»Wissen wir nicht. Marie Jensen hat mir aber geschrie-ben, dass ihre Großmutter noch erheblich wertvollere Stücke in Besitz hatte. Warum sollte er dann die Grafiken von Horst Janssen mitgenommen haben?«

»Hausdurchsuchung bei Ilse Wagner?«

»Glaubst du wirklich, dass wir dort auch nur eine Grafik finden? Selbst wenn nach Gesa Jensens Tod noch Diebesgut im Haus war, wird es jetzt sicher nicht mehr dort sein.«

Johann nickte. »Ich halte die Haushälterin nicht für so cle-ver. Aber gut, warten wir ab, was das Verhör bringt.«

Lena begrüßte Frau Wagner mit einem knappen »Guten Tag« und bat sie, sitzen zu bleiben. »Meinen Kollegen Grasmann kennen Sie ja bereits.«

Sie saßen in einem als Verhörraum genutzten Zimmer, in dem lediglich ein großer Tisch mit vier Stühlen stand. An der Decke hingen zwei Neonröhren, die den Raum mit ihrem hellen kalten Licht fluteten. Lena stellte das Aufnahmegerät in die Mitte und richtete das Mikrofon zu Ilse Wagner aus. Anschließend betete sie die Formalien herunter, nannte Datum, Uhrzeit, anwesende Personen und Grund des Verhörs. Sie klärte sie über ihre Rechte auf und fragte, ob sie einen Anwalt hinzuziehen wolle. Ilse Wagner, die bereits eine halbe Stunde vor dem vereinbarten Termin auf dem Polizeirevier erschienen und gleich in den Verhörraum geführt worden war, wurde zusehends unsicherer. Sie rutschte auf dem Stuhl herum, schluckte mehrmals und wusste nicht wohin mit ihren Händen.

»Frau Wagner, Sie sagten uns, dass Sie an dem Tag, an dem Sie Gesa Jensen tot aufgefunden haben, wie üblich mit dem Bus, der um zwanzig nach acht auf Höhe des Hauses hält, gefahren sind.«

Ilse Wagner reagierte nicht.

»Nach Ihren Angaben waren Sie somit gegen halb neun im Haus. Ist das richtig?«

Sie zuckte mit den Schultern. »Ja, eigentlich …«

»Sie sind fast eine Stunde früher mit dem Taxi gekommen«, fuhr Lena unbeirrt fort. »Warum haben Sie die Unwahrheit gesagt?«

Ilse Wagner atmete schwer aus. »Ich muss … manchmal fahre ich mit dem Taxi. Das wird dann auch …«

»Sie sind eine Stunde früher als üblich eingetroffen und haben dies bei der Befragung nicht angegeben. Warum?«

»Das weiß ich nicht mehr«, stammelte sie.

Johann beugte sich vor. »Sie wollen uns wirklich weismachen, dass Sie nach den wenigen Tagen nicht mehr wissen, warum Sie nicht nur mit dem Taxi gefahren sind, sondern auch noch eine Stunde früher als gewöhnlich da waren?«

Ilse Wagner schwieg. Ihre Stirn war feucht vor Schweiß, die Augen flackerten leicht.

»Frau Wagner!«, sagte Lena etwas lauter als zuvor. »Würden Sie uns bitte antworten!«

»Ich kann … dazu nichts sagen.«

»Okay, stellen wir das zurück. Gestern hat der Notar das Testament eröffnet. Sie haben zweihundertfünfzigtausend Euro geerbt.«

Ilse Wagner nickte zaghaft.

»Frau Jensen hatte allerdings ihren Notar angewiesen, das Testament zu ändern. Sie sollten nichts mehr erben. Zwei Tage nach ihrem Tod hätte Frau Jensen einen Termin beim Notar gehabt, um das neue Testament zu unterschreiben. Wie wir alle wissen, konnte es dazu nicht mehr kommen.«

Wieder nickte Ilse Wagner und schwieg.

»Sie wussten von dem geänderten Testament?« Johann war aufgesprungen und zeigte mit dem Finger auf Frau Wagner. »Wussten Sie davon?«, donnerte er ihr noch einmal entgegen, da sie ihren Blick gesenkt hatte. Erschrocken hob sie den Kopf und sah Johann mit großen Augen an.

»Frau Wagner«, sagte Lena, nachdem sich Johann wieder gesetzt hatte. »Es gibt überhaupt kein gutes Bild ab, wenn Sie auf unsere Fragen nicht antworten.«

Ilse Wagner starrte sie an, als habe sie Lena nicht verstanden. Lena wartete eine Weile, bis Frau Wagner wieder ruhiger atmete.

»Sie kennen den Hamburger Zeichner Horst Janssen?«

Ilse Wagner schien im ersten Augenblick froh zu sein, dass Lena das Thema gewechselt hatte, und antwortete ihr direkt.

»Ja, den kenne ich.« Gleich darauf zuckte sie zusammen und wurde leichenblass.

»Wer hat Ihnen die Arbeiten von Janssen abgekauft?«, fragte Lena in ruhigem und sachlichem Ton. Es musste für Ilse Wagner so klingen, als sei der eigentliche Diebstahl bereits nachgewiesen.

»Ein Händler«, stieß sie hervor und erschrak scheinbar über ihre eigenen Worte.

»Wie ist sein Name?«

»Weber. Gustav Weber. Aus Tübingen.«

»Haben Sie noch Grafiken bei sich zu Hause?«

Sie schüttelte den Kopf.

»Würden Sie bitte laut antworten?«

»Nein, ich habe nichts mehr im Haus.« Sie klang wie eine dieser Computerstimmen, die ohne oder mit falscher Betonung sprachen.

»Gesa Jensen hat Sie verdächtigt, die Zeichnungen entwendet zu haben?«

Ilse Wagner war inzwischen regelrecht erstarrt. Sie schien unter Schock zu stehen. Lena gab Johann ein Zeichen, sprach ins Aufnahmegerät, dass sie eine Pause einlegen würden, schaltete den Apparat aus und stand auf.

»Möchten Sie etwas trinken, Frau Wagner?«

Als sie nickte, holte Johann eine Flasche Mineralwasser und ein Glas. Ihm folgte ein Beamter des Reviers, der sich in Abwesenheit der Kommissare im Raum aufhalten würde.

ZWEIUNDZWANZIG

»Kaffee?«, fragte Johann und machte sich, nachdem Lena genickt hatte, auf die Suche. Lena zog ihr Handy aus der Tasche und wählte Luises Nummer.

»Gedankenübertragung«, sagte die Gerichtsmedizinerin. »Ich wollte dich auch gerade anrufen. Soll ich zuerst?«

»Leg los!«

»Ich bin gerade auf dem Rückweg nach Kiel. Heute Morgen war Land unter und ich bin erst spät losgekommen. Aber gut, euer Mann liegt nach wie vor im Koma. Von daher konnte ich ihn mir nur oberflächlich anschauen.«

»Gibt es Anzeichen von Fremdeinwirkung?«, fragte Lena.

Luise lachte. »Immer langsam, Frau Hauptkommissarin. Also: Ganz offensichtliche Anzeichen habe ich nicht gefunden. Keine Hämatome an den üblichen Stellen, keine Abwehrspuren, keine DNA unter den Fingernägeln.«

»Also war er es selbst?«

»Das ist durchaus möglich. Aber wenn er kurz zuvor betäubt wurde, gibt es auch keine Spuren. In dem Fall hätte jemand seelenruhig die Spritze setzen können. Frage: Hatte Husmann den Stauschlauch noch um den Arm, als ihr ihn gefunden habt?«

»Nein, der lag neben ihm.«

»Fingerabdrücke?«

»Nur von ihm. Warum?«

»Die Wirkung von dem gespritzten Medikament sollte schnell eingetreten sein. Ob es ihm da noch wichtig gewesen ist, den Stauschlauch ordnungsgemäß wieder abzunehmen, ist zumindest zweifelhaft.«

»Du hast aber noch was?«, fragte Lena, die ahnte, dass ihre Freundin mehr zu erzählen hatte.

»Sicher bin ich mir nicht. Aber du weißt vielleicht, dass beim Blutabnehmen oder Injizieren der Einstichwinkel nicht über dreißig Grad sein sollte, möglichst geringer. Nach allem, was ich unter den Bedingungen herausfinden konnte, ist hier aber der Winkel steiler gewesen. Insofern war es Glück, dass die Vene überhaupt getroffen wurde und das Medikament injiziert werden konnte.«

»Du willst mir damit sagen, dass ein Laie die Spritze gesetzt hat?«

»Ja. Oder der Kollege war so durch den Wind, dass ihm alles egal war. Aber eigentlich gehen einem die Handgriffe als Arzt in Fleisch und Blut über. Da denkt man nicht drüber nach, schon gar nicht in einer solchen Ausnahmesituation. Man macht es einfach wie immer.«

»Verstehe. Gerichtsverwertbar ist das vermutlich nicht?«

»Nein, da brauchst du sicher noch mehr. Aber als ein Indiz unter vielen wird es auch vor Gericht seine Wirkung haben.« Luise hielt inne. »Und was wolltest du?«

»Es geht um Gesa Jensen. Wir haben doch über Abwehrspuren gesprochen und du hast ja unter Umständen auch Hautpartikel gefunden.«

»Die Analyse läuft noch.«

»Wo muss ich bei potenziellen Tätern nach Kratzspuren suchen?«

»An den Armen und im unteren Bereich des Bauches.«

Johann kam mit zwei Tassen in der Hand auf sie zu. »Okay, danke, Luise. Ich muss jetzt wieder. Melde dich doch bitte sofort, wenn du die Ergebnisse der DNA-Analyse hast.« Sie verabschiedete sich von ihrer Freundin und nahm die dampfende Tasse von Johann entgegen.

»Luise?«, fragte er.

»Ja, sie hat keine eindeutigen Hinweise bei Husmann gefunden, schließt aber Fremdeinwirkung nicht aus.«

Johann trank einen Schluck. »Ich habe gerade nach dem Käufer der Grafiken gesucht. Es gibt tatsächlich in Tübingen einen Händler dieses Namens.«

»Wir werden die Kollegen vor Ort bitten müssen, ihm auf den Zahn zu fühlen. Eventuell ist dies nicht der einzige Fall.«

»Werde ich morgen gleich in die Wege leiten.« Johann trank einen weiteren Schluck. »Was hältst du von der Wagner? War sie es? Eigentlich passt alles. Sie ist erwischt worden, hätte ihre Stelle verloren und auch noch das Riesenerbe. Wenn das kein Motiv ist.«

»Trotzdem müssen wir es ihr nachweisen.« Der Kaffee war heiß und stark. »Ich werde sie gleich bitten, ihre Arme und die Bauchpartie frei zu machen. Wenn ich dir einen Wink gebe, verlässt du bitte kurz den Raum.«

»Klar. Du suchst nach Kratzspuren?«

»Ja, deshalb habe ich gerade noch mal mit Luise gesprochen.«

Sie tranken schweigend ihren Kaffee, bis Lena aufstand.

Ilse Wagner hatte den Blick gesenkt, als sie eintraten. Sie setzten sich und warteten, bis der uniformierte Kollege den Raum verlassen hatte.

»Frau Wagner«, sagte Lena.

Die Angesprochene sah auf. Ihre Gesichtsfarbe hatte sich etwas mehr dem Normalton genähert, aber Lena spürte ihre Verzweiflung dennoch.

Lena schaltete das Aufnahmegerät ein, nannte Uhrzeit und die Anwesenden. »Sie haben uns vorhin bestätigt, dass Sie die Grafiken und Zeichnungen des Künstlers Horst Janssen aus Gesa Jensens Sammlung entwendet und anschließend an Gustav Weber verkauft haben. Können Sie mir das noch einmal bestätigen?«

»Ja, das habe ich gemacht«, sagte Ilse Wagner jetzt mit festerer Stimme als zuvor. »Ich brauchte dringend hunderttausend Euro für die Behandlung meines Mannes.«

»Warum haben Sie Gesa Jensen nicht danach gefragt?«

»Das habe ich. Sie meinte, die Behandlung wäre herausgeworfenes Geld und ich solle mich nicht auf diese Scharlatane einlassen.«

»Wie geht es Ihrem Mann?«

Ilse Wagner schluckte und senkte wieder den Blick. »Er ist vor zwei Monaten verstorben. Darmkrebs. Wir waren nicht zur Behandlung in Amerika. Das Geld … es hat nicht gereicht.«

»Das mit Ihrem Mann tut mir leid, Frau Wagner. Mein Beileid.« Lena machte eine angemessene Pause, bevor sie fortfuhr. »Wir müssen noch einmal über den Morgen sprechen, an dem Sie Gesa Jensen tot aufgefunden haben wollen. Warum sind Sie an diesem Tag früher als gewöhnlich gekommen?«

»Ich habe Gesa nichts getan«, sagte sie leise.

»Warum sind Sie an diesem Tag eine Stunde früher als gewöhnlich gekommen?«

Ilse Wagner schwieg eine Weile. Als Lena gerade ihre Frage wiederholen wollte, antwortete sie. »Ich wollte mit Gesa sprechen.«

»Worüber?«

»Sie hatte mir gekündigt. Fristlos.«

»Sie wurden an diesem Tag also eigentlich gar nicht von Frau Jensen erwartet?«

»Nein.«

»Wie sind Sie ins Haus gekommen?«

»Mit einem Schlüssel.«

»Hatten Sie Ihren Schlüssel nicht abgeben müssen?«

»Schon.«

»Wann hat Frau Jensen Ihnen gekündigt?«

»Am Tag davor.«

»Und da haben Sie auch den Schlüssel abgeben müssen?«
Sie nickte.

»Woher hatten Sie dann den Schlüssel?«

»Den habe ich nachmachen lassen.«

»Warum und wann?«

»Ein Jahr zuvor hatte ich meinen Schlüssel verloren. Ich dachte es zumindest und habe mein ganzes Haus danach abgesucht. Als ich ihn nach einer Woche wiedergefunden habe, habe ich ihn mir einmal nachmachen lassen. Zur Sicherheit.«

»Sie sind also mit dem Schlüssel ins Haus?«

»Ich habe vorher geklingelt. Gesa ist doch immer schon ab fünf Uhr auf. Als sie nicht geöffnet hat …« Ilse Wagner sackte in sich zusammen, den Kopf gesenkt, die Arme hingen schlaff nach unten. Einen Augenblick hatte Lena Angst, dass sie vom Stuhl fallen könnte.

»Also haben Sie danach den Schlüssel benutzt und das Haus betreten. Und was passierte dann?«

»Ich war in der Küche. Gewartet habe ich.« Ilse Wagner zögerte, bevor sie weitersprach. »Aber Gesa ist nicht gekommen.«

»Wie lange haben Sie da gewartet?«

Sie zuckte mit den Schultern. »Das weiß ich nicht. Eine Weile.«

»Und dann?«

»Ich war im Atelier und danach habe ich …« Es verschlug ihr die Sprache.

»Sie haben im Schlafzimmer nachgeschaut?«

215

»Ja, ganz vorsichtig habe ich die Tür geöffnet. Und da lag Gesa und hat sich nicht gerührt.«

Lena wartete eine Weile, ob Ilse Wagner weitersprechen würde. Schließlich fragte sie: »Wie spät war es zu dem Zeitpunkt?«

»Das weiß ich nicht.«

»Wann haben Sie den Arzt gerufen?«

Als Ilse Wagner immer noch schwieg, fragte Lena weiter. »Wir müssen wissen, wann Sie Dr. Husmann angerufen haben. Haben Sie das verstanden, Frau Wagner?«

»Gleich danach«, sagte sie schließlich.

Lena gab Johann einen Wink, woraufhin er aufstand und den Raum verließ.

»Fürs Protokoll: Kriminaloberkommissar Grasmann verlässt den Raum.« Sie wandte sich wieder an Frau Wagner. »Ich muss kontrollieren, ob Sie Kratzspuren an den Armen und am Bauch haben. Sie können das freiwillig machen oder wir besorgen uns einen richterlichen Beschluss und ein Amtsarzt untersucht Sie anschließend. Das wird heute aber nicht mehr gehen. Sie müssten also mindestens bis morgen hierbleiben. Sie können aber auch jetzt Arme und Bauch frei machen und wir erledigen das gleich.«

Ilse Wagner starrte sie an und brauchte eine Weile, bis sie Lenas Vorschlag verstanden hatte. Sie erhob sich schwerfällig und zog ihre Bluse an beiden Armen hoch. Lena stellte sich neben sie und untersuchte die Haut von allen Seiten. Anschließend zog Frau Wagner die Bluse aus dem Rock und zog sie bis zum BH hoch. Auch hier ließ Lena sich Zeit, entdeckte aber keinerlei Kratzspuren oder Hinweise auf abgeheilte Wunden.

»Danke, Frau Wagner. Sie können sich wieder anziehen.«

Nachdem Lena Johann eine Nachricht geschickt hatte, kehrte er in den Verhörraum zurück.

»Frau Wagner, haben Sie an diesem Morgen etwas aus dem Haus entwendet?«

Ilse Wagner zuckte zusammen. »Ich war nur kurz im Atelier.«

»Was ist mit der schwarzen Kladde, in der sich Frau Jensen seit einiger Zeit Notizen gemacht hatte?«

Sie nickte zögerlich.

Lena versuchte, ruhig zu bleiben, und sagte: »Sie müssen es laut sagen, bitte.«

»Ich habe die Kladde mitgenommen.«

»Warum haben Sie das gemacht?«

»Ich hatte Angst. Gesa hat dort ständig was hineingeschrieben. Ich dachte, sie hat auch …«

»Wo ist die Kladde jetzt?«, fragte Lena mit angehaltenem Atem.

»Ich habe sie am gleichen Tag in die Mülltonne geworfen. Sie ist weg. Die Müllabfuhr war am nächsten Tag da.«

Enttäuscht atmete Lena aus. Nur mit Mühe konnte sie die nächste Frage stellen, ohne laut zu werden: »Haben Sie darin gelesen?«

»Nein, nicht viel. Gesa hat … Ich konnte die Schrift kaum entziffern.«

»Was haben Sie gelesen?«

»Es stand dort etwas über Hamburg und irgendwelche Männer. Ich habe es nicht verstanden.«

Enttäuscht lehnte sich Lena auf dem Stuhl zurück. Sie waren so nah daran gewesen, wertvolle Hinweise direkt vom Opfer zu bekommen. Zwar würde Frau Wagners Haus durchsucht werden müssen, aber Lena zweifelte nicht daran, dass sie die Wahrheit gesagt hatte.

Drei Stunden später fuhren sie mit dem Sylt Shuttle. Ilse Wagner hatte der Abgabe einer DNA-Probe und der sofortigen

Hausdurchsuchung zugestimmt. Während Lena sie weiter befragt hatte, war Johann mit zwei Kollegen aus Husum zu Ilse Wagners Haus gefahren. Sie fanden weder die schwarze Kladde noch Werke von Horst Janssen. Auch Lena bekam, trotz des intensiven Verhörs, nichts mehr aus Ilse Wagner heraus, das von Bedeutung war. Sie wurde auf freien Fuß gesetzt, musste aber ihren Pass abgeben.

»Glaubst du ihr?«, fragte Johann. »Alles, was sie gestanden hat, würde genauso passen, wenn sie Gesa Jensen an dem Morgen erstickt hätte.«

»Und dann hat sie kurz darauf den Arzt gerufen? Der hätte doch gemerkt, wenn Gesa Jensen erst seit einer guten halben Stunde tot gewesen wäre.«

»Vielleicht sind wir mit Husmann und Meyerdierks auf dem Holzweg und stattdessen haben Ilse Wagner und der Arzt gemeinsame Sache gemacht. Das würde auch erklären, wieso er die Symptome übersehen hat. Sie hätte bald ein kleines Vermögen gehabt und ihn für seine Dienste bezahlen können. Es muss ja nicht mal Mord gewesen sein. Vielleicht wollte sie wirklich mit ihr sprechen und dann ist sie da ins Schlafzimmer gestolpert und hat Gesa Jensen schlafend vorgefunden. Da sind bei ihr alle Sicherungen durchgebrannt, sie hat das Kissen genommen und zugedrückt. Würde das nicht noch als Totschlag durchgehen?«

»Und was ist mit Husmann passiert?«, fragte Lena, die Johanns Theorie zwar schlüssig fand, aber doch mit zu vielen offenen Fragen einhergehend.

»Er wollte tatsächlich Suizid begehen. Er hat nach der einen Woche wohl kaum damit gerechnet, dass ihm noch jemand auf die Schliche kommt. Und dann stehen wir vor seiner Tür und anschließend wird er noch vom Staatsanwalt vorgeladen. Das war eine Kurzschlussreaktion.«

Lena seufzte. Johanns Theorie schloss den Erbenermittler aus und ließ auch die Informationen, die Lena von Reinhard Köster bekommen hatte, außen vor. Es konnte ihrer Meinung nach kein Zufall sein, dass Meyerdierks' und Gesa Jensens Wege sich gekreuzt hatten, wenn auch nur indirekt.

»Okay. Du setzt morgen die Kollegen aus Flensburg darauf an, nach einer Verbindung zwischen Husmann und Wagner zu suchen. Dann bekommt der Galerist in Tübingen von unseren Kollegen vor Ort Besuch und ist hoffentlich kooperativ. Vielleicht bringt uns das ja weiter. Zusätzlich müssen wir darauf hoffen, dass Luise tatsächlich Fremd-DNA unter den Fingernägeln gefunden hat. Wenn die von Ilse Wagner ist, wird es sehr, sehr eng für sie.«

Johann nickte zufrieden.

DREIUNDZWANZIG

Lena stand auf der Strandpromenade und hielt ihr Gesicht in den Wind. Johanns Angebot, zusammen essen zu gehen, hatte sie abgelehnt und sich eine Portion Pommes frites besorgt.

Während der Überfahrt auf die Insel waren sie noch einmal die Fakten durchgegangen und hatten die Aufgaben des nächsten Tages verteilt. Lena würde sich um den Privatdetektiv kümmern, während Johann ihren Vater befragte. Gegen neun erwarteten sie drei Kollegen aus Flensburg, die sie bei den Recherchen und die Sylter Kollegen bei der Bewachung von Dr. Husmann unterstützen würden.

Lena wollte sich eingehend mit dem Datenmaterial beschäftigen, das Leon zu den Finanzen der Jensens besorgt hatte. Mit Glück würden sie am nächsten Tag auch das Ergebnis der Dokumentenprüfung bekommen und erfahren, ob die Erbunterlagen von Luka Waldheim echt oder gefälscht waren. Traf Letzteres zu, würde sie Meyerdierks zu einem Verhör auf dem Polizeirevier abholen lassen.

Lena stand auf und schlenderte am Strand entlang. In spätestens einer Stunde würde es dunkel sein. Sie blieb stehen und streckte sich ausgiebig. Schon seit dem dritten Tag ihres Inselaufenthalts hatte sie das Gefühl, den falschen Weg eingeschlagen zu haben oder sich zumindest auf einem Umweg zu befinden. Sosehr Ilse Wagner inzwischen im Fokus der Ermittlungen stand, so wenig glaubte Lena daran, dass sie zur Mörderin geworden war. Für Ilse Wagner war der Diebstahl der Zeichnungen eine Art Notwehr gewesen. Sie hatte sich zutiefst ungerecht behandelt gefühlt, als Gesa Jensen ihr die hunderttausend Euro verweigerte, die die Behandlung ihres Mannes in den USA gekostet hätte. Dass der Verkauf der Bilder letztendlich nicht die notwendige Summe erbracht hatte, war Ironie des Schicksals. Ilse Wagner hatte alles auf eine Karte gesetzt und trotzdem ihren Mann verloren. Für Gesa Jensen wäre es kein Problem gewesen, den Betrag zu zahlen. Sie hätte im Gegenzug das Testament ändern und es als Vorauszahlung sehen können. Aber zu allem, was Lena bisher von ihr erfahren hatte, passte, dass sie selbst über den Sinn und Unsinn der Behandlung entschieden hatte.

Lena verließ den Strand und suchte sich eine kleine ruhige Bar. Dort bestellte sie sich einen Whisky und zog Gesa Jensens Briefe aus der Tasche.

Liebe Beke,
entschuldige bitte, dass ich mich erst jetzt melde, obwohl du mir in den letzten Monaten drei Briefe geschrieben hast.

Es fällt mir immer noch schwer, darüber zu sprechen, aber mit jeder weiteren Woche kann ich es weniger verbergen. Ja, ich bin schwanger.

Du kannst dir sicher vorstellen, was für ein Schock das für mich war, als der Arzt mir aus heiterem Himmel gratuliert hat. Ich habe eine Weile gebraucht, bis ich verstand, worum es ging.

Du fragst dich jetzt sicher, wer der Vater des Kindes ist. Natürlich weiß ich es und er weiß es inzwischen auch. Ich habe dir ja geschrieben, dass wir unsere Liebe geheim halten müssen, weil er verheiratet und inzwischen seit fast einem Jahr Vater einer Tochter ist.

Es ist jetzt ein Tag vergangen, seit ich dir die oben stehenden Zeilen schrieb. Gestern konnte ich nicht weiterschreiben. Meine Gefühle waren plötzlich so übermächtig, dass ich keinen klaren Gedanken mehr fassen konnte. Du kannst dir sicher vorstellen, was das bedeutet. Ich lag den ganzen Tag im Bett und habe bitterlich geweint. Irgendwann bin ich wohl vor Erschöpfung eingeschlafen. Es ist alles so schrecklich und ich weiß nicht, wie ich damit jemals fertigwerden soll.

Freunde haben mir in den letzten Wochen immer wieder geraten, zu einem dieser Ärzte zu gehen, die Frauen in solchen Situationen helfen. Ich habe mir ihre Ratschläge angehört und mich nicht dazu geäußert. Du kennst mich seit Langem und kannst dir sicher denken, dass ich diesem Wesen, das da in meinem Bauch heranwächst, niemals etwas Böses antun würde. Niemals!

Lieber würde ich sterben, als meinem Kind zu schaden. Ja, auch wenn es noch so klein und unbedeutend ist, fühle ich mich diesem meinem Kind aufs Innigste verbunden.

Du wirst dich fragen, was mein Liebster zu alledem gesagt hat. Keine Angst, er hat mich nicht verstoßen und er hat schon gar nicht verlangt, dass ich zu einem dieser Ärzte gehe. Er liebt mich aus ganzem Herzen und will das Beste für mich und unser Kind. Aber ich verstehe auch, dass er vor einer großen Entscheidung steht und die Verantwortung für seine Erstgeborene trägt.

Wir haben beide beschlossen, dass wir zunächst alles so beibehalten werden, wie es im Moment ist.

Ich will nicht verhehlen, wie sehr ich mir wünsche, mit meinem Liebsten zusammenzuleben und eine Familie zu gründen. Und ich will auch nicht verhehlen, wie sehr ich mich vor der Zukunft fürchte. Aber inzwischen freue ich mich auch auf das Kind, auf mein Kind.

Liebe Beke, vielleicht ist es dir noch einmal möglich, mich in Hamburg zu besuchen. Ich würde mich sehr darüber freuen.

Deine Gesa

Lena legte den Brief auf den Tisch. Wie konnte eine Frau ihren verheirateten Liebhaber so in Schutz nehmen? War Gesa Jensen Alexander von Eiden so ausgeliefert gewesen, dass sie jeder seiner Forderungen nachgegeben hatte? War das Liebe? Sich einem Mann zu opfern und seine eigenen Bedürfnisse zu verleugnen?

Lena zog den nächsten Brief aus dem Stapel. Er war kurz und handelte ausschließlich von Gesa Jensens Schwangerschaftsbeschwerden. Zwischen den Zeilen erfuhr sie, dass Alexander von Eiden, der immer noch nicht mit Namen genannt wurde, seltener zu Besuch kam. Er schien die Arbeit und familiäre Verpflichtungen vorzuschieben. Gesa Jensen nahm ihn trotzdem in Schutz, während sie sich offenbar immer mehr aus der Künstlergemeinschaft zurückzog.

Im Folgebrief waren die Beschwerden kein großes Thema mehr und nur ganz am Rande berichtete sie von dem Besuch der Jugendamtsmitarbeiterin, der Gesa, wie sie schrieb, viel Kraft gekostet hatte.

Lena konnte sich vorstellen, wie beschämend die Befragung für die junge Frau und wie schwierig es gewesen sein musste, den Namen des Vaters nicht preiszugeben.

Zumindest schien Alexander von Eiden dafür gesorgt zu haben, dass Gesa ein Jahr nach der Geburt eine andere Jugendamtsbetreuerin bekommen hatte und ihr später das alleinige Sorgerecht zugeteilt wurde. Aber wahrscheinlich spiegelte das nur das ureigene Interesse des Kindsvaters wider, der immer fürchten musste, dass Gesa dem Jugendamt doch noch seinen Namen verraten würde.

In den weiteren Briefen schrieb Gesa Jensen von ihrer zunehmenden Einsamkeit und fragte Beke immer wieder, ob sie nicht zu Besuch nach Hamburg kommen könne.

Zumindest Reinhard Köster schien ihr tatkräftig zur Seite gestanden zu haben. Lena ging nach dem Gespräch mit dem alten Maler davon aus, dass er zu der Zeit und wahrscheinlich auch noch später über beide Ohren in Gesa verliebt gewesen war. Gesa schien dies aber nicht bemerkt zu haben oder sie wollte es nicht bemerken.

Erschöpft legte Lena die Briefe aufeinander und verstaute sie wieder in ihrer Tasche. Kurz überlegte sie, ob sie einen weiteren Whisky bestellen sollte, entschied sich dann aber dagegen und lief gedankenversunken zum Hotel. Erst weit nach Mitternacht schlief sie ein und träumte von schreienden Babys und weinenden Müttern.

Als der Wecker um kurz nach sechs klingelte, schlug Lena mit der flachen Hand auf den Aus-Knopf. Mühsam zog sie sich hoch und blinzelte zum Fenster. Draußen wurde es gerade hell.

Unter der Dusche wachte sie endgültig auf. Eine halbe Stunde später stand sie im Foyer des Hotels und wartete auf Johann. In einem kleinen Café, das bereits um sieben öffnete, suchten sie sich einen Platz. Nachdem sie Kaffee und Frühstück bestellt hatten, fragte Lena: »Du hast gestern gar nichts von Johanna erzählt. Alles gut bei ihr?«

»Ich hoffe mal. Es war auf jeden Fall gut, dass ich kurz zu Hause vorbeischauen konnte. Gestern Abend haben wir auch noch lange telefoniert.«

»Mal eben seine Vergangenheit abzuschütteln geht so einfach nicht. Das wird dauern.« Als sie Johanns Blick bemerkte, fuhr sie fort: »Ja, ich spreche aus eigener Erfahrung. Und dabei hatte ich nicht so ein …«, sie suchte nach dem richtigen Wort, »schwieriges Elternhaus.«

»Nach dem Tod von Maria haben sich die Eltern noch mehr an die Sekte gebunden. Zumindest ist das mein Eindruck. Ich kann Johanna auch nicht mehr zureden, den Kontakt zu halten. Im Moment braucht sie Ruhe, sonst geht sie vor die Hunde.«

»Gut, dass sie dich hat«, sagte Lena und biss in das inzwischen servierte Croissant. »Herrlich. Warum gibt es ein solches Café nicht in Kiel?«

Johann lachte. »Vielleicht sollten wir uns mal auf die Suche machen. Ansonsten müssen wir selbst eins eröffnen.« Er fuhr mit der Hand durch die Luft, als zeige er auf das Caféschild. »Wir nennen es einfach: Croissant. Was meinst du? Wenn dort alle Kollegen regelmäßig auftauchen, wird das ein Bombengeschäft.«

Lena lachte. »Spinner! Willst du hinter der Theke stehen?«

»Wer weiß. Vielleicht habe ich ja irgendwann die Nase voll vom Schnüffeln in fremder Leute Angelegenheiten.«

Lena fixierte ihn. »Nichts da! Das vergisst du mal ganz schnell. Ich habe keinen Bock auf einen neuen Partner.«

Er schmunzelte. »Wenn du mich so lieb bittest.«

Um Punkt halb acht öffnete Lena die Bürotür. Johann setzte sich mit einem Seufzer hinter seinen Schreibtisch und klappte den Laptop auf. Als Lena in die Tasche griff, um auch ihren Rechner herauszuholen, klingelte ihr Tischtelefon. Sie meldete sich.

»Guten Morgen, Frau Lorenzen«, flötete ein gut gelaunter Dr. Rosenbaum und fügte gleich hinzu: »Sie dürfen mich gleich loben.« Er schien tief Luft zu holen. »Dank meiner exzellenten Kontakte sind die Erbenunterlagen im Schnelldurchgang geprüft worden.«

»Und?«, fragte Lena angespannt.

»Sie hatten den richtigen Riecher. Es müssen zwar noch ein paar abschließende Untersuchungen gemacht werden, damit das Ergebnis auch gerichtsfest ist, aber ich kann jetzt schon sagen, die Dokumente sind gefälscht. Dort hat sich jemand reichlich Mühe gegeben, aber für unsere Experten nicht genug.«

»Fantastisch!«, entfuhr es Lena. »Meine Hochachtung für das schnelle Ergebnis.«

Dr. Rosenbaum lachte. »Nein, nein. Der Dank gebührt Ihnen. Wie gesagt, Sie lagen goldrichtig.«

»Wir werden Joachim Rother exhumieren müssen.«

»Ja, ich fürchte, daran kommen wir nicht vorbei. Vorbehaltlich des Verhörs, das Sie sicher heute mit Herrn Dr. Meyerdierks führen werden, habe ich den Antrag aufgesetzt und werde ihn gleich weiterleiten.«

»Wie lange wird das dauern?«

»Kommt darauf an, welcher Richter es entscheidet. Ich gebe mir Mühe, das schnell über die Bühne zu bringen. Aber vor morgen haben wir da sicher nichts.«

Lena brachte ihn mit kurzen Worten auf den neuesten Stand.

»Ich werde zunächst dem Detektiv auf den Zahn fühlen und dann anschließend Meyerdierks vorführen lassen.«

»Sehe ich auch so.« Er hielt inne. »Ich habe gestern mit Kriminaldirektor Warnke gesprochen.«

»Ich kann mir vorstellen, um was es ging.«

»Nur so viel: Sie haben meine volle Unterstützung. Wenn ich etwas verachte, dann, wenn Außenstehende versuchen, unsere Arbeit zu beeinflussen. Ich wollte nur, dass Sie das wissen.«

»Danke. Ich bin da ganz Ihrer Meinung. Es kann durchaus sein, dass wir bald mit dem einen oder anderen Herrn des Jensen-Clans noch einmal sprechen müssen.«

»Wie gesagt, Sie können auf mich zählen. Sie halten mich auf dem Laufenden?«

»Auf jeden Fall. Und danke für Ihre Unterstützung.«

Sie legte den Hörer auf. Jetzt kam wirklich Fahrt in die Ermittlungen. Wenn sich nun herausstellte, dass der Detektiv Kontakt zu Meyerdierks hatte – und davon ging Lena mit hoher Wahrscheinlichkeit aus –, würde der Erbenermittler Schwierigkeiten haben, sich einfach herauszureden.

Nach einem kurzen Memo für Johann nahm sie sich die Unterlagen vor, die Leon besorgt hatte. Thees Jensen hatte über eine Million Euro Schulden bei insgesamt vier Banken. Allein die Zinsen beliefen sich im Jahr auf knapp fünfzigtausend Euro, die Tilgung auf weitere achtzigtausend. Mit seinem Anteil des Erbes würde er zwar die Hälfte der Schulden abbezahlen können, eine beträchtliche monatliche Belastung bliebe aber dennoch. Seine Reaktion direkt nach der Testamentseröffnung hatte gezeigt, dass er mit einem wesentlich höheren Betrag gerechnet hatte. Reichte das als Tatmotiv?

Wenn Lena die Zahlen richtig interpretierte, bestanden die Schulden seit mindestens sechs Jahren. War das der Anlass für den endgültigen Bruch zwischen Mutter und Sohn gewesen? Hatte er von ihr eine Auszahlung des Erbes verlangt, die sie nicht gewillt war zu leisten? Welche Rolle spielte der drogenabhängige Enkel?

Die Daten zu Hauke Jensens Unternehmen waren deutlich komplexer. Zwar erkannte Lena, dass seinen Verbindlichkeiten entsprechend hohe Einnahmen gegenüberstanden und dass die Unternehmen allesamt Gewinne machten, aber eine qualifizierte Einschätzung würde ihr nur ein Betriebswirtschaftler geben können.

Als sie mit dem Blick auf die Uhr schon die Datei schließen wollte, kam sie zu den persönlichen Konten von Hauke Jensen. Sie scrollte sich durch die Zahlen der letzten Wochen. Jensen besaß sechs Privatkonten bei verschiedenen Banken. Von allen gingen regelmäßige Zahlungen an Organisationen, Vereine, Firmen und Einzelpersonen. Ihre Suche nach hohen Barauszahlungen blieb erfolglos. Die gesamte Summe der letzten vier Wochen belief sich auf rund viertausend Euro und war vermutlich für Hauke Jensen nicht ungewöhnlich.

Johann war zu ihr an den Schreibtisch getreten und zeigte jetzt mit dem Finger auf seine Armbanduhr. »Die Kollegen aus Flensburg müssten jeden Augenblick da sein. Kommst du?«

Vierundzwanzig

Lena drosselte das Tempo, als sie das Ortsschild von List erreichte. Johann hatte vor ihrer Abfahrt bei dem Privatdetektiv angerufen, sich als potenzieller Kunde ausgegeben und mit ihm einen Termin ausgemacht.

Das Büro von Detlev Schulz befand sich im Erdgeschoss eines unscheinbaren Mehrfamilienhauses. Lena suchte einen Parkplatz und betätigte, nachdem sie ausgestiegen und zur Haustür gelaufen war, die Klingeln der anderen Wohnungen, bis das Summen des Öffners zu hören war. Sie drückte die Tür auf und ging direkt zur Wohnung des Privatdetektivs. Auf ihr Klopfen öffnete ein schlaksiger Mann Anfang dreißig mit ungepflegten halblangen Haaren die Tür. Reinhard Kösters Beschreibung des Privatdetektivs war ausgesprochen treffend gewesen. Lena hatte keinen Zweifel, den richtigen Mann gefunden zu haben.

»Guten Tag«, sagte er. »Wenn Sie zur Detektei wollen, muss ich Sie leider auf einen anderen Termin vertrösten. Ich bekomme gleich Besuch.«

Lena zog ihren Ausweis aus der Tasche und hielt ihn Detlev Schulz vor die Nase. »Lorenzen, LKA Kiel. Das war mein Kollege. Den Termin haben Sie mit mir.«

Zögernd trat er zur Seite und ließ Lena in die Wohnung eintreten. »Gleich rechts«, sagte er und schloss die Wohnungstür.

Sein Büro schätzte Lena auf gerade mal zwanzig Quadratmeter. Neben einem Schreibtisch befand sich nur noch ein weiterer kleiner Tisch mit drei Stühlen im Raum.

»Was habe ich ausgefressen?«, fragte Detlev Schulz mit einem schiefen Grinsen.

»Wollen wir uns nicht erst mal setzen?«

Er zeigte auf einen der Stühle. »Natürlich. Bitte.«

Lena ließ sich Zeit. Sie holte ihr Handy aus der Tasche und legte es vor sich auf den Tisch. Dann lächelte sie ihn an. »Gehen Ihre Geschäfte gut?«

Der Privatdetektiv zog die Augenbrauen hoch, als wolle er sich über die Frage empören. Schließlich sagte er aber: »Ja, alles in Ordnung.«

»Sie haben vor circa sieben Monaten nach Erben von Alexander von Eiden gesucht.«

Er zuckte mit den Schultern. »Kann sein.«

Lena wartete und fixierte ihn dabei.

»Okay«, sagte er schließlich. »Das war ein ganz normaler Job. Heutzutage haben doch immer mehr Menschen keine direkten Erben. Da müssen schon manchmal Profis ran.«

»Wer war Ihr Auftraggeber?«

Detlev Schulz hob beide Hände. »Sie wissen doch, dass ich das nicht ausposaunen kann. Tut mir leid.«

»Mir auch«, sagte sie und sah ihm direkt in die Augen.

Nach einer Weile wurde er unruhig. »Wie meinen Sie das?«

»Ganz einfach. Die Erfahrung sagt mir, wer nicht mit uns kooperiert, hat in aller Regel Dreck am Stecken. Es handelt sich um Mord und Sie sind soeben in den Fokus unserer Ermittlungen geraten. Dass das nicht unbedingt angenehm für Sie wird, brauche ich nicht extra zu erwähnen.«

Wieder wartete Lena, bevor sie sich langsam erhob.

»Warten Sie«, sagte der Detektiv. »Das war eine ganz normale Recherche. Ein paar Fragen stellen, hier und da etwas in öffentlich zugänglichen Materialien finden. Nix weiter.«

Lena setzte sich wieder.

»Okay. Gehen wir einmal davon aus, dass Sie gerade die Wahrheit sagen. Beihilfe zum Mord wird Ihnen auch ein paar Jahre in einem unserer schönen Gefängnisse bringen.«

Er schluckte. »Wieso? Noch einmal: Ich habe nichts mit irgendeinem Mord zu tun. Weder direkt noch indirekt.«

»Erwähnten Sie nicht gerade, dass Sie Profi wären? Glauben Sie wirklich, dass Ihnen der Richter glauben wird, wenn Sie ihm so kommen? *Mein Name ist Hase, ich weiß von nichts.*«

Lena sah, wie der Detektiv mit sich kämpfte und das Für und Wider abzuschätzen schien. Er atmete schwer und starrte auf seine Hände, die er unruhig aneinanderrieb. »Kann ich mich darauf verlassen, dass mein Auftraggeber nichts von unserem Gespräch erfährt?«

»Das hängt davon ab. Wenn Sie wirklich nicht in die Sache verstrickt sind, werde ich es versuchen.«

»Wenn sich das rumspricht, kann ich einpacken. Das ist hier ein Dorf und mein Kundenkreis ist sehr übersichtlich.«

Lena reagierte nicht auf seine Klagen.

»Ich habe in der Sache für einen Anwalt gearbeitet.«

»Okay. Wie ist dieser – nennen wir ihn mal weiter Anwalt – auf die Idee gekommen, dass es sich lohnt, nach Erben von Alexander von Eiden zu suchen? Immerhin gibt es nach meinen Informationen mehr als genug Anwärter in der Verwandtschaft des Toten.«

»Vielleicht hat er einen Tipp bekommen? Ich weiß es nicht genau. Meine Aufgabe war nur, Erkundigungen einzuholen und nach eventuellen weiteren Erben zu suchen.«

»Haben Sie jemanden gefunden?«

Detlev Schulz schwieg.

»Okay«, sagte Lena. »Ich nehme das einmal als Bestätigung. Haben Sie diesen potenziellen Erben informiert?«

»So etwas ist nicht meine Aufgabe. Ich recherchiere und Ende.«

Thees Jensen wäre mit dem Pflichtanteil des väterlichen Erbes auf einen Schlag alle finanziellen Sorgen los gewesen. Da seine Konten keinerlei größere Eingänge zeigten, konnte sich Lena im ersten Augenblick noch keinen Reim darauf machen, warum Meyerdierks die Information nicht gewinnbringend weitergegeben hatte.

»Sie haben auch Informationen über die bisher bekannten Erben von Alexander von Eiden eingeholt?«

»So etwas gehört häufig zu meinem Auftrag«, antwortete Detlev Schulz vorsichtig.

Einer plötzlichen Eingebung folgend fragte Lena: »Sie haben sich auch damit beschäftigt, ob es noch weitere Erben ersten Grades gibt?«

Detlev Schulz druckste herum. »Warum wollen Sie das wissen?«

»Haben Sie?«

»Der Auftrag war sehr umfassend. Ich habe über vier Wochen daran gearbeitet. Natürlich gehört eine vollständige Aufklärung über alle möglichen Erben dazu.«

»Gab es noch weitere?«

Er zögerte. »Nicht wirklich.«

Lena stand auf. »Mir scheint, wir kommen hier so nicht weiter.«

Detlev Schulz hob beschwichtigend die Hände. »Ist ja schon gut. Nein, es gab keine weiteren direkten Erben. Zumindest habe ich keine gefunden.«

»Aber?«

»Ich habe mit einem Arzt in Hörnum gesprochen. Oder vielmehr mit einem ehemaligen Arzt. Er war zu dem Zeitpunkt schon dreiundneunzig. Und nicht mehr so ganz bei Verstand, würde ich mal sagen. Aber über die alten Sachen schien er noch ziemlich gut Bescheid zu wissen.«

»War? Ist er es nicht mehr?«

»Nein. Ich habe seine Todesanzeige gelesen.«

»Name?«

»Götze. Der Vorname …« Er schloss kurz die Augen und schien nachzudenken. »Wie dieses Metall. Ja, stimmt! Wolfram. Wolfram Götze.«

»Wie sind Sie auf ihn gekommen?«

»Zufall. Ich habe in alten Archiven gestöbert und festgestellt, dass es zu der Zeit damals nur einen Frauenarzt in Hörnum gab. Ich habe nach ihm gesucht und dann … Volltreffer.«

»Worum ging es in dem Gespräch?«

Detlev Schulz zögerte wieder. »Okay, der Typ weilt ja nicht mehr unter den Lebenden. Er hat wohl seinerzeit eine Abtreibung bei der Geliebten von diesem Erblasser gemacht.«

»Gesa Jensen meinen Sie.«

Er nickte. »Sie ist ja auch gestorben, habe ich in der Zeitung gelesen.« Er stutzte und schien allmählich zu begreifen, in welcher Angelegenheit Lena ermittelte. »Ist da …« Er schluckte und wurde um einige Nuancen blasser. »Aber …« Dann hob er abwehrend die Hände. »Damit habe ich überhaupt nichts zu tun. Absolut nichts!«

»So weit sind wir noch gar nicht. Noch einmal zurück zu diesem Herrn Götze.«

»Dr. Dr. Götze. Keine Ahnung, warum gleich zweimal.«

Lena versuchte, ruhig zu bleiben. Intuitiv hatte sie erfasst, dass die Information zu dem Arzt wichtig sein könnte. »Was hat er Ihnen genau erzählt?«

Detlev Schulz wirbelte mit der rechten Hand in der Luft herum. »Jede Menge wirres Zeug. Aber wie gesagt, an die alten Sachen hat er sich gut erinnert.«

Lena musste sich zwingen, den Mann nicht zu schütteln oder anderweitig unter Druck zu setzen. »Und weiter?«

»Vielleicht habe ich das auch reininterpretiert. Er hat mir auf jeden Fall gesagt, dass die Frau danach keine Kinder mehr bekommen konnte. Er hat sich da etwas anders ausgedrückt, so altmodisch. Aber er schien sich da sehr sicher gewesen zu sein. Und auch dass sie nur ein Kind hatte, hat er mir bestätigt. Aber gut, so ganz dicht war der nicht mehr. Reichlich dement oder so.«

»Das stand alles in Ihrem Bericht für Meyerdierks?«

»Klar! Da bin ich sehr korrekt.« Erst jetzt merkte er, dass Lena anstatt Anwalt den Namen genannt hatte. »Also für den Anwalt natürlich«, fügte er schnell hinzu.

Lena ignorierte seinen Einwand. »Hat der Arzt bestätigt, dass er einen Schwangerschaftsabbruch bei Frau Jensen gemacht hat?«

»So habe ich es verstanden.«

»Mit ihrer Einwilligung?«

Detlev Schulz hob wieder die Schultern. »Weiß ich nicht.«

»Wie war Ihr Eindruck?«, fragte Lena in einem erheblich schärferen Ton als zuvor.

Der Privatdetektiv zuckte zusammen. »Keine Ahnung! Das habe ich doch schon gesagt! Der hat viel herumgelabert. Die Hälfte davon war überflüssig und aus der anderen Hälfte musste ich mir die Informationen selbst herausfischen. Kennen Sie nicht solche alten Leute? Die reden manchmal vollkommen wirres Zeug und dann sind sie plötzlich wieder klar bei Verstand.«

Lena schlug mit der flachen Hand auf den Tisch. Schulz erschrak sichtbar. »Entweder geben Sie sich jetzt etwas Mühe oder wir beide fahren schnurstracks zum Polizeirevier und gehen die ganze Sache etwas förmlicher an. Sie haben mich verstanden!« Den letzten Satz donnerte sie heraus.

»Ist ja schon gut.« Er hielt kurz inne. »Ja, der alte Arzt war schon eine ganz besondere Type. Ich kann nicht genau sagen, warum ich den Eindruck hatte, dass er da Schmu gemacht hat, aber es war so. Der war immer noch clever genug, dass er sich nicht verraten hat. Vielleicht war es auch genau das. Er rückte nicht wirklich mit der ganzen Geschichte raus, redete immer um den heißen Brei herum. Aber ich habe nicht lockergelassen und er … na ja, er bekam da in seiner Seniorenresidenz wohl nicht so viel Besuch und war froh, dass ich ihm Gesellschaft geleistet habe.«

»Was hat er gesagt? Erinnern Sie sich bitte genau.«

»Gott, das ist schon eine Weile her.« Als er Lenas Blick sah, wehrte er sofort ab. »Oh nein! Den Bericht an meinen Kunden werde ich Ihnen ganz bestimmt nicht geben. Da müssen Sie schon mit einem richterlichen Beschluss ankommen.«

»Also, was hat er gesagt?«

»Er grinste so komisch, als er mir erzählte, dass die Frau keine Kinder mehr hatte bekommen können. Woher sollte er das wissen, wenn nicht, weil er da was manipuliert hat oder meinetwegen auch bei einer illegalen Abtreibung etwas versaut hat? Als ich danach fragte, ist er mir ausgewichen, aber ich bin ja nicht blöd und habe weitergefragt. So hintenrum, wissen Sie. Also: Irgendwas ist da passiert und das, was passiert ist, war nicht so ganz koscher. Das ist schon mal sicher.«

»Haben Sie auch direkt mit Gesa Jensen gesprochen?«

Detlev Schulz zögerte kurz, bevor er meinte: »Nicht direkt.«

»Bedeutet?«, fragte Lena mit Nachdruck.

»Im Rahmen der Recherche habe ich nicht mit ihr gesprochen«, druckste er herum.

»Aber später?«

»Sie kam hier an. Stand plötzlich vor meiner Tür. Ich wusste natürlich sofort, wer das ist, weil ich mir Fotos besorgt hatte.«

»Was wollte Frau Jensen von Ihnen?«

»Irgendwer aus Hamburg musste ihr gesteckt haben, dass ich nach Erben von diesem reichen Schnösel gesucht habe. Ich habe nicht viel erzählt, aber irgendwas musste ich ja sagen. Da habe ich ihr halt gesagt, dass ich bei dem alten Arzt war.«

»Wie hat Gesa Jensen reagiert?«

Der Privatdetektiv zuckte erneut mit den Schultern. »Erschrocken, glaube ich. Auf jeden Fall hat sie dann von mir abgelassen. Das war wirklich das einzige Mal, dass ich mit ihr gesprochen habe.«

»Joachim Rother?«, wechselte Lena abrupt das Thema. Sie glaubte nicht, dass sie noch mehr zu Gesa Jensen aus ihm herausbekommen würde.

»Wie?«

»Sie haben mich schon verstanden. Joachim Rother.«

»Kenne ich nicht.«

Lena starrte ihn wütend an.

»Okay, okay! Der Anwalt wollte, dass ich da ermittele. Habe ich auch gemacht, aber so einfach ist das bei diesen alten Leuten nicht, die überhaupt keine Spuren hinterlassen und dazu keinen ungewöhnlichen Namen haben. Der war Klempner. Sein Leben lang angestellt. Nicht mit sozialen Medien und so weiter. Seine Frau war schon lange tot und er hatte keine Kinder. Und selbst keine Geschwister. Das war alles schon schwierig genug.«

»Sie haben also keinen Erben gefunden?«

»Sag ich doch, verflucht. Nein, keine Chance.«

Vielleicht war das genau seine Aufgabe gewesen, schoss es Lena durch den Kopf. Meyerdierks musste sichergehen, dass nicht plötzlich andere Erben ihren Anspruch anmelden würden, die weit vor Luka Waldheim in der Erbfolge standen.

»Das ist ein schwieriges Metier«, fuhr er fort. »Entweder stehen die Erben schon auf der Platte oder sie ahnen nicht das Geringste von ihrem Glück, weil der Verwandtschaftsgrad über mehrere Generationen läuft.«

»Irene Bergmann und Waltraut Postner. Schon mal gehört?«

Als Lena die Namen der von Johann ermittelten Personen nannte, deren Erben erst später aufgetaucht waren, erstarrte Detlev Schulz. »Woher ... wer hat ...«, stammelte er.

»Haben Sie bei den beiden verstorbenen Damen auch keine Erben gefunden?«

Lena schien den Detektiv vollkommen überrumpelt zu haben. Er atmete flach und schien krampfhaft zu überlegen, wie er sich aus der Affäre ziehen konnte.

»Bei der Frau Bergmann habe ich jemanden gefunden, bei der zweiten Frau nicht«, sagte er schließlich.

Lena nickte nachdenklich. Vermutlich hatte Meyerdierks im ersten Fall die tatsächlichen Erben unter Druck gesetzt, ihm eine beträchtliche Provision zu zahlen. Ob es weitere Fälle gab, würden die Ermittlungen ergeben. Detlev Schulz schien nicht gewillt zu sein, mehr zuzugeben, als Lena ohnehin schon wusste oder geahnt hatte.

Der Detektiv räusperte sich leise. »Sie wollen dem Mann ans Leder, oder?«

»Wenn Sie damit meinen, dass wir gegen ihn ermitteln, dann könnten Sie durchaus recht haben«, sagte Lena, der in diesem Moment klar geworden war, dass sie Detlev Schulz mit auf das Polizeirevier nehmen musste, um zu verhindern, dass er Meyerdierks warnte.

»Es geht wirklich um Mord?«

»Wir ermitteln in einem Tötungsdelikt. Ob es letztlich Mord oder Totschlag war, wird das Gericht entscheiden.«

»Wird es eng für ihn?«, fragte Detlev Schulz weiter. Er schien ausgesprochen verunsichert zu sein.

»Ich darf über die Ermittlungen nicht sprechen. Das sollten Sie als Privatdetektiv wissen.«

»Es ist nämlich so ...« Er strich sich mit der Hand durch die Haare. »Wie soll ich das sagen? Dieser Mann, der Joachim

Rother, der war, als ich nach seinen Erben suchen sollte, noch gar nicht tot.«

Zuerst glaubte Lena, sich verhört zu haben, aber dann begriff sie langsam, was ihr Schulz gerade offenbart hatte.

»Ich habe natürlich auch gefragt, was das bitte schön für eine Ermittlung sein sollte, wenn der ... Und was habe ich als Antwort bekommen? Es sei nur eine Frage der Zeit, bis der Mann sterben würde. Meyerdierks hat was von schwerer Krankheit gelabert und dass es besser wäre, jetzt schon mit der Suche anzufangen. Ich wollte mich erst weigern, aber er hat mir mit dem Entzug sämtlicher Aufträge gedroht. Was sollte ich denn machen ...?«

Lena sah auf die Uhr. »Es tut mir leid, Herr Schulz. Wir müssen die Angelegenheit jetzt doch offiziell machen. Sie müssen mich aufs Polizeirevier begleiten, wo wir ein Protokoll anfertigen werden.«

Der Detektiv stöhnte leise, folgte Lena dann aber zum Auto.

FÜNFUNDZWANZIG

Lena ließ Detlev Schulz in ihr Fahrzeug einsteigen und blieb draußen stehen, um mit Johann zu telefonieren.

»Dein Vater ist gerade gegangen«, sagte er. »Und bei dir?«

»Ich bringe Schulz mit. Wir müssen ein Protokoll machen. Den Rest erzähle ich dir später.«

Der nächste Anruf galt Staatsanwalt Dr. Rosenbaum. Sie berichtete ihm kurz von dem Gespräch und schlug vor, direkt nach der Befragung von Meyerdierks sein Büro zu durchsuchen. Rosenbaum stimmte ihr zu und versprach, sich um einen Beschluss zu kümmern.

Sie stieg ins Auto ein. Schulz warf ihr einen Blick zu und fragte: »Unser Deal steht doch?«

Lena startete den Motor und fuhr auf die Straße. »Sie können froh sein, wenn Sie aus der ganzen Sache heil herauskommen und weiter in Ihrem Job arbeiten können.«

Sie fuhren durch List und erreichten die Ortsgrenze. Lena beschleunigte den Passat und sah aus dem Augenwinkel Detlev Schulz, der tief in Gedanken versunken aus dem Fenster starrte.

»Vielleicht war ich ja zu naiv. Okay«, murmelte er.

Lena ging nicht darauf ein. Wenn sie etwas hasste, dann waren es fadenscheinige Ausreden. Ganz offensichtlich war es dem Detektiv vollkommen egal gewesen, was Meyerdierks mit seinen Rechercheergebnissen anstellte. Ihr Lehrer an der Polizeiakademie hatte diese Fälle gern mit dem Rechtsgrundsatz *Ignorantia legis non excusat* kommentiert, was er schmunzelnd mit *Dummheit schützt vor Strafe nicht* übersetzte.

Zurück auf dem Polizeirevier, parkte Lena Detlev Schulz im Verhörraum und bat einen Kollegen, sich zu ihm zu setzen und jegliche Handynutzung zu unterbinden.

»Ich habe ihn gefunden!«, empfing Johann sie.

»Wen bitte?«, fragte Lena und setzte sich hinter ihren Schreibtisch.

»Mister Maserati, wen sonst?«

Lena sprang auf und stellte sich hinter ihn. »Und?«

»Frederik Alten. Ein Hamburger Promianwalt, spezialisiert auf komplizierte Familienangelegenheiten. Das sagt zumindest meine Quelle in der Hansestadt. Er ist allerdings noch im Urlaub. Irgendeine Wanderung in der absoluten Wildnis. Aber sein Büro hat mir bestätigt, dass Gesa Jensen zu seinen Klientinnen zählte. Allerdings scheinen die nicht mitbekommen zu haben, dass sie verstorben ist.«

»Wann ist Alten wieder im Lande?«

»Morgen. Ich habe darum gebeten, dass er sich umgehend bei uns meldet.« Er deutete ein Grinsen an. »Ich musste die Dringlichkeit etwas ausmalen. Die Sekretärin wird es ihm ganz sicher als Erstes auf den Tisch legen.«

»Gute Arbeit, Johann.«

Sie berichtete ihm von dem Gespräch mit Detlev Schulz und bat ihn darum, zusammen mit den uniformierten Kollegen Meyerdierks zum Verhör zu holen. »Ich habe so die Befürchtung, dass er sich weigern könnte. Du wirst schon die richtigen Worte finden, um ihn zu überzeugen.«

Johann stand auf. »Das ist meine Spezialität. Und für meinen speziellen Freund wird mir ganz sicher etwas einfallen.«

»Was war übrigens …« Lena konnte die Frage nicht beenden.

»… mit deinem Vater? Er war sehr kooperativ. So wie es aussieht, war das ein normaler Geschäftskontakt. Er kennt weder Meyerdierks persönlich noch den Detektiv. Er hat für eine übliche Provision gearbeitet und ansonsten mit dem Drumherum nichts zu tun gehabt. Die Verträge bekomme ich per Mail, sobald er wieder auf Amrum ist. Also ich würde sagen: Entwarnung.«

»Du bist dir sicher?«

»So sicher, wie man eben sein kann. Natürlich muss ich die Verträge prüfen und bei Meyerdierks werden wir ja wohl die entsprechenden Unterlagen finden. Aber ich glaube nicht, dass dein Vater etwas damit zu tun hat.«

Lena nickte kurz und versuchte zu verbergen, wie erleichtert sie war.

»Dann bin ich mal weg!«, rief Johann, griff nach seiner Jacke und nickte Lena im Hinausgehen zu.

Lena starrte auf die Namen, die sie auf ein großes Blatt geschrieben und mit Pfeilen verbunden hatte. Zu den Verbindungsstrichen hatte sie kurze Kommentare gesetzt. In der Mitte stand Gesa Jensen, rund um sie herum die Personen, die bisher in den Fokus der Ermittlungen geraten waren. Die Gruppe der Familienmitglieder, die aus Bruder, Sohn und Enkelkindern bestand, wies keinerlei Verbindungen zu Meyerdierks, dem Detektiv, Dr. Husmann oder dem angeblichen Erben Luka Waldheim auf. Eine dritte Gruppe bestand aus den alten Freunden und dem Vater von Gesa Jensens Sohn. Diese Gruppe hatte zumindest eine Verbindung über Detlev Schulz, der in Hamburg nach Erben von Alexander von Eiden gesucht hatte. Wie waren Schulz und somit auch Meyerdierks mit Gesa Jensen verbunden? Sie hatte über Reinhard Köster von ihnen erfahren. Hatte sie danach Kontakt zu dem Detektiv aufgenommen? War das die Verbindung?

Die vierte Gruppe bestand aus Ilse Wagner und dem Aufkäufer der Grafiken. Ilse Wagner hatte einen dünnen Verbindungsstrich zu Dr. Husmann. War es reiner Zufall gewesen, dass sie ihn gerufen hatte?

Husmanns Rolle war Lena immer noch ein Rätsel. Er hatte Verbindung zu mehreren Personen, die im Laufe der Ermittlungen ihre Aufmerksamkeit erregt hatten, allerdings fand Lena kein Motiv. Bei der Durchsuchung der Praxisräume waren die Patientenakten von Gesa Jensen und den drei verstorbenen älteren Herrschaften beschlagnahmt worden. Jedoch waren in keiner der Akten verdächtige Aufzeichnungen gefunden worden.

Lena zog ihren Laptop zu sich und googelte den Namen Wolfram Götze. Verwundert stellte sie fest, dass seine ehemalige Praxis dieselbe Adresse hatte wie die von Husmann. Offensichtlich hatte dieser die Praxis von Götze übernommen.

Stirnrunzelnd stand sie auf und ging zu Meyerdierks in den Verhörraum, um das Protokoll aufzunehmen.

Lena reichte Meyerdierks die Hand. Er ignorierte sie und nickte ihr, auf dem Stuhl im Verhörraum sitzend, lediglich zu. Lena setzte sich neben Johann an den Tisch. Nachdem sie das Aufnahmegerät eingeschaltet und die Formalitäten aufgesagt hatte, wandte sie sich an den Erbenermittler.

»Zu welchem Zeitpunkt haben Sie die Recherche zu Joachim Rothers Erben beauftragt?«, stellte Lena die erste Frage.

»Ohne meine Unterlagen kann ich dazu nichts sagen.«

»Vor oder nach seinem Tod?«

Meyerdierks schwieg.

»Ist es in Ihrer Branche üblich, dass man, bevor überhaupt das Ereignis eingetroffen ist, tätig wird?«

Meyerdierks ließ sich Zeit mit der Antwort. »Was wird das hier jetzt? Eine Beratung zum Thema Erbenermittlung? Tut mir leid, dafür stehe ich nicht zur Verfügung.«

Lena zog ein Blatt aus dem Stapel vor ihr und schob es Meyerdierks über den Tisch. »Wissen Sie, was das ist?«

Ohne einen Blick auf das Dokument zu werfen, schob er es von sich und schwieg.

»Joachim Rother wird exhumiert werden.«

»Soll ich das jetzt kommentieren? Tun Sie, was Sie nicht lassen können. Und falls Sie damit andeuten wollen, ich hätte etwas mit seinem Tod zu tun, muss ich Sie enttäuschen. Ich war lediglich auf der Suche nach seinen Erben. Und wissen Sie warum?« Er sah sie kalt lächelnd an. »Das ist mein Job.«

Lena war erstaunt, dass er angesichts der anstehenden Exhumierung keinerlei Regung gezeigt hatte. Entweder hatte er sich so sehr unter Kontrolle, dass nichts nach außen drang, oder er war sich keiner Schuld bewusst.

»Gehört die Fälschung von Bescheinigungen und Dokumenten auch zu diesem Job?«

Hätte Lena nicht konzentriert seine Mimik beobachtet, wäre ihr das kurze Aufblitzen in seinen Augen entgangen.

»Ich wäre Ihnen dankbar«, antwortete Meyerdierks ruhig, »wenn Sie nicht in Rätseln sprechen würden.«

»Die Erbenunterlagen, die Luka Waldheim dem Nachlassgericht vorgelegt hat, sind allesamt gefälscht.«

»Das wäre mir neu. Es ist richtig, dass ich den jungen Mann darauf aufmerksam gemacht habe, dass er einen Anspruch auf das Erbe hat. Zusätzlich habe ich eine Agentur in Brüssel beauftragt, die notwendigen Dokumente zu besorgen. Wenn diese tatsächlich gefälscht sein sollten, bin ich betrogen worden. Es tut mir leid, wenn jemandem dadurch Unannehmlichkeiten entstehen.«

Erneut schob Lena ihm ein Dokument über den Tisch. »Leider müssen Sie diesmal einen kurzen Blick auf den richterlichen Beschluss werfen. Im Anschluss an unsere Befragung werden wir Ihre Büroräume durchsuchen.«

Er überflog den Beschluss und schob ihn zur Seite. »Das scheint alles seine Richtigkeit zu haben.« Er zog einen Schlüsselbund aus der Tasche und löste einen der Schlüssel vom Ring. »Das ist der Büroschlüssel. Falls Sie mich nicht hier festhalten, würde ich gerne dabei sein. Ansonsten müsste ich einen Kollegen bitten, mich zu vertreten.«

Lena stellte das Aufnahmegerät ab. »Wir machen eine kurze Pause.« Sie stand auf und verließ mit Johann den Raum.

»Was meinst du?«, fragte Lena Johann.

»Ein Arschloch, wie es im Buche steht«, murmelte der und rollte mit den Augen. Als er Lenas Blick bemerkte, fuhr er fort. »Ich weiß, das wolltest du gerade nicht hören. Meine Meinung: Der wird uns nichts sagen, was wir ihm nicht sowieso stichhaltig nachweisen können. So lange ist es sinnlos, ihn weiter zu befragen.«

»Sehe ich genauso. Du wirst jetzt zusammen mit den Kollegen aus Flensburg das Büro durchsuchen. Nimm Meyerdierks mit und wenn ihr nichts findet, das seine sofortige Festnahme rechtfertigt, lass ihn laufen. Ich gehe davon aus, dass wir erst mal seine Unterlagen sichten und auf die Exhumierung warten müssen.«

»Okay. Du bleibst hier?«

Lena nickte. »Ich muss noch was recherchieren. Vielleicht bin ich später noch unterwegs. Sag Bescheid, wenn du wieder im Büro bist.«

Lena blätterte die von ihr noch nicht gelesenen Briefe durch, überflog hier und da eine Zeile. Gesa Jensens Schrift war immer undeutlicher geworden, je länger sie sich in Hamburg aufgehalten hatte. Die Geburt in einem Altonaer Krankenhaus hatte zwölf Stunden gedauert. Der Kindsvater hatte sich nicht ans Krankenbett getraut und Gesa erst besucht, als Thees bereits drei Monate alt war. Nach und nach schien sich die Beziehung der beiden wieder intensiviert zu haben. Gesa sprach in den Briefen an Beke sogar davon, dass er sich von seiner Frau trennen wolle, um mit ihr zusammenzuleben. Aber im Folgebrief, der drei Monate später kam, war schon nicht mehr davon die Rede.

Nach einer Stunde mühsamer Entschlüsselung suchte Lena nach dem Datum, an dem Gesa Jensen wieder nach Sylt zurückgekehrt war. Im letzten Brief aus Hamburg schrie sie förmlich um Hilfe. Ohne zu sagen, was passiert war, klagte sie über ihr schweres Leben und träumte vom Sylt ihrer Kindertage. Anschließend gab es eine Briefpause von fast einem halben Jahr.

> Liebe Beke,
> vermutlich wartest du schon eine Weile auf einen Brief von mir und wunderst dich, dass ich deine Briefe (ich vermute mal, du hast seit meinem letzten Brief vor fast einem halben Jahr mindestens schon einmal geschrieben, wahrscheinlich sogar öfter) nicht erwidert habe. Warum ich nicht weiß, wie häufig du mir geschrieben hast, hat einen einfachen Grund. Ich bin nach Sylt zurückgekehrt und konnte natürlich deine Briefe nicht mehr vom Postamt in Altona abholen.
> Du bist sicher erstaunt, dass ich wieder auf der Insel bin. Du kannst mir glauben, es war keine leichte Entscheidung. Ich habe lange damit gehadert, musste aber schließlich zu einem Entschluss kommen.

Bitte verzeih mir, dass ich dir nicht alles erzählen kann. Ich habe unangenehme letzte Wochen in Hamburg hinter mir und bin immer noch nicht in der Lage, ohne Herzrasen und Tränen darüber zu sprechen oder zu schreiben.

Ich muss meiner Familie zugutehalten, dass sie mir bisher noch keine Vorhaltungen gemacht hat. Selbst Hauke, der übrigens inzwischen Vaters Geschäfte vollkommen übernommen hat, war liebenswürdig zu mir und hat mir sofort angeboten, wieder in mein altes Zimmer zu ziehen.

Trotz alledem ist das Leben hier ein anderes. Du ahnst sicher schon, dass ich nicht freiwillig zurückgekehrt bin. Am Schluss stand ich vor der Wahl und musste mich entscheiden, was am besten für meinen geliebten Thees ist. War es nicht schon immer so, dass wir Frauen uns für die Familie aufgeopfert haben? Meine Familie ist der kleine Thees. Ich trage für ihn die Verantwortung und kann nicht so tun, als wäre ich frei und ungebunden. Du merkst, ich hadere sehr mit meinem Schicksal, auch wenn ich mich jeden Tag mehr daran gewöhne, wieder auf Sylt zu sein.

Die letzten Wochen waren besonders anstrengend für mich. Nein, auch über die Ereignisse kann ich noch nicht sprechen. Drück mir die Daumen, dass ich schnell wieder zu Kräften komme und mich auf die Zukunft freuen kann.

Wenn du mir schreibst, schicke die Briefe doch an meine alte Adresse. Vielleicht kann ich dich auch mal mit Thees auf Amrum besuchen. Was meinst du?

Liebe Beke, ich wollte dir noch einmal herzlich danken, dass du mir über die vielen Jahre eine so treue Freundin warst, obwohl ich doch immer wieder viel Zeit habe verstreichen lassen, bevor ich dir antwortete.

Danke, Beke!

Deine Freundin Gesa

Lena überflog den folgenden Brief, fand aber keine Stelle, an der Gesa Jensen auf eine zweite Schwangerschaft einging oder eine Fehlgeburt, geschweige denn einen illegalen Schwangerschaftsabbruch. Auch die nächsten drei Briefe enthielten nach Lenas schneller Durchsicht keine weiteren relevanten Informationen. Sie nahm sich vor, diese Schreiben am Abend noch einmal gründlich zu prüfen, und öffnete ihren Laptop. Mit wenigen Klicks hatte sie die Seniorenresidenz gefunden, in der nach Auskunft des Privatdetektivs der Arzt Wolfram Götze seinen Lebensabend verbracht hatte. Sie schrieb Johann eine Nachricht und verließ das Polizeirevier.

Die fünf Kilometer bis zu dem kleinen Ort Keitum am Wattenmeer legte Lena in wenigen Minuten zurück. Die dreigeschossige Seniorenwohnanlage fügte sich architektonisch geschickt in die Landschaft ein und wirkte auf Lena wie ein Fünfsternehotel. Große Fenster, Balkone, das Gebäude mit vielen Ecken und Nischen, die die Größe der Anlage verbargen. Marmor im Eingangsbereich an den Wänden, dazu Echtholzparkett und hohe Decken.

Lena bat an der Information, mit jemandem von der Leitung sprechen zu dürfen, wurde aber darauf verwiesen, dass die Geschäftsführerin sonntags in aller Regel nicht im Hause sei.

»Versuchen Sie es doch bitte. Vielleicht habe ich ja Glück«, sagte Lena freundlich. Bis Montag würde wieder ein Tag verstreichen und die Ermittlungen weiter verzögern.

Die Empfangsdame telefonierte. »Sie haben tatsächlich Glück. Frau Block ist doch im Haus.« Sie zeigte auf eine Sitzgruppe. »Wenn Sie dort einen Augenblick Platz nehmen würden.«

Lena hatte sich kaum gesetzt, als bereits eine Frau um die fünfzig auf sie zukam. Sie trug einen dunklen Hosenanzug mit einer weißen Bluse und hatte die Haare hochgesteckt. Sie hielt Lena die Hand entgegen. »Jutta Block. Sie sind von der Polizei?«

Lena stellte sich vor und wies sich aus. »Können wir uns irgendwo ungestört unterhalten?«

»Gehen wir doch in mein Büro.« Frau Block wies ihr den Weg. Sie liefen über einen Flur und betraten ein helles Büro mit Blick auf die Gartenanlage der Seniorenresidenz.

»Bis vor Kurzem hat ein Herr Wolfram Götze hier gewohnt. Ist das richtig?«, fragte Lena, sobald sie sich gesetzt hatten.

Jutta Block ging zu ihrem Schreibtisch, klickte zweimal mit der Maus und nickte. »Ja, Herr Götze ist vor drei Monaten verstorben.«

»Führen Sie eine Liste über die Besucher?«

»Wenn sie sich offiziell über die Zentrale angemeldet haben, wird es notiert. Können Sie mir sagen, um was es geht? Sie sagten, Sie sind vom Landeskriminalamt in Kiel. Da geht es sicher nicht um einen kleinen Einbruch oder Ähnliches.«

»Wir ermitteln in einem Tötungsdelikt. Herr Götze hat, wie ich heute erfahren habe, von einem Privatdetektiv Besuch bekommen.«

»Können Sie mir den Namen nennen?«

»Detlev Schulz.«

Wieder suchte sie auf ihrem Rechner und sah dann auf. »Ja, ich habe hier einen Herrn Schulz am 11. Dezember letzten Jahres verzeichnet.«

»Ist Frau Gesa Jensen auch auf der Liste?«, fuhr Lena fort.

Sie schaute erneut auf den Bildschirm, fuhr mit der Maus herum und klickte einmal. »Ja, ich habe hier eine Frau Jensen am 15. Januar.«

Lena atmete tief durch. Ihre Eingebung war richtig gewesen. Für Gesa Jensen war das Gespräch mit dem Privatdetektiv der Auslöser gewesen, sich mit den Geschehnissen direkt nach ihrer Rückkehr aus Hamburg zu beschäftigen.

»Ich müsste mit jemandem sprechen, die oder der Herrn Götze betreut hat. Ist das möglich?«

Dieses Mal zog Frau Block einen Ordner aus dem Regal neben ihrem Schreibtisch, klappte ihn auf und blätterte einige Seiten durch. Anschließend sah sie wieder auf den Bildschirm.

»Ja, das wäre möglich. Frau Klapproth ist heute im Haus.« Sie hielt einen Moment inne. »Wir legen hier sehr großen Wert auf Diskretion. Kann ich mich darauf verlassen, dass unser Haus nicht in der Öffentlichkeit in einem Atemzug mit einem Kriminalfall genannt wird?«

»Herr Götze ist beziehungsweise war lediglich Zeuge, und das auch nur am Rande. Ich sehe keinerlei Veranlassung, Ihr Haus zu nennen, schon gar nicht in der Öffentlichkeit.«

Frau Block nickte, hob den Telefonhörer ab und drückte zwei Tasten. »Frau Klapproth, haben Sie gerade Zeit, kurz in mein Büro zu kommen? Ich habe hier eine Dame, die gerne mit Ihnen sprechen würde.« Sie horchte und sagte dann: »Ist in Ordnung.« An Lena gewandt, sagte sie: »Frau Klapproth wird in zehn Minuten bei uns sein. Möchten Sie vielleicht etwas trinken?«

SECHSUNDZWANZIG

Lena begrüßte Frau Klapproth, die zwei Köpfe kleiner war als Lena und ein freundliches Gesicht hatte. Lenas Hoffnung, dass sie ohne Jutta Block mit ihr würde sprechen können, erfüllte sich nicht. Lena zeigte der Pflegerin ein Foto von Detlev Schulz, das sie nach der Protokollaufnahme gemacht hatte.

»Kennen Sie diesen Mann? Er hat am 11. Dezember Herrn Wolfram Götze einen Besuch abgestattet.«

Frau Klapproth musterte das Foto auf Lenas Handy und nickte. »Ja, ich kann mich erinnern.«

»Herr Götze war zu dem Zeitpunkt schon dement?«

Die Frau schaute zu ihrer Chefin, die ihr zunickte. »Ja, in dem Alter ist das durchaus die Regel. Er war nicht an Alzheimer erkrankt, hatte aber starke Schwierigkeiten, sich im Alltag zu orientieren. Es gab gute und schlechte Tage, aber auch das ist ganz normal.«

»Wie war es mit der Vergangenheit. Konnte er sich da besser erinnern?«

»Auch das ist ein sehr übliches Phänomen. Ja, er sprach oft von seiner Arbeit als Arzt. Hin und wieder wollte er sogar morgens in die Praxis.«

»Ist Ihnen etwas Besonderes aufgefallen an dem Tag, als er von diesem Mann Besuch bekam?«

Frau Klapproth zuckte mit den Schultern. »Nicht dass ich mich erinnere. Herr Götze war immer froh, wenn er etwas Abwechslung hatte. Seine beiden Kinder kamen höchstens einmal im Jahr vorbei, müssen Sie wissen.«

»War er besonders aufgeregt nach dem Besuch?«

»Dazu kann ich nun wirklich nichts mehr sagen. Das ist ein halbes Jahr her.« Sie stutzte. »Aber es gab einen zweiten Besuch einer älteren Dame. Danach war er ziemlich durch den Wind, wenn ich das mal so salopp formulieren darf.«

Lena suchte nach dem Bild von Gesa Jensen, das sie von einer Aufnahme in deren Haus abfotografiert hatte. »War es diese Frau?«

»Ja! Woher wissen Sie das?«

»Frau Block war so freundlich, die Besucherliste durchzuschauen. Also nach dem Besuch dieser Dame war Herr Götze sehr aufgebracht?«

»Absolut! Ich musste ihm am Abend eine Beruhigungstablette geben. Das war bei dem alten Herrn selten der Fall. Er war sehr ausgeglichen, trotz seiner stärker werdenden Demenz.«

»Haben Sie von dem Gespräch etwas mitbekommen?«

Wieder warf sie ihrer Chefin einen fragenden Blick zu. Als Jutta Block einwilligte, fuhr sie fort: »Als ich den Nachmittagstee serviert habe, war ich in seinen Räumen. Ich habe sofort gemerkt, dass er unruhig war, und habe dann – also nicht dass Sie von mir etwas Falsches denken –, also ich habe mich bewusst etwas länger im Raum aufgehalten.«

»Das war absolut korrekt«, mischte sich Jutta Block ein. »Schließlich sind wir für unsere Gäste verantwortlich.«

Lena nahm den Faden wieder auf. »Sie haben also in dieser Situation mitbekommen, worüber sich Herr Götze und sein Gast unterhalten haben?«

»Natürlich nur bruchstückhaft und es könnte auch sein, dass die Dame sich in dem Augenblick etwas zurückgehalten hat.«

Lena wartete, bis die Altenpflegerin fortfuhr.

»Es war nämlich so, dass die alte Dame ebenfalls sehr aufgeregt war. Sie fragte Herrn Götze, ob es noch Unterlagen gäbe. Ich glaube, das hat er dann nicht verstanden und die Dame hat weitergefragt, wie er das habe tun können. Herr Götze wusste offensichtlich, was sie meinte, weil er ihr antwortete, dass das alles seine Richtigkeit gehabt habe.«

»Hat sich die Frau damit zufriedengegeben?«

»Nein, das glaube ich nicht. Sie schielte immer etwas zu mir und hat sicher darauf gewartet, dass ich den Raum verlasse. Ewig konnte ich ja auch nicht so tun, als müsse ich da etwas erledigen. Ich bin dann noch zu Herrn Götze gegangen und habe gefragt, ob er noch etwas brauche und ob er sich so weit gut fühle. Er hat das bestätigt und dann bin ich rausgegangen. Allerdings habe ich mich, bis die Dame gegangen ist, in der Nähe seines Zimmers aufgehalten und bin dann auch gleich zu ihm rein. Er war, wie gesagt, vollkommen aufgelöst. Nachdem ich den Raum verlassen habe, muss dann wohl noch etwas passiert sein. Ich weiß aber nicht was und ich wollte Herrn Götze auch nicht weiter aufregen.«

»Auch das war absolut richtig, Frau Klapproth«, mischte sich wieder die Leiterin ein.

»Und der nächste Tag war für ihn kein guter Tag. Eigentlich ging es die ganze Woche so. Ich war froh, dass der alte Herr irgendwann wieder wohlauf war, und habe das Thema dann nicht wieder angesprochen.«

Bevor Jutta Block sagen konnte, dass auch diese Verhaltensweise absolut korrekt gewesen sei, bedankte sich Lena und verabschiedete sich von den beiden Frauen.

Als Lena im Wagen saß, rief Johann sie an und informierte sie, dass die Durchsuchung mindestens noch eine Stunde dauern würde und Meyerdierks keinerlei Anzeichen von Nervosität zeige. Kurz entschlossen wählte Lena Marie Jensens Nummer und meldete sich bei ihr an. Zwanzig Minuten später saß sie der jungen Frau in deren Garten gegenüber.

»Haben Sie schon etwas herausgefunden?«, fragte Marie Jensen, die immer noch mitgenommen auf Lena wirkte.

»Dazu darf ich Ihnen leider nichts sagen. Nur so viel: Die Ermittlungen sind im vollen Gange und wir haben heute personelle Verstärkung aus Flensburg bekommen.«

Marie Jensen schenkte ihr Tee ein. »Oder möchten Sie lieber Kaffee?«

»Nein, Tee ist in Ordnung.« Sie trank einen Schluck und setzte die Tasse wieder ab. »Ihre Großmutter hat sich offenbar in den letzten Monaten mit den Geschehnissen aus ihrer Hamburger Zeit und den ersten Jahren danach hier auf Sylt beschäftigt. Haben Sie nie mit ihr darüber gesprochen?«

Der Wind wehte von der See her salzige Luft zu ihnen. Das leise Rauschen der Nordsee und die Schreie der Möwen erinnerten Lena an Amrum. Vor ihrem inneren Auge sah sie sich am Strand liegen. Erck kam auf sie zugelaufen, lachte und blieb kurz vor ihr stehen, um sich zu schütteln. Lena quietschte, als sie die kalte Dusche abbekam, und sprang auf, um hinter dem flüchtenden Erck herzulaufen.

»Ich habe so viel über die letzten Monate nachgedacht«, riss Marie Jensen sie aus ihrem Tagtraum. »Ich will mich nicht immer wieder mit meiner Ausstellung herausreden. Natürlich habe ich mich viel mit Gesa unterhalten. Ging es bei Gesas *Beschäftigung* um meinen Großvater?«

»Ja.« Lena entschloss sich, Marie Jensen einen Teil von dem, was sie in Erfahrung gebracht hatte, zu eröffnen. »Er war ein verheirateter Mann aus – wie man damals sagte – sehr guter Familie.«

»So etwas habe ich mir schon gedacht. Hat mein Vater Halbgeschwister?«

»Ja, eine Schwester, die allerdings bei einem Autounfall gestorben ist. Sie war kinderlos.«

»Haben Sie meinen Vater darüber informiert?«

»Nein, noch nicht. Ihr Großonkel hat seine Beziehungen spielen lassen und dafür gesorgt, dass er und Ihr Vater und Ihre beiden Brüder nicht mehr von uns befragt werden dürfen.«

Marie Jensen schüttelte missbilligend den Kopf. »Das sieht ihm ähnlich. Der große Hauke Jensen. Hat er etwa mit Gesas Tod zu tun? Ich weiß, Sie dürfen darüber nicht reden.«

»Ihr Vater war nicht gerade erfreut, dass sein Erbe nicht so groß ausgefallen ist, wie er sich offensichtlich ausgerechnet hatte.«

Marie Jensen schnaubte verächtlich. »Das haben Sie nett ausgedrückt. Fuchsteufelswild ist er gewesen und hätte am liebsten den Notar angeschrien. Aber dann hat er sich gerade noch zusammenreißen können. Es war ausgesprochen peinlich.«

»Ihr Vater hat hohe Schulden.«

»Auch das habe ich mir schon gedacht. Vermutlich hat ihn Klaas mit seinen abenteuerlichen Geschäften in den Abgrund gezogen. Ist es so?«

Ohne auf ihre Frage einzugehen, stellte Lena selbst die nächste: »Sie wissen, dass Ihr Bruder drogenabhängig ist?«

Sie atmete tief durch. »Nein, nicht wirklich. Wir haben nur wenig bis gar keinen Kontakt. Ich weiß aber, dass er als Jugendlicher reichlich gekifft hat. Aber das meinen Sie sicher nicht.«

»Es geht wohl mehr um eine Kokainabhängigkeit.«

Sie sah ängstlich auf. »Hat er – wie nennen Sie das – ein Alibi für die Nacht?«

»Das überprüfen wir gerade«, sagte Lena ausweichend.

Marie Jensen stöhnte auf. »Was für eine Familie habe ich nur? Wissen Sie, wovon Gesa manchmal geträumt hat? Auswandern ans andere Ende der Welt. Neuseeland oder Australien. Sie hat es natürlich nicht ernst gemeint, aber ein wahrer Kern steckte schon darin. Mir kommt manchmal der gleiche Gedanke. Warum haben uns alle nicht einfach in Ruhe gelassen? Hier, in unserem kleinen Haus in den Dünen.« Sie hielt inne. »Was ist jetzt eigentlich mit Ilse? Hat sie …«

»Sie werden es irgendwann ohnehin erfahren. Ja, sie hat zugegeben, die Grafiken und Zeichnungen entwendet zu haben. Sie brauchte angeblich Geld für eine Krebsbehandlung, das Ihre Großmutter ihr nicht geben wollte.«

»Das hat Gesa mir verschwiegen. Auch verschwiegen. Warum hat sie das gemacht? Wir hätten doch genug Geld gehabt.«

»Sie hat wohl gemeint, dass diese Behandlung sinnlos gewesen wäre und reine Geldschneiderei.«

Marie Jensen stöhnte. »Ja, in solchen Fällen konnte Gesa nicht über ihren Schatten springen. *Das Jensen-Gen* habe ich das immer genannt. Wir sind etwas Besseres und lassen es die anderen Menschen auch spüren. Dazu gehört natürlich auch, kein Geld einfach so aus dem Fenster zu schmeißen. Ich kann mir gut vorstellen, dass sich Gesa von irgendeinem Professor hat beraten lassen, ob eine solche Behandlung sinnvoll ist. Und dann hat sie entschieden. In diesen Dingen konnte sie hart sein. Ich habe das nie verstanden. Ich weiß auch, dass mein Vater Geld von ihr wollte und es nicht bekommen hat. Wahrscheinlich hat sie … Manchmal denke ich, dass Gesa mehr von ihrem Vater und ihrem Bruder hatte, als es ihr lieb war. Auch ihr war es wichtig, wie andere Menschen sie gesehen haben. Und selbstgerecht konnte sie manchmal sein.« Marie Jensen winkte enttäuscht ab. »Egal. Vielleicht sollte ich einfach nur noch an die Zukunft denken und alles andere hinter mir lassen.«

Bei den letzten Worten musste Lena unwillkürlich an ihre eigene Familiengeschichte denken. »Das geht leider nicht immer«, murmelte sie.

Marie Jensen lächelte ihr zu. »Ja, leider.«

»Wenn ich noch mal zu meiner Ausgangsfrage zurückkommen darf. Versuchen Sie sich zu erinnern, bitte. Vielleicht war es eine vollkommen nebensächliche Bemerkung Ihrer Großmutter, die Sie heute in einem ganz anderen Licht sehen.«

Marie Jensen stand auf. »Ich muss jetzt ein paar Schritte gehen. Kommen Sie mit an den Strand?«

Sie liefen durch den Hintereingang des Gartens über den schmalen Dünenweg zum Strand. Nachdem es am Morgen bewölkt gewesen war, hatte sich inzwischen die Sonne durchgesetzt und schien mit voller Kraft vom Himmel.

Sie spazierten eine Weile schweigend nebeneinanderher, bis Marie Jensen stehen blieb. »Sie haben mir bei unserem ersten Gespräch gesagt, dass Gesa einen Schwangerschaftsabbruch hinter sich hatte. Ich weiß natürlich, dass das zu der Zeit illegal war und auch häufig unter gefährlichen Bedingungen durchgeführt wurde. Das alles ist mir immer wieder durch den Kopf gegangen. Ich glaube einfach nicht, dass Gesa das selbst entschieden hat. Entweder wurde sie dazu gezwungen oder ... ich weiß auch nicht. Sie war eine strikte Gegnerin von Abtreibungen. Und Gesa war niemand, die sich selbst verleugnete. Sie hätte dazu gestanden, da bin ich mir sicher. Kann es nicht sein, dass das ein Irrtum ist und sie das Kind nur verloren hat?«

»Die Gerichtsmedizinerin ist sich sehr sicher.«

Marie Jensen nickte und ging weiter. Lena ließ ihr Zeit. Nach einer Weile sah die junge Frau aufs Meer und blieb wieder stehen. »Sie haben mich gefragt, ob ich mich an irgendetwas Ungewöhnliches erinnere. Sie wissen ja, dass ich eine

Ausstellung geplant hatte, und dazu gehört auch, eine Liste von Personen anzufertigen, die zur Vernissage eingeladen werden. Als Gesa gesehen hat, dass ich meinen Großonkel Hauke – wenn auch mit einem Fragezeichen versehen – auf der Liste hatte, ist sie ...«, Marie Jensen legte ihren Kopf in den Nacken und atmete tief durch, »ja, sie ist regelrecht ausgeflippt. Natürlich habe ich ihn sofort gestrichen, aber Gesa konnte sich gar nicht einkriegen. Wir hätten uns fast gestritten. Dabei ...«, wieder hielt Marie Jensen kurz inne, »dabei haben wir vor einiger Zeit – das ist so eineinhalb Jahre her – darüber gesprochen, ob wir nicht Frieden mit der Familie schließen wollten. Und das bezog meinen Großonkel mit ein.«

»Und Ihre Großmutter war damals geneigt, darüber nachzudenken?«

»Ja, absolut. Wir haben sogar überlegt, ein kleines Familienfest zu veranstalten. Natürlich waren das nur lose Ideen, aber Gesa war nicht grundsätzlich dagegen. Auch deshalb war ich über ihre Reaktion so erstaunt.«

»Und sie hat nicht gesagt, warum sie ihre Meinung so radikal geändert hat?«

»Ich fürchte, ich habe nicht gewagt, danach zu fragen. Gesa war manchmal sehr resolut und ich muss ehrlicherweise sagen, dass ich mich immer aus diesen Streitigkeiten herausgehalten habe. Das ist einfach nicht meine Welt.«

Sie standen immer noch am Strand und schauten auf das auflaufende Wasser, das gerade den Höchststand erreicht hatte. Weiter draußen auf dem Meer waren mehrere Surfer mit ihren bunten Segeln zu sehen. Ein Ausflugsdampfer fuhr an der Küste entlang Richtung Westerland.

»Ihre Großmutter hat auf dem Laptop einen passwortgeschützten Bereich. Meinen Sie, dass sie das selbst eingerichtet hat?«

Marie Jensen lächelte. »Nein, ganz bestimmt nicht. Sie kannte sich noch viel weniger mit diesen Dingen aus als ich. Sie hat den Laptop in Westerland gekauft, in einem kleinen Computergeschäft, und sie hat mal gesagt, dass sie dort sehr gut beraten worden sei und viele Tipps bekommen habe.«

»Wissen Sie noch den Namen?«

»Nein, tut mir leid.«

»Kein Problem. Das werden wir schnell herausbekommen.«

Marie Jensen wandte sich vom Meer ab. »Wollen wir zurückgehen?«

Kurz nachdem Lena wieder auf dem Polizeirevier eingetroffen war, sah sie, wie Johann mit den Flensburger Kollegen im Flur Kisten aufstapelte – Material aus dem Büro von Meyerdierks. Wenig später kam er zu ihr ins Büro.

»Das wird eine Menge Arbeit«, meinte er und ließ sich auf den Stuhl fallen. »Wann wird Joachim Rother exhumiert?«

»Heute sicher nicht. Ich gehe davon aus, dass es morgen passiert und Luise ihn dann hier gleich vor Ort obduziert.«

»Dann sollten wir auch spätestens mit Meyerdierks' Unterlagen durch sein. Was machen wir übrigens mit Luka Waldheim?«

»Da jetzt feststeht, dass es sich bei seinen Unterlagen um Fälschungen handelt, ist er aus dem Spiel. Das Protokoll hat er unterschrieben und ich gehe nicht davon aus, dass er etwas mit dem ganzen Betrug oder was sonst noch dahintersteckt zu tun hat.«

»Sehe ich genauso.«

»Die Funkzellenauswertungen von der Todesnacht haben nichts mehr gebracht?«, fragte Lena.

»Nein. Ich habe zwar noch ein paar Daten, die ich heute Morgen an einen der Flensburger Kollegen übergeben habe, aber rechne nicht damit, dass da noch was kommt.«

Lena setzte Johann über ihren Besuch in der Seniorenresidenz ins Bild und berichtete von dem Gespräch mit Marie Jensen.

»Die Kollegen der Kriminaltechnik sind an die verschlüsselten Daten von Gesa Jensens Computer noch nicht rangekommen. Auch da geht es erst morgen weiter.«

Lena sah auf die Uhr. Kurz vor sechzehn Uhr. »Wie lange machst du heute?«

»Ich wollte gleich mit den Kollegen die Aufgaben verteilen und hoffe, dass alle noch bis zum frühen Abend dabei sind. Danach werde ich wohl mit ihnen etwas trinken gehen.« Johann kannte die Kommissare aus seiner Flensburger Zeit.

»Okay. Haben wir eigentlich bei der Durchsuchung von Husmanns Praxisräumen auch die Akten seines Vorgängers gefunden?«

»Nein. Nicht dass ich wüsste.«

»Kannst du mir die Kontaktdaten der Arzthelferin geben?«

Johann schrieb einen Namen und die dazugehörige Telefonnummer auf einen Zettel und reichte ihn Lena. »Frau Lotze war sehr kooperativ.«

SIEBENUNDZWANZIG

Lena rief die Sprechstundenhilfe auf dem Handy an und erfuhr, dass sie sich auf dem Festland aufhielt, am späten Abend aber zurück auf Sylt sein würde. Sie verabredeten sich für zehn Uhr am folgenden Tag vor der Praxis von Dr. Husmann. Als Lena den Hörer aufgelegt hatte, hörte sie deutlich ihren Magen knurren. Erst jetzt fiel ihr auf, dass sie seit dem Frühstück nichts mehr gegessen hatte. Sie verabschiedete sich von Johann und verließ das Polizeirevier.

Als sich die Tür hinter ihr schloss, stand Lena unschlüssig auf dem Bürgersteig, warf einen Blick nach links und rechts. In diesem Augenblick erstarrte sie. Keine zehn Meter entfernt stand Erck auf der anderen Straßenseite. Zuerst dachte sie, es handele sich um eine Verwechselung, aber als er seine Hand hob und ihr zögernd zuwinkte, gab es keinen Zweifel mehr. Er lächelte verlegen und kam ihr langsam entgegen.

»Hallo, Lena. Wie geht es dir?«

»Hallo« war das Einzige, was sie in diesem Moment herausbekam.

»Können wir reden? Hast du etwas Zeit für mich?«

»Eigentlich wollte ich gerade …« Sie verstummte.

»Bitte.«

Ein denkbar ungeeigneter Zeitpunkt, schoss es ihr durch den Kopf. Aber gab es überhaupt einen geeigneten? Hatte sie in den letzten Monaten nicht immer wieder eine Ausrede gefunden, um genau der Situation, vor der sie jetzt stand, aus dem Weg zu gehen?

»Ich wollte gerade etwas essen gehen«, sagte sie schließlich.

»Darf ich dich begleiten?«

Sie nickte und zeigte die Straße entlang. »Dort hinten gibt es eine Pizzeria. Da ist um diese Zeit sicher ein Tisch frei.«

Sie gingen schweigend nebeneinanderher. Er öffnete ihr die Tür, sie betrat das Lokal und suchte einen ruhigen Tisch am Fenster aus. Nachdem sie bestellt hatten, sah sie Erck zum ersten Mal, seit sie ihn getroffen hatte, direkt in die Augen. »Ich weiß, ich bin dir in den letzten Monaten immer wieder ausgewichen. Das war vielleicht nicht richtig, aber ich habe einfach keine Möglichkeit mehr gesehen, wie wir …«

»Ich weiß. Vielleicht haben wir beide Zeit gebraucht, um uns über das eine oder andere klar zu werden.«

»Mag sein«, antwortete sie ausweichend.

Die Getränke wurden gebracht. Lena hatte kurz überlegt, ob sie Wein bestellen sollte, sich dann aber für Mineralwasser entschieden. Erck hatte sich ihr angeschlossen.

Er hob das Glas. Sein Lächeln misslang. »Dann sage ich mal Prost!«

Lena trank einen Schluck und stellte das Glas wieder ab. Warum fühle ich mich so unwohl?, fragte sie sich. Ist das immer so, wenn ich die Situation nicht voll im Griff habe? Hat mich das plötzliche Auftauchen von Erck so aus der Bahn geworfen? Warum fällt es mir so schwer, mit ihm über unsere Beziehung zu sprechen?

»Du bist so schweigsam«, sagte Erck. »Hätte ich lieber nicht kommen sollen?«

»Ich weiß es nicht. Ganz ehrlich, ich weiß es wirklich nicht.«

Sie schwiegen eine Weile, bis Erck leise fragte: »Was ist nur mit uns passiert? Wann haben wir uns verloren?« Er hielt inne. »Haben wir uns verloren?«

Lena sah auf. Ihre Blicke begegneten sich. Sie fühlte den Stich ins Herz, der so schmerzhaft war wie eine tiefe offene Wunde.

»Würden wir sonst hier sitzen?«, flüsterte sie.

»Nein, vermutlich nicht«, antwortete Erck ebenso leise.

»Liebst du mich?«, fragte Lena in die entstandene Stille hinein. Sie wusste selbst nicht, wie ihr geschah. Wieso stellte sie gerade diese Frage? Wieso jetzt? Sie kannte doch die Antwort. Oder brauchte sie tatsächlich eine Bestätigung? Seit sie sich nach den vielen Jahren wiedergetroffen hatten, war Erck die treibende Kraft gewesen. War es das, was ihr Angst machte? Konnte sie nicht ertragen, so geliebt zu werden? Fand sie, es nicht wert zu sein? Oder hatte sie Angst, Ercks Liebe nicht gerecht zu werden? Fragen über Fragen wirbelten ihr durch den Kopf.

»Ja, ich liebe dich, Lena. Und ich will dich nicht verlieren. Nicht jetzt und nie wieder.«

Sie schloss die Augen. Warum kann ich mich nicht einfach fallen lassen? Es gibt keine Garantien im Leben und in der Liebe schon gar nicht. Fehlte ihr das Vertrauen in die eigene Kraft?

»Ich liebe dich auch, Erck. Aber ...« Sie zögerte. »Es reicht anscheinend nicht. Ich reiche nicht.« Sie schluckte. »Vielleicht bin ich nicht für die Liebe geschaffen, kann nicht lieben oder nur kurzzeitig.«

»Das stimmt nicht. Ich kenne dich doch schon so lange. So bist du nicht. Du hast Angst davor, dass ich unglücklich werde, wenn ich nicht mehr auf Amrum leben kann.« Er schwieg eine Weile, bevor er fortfuhr. »Ich bin für mein eigenes Leben verantwortlich. Wenn ich Amrum verlasse, ist es meine Entscheidung und ich muss damit leben.« Er legte seine Hand auf ihre. »Hörst du? Mir reicht deine Liebe allemal. Ich will dich, und wenn ich nur mit dir zusammen sein kann, wenn ich Amrum verlasse, dann ist meine Entscheidung eine ganz einfache. Du – bist – mir – wichtiger!«

Lena spürte, wie die Tränen ihre Wangen hinabliefen. Sie wischte sie mit einer hilflosen Bewegung weg, ohne ihren Fluss stoppen zu können. Erck reichte ihr ein Taschentuch, kniete sich vor ihr hin und umarmte sie. »Wir schaffen das! Wir beide!«

Sie hatten schweigend jeder einen Teil ihrer Pizza gegessen, bis Lena ihren fast vollen Teller zur Seite schob und ihn fragend ansah: »Was hältst du von einer Wohnung in Schleswig oder in Husum?«

Er nickte.

»Du könntest trotzdem auf Amrum arbeiten und ich in Kiel.«

»Ich habe schon Pläne gemacht«, sagte er und schien erleichtert, endlich darüber reden zu können. »Ich baue das Haus um und trenne mir ein kleines Büro ab und einen Schlafraum mit Bad und Dusche. Den Rest richte ich als Ferienhaus ein und vermiete es. So kann ich hin und wieder dort übernachten, wenn du sowieso unterwegs bist. Du übernachtest doch häufig anderswo, oder?«

Sie lächelte. »Ja, das stimmt.«

Sie liefen am Strand nebeneinanderher. Weder Lena noch Erck hatten es länger in der Pizzeria ausgehalten. Sie hatten bezahlt und waren Richtung Promenade gegangen.

»Lass uns nichts überstürzen«, meinte Lena und blieb stehen. »Ich weiß, wir sind es in den ganzen vielen Monaten schon sehr langsam angegangen. Und ja, vielleicht war es sogar zu langsam.«

»Ich brauche sowieso eine Weile, bis ich das Haus umgebaut habe«, antwortete Erck und schwieg.

Sie liefen weiter Richtung Norden. Hier standen nur noch wenige vereinzelte Strandkörbe.

»Hast du gar keine Angst vor dem, was kommt?«, fragte Lena und mied dabei den Blickkontakt.

»Ich glaube, ich habe mehr Angst davor, was passiert, wenn ich dich endgültig verliere, wir uns verlieren. Ich weiß, auch ich habe mich in den letzten Monaten zurückgezogen. Natürlich habe ich gemerkt, dass du deine Arbeit auch als Ausrede benutzt hast. Aber ich hätte ja in Kiel so lange vor deiner Wohnung warten können, bis du aufgetaucht wärst. Aber ich habe es nicht gemacht.«

»Danke, dass du mir die Zeit gegeben hast.«

»Damit hatte es natürlich auch zu tun. Aber nicht nur. Du hattest wahrscheinlich recht mit deiner Annahme, dass ich noch nicht bereit war, Amrum hinter mir zu lassen.«

»Musst du ja auch nicht. Wenn du das Schlafzimmer groß genug planst, können wir so oft, wie es geht, am Wochenende dort sein.«

Erck lächelte. »Plötzlich hört sich alles so einfach an. Wieso haben wir nicht vorher darüber gesprochen?«

»Zwei Angsthasen ergeben wohl keinen Tiger.«

»Na ja, ein kleiner mutiger Hund hätte doch auch gereicht.«

Lena lachte. Zum ersten Mal seit Monaten konnte sie diesem Gefühl vollkommen ungezwungen nachgeben. Erck stimmte ein und legte den Arm um ihre Schulter. Plötzlich standen sie voreinander. Ihre Blicke trafen sich, keiner von beiden rührte sich von der Stelle. Um sie herum schien die Welt für einen langen Moment den Atem anzuhalten. Kein Meeresrauschen, keine Möwe, die lauthals schrie, kein Gemurmel aus den noch besetzten Strandkörben, selbst der Wind schien eine Pause eingelegt zu haben.

»Wann küsst du mich endlich?«, flüsterte Lena.

Lena strich dem schlafenden Erck die Haarsträhne aus dem Gesicht.

Nach einem langen Spaziergang waren sie am Abend auf ihr Hotelzimmer gegangen. Am Strand hatten sie viel geschwiegen, waren langsam und eng umschlungen über den weißen weichen Sand geschlendert, hatten die letzten Monate besprochen, gelacht und auch Tränen vergossen. Lena war klar geworden, dass die Zeit gekommen war, eine Entscheidung zu fällen. Auch Erck sprach davon, dass es keine Garantie dafür gab, dass ihr Plan funktionieren würde. Aber es war ein Plan und das war das einzig Wichtige im Moment.

Er öffnete die Augen. »Schläfst du nicht?«

Sie schüttelte den Kopf.

Er zog sie zu sich heran. »Bammel?«

»Nein, nicht mehr. Zumindest nicht jetzt gerade.« Sie wusste, dass sich das in den nächsten Wochen und Monaten immer wieder ändern konnte. Genau das war ein Teil ihrer Persönlichkeit. So konsequent und durchsetzungsstark sie als Polizistin sein konnte, so zögerlich war sie, wenn es um sie selbst, um ihr eigenes Leben ging.

»Ich weiß, dass es nicht einfach wird«, sagte Erck leise. »Weder für dich noch für mich.«

Lena legte ihm den Finger auf die Lippen. »Darüber sprechen wir morgen. Oder übermorgen. Oder überübermorgen.« Sie küsste ihn zärtlich auf den Mund und schmiegte sich eng an ihn.

ACHTUNDZWANZIG

Kurz nach acht Uhr öffnete Lena die Bürotür. Schon gegen sechs waren sie und Erck aufgewacht, hatten kurz geduscht und sich danach ein Café mit Strandblick gesucht. Nach zwei Tassen Milchkaffee, Rührei, Croissant und Marmelade hatten sie sich vor dem Café getrennt und für den Abend verabredet. Erck würde einen Freund auf Sylt besuchen und erst am Dienstagfrüh zurück nach Amrum fahren.

»Guten Morgen«, rief sie dem am Schreibtisch sitzenden Johann zu.

»So gut gelaunt heute?«, fragte er grinsend.

»Warum nicht? Ein herrlicher Tag, wir kommen allmählich mit dem Fall voran und …«

»… es hat gar nichts mit dem jungen Mann zu tun, mit dem ich dich gestern Hand in Hand am Strand habe entlanggehen sehen?« Johann zwinkerte ihr zu. »Wie geht es Erck?«

»Gut! Uns geht es gut!« Sie setzte sich hinter ihren Schreibtisch und öffnete den Laptop.

»Das sind doch mal fantastische Neuigkeiten«, sagte Johann.

»Und hier? Gibt es auch was Neues?«, wechselte Lena das Thema.

»Könnte sein«, meinte Johann geheimnisvoll.

266

»Raus damit. Ich habe nicht viel Zeit, weil ich mich gleich mit der Arzthelferin treffe.«

Johann warf ihr einen gespielt bösen Blick zu. »Na gut. Ich habe doch gestern deinen Vater befragt. Er hat da so am Rande, als ich ihn nach seinen Kontakten zu der Familie Jensen gefragt habe, etwas gesagt, das ich zunächst gar nicht weiter beachtet habe.«

Lena zog die Augenbrauen hoch. »Und das wäre?«

»Dein Vater ist 1950 geboren, oder?«

»Ja, warum?«

»Weil er dann gerade mal dreizehn war, als Gesa Jensen zurück nach Sylt gezogen ist. Okay, er hat auch gesagt, dass er die Geschichte von seinem Vater hat. Es geht da um Hauke Jensen, der ja früh ins Geschäft seines Vaters eingestiegen ist. Der alte Jensen ist dann 1966 gestorben. Er war, wie dein Vater wusste, aber schon eine ganze Weile vorher krank. Eine schwere Demenz und deshalb musste Hauke Jensen bereits mit dreiundzwanzig die kompletten Geschäfte übernehmen.«

»Und was daran ist für uns interessant?«

»Dass Hauke Jensen wohl Anfang der Sechzigerjahre quasi pleite war. So zumindest die Gerüchtelage. Und dann ist er, scheinbar aus dem Nichts, seine Schulden wieder losgeworden.«

»Und das alles wusste mein Vater?«

»Nein, er wusste das mit der Demenz und heute Morgen habe ich mit dem Kollegen Petersen gesprochen, der mir dann das mit dem Geldsegen erzählt hat. Auch er wusste es nur gerüchteweise, konnte mir aber einen Namen nennen, bei dem wir nachhaken können.« Dieses Mal machte Johann bewusst eine Pause, um Lena die Gelegenheit zu geben, ihn zu loben.

»Mach schon!«, sagte sie leicht genervt.

»Der alte Jensen hatte einen Partner. Und dieser Partner ist logischerweise auch schon verstorben, aber sein Sohn lebt noch und der hat eventuell, so Kollege Petersen, Informationen für uns.«

»Gib mir die Adresse. Ich kümmere mich darum.«

»Klar, kein Problem.« Er schrieb etwas auf einen Zettel, stand auf und legte ihn Lena auf den Tisch.

»Der Galerist hat übrigens gestern noch Besuch von unseren Tübinger Kollegen bekommen. Er hat zwar bestätigt, dass er die Grafiken gekauft hat, weist aber jegliche Schuld von sich, Hehlerware erworben zu haben. Aber darum sollen sich andere kümmern. Wichtig ist, dass er Ilse Wagners Aussage bestätigt hat. Die beiden Listen – vom Galeristen und von Marie Jensen – stimmen übrigens überein. Der Gesamtbetrag, den uns Frau Wagner genannt hat, ist auch richtig.«

»Gut, auch wenn sie damit noch nicht aus dem Schneider ist.«

»Genau«, musste Johann noch einmal ausdrücklich betonen. »Für mich ist sie immer noch Kandidatin Nummer eins.«

»Was machen die Alibis der Jensens?«

Johann zog ein paar Papiere zu sich. »Hendrik Jensen ist so weit sauber. Sein Vater war definitiv auf dem Festland. Nur Klaas Jensens Alibi habe ich noch nicht bestätigt bekommen. Ich rufe aber später noch mal die Kollegen in Kiel an. Vielleicht erreiche ich ja jemanden.«

»Gehören die noch nicht zugeordneten Fingerabdrücke im Haus von Gesa Jensen zu den dreien?«

»Ich rechne jeden Augenblick mit dem Ergebnis.« Er schaute auf seinen Laptop und hob seinen Zeigefinger. »Wer sagt's denn! Hier sind sie. Einen Moment, ich öffne kurz das Dokument.«

Während Johann sich die Fingerabdruckergebnisse ansah, ging Lena ihre Mails durch und holte dann Gesa Jensens Briefe an Beke aus der Tasche. Ursprünglich hatte sie vorgehabt, sie am Abend zuvor weiterzulesen, war aber wegen Erck nicht dazu gekommen.

Einen Brief nach dem anderen ging sie auf der Suche nach Hinweisen zu einer Schwangerschaft, dem Abbruch und den Gründen für ihre Rückkehr nach Sylt durch.

Schließlich unterbrach Johann sie. »Wie zu erwarten, sind die Fingerabdrücke der drei Jensens gefunden worden. Auffällig ist daran nichts. Weder sind welche im Schlafzimmer gefunden worden noch im Atelier. Auch deutet nichts darauf hin, dass sie sich dort an etwas zu schaffen gemacht haben.«

»Dann haben wir also nur noch einen unbekannten Fingerabdruck im Haus?«, fragte Lena.

»Richtig! Ich vermute, der gehört Hauke Jensen.« Er grinste. »Aber der Abgleich wird wohl schwierig werden, oder?«

Lena nickte und konzentrierte sich wieder auf die Briefe. Sie hatte noch eine gute halbe Stunde zur Verfügung, bevor sie nach Hörnum zur Praxis von Dr. Husmann aufbrechen musste.

Sie griff nach dem nächsten Brief und fing an zu lesen.

Liebe Beke,
du fragst in deinem letzten Brief, wie es mir inzwischen auf Sylt geht und ob ich mich wieder eingelebt habe. Das ist eine schwierige Frage, die ich nicht so einfach beantworten kann. Natürlich genieße ich hier die finanzielle Unterstützung meiner Familie. Das ist ein Wert, den man nicht unterschätzen darf. Auch wenn ich froh bin, keine Not leiden zu müssen, fehlen mir jedoch zwei sehr wichtige Dinge: Liebe und Zuneigung. Ohne meinen wunderbaren kleinen Sohn Thees würde ich es hier im Hause meines Vaters keine zwei Tage aushalten. Alle lassen mich spüren, wie sehr

sie mich verachten. Nur Hauke, mein Bruder, hat sich sehr gewandelt und kümmert sich um mich. Als er mir in meiner Not den Vorschlag machte, wieder nach Sylt zu ziehen, habe ich lange an seiner Redlichkeit gezweifelt und mich nur auf seinen Vorschlag eingelassen, um für meinen kleinen Thees eine Umgebung zu haben, in der er sorgenfrei aufwachsen kann. Heute muss ich feststellen, dass ich Hauke damals unrecht getan habe.

Du verstehst jetzt vielleicht, warum ich deine Frage nicht so einfach beantworten kann. Hinzu kommt, dass mein Vater zu der Zeit, als ich in Hamburg gelebt habe, sehr krank geworden ist. Er arbeitet schon seit einer ganzen Weile nicht mehr und hat Hauke alle Geschäfte übertragen. Für meinen Bruder scheint dies eine große Bürde zu sein, er arbeitet viel und kommt nur selten vorbei, um mich zu besuchen.

Liebe Beke, ich muss mich heute kurzfassen, weil ich gleich noch einen Termin beim Arzt in Hörnum habe. Ich hoffe, bald wieder etwas von dir zu hören.

Deine Freundin Gesa

Lena warf einen Blick zur Uhr, legte die Briefe schnell zusammen und gab Johann einen Wink, dass sie aufbrechen würde. Mit schnellen Schritten lief sie über den Flur, auf dem ihr Arne Petersen entgegenkam.

»Moin, Moin!«, grüßte er sie freundlich.

»Moin, Kollege. Ich habe es leider eilig, aber vielleicht sehen wir uns später noch?«

»Kein Problem. Ich bin den ganzen Tag im Dienst.« Er wollte gerade weitergehen, als er sich noch einmal an Lena wandte. »Du interessierst dich für die Geschäfte der Jensens vor fast sechzig Jahren?«

»Interessieren ist vielleicht zu viel gesagt«, meinte Lena vorsichtig. »Eine Befragung hat gestern diesen Aspekt aufgeworfen.«

»Ich habe deinem Kollegen ja schon einen Kontakt vermittelt. Jan Dierks, das ist der Sohn des ehemaligen Partners von Hauke Jensen und dessen Vater ist ein guter Freund meines Vaters. Falls ihr ihn befragt, richte ihm doch einen schönen Gruß von mir aus. Er ist übrigens überhaupt nicht gut zu sprechen auf den Jensen-Clan, wie er sie immer nennt. Manchmal übertreibt er, aber im Kern hat seine Familie wohl einige schlechte Erfahrungen vor allem mit Hauke Jensen gemacht.«

»Verstehe. Ich werde ihm deinen Gruß ausrichten.«

Sie verabschiedeten sich und Lena hastete zu ihrem Auto.

Karin Lotze wartete vor der Praxis. Lena schätzte sie auf Anfang vierzig. Sie trug einen Kurzhaarschnitt, war groß und hatte eine sportliche Figur. Lena parkte und lief auf sie zu.

»Frau Lotze?« Als die Frau nickte und ihr die Hand reichte, entschuldigte sich Lena dafür, dass sie etwas spät dran war.

»Überhaupt kein Problem«, sagte Karin Lotze, die bereits die Praxistür aufschloss. »Um was genau geht es denn?«

Lena trat in den breiten Flur, von dem mehrere Türen abgingen. Auf der ersten stand *Wartezimmer*, die anderen waren mit großen Zahlen von eins bis vier beschriftet.

»Ich suche alte Patientenakten von Dr. Götze.«

Karin Lotze warf ihr einen erstaunten Blick zu. »Ich wüsste nicht, wo die sein sollten. Dr. Götze hat die Praxisräume schon vor fast fünfzehn Jahren an Dr. Husmann verkauft. Soweit ich weiß, war er ja Gynäkologe, und von daher haben wir wahrscheinlich nur wenige Patientinnen von ihm übernommen.« Sie seufzte. »Greta hätte Ihnen da sicher weiterhelfen können.«

»Greta?«

»Greta Behrens. Eine Kollegin, die aber vor vier Monaten in Rente gegangen ist. Sie hat noch bei Dr. Götze gearbeitet.«

»Lebt sie auf Sylt?«

»Ja, aber sie ist im Moment nicht zu erreichen. Kreuzfahrt mit ihrem Mann. Da hatte sie schon immer von geträumt. Ich glaube, sie kommen in zwei Wochen zurück.«

»Okay, aber gibt es eine Art Archiv, in dem Akten aufbewahrt werden, die man aktuell nicht mehr benötigt?«

»Sie meinen, von unserer Praxis? Ja, wenn Patienten versterben oder auch aufs Festland ziehen, sortieren wir die Akten aus.«

»Wo kommen die hin?«, fragte Lena.

»In den Keller. Aber da war ich nie für zuständig.«

»Können wir dort trotzdem einmal nachsehen?«

»Ja, natürlich.«

Lena folgte Karin Lotze. Am Ende des Flurs lagen die Toiletten und das Treppenhaus. Karin Lotze schloss die Tür auf und ging voraus. Neben dem Heizungskeller gab es drei Räume. Im ersten standen alte Büromöbel und ausgediente medizinische Geräte. Der zweite war mit alten Aktenschränken versehen, in denen sie die abgelegten Patientenakten von Dr. Husmann fanden. Als sie sich einen Überblick verschafft hatten, sagte Karin Lotze: »Hier scheint nichts von Dr. Götze gelagert zu sein.«

Sie verließen den Raum und betraten den letzten. Auf den ersten Blick war deutlich zu erkennen, dass schon längere Zeit niemand mehr etwas in diesem Raum verändert hatte. Die Gegenstände, die hier gelagert wurden, waren mit Staub überzogen und sahen älter aus als die in den anderen Räumen. Neben einem medizinischen Gerät, das Lena nicht zuordnen konnte, standen im Regal unzählige ehemals schwarze Ordner, deren Deckel leicht gewellt waren. Lena zog einen nach dem anderen heraus und öffnete sie. Sie enthielten den Briefverkehr von Dr. Götze mit Kollegen, Warenbestellungen und Abrechnungen mit den Krankenkassen. Patientendaten waren nicht dabei. Sie stellte den letzten Ordner zurück und suchte nach einem Aktenschrank oder etwas Ähnlichem, in dem Götze die Patientenakten hätte aufbewahren können.

Als Lena sich gerade enttäuscht abwenden wollte, zeigte Karin Lotze auf einen klobigen Schreibtisch. »Vielleicht liegen da noch Akten drin.« Sie versuchte, eine der beiden Türen zu öffnen, scheiterte aber am Schloss. Lena sah sich nach Werkzeug um, fand aber nichts.

»Im Heizungskeller lag Werkzeug«, sagte Karin Lotze.

Lena nickte und machte sich auf den Weg. Tatsächlich fand sie einen großen Schraubenzieher und griff beim Herausgehen noch nach einem Hammer, der im Regal lag. Zurück beim Schreibtisch, setzte sie den Schraubenzieher in Höhe des Schlosses an, schlug einmal mit dem Hammer dagegen und bog den Schraubenzieher zur Seite, bis die Tür mit einem lauten Krachen aufsprang.

»Wer sagt's denn!«, rief die hinter ihr stehende Karin Lotze. »Das sieht doch schon mal gut aus.«

Lena nickte und öffnete mit der gleichen Vorgehensweise die zweite Tür. Auch hier lagen, einfach übereinandergelegt, Hunderte von dünnen Akten. Sie hob einen Stapel heraus und schlug den ersten Ordner auf.

»Die sind definitiv nicht aus unserer Praxis«, meinte Karin Lotze und zeigte gleich darauf auf ein Datum. »Das ist ja dreißig Jahre her.«

Lena ging einen Stapel nach dem nächsten durch. Die Patientenakten waren nicht nach Alphabet geordnet. Einige trugen den Vermerk »Verstorben«, auf anderen stand

»Verzogen«. Lena brauchte eine Viertelstunde, um den ersten Schreibtischschrank durchzugehen, und wandte sich dann der anderen Seite zu. Je weiter die Stapel der noch nicht durchgesehenen Dokumente schrumpften, desto mehr verlor sie die Hoffnung, noch etwas zu finden. Schließlich hielt sie die letzte Akte in der Hand. Auch sie war nicht von Gesa Jensen.

»Mist!«, fluchte Lena und schloss die Tür mit einem lauten Knall.

»Die Schublade«, sagte Karin Lotze und deutete auf den Schreibtisch. »Vielleicht ist da noch was drin?«

Bevor Lena reagieren konnte, zog die Arzthelferin die Schublade auf und zeigte auf einen oben liegenden Ordner, der genauso aussah wie die in den Schränken. Als sie gerade danach greifen wollte, rief Lena: »Nein! Bitte lassen Sie das liegen.«

Karin Lotze zuckte zurück, während Lena sich Latexhandschuhe anzog und vorsichtig die Akte herausholte. Schon auf den ersten Blick hatte sie gesehen, dass der Ordner nicht so verstaubt war wie die anderen.

»Gesa Jensen«, murmelte sie und atmete tief durch. Es konnte kein Zufall sein, dass die Akte separat lag und anscheinend vor Kurzem abgewischt worden war. Lena nahm eine Asservatentüte aus ihrer Tasche und ließ den Ordner hineingleiten.

»Ist das die richtige?«, fragte Karin Lotze hinter ihr.

»Ich denke, ja.«

Als sie wieder vor dem Haus standen, schrieb sich Lena die Adresse von Greta Behrens auf und bat Karin Lotze darum, Stillschweigen über ihren Fund zu bewahren.

Zurück im Auto, beschäftigte sie sich eine Weile mit der Patientenakte und rief dann Jan Dierks an, den Sohn von Hauke Jensens ehemaligem Partner. Nachdem sie Dierks von Arne Petersen gegrüßt hatte, war er schnell bereit, sich mit ihr zu treffen. Da er in Rantum, einem Dorf zwischen Hörnum und

Westerland, wohnte, verabredeten sie sich für eine Viertelstunde später.

Als Lena das Handy in die Tasche gleiten ließ, klingelte es. Sie schaute aufs Display: eine Hamburger Nummer.

»Lorenzen, LKA Kiel«, meldete sie sich.

»Guten Tag, Frau Lorenzen. Hier spricht Frederik Alten. Ihr Assistent bat mich, Sie anzurufen.«

Lena musste unwillkürlich schmunzeln, als sie Johanns neuen Dienstgrad hörte. »Ja, das ist richtig. Vermutlich hat Herr Grasmann Ihnen schon mitgeteilt, dass Gesa Jensen verstorben ist?«

»Ja.«

»Wir müssen von einem Tötungsdelikt ausgehen. Im Zuge der Ermittlungen sind wir auf Sie gestoßen. Frau Jensen war Ihre Mandantin?«

»Ja, das ist richtig.«

»In welcher Angelegenheit haben Sie sie beraten?«

Der Anwalt zögerte einen Augenblick, bevor er antwortete: »Tut mir leid. Ohne richterlichen Beschluss kann ich Ihnen da nicht weiterhelfen. Selbst wenn ich es wollte, ich muss auf meinen Ruf achten. Mandanten schätzen es nicht sehr, wenn man Daten ohne Beschluss an die Polizei weitergibt.«

»Der Beschluss ist reine Formsache. Sie haben ihn morgen, spätestens übermorgen.«

»Vielleicht haben Sie ja sehr allgemeine Fragen zu meiner Arbeit«, schlug Frederik Alten vor.

Lena verstand den Wink. »Sie sind in erster Linie im Bereich von nicht ganz so einfachen Familienangelegenheiten tätig?«

»Ja, das ist mein Spezialgebiet.«

»Ich vermute, dass viele Ihrer Klienten sich mit anderen Mitgliedern ihrer Familie nicht ganz so gut verstehen und hier manchmal auch eine etwas härtere Gangart bevorzugen?«

»Das kommt leider vor. Es gibt sogar Fälle, bei denen ein klärendes Gespräch oder ein Kompromiss außerhalb des Möglichen liegen.«

»Sie meinen, die Verletzungen sind so gravierend, dass erhebliche Auseinandersetzungen drohen?«

»Ja, solche Fälle habe ich auch schon gehabt. Aber dafür sind wir Anwälte nun mal da.«

»Vielen Dank, Herr Alten. Sie haben mir sehr geholfen. Der Beschluss wird wie gesagt morgen oder übermorgen bei Ihnen eintreffen. Ich werde mich dann noch einmal bei Ihnen melden.«

»Keine Ursache. Ich hoffe, Sie fassen den Täter. Frau Jensen war eine wirklich liebenswerte alte Dame. Es tut mir sehr leid, dass sie sterben musste. Ich hoffe nur, dass die Tat nichts mit meinem Mandat zu tun hat. Aber ausschließen kann man das natürlich nie.«

Sie verabschiedeten sich. Auf dem Weg nach Rantum ließ Lena sich die Informationen, die ihr der Anwalt indirekt gegeben hatte, durch den Kopf gehen. Ganz offensichtlich hatte Gesa sich in Familienangelegenheiten beraten lassen. Ging es um ihren Sohn und die Enkel oder ihren Bruder, Hauke Jensen? Im Zusammenhang mit den anderen Informationen, die sie in den letzten Tagen zu der Zeit gesammelt hatte, die Gesa Jensen in Hamburg verbracht hatte, war Hauke Jensen der wahrscheinlichste Kandidat.

Allmählich schien sich ein Puzzleteil an das andere zu fügen. Nach wie vor war für Lena Gesa Jensens Vergangenheit der Schlüssel. Das eine oder andere passte noch nicht zueinander, es fehlten Verbindungen zwischen den einzelnen Personen, schlüssige Motive, Indizien und letztendlich Beweise, aber Lena spürte, dass sie kurz vor dem Durchbruch stand. Gleichzeitig war da das Gefühl, ohnmächtig zu sein, dieses Gefühl, das sich immer bei ihr einschlich, wenn sie zwar ahnte, wer die Schuldigen waren, aber noch keine gerichtsfesten Beweise auf den Tisch legen konnte.

NEUNUNDZWANZIG

Lena hielt vor einem kleinen Siedlungshaus im alten Ortskern von Rantum. Ein Mann um die fünfzig, klein und untersetzt mit Halbglatze, öffnete ihr die Tür.

»Frau Lorenzen?«, fragte er und reichte ihr die Hand. »Jan Dierks.«

Lena trat ein und wurde in die Wohnküche geführt. »Ich habe gerade Tee aufgesetzt. Darf ich Ihnen eine Tasse anbieten?«

»Gerne«, sagte Lena und setzte sich an den Tisch.

Er reichte ihr die Kluntjes und schenkte ihr Tee ein, nachdem sie sich einen der Kandiszucker in die Tasse gelegt hatte.

»Sahne?«

»Gerne.«

Schließlich setzte sich auch Jan Dierks. »Es geht um die alte Geschichte zwischen meinem Vater und den Jensens, hat Arne mir gesagt. Was möchten Sie wissen?«

»Uns ist zugetragen worden, dass die Geschäfte der Jensens Ende der Fünfzigerjahre sehr schlecht liefen. Ihr Vater war Gesellschafter bei der Firma?«

»Ja, das ist beides richtig. Mein Vater hatte zusammen mit Jens Jensen, das ist der Vater von Hauke Jensen, die Firma gegründet. Leider hat er damals weniger Startkapital einbringen können als Jensen und war von daher nur mit fünfunddreißig

Prozent beteiligt. Es ist auch richtig, dass es der Firma in der zweiten Hälfte der Fünfzigerjahre zunehmend schlecht ging. Mein Vater hat das später auf die beginnende Demenz Jens Jensens zurückgeführt und darauf, dass sein Sohn Hauke zu jener Zeit noch nicht die nötige Erfahrung hatte, ihn erfolgreich zu ersetzen. Mein Vater hat immer behauptet, dass die Firma dadurch vor die Wand gefahren wurde.«

»Trotzdem kam es wieder zum Aufschwung?«

»Ja, und in diesem Zuge ist mein Vater letztlich auch kaltgestellt worden. Ich war damals ja noch gar nicht auf der Welt und weiß es letztlich nur aus Erzählungen. Hauke Jensen, der inzwischen quasi die Geschäfte übernommen hatte, brachte eine große Summe an Kapital in das Geschäft ein und hat meinen Vater gezwungen, sich auszahlen zu lassen. Aufgrund der zu dem Zeitpunkt katastrophalen finanziellen Lage war die Summe, die er noch bekommen hat, sehr übersichtlich.« Jan Dierks lachte verächtlich. »Ja, Hauke Jensen war schon immer ein cleveres Bürschchen. Mit dem Geld hat er dann die Firma wieder auf Vordermann gebracht. Okay, das war seine Leistung, aber sein Vater hatte sie zuvor heruntergewirtschaftet und damit letztlich meinen Vater betrogen.«

»Ihr Vater wusste nicht, woher das Geld kam, das Hauke Jensen in die Firma einbrachte?«

»Wissen Sie, irgendwann konnte ich die alten Geschichten nicht mehr hören. Als Jugendlicher hat es mich nicht sonderlich interessiert und später … Man muss auch mal einen Schlussstrich ziehen können. Ich weiß es einfach nicht mehr, ob mein Vater davon Kenntnis hatte.«

Sie unterhielten sich noch eine Weile, aber Jan Dierks hatte keine weiteren fallrelevanten Informationen mehr. Lena trank ihren Tee, stand dann auf und bedankte sich bei Jan Dierks. Er begleitete sie bis zur Tür, bevor sie sich verabschiedeten.

»Seid ihr weitergekommen?«, fragte Lena zurück auf dem Polizeirevier von Westerland.

Johann nickte. »Es war ja schon absehbar, dass wir keine Korrespondenz zwischen dem Anwalt und dem Detektiv oder den angeblichen Erben finden werden, die Meyerdierks belastet. Insofern ist er absolut professionell vorgegangen. Verbergen konnte er natürlich nicht, dass er den Bärenanteil der Erbschaften für sich als Provision verbucht hat. Wenn jetzt morgen bei der Obduktion herauskommt, dass Joachim Rother keines natürlichen Todes gestorben ist, wird es schwierig für ihn, die Aussage zu verweigern. Luka Waldheims Aussage wird durch die Provisionsstellung in den vorangegangenen Fällen absolut glaubwürdig.«

»Habt ihr Verbindungen zu Gesa Jensen gefunden?«

»Wir sind natürlich noch lange nicht durch, aber …«, Johann grinste, »er hat einen Beratungsvertrag mit der Jensen-Gruppe, den er im Februar dieses Jahres unterschrieben hat. Das Ersthonorar betrug schlappe hunderttausend Euro. Weitere Zahlungen erfolgen monatlich. Der Vertrag läuft über zwei Jahre mit einer Gesamtsumme von zweihunderttausend Euro.«

Lena starrte ihn fassungslos an. »Sag das noch einmal!«

»Zweihunderttausend Euro. Es wird immer enger für unseren Herrn Erbenermittler.« Er holte tief Luft. »Des Weiteren hat er E-Mails gelöscht, die wir wiederherstellen konnten. Eine davon ging an einen Marius von Eiden, den Haupterben von Alexander von Eiden, mit der Bitte um ein Gespräch. Eine Antwort haben wir nicht gefunden, eine Zahlung in diesem Zusammenhang auch noch nicht.«

Lena setzte sich aufrecht hin. »Wirklich gute Arbeit, Herr Oberkommissar.«

Johann strahlte übers ganze Gesicht. »Das will ich meinen.«

Lena berichtete ihm von der Suche nach der Patientenakte und dem Gespräch mit Jan Dierks.

Sie stand auf und stellte sich vor die Flipchart. »Ich glaube, wir müssen mal Ordnung in die einzelnen Ermittlungsstränge bringen.«

Wie am Tag zuvor auf dem Blatt Papier schrieb sie Gesa Jensen in die Mitte und kreiste sie ein. Nach und nach folgten alle Personen, die während der Ermittlungen bisher eine Rolle gespielt hatten. Schnell kristallisierte sich heraus, dass Hauke Jensen die meisten Verbindungen aufwies. An erster Stelle der dubiosen Verknüpfungen stand Meyerdierks. Dazu kamen natürlich Thees Jensen und seine Söhne, Marie Jensen und sein ehemaliger Geschäftspartner Dierks.

»Kannte Hauke Jensen Dr. Götze?«, fragte Lena laut, hatte aber mehr zu sich selbst gesprochen.

»Wie kommst du darauf?«

»Ich glaube nicht, dass Gesa Jensen in einen Schwangerschaftsabbruch eingewilligt hat. Ich werde aus der Patientenakte nicht schlau, aber zumindest ist sie eine Woche, nachdem sie nach Sylt zurückgekehrt ist, bei ihm in Behandlung gewesen. Wenn Luise morgen zur Obduktion auf Sylt ist, werde ich ihr die Akte vorlegen.«

»Und du meinst, Hauke Jensen hat da etwas gedreht?«

»Woher kam zur gleichen Zeit die Kapitalspritze?« Lena trat an die Flipchart und zog einen roten Strich zwischen Alexander von Eiden und Hauke Jensen. »Ich bin fest davon überzeugt, dass die beiden sich kannten. Hauke Jensen hat über einen längeren Zeitraum Nachforschungen angestellt oder anstellen lassen. Er wird seine Schwester unweigerlich aufgespürt haben und in der Folge auf deren Liebhaber gestoßen sein.«

»Das Geld kam von Alexander von Eiden?«

»Ich sehe hier sonst niemanden. Hauke Jensen hat ihn erpresst oder wurde dafür bezahlt, Gesa Jensen *zurückzunehmen* und sich um die zweite Schwangerschaft zu kümmern.«

»Steile Thesen, die du da aufstellst. Und was spielt Meyerdierks da für eine Rolle?«

»Er hat eins und eins zusammengezählt, als er auf der Suche nach Erben von Alexander von Eiden war. Dieser Beratervertrag ist Schweigegeld. In welcher Angelegenheit sollte ein Erbenermittler für die Jensen-Gruppe tätig sein? Mir fällt da nichts ein.«

»Alles gut, aber was hat das mit unserem Fall zu tun?«

Erst jetzt fiel Lena ein, dass sie Johann noch nicht von dem Gespräch mit Frederik Alten erzählt hatte. Sie holte es nach und bat ihn, einen richterlichen Beschluss zu besorgen.

»Klar, mache ich. Und du meinst, Gesa Jensen ist diesem Komplott auf die Schliche gekommen?«

»Ja, auch die Krankenakte lag an einer Stelle, wo sie nicht hingehörte. Ich vermute, dass eine Arzthelferin – und da habe ich Greta Behrens in Verdacht – ihr die Akte abfotografiert hat. Wahrscheinlich ist sie gestört worden und musste sie schnell verschwinden lassen. Aber das werden wir noch klären, wenn sie von ihrer Kreuzfahrt zurück ist.«

»Und Marie Jensen hat von alledem nichts mitbekommen?«

»Erstens war sie mit ihrer Ausstellung beschäftigt und zweitens hätte Gesa sie nicht damit belasten wollen, solange nicht alle Fakten auf dem Tisch lagen.«

Johann sah sich in Ruhe Lenas Aufstellung an. Schließlich zeigte er auf Ilse Wagner. »Bist du dir sicher, dass sie nichts damit zu tun hat? Vielleicht hat sie im Auftrag von Hauke Jensen gearbeitet.«

»Und woher kannte er sie? Wie hätte er sie davon *überzeugen* sollen, eine solche Tat zu begehen? Er konnte unmöglich etwas von den Diebstählen gewusst haben. Geld spielte für Ilse Wagner nach dem Tod ihres Mannes auch keine große Rolle mehr. Nein, das glaube ich nicht.«

»Und Klaas Jensen? Wäre er ein Kandidat, einen Mord auszuführen?«

»Schon eher. Aber hätte sich Hauke Jensen wirklich auf einen Drogenabhängigen verlassen? Nein, niemals. Diese Menschen engagieren Profis. Seine Schwester hat ihm vermutlich die Pistole auf die Brust gesetzt und von ihm verlangt, dass er sich zu seiner damaligen Tat bekennt. Vielleicht ja nur innerhalb der Familie, aber auch das wäre für Hauke Jensen ein Albtraum.«

»Und Meyerdierks? Hat er vielleicht etwas damit zu tun oder dieser ominöse Privatdetektiv?«

Lena nickte nachdenklich. »Das wäre eine Variante. Meyerdierks erpresst ihn nicht nur, sondern lässt auch noch seinen Privatschnüffler die Drecksarbeit für ihn machen.«

»Und wie passt Husmann da rein? Wieso *übersieht* er die Symptome und meldet das nicht der Polizei?« Johann zeigte auf die Tafel. »Er hat keine direkte Verbindung zu Gesa Jensen. Gut, Ilse Wagner hat ihn gerufen. Aber das war naheliegend, weil sie den Hausarzt nicht erreicht hat. Und er ist der Nachfolger von Dr. Götze. Aber das bezieht sich doch nur auf die Praxisräume.«

»Ja, du hast recht. Hier fehlt uns tatsächlich noch eine logische Erklärung. Aber es muss eine geben.«

»Selbst wenn du richtigliegen solltest mit deinen Annahmen: Wie können wir Hauke Jensen jemals etwas nachweisen? Er hat ein Alibi. Einen Täter, der vielleicht von ihm beauftragt wurde, haben wir nicht. Ende.«

Lena tippte mit der Hand auf Meyerdierks' Namen. »Er wird reden.«

In diesem Augenblick klingelte Johanns Telefon. Er lief zu seinem Schreibtisch, hob ab und hörte eine Weile zu. Als er sich wieder zu Lena wandte, sagt er: »Dr. Husmann ist vor ein paar Minuten verstorben.«

DREISSIG

Lena und Johann standen am geöffneten Fenster. Beide waren von der Nachricht schockiert gewesen, obwohl die Ärzte ihrem Kollegen von vornherein nur geringe Überlebenschancen eingeräumt hatten.

»Haben wir jetzt noch einen Mordfall?«, fragte Johann.

»Mir wäre auch lieber gewesen, er wäre aufgewacht und hätte uns erzählen können, was wirklich passiert ist. Und ja, ich denke, der Fall wird uns auch übertragen.«

»Vielleicht sollte ich uns lieber eine Mietwohnung suchen«, murmelte Johann und sog tief Luft ein. »Eigentlich hatte ich ja gehofft, einen freien Tag in Kiel verbringen zu können. Das kann ich mir wohl jetzt abschminken.«

»Ja, ich könnte auch ein paar freie Tage gebrauchen.«

»Dann sollten wir diesen verdammten Fall abschließen und schnell hier verschwinden.«

Lena verzog den Mund. »Was ist mit dir los?«, fragte sie ernst und schaute auf die Uhr. »Wenn du jetzt Schluss machst, kannst du am frühen Abend in Kiel sein. Und morgen ... na ja, es würde auch reichen, wenn du um zehn Uhr hier wärst.« Sie zog ihren Autoschlüssel aus der Tasche. »Der Tank ist fast voll.«

»Ist das jetzt dein Ernst?«

»Hau schon ab. Ich informiere gleich die Kollegen aus Flensburg. Du hast ihnen vermutlich ohnehin genug Arbeit aufs Auge gedrückt, oder?«

Johann nahm den Autoschlüssel und warf Lena eine Kusshand zu. »Danke, Chefin. Hast was gut bei mir.«

Im nächsten Augenblick war er bereits durch die Tür verschwunden. Lena schloss das Fenster und griff nach dem Handy, um Staatsanwalt Rosenbaum über den Tod von Dr. Husmann zu informieren. Als dies erledigt war, bestätigte Dr. Rosenbaum noch einmal die Exhumierung von Joachim Rother und verabredete sich mit Lena für acht Uhr auf dem Neuen Friedhof, der in der Nähe des Flughafens in Westerland lag. Ihre neuesten Erkenntnisse und Theorien behielt sie vorerst noch für sich.

Der zweite Anruf galt Kriminaldirektor Warnke. Nachdem sie ihm von den Ereignissen der letzten zwei Tage berichtet hatte, stöhnte er laut auf.

»Wenn Sie mit der Theorie danebenliegen, bekommen wir reichlich Ärger, das ist Ihnen ja wohl klar, oder?«

»Vollkommen, aber ich sehe im Moment keinen anderen Ermittlungsansatz. Warten wir morgen die Exhumierung ab. Außerdem steht noch eine ganze Reihe von Recherchen an. Wenn sich die Lage zuspitzt, erfahren Sie es als Erster.«

»Kommt dieser Erbenermittler nicht als Täter infrage?«

»Ich sehe im Moment kein Motiv, auch wenn er sicherlich einiges zu verbergen hat und ganz tief im Sumpf dieser Erbmanipulationen steckt.«

»Ja, man kann sich nun mal keinen Täter schnitzen. Ich vertraue Ihnen und Ihrer Intuition.« Er hielt inne. »Und, Frau Lorenzen, anschließend sollten Sie sich ein paar Tage freinehmen. Ich denke, da sind wir beide uns einig, oder?«

»Keine Frage. Ich hätte Sie ohnehin darauf angesprochen.«

»Viel Erfolg. Und wirbeln Sie nicht zu viel Staub auf.«

Kurz vor sechs erreichte Lena eine WhatsApp-Nachricht von Erck, der fragte, ob sie noch länger arbeiten müsse. Als Lena verneinte, schrieb er, dass er vor dem Polizeirevier auf sie warte. Sie ordnete ihre Unterlagen, schloss den Laptop und verließ das Büro.

»Du bist so still«, meinte Erck, als sie eng aneinandergekuschelt in einem Strandkorb lagen. Die Decke aus Lenas Hotelzimmer wärmte sie gegen die aufziehende Frische des frühen Abends. Der leere Pizzakarton lag vor dem Strandkorb im Sand, die Flasche Wein stand noch ungeöffnet daneben.

»Der Fall schwirrt mir ununterbrochen im Kopf herum. Die Familie Jensen. Du hast sicher von ihnen gehört.«

»Wer kennt sie nicht. Vom Namen her, meine ich. Geld, Macht, Tradition. Ich bin Hauke Jensen sogar einmal persönlich begegnet. Ein Empfang von unserem Boßelverein. Er war mir auf Anhieb unsympathisch.«

»Seine Schwester wurde ermordet. Gesa Jensen. Bekes Freundin.«

»Ja, Beke hat hin und wieder von ihr gesprochen. Die beiden sind oder waren wohl seit Urzeiten befreundet.«

»Ich weiß. Sie waren zusammen auf der Hauswirtschaftsschule. Später ist Gesa Jensen quasi von Sylt geflüchtet.«

»Wie du von Amrum?«

»Sie hatte es um Längen schwerer als ich«, sagte Lena, ohne auf Ercks Anspielung näher einzugehen. »Das muss damals ziemlich traumatisch für Frauen gewesen sein, wenn sie sich nicht unterordnen wollten. Sie flieht vor einem tyrannischen Vater und einem Bruder, den sie einmal geliebt hat und der sie am Schluss verfolgt.«

In Gedanken fügte sie hinzu: »Um sich dann wieder von einem Mann abhängig zu machen, der sie nur ausnutzt.«

»Wirst du den Täter finden?«

»Ja, auf die eine oder andere Weise wird er dafür bezahlen.«

»Familie?«

Lena nickte. »Mein Vater ist auch in die Geschichte verwickelt.«

Erck richtete sich auf. »Ernsthaft? Aber doch nicht …«

»Nein, nicht direkt. So wie es aussieht, sind das ganz normale Geschäftsbeziehungen. Wusstest du, dass er Immobilien verkauft?«

»Ja, natürlich. Das macht er schon länger.«

»Ich wusste es nicht«, sagte sie leise.

»Du hast Werner aber nicht verhört, oder?«, fragte Erck in die entstandene Stille hinein.

»Nein, das hätte ich gar nicht gedurft. Eigentlich hätte ich sogar sofort vom Fall abgezogen werden müssen.«

»Weiß er, dass du die Ermittlungen leitest?« Erck hatte sich wieder eng an Lena geschmiegt.

»Ich glaube es nicht. Nein, Johann wird nichts erwähnt haben.«

»Gut.«

Sie schwiegen eine Weile.

»Wie ist sie so?«, fragte Lena leise.

»Anne?«

»Ich weiß nicht, wie die Frau meines Vaters heißt.«

Erck strich ihr zärtlich über den Kopf. »Willst du es wirklich wissen?«

»Hätte ich sonst gefragt?«

»Aufgeschlossen, fröhlich, energisch. Ich habe sie allerdings nur ein paarmal getroffen. Du weißt schon, auf Festen und so. Doch, sie ist sehr nett.«

»Hat er nach mir gefragt in den ganzen Jahren?«

»Werner wusste, dass ich keinen Kontakt zu dir habe. Aber seit letztem Sommer hat er mich zwei- oder dreimal auf dich angesprochen.«

»Was hast du ihm gesagt?«

»Dass ich ihm nicht helfen kann und dass das eine Sache zwischen euch beiden ist.«

Lena schluckte. »Ja, das ist es wohl.«

Erck forschte nicht weiter nach, warum sie nach ihrem Vater und seiner Frau gefragt hatte. Lena hätte ihm auch nicht darauf antworten können. Sie wusste es selbst nicht.

Als Lena auf den Friedhofseingang zulief, stand Dr. Rosenbaum bereits am Tor. Sie begrüßte ihn.

»Es sollte jeden Augenblick losgehen«, sagte der Staatsanwalt. »Frau Dr. Stahnke ist direkt in die Klinik gefahren.«

Sie gingen zusammen über den Friedhof. Vor einem Grab standen ein kleiner Bagger und drei Männer in Arbeitskleidung. Rosenbaum begrüßte die Gruppe und bat darum, mit den Arbeiten zu beginnen. An Lena gewandt fragte er: »Gibt es etwas Neues?«

Lena schaute zu den Arbeitern, die in Hörweite standen.

»Okay«, sagte Rosenbaum und trat ein paar Schritte zurück. »Was haben Sie?«

Lena begann, die letzten Ermittlungsergebnisse darzulegen, und verstand es geschickt, die Verbindung zwischen den einzelnen Personen zu erläutern. Der Staatsanwalt hörte aufmerksam zu, während seine Miene immer besorgter wurde.

»Die Männer der Familie Jensen haben allesamt ein Alibi?«

»Bis auf das von Klaas Jensen sind sie wohl hieb- und stichfest.« Sie zog ihr Handy aus der Tasche und kontrollierte die Mails. »Einen Moment bitte.« Sie las eine Nachricht von Johann, der mit den Kieler Kollegen gesprochen hatte.

»Gerade per Mail gekommen: Klaas Jensens Alibi kann bisher nicht bestätigt werden. Es sind noch keine Zeugen gefunden worden, die ihn auf seiner angeblichen Kneipentour gesehen haben.«

»Alibi hin, Alibi her. Was sollte sein Motiv gewesen sein? Das reicht alles nicht aus, um dort weiterzuermitteln, geschweige denn den Enkel von Gesa Jensen nochmals zu befragen. Die Beweislage ist viel zu dünn. Ach, was sage ich. Sie ist überhaupt nicht vorhanden.«

Die Arbeiter hatten inzwischen die erste Schicht Sand entfernt und arbeiteten sich jetzt mit dem Spaten weiter vor.

»Das ist mir durchaus klar, Dr. Rosenbaum. Sollen wir deshalb gleich die Flinte ins Korn werfen?«

»Natürlich nicht. Aber ich erwarte von Ihnen realisierbare Schritte. Sosehr ich Ihre Arbeit schätze und auch weiß, dass Kriminaldirektor Warnke seine Hand über Sie hält, so sehr bin ich nun mal ans Gesetz gebunden und daran, was wir beim Richter durchbekommen. Eine Hausdurchsuchung bei Hauke und Thees Jensen oder seinen Söhnen gehört definitiv nicht dazu.«

Lena hatte einkalkuliert, dass Rosenbaum so reagieren würde. Für sie war es der erste Schritt, ihn mit ins Boot zu holen. Wenn sich ihre Vermutung, dass Joachim Rother eines unnatürlichen Todes gestorben war, bestätigte, wäre als Nächstes Meyerdierks an der Reihe. Ihn zu verhören war ohne die Unterstützung des Staatsanwalts nicht denkbar. Meyerdierks wusste als Anwalt um seine Rechte und würde schlichtweg sämtliche Kooperation verweigern, solange er es nur mit Johann und ihr zu tun hätte.

»Wir sollten mit Dr. Meyerdierks anfangen und sehen, wie er die Verbindung zu Jensen erklären wird. Wenn wir es schaffen, ihn zu einer Aussage zu bewegen, müsste uns im nächsten Schritt Hauke Jensen Rede und Antwort stehen.«

»Ich fürchte, Sie sind da etwas zu optimistisch. Diese Menschen lassen sich nicht einfach so unter Druck setzen.«

Einer der Arbeiter hob die Hand. Rosenbaum und Lena gingen zurück zum Grab und beaufsichtigten das Öffnen des

Sargs. Lena warf einen Blick hinein. Der Leichnam des alten Mannes schien gut erhalten zu sein. Rosenbaum nickte den Männern zu, sie schlossen den Sarg und hievten ihn auf einen Elektrokarren, der den Sarg bis vor die Tore des Friedhofs brachte, wo ein Transporter wartete. Als dieser sich mit dem Sarg langsam in Bewegung setzte, verabschiedete sich Rosenbaum von Lena und bat darum, direkt informiert zu werden, sobald die Ergebnisse von Luise vorlagen.

Lena bestellte sich ein Taxi und ließ sich zur Nordseeklinik fahren. Nach kurzer Suche fand sie Luise, die gerade dabei war, die Obduktion vorzubereiten, dies aber kurz unterbrach, um zusammen mit Lena in die Kantine zu gehen.

»Wie geht es dir?«, fragte Luise, als sie mit zwei Tassen Kaffee an einem Tisch saßen.

»Gut. Sehr gut.«

Luise warf ihr einen fragenden Blick zu. »Habe ich was verpasst?«

Lena lächelte geheimnisvoll. »Kann sein. Du bekommst später ein Update.«

Luise rollte mit den Augen. »Das will ich doch schwer hoffen.«

»Zu unserem Fall: Du obduzierst auch Husmann?«

»So lautet mein Auftrag.«

»Gibt es Neuigkeiten wegen der DNA unter Gesa Jensens Fingernägeln?«

»Da ich mir schon dachte, dass du mich danach fragen würdest, habe ich mich gestern erkundigt. Morgen bekomme ich Bescheid. Spätestens übermorgen.«

Lena zog die Patientenakte von Gesa Jensen hervor und reichte sie Luise zusammen mit einem Paar Latexhandschuhe. »Ich habe die Akte noch nicht kriminaltechnisch untersuchen lassen. Kannst du mir vorab deine Einschätzung als Ärztin geben? Mich interessieren vor allem die letzten Einträge.«

Luise zog sich die Handschuhe über und fing an zu lesen. Nach wenigen Minuten klappte sie die Akte zu und verstaute sie wieder in dem Asservatenbeutel, bevor sie die Handschuhe abstreifte.

»Gesa Jensen war in der zwölften Woche schwanger und hat Blutungen bekommen. Sie ist daraufhin bei diesem Arzt …«

»Dr. Götze.«

»… vorstellig geworden. Hast du kontrolliert, was das für ein Wochentag war?«

»Ein Sonntag«, antwortete Lena.

»Dachte ich mir schon. Er hat hier alles selbst vermerkt, weil er an diesem Tag offensichtlich alleine in der Praxis war. Er schreibt hier, dass er die Blutungen nicht stoppen konnte und die Patientin das Kind verloren hat. Ich erspare dir jetzt mal das Fachchinesisch. Anschließend hat er der Patientin ein starkes Beruhigungsmittel verabreicht.«

»Wie klingt das für dich?«

»Ich weiß nicht, wie damals die Versorgung auf Sylt war. War Dr. Götze Gynäkologe?«

»Ja.«

»Du willst darauf hinaus, ob er die Blutungen eigenmächtig für eine Abtreibung genutzt hat? Rein technisch wäre es denkbar. Anfang der Sechzigerjahre gab es keinen Anästhesisten bei Operationen. Die Patienten wurden zum Beispiel mit Äther betäubt, was der Arzt bei kleinen Operationen durchaus selbst gemacht hat. Wenn die Praxis entsprechend ausgestattet war, wäre es für ihn kein Problem gewesen, die Patientin zu betäuben und einen Abbruch vorzunehmen. Sollte das der Fall gewesen sein, hätten natürlich die Blutungen, wie das nach einem Abbruch durchaus üblich ist, anschließend zugenommen und er hätte ihr weismachen können, dass sie das Kind verloren hat. Natürlich lässt sich das nicht mit dem Akteneintrag beweisen, da er den Eintrag auch nur zu seiner Sicherheit gemacht haben könnte, um später – falls die Patientin ihn anklagen würde – auszusagen, dass sie die zeitlichen Abläufe durcheinandergebracht hätte und sie das Beruhigungsmittel mit der Narkose verwechsle.«

»Und wenn die Patientin die Akte später in die Finger bekommen hätte und inzwischen fest davon überzeugt gewesen wäre, dass sie narkotisiert worden war …«

»Hätte sie sich durchaus zusammenreimen können, was passiert ist. Einen Kollegen zu finden, der ihr das hier übersetzt, ist nicht das Problem. Das sollte jeder Student im fünften Semester können.«

»Danke. Das war sehr hilfreich zu hören, auch wenn ich es mir so oder so ähnlich schon gedacht habe.«

»Bitte, gern geschehen.« Sie schaute auf die Uhr und wollte gerade aufstehen, als Lena fragte: »Wann bekomme ich die Ergebnisse der Obduktionen?«

Luise stöhnte. »Du weißt doch, dass ich es für dich so schnell wie möglich mache. Und wenn ich dafür zwei Nächte durcharbeiten muss. Also, etwas Geduld bitte.«

»Entschuldige, Luise. War nicht so gemeint. Ich stehe nur extrem unter Druck und habe Angst, dass ich keine Chance bekomme, die Täter zu stellen.«

»Schon gut. Ich gebe Gas. Aber zaubern kann ich auch nicht und am Ende willst du gerichtsverwertbare Fakten haben. Die brauchen manchmal Zeit. Sehe ich das richtig, dass du der Meinung bist, dass ich gleich Täter und Opfer auf dem Tisch habe?«

»Die Möglichkeit besteht auf jeden Fall. Natürlich kann Husmann trotzdem selbst zum Opfer geworden sein.«

Luise stand auf. »Ich melde mich sofort, wenn ich etwas gefunden habe. Aber rechne bitte nicht damit, dass du heute noch etwas von mir hörst.«

Sie umarmte Lena und eilte aus der Cafeteria.

Lena verließ daraufhin das Krankenhaus. Noch am Vortag hatte sie nach der EDV-Firma gesucht, die Gesa den Laptop verkauft hatte. In Westerland kam nur ein Geschäft infrage, das lediglich zwei Minuten Fußweg von der Klinik entfernt lag.

Als Lena den Laden betrat, kam ihr ein Mann mit schulterlangen Haaren entgegen. Sie schätzte sein Alter auf fünfunddreißig. Er fragte sie nach ihren Wünschen, Lena zeigte ihren Ausweis.

»Haben Sie Frau Gesa Jensen einen Laptop verkauft?«

Er zog erstaunt die Augenbrauen hoch. »Woher wissen Sie das?«

»Die Enkelin von Frau Jensen hat mich informiert.«

»Okay«, sagte er mit Betonung auf der letzten Silbe. »Und was kann ich jetzt für das LKA tun?« Er schien nicht besonders erbaut darüber zu sein, die Polizei im Hause zu haben.

»Haben Sie ihr dabei geholfen, einen passwortgeschützten Bereich auf dem Computer einzurichten?«

Er schreckte leicht zurück. »Ist das jetzt verboten?«

»Frau Jensen ist ermordet worden und im Zuge der Ermittlungen haben wir natürlich auch ihren Laptop untersucht.«

Der Mann zog hörbar die Luft ein. »Verstehe.« Jetzt grinste er. »Sie brauchen das Passwort. Habe ich recht?«

»Wenn Sie uns da helfen könnten …«

»Bin ich dazu verpflichtet?«

»Erst mal nicht. Dazu müsste ich einen richterlichen Beschluss beantragen. Anschließend würde ich …« Sie sah sich im Ladenbereich um und warf auch einen Blick in die Werkstatt und das Büro, das durch eine große Scheibe vom Rest abgetrennt war. »Vermutlich würden wir dann Ihre Geschäfts- und Büroräume durchsuchen. Vielleicht lässt sich das ja auf dem kleinen Dienstweg regeln. Was meinen Sie?«

Während Lena ihm ihr geplantes Vorgehen erläutert hatte, waren seine Augen immer größer geworden. »Ist das Ihr Ernst?«

»Ich kann natürlich nicht voraussehen, wie der Richter entscheiden wird, aber aus meiner Erfahrung heraus sollte es kein Problem sein, einen entsprechenden Beschluss zu bekommen.«

»Und die alte Dame ist verstorben?«, fragte er jetzt. »Darf ich noch einmal Ihren Ausweis sehen?«

Lena reichte ihm das Dokument, er musterte es lange, gab es ihr zurück und ging dann ins Büro. Kurz darauf kam er mit einem ausgedruckten DIN-A4-Blatt zurück und reichte es Lena. »Hiermit sollte es kein Problem sein, die Dateien zu öffnen.«

»Vielen Dank, Herr …« Erst jetzt fiel ihr auf, dass sie gar nicht nach seinem Namen gefragt hatte.

»Meier. Justus Meier. Mit ei.«

»Dann bedanke ich mich noch einmal, Herr Meier. Sie haben mir sehr geholfen. Auf Wiedersehen.«

Justus Meier schien sich nicht entscheiden zu können, ob er sich von ihr verabschieden oder sie zum Teufel wünschen sollte. Schließlich murmelte er etwas, das Lena als Abschiedsgruß wertete. Sie nickte ihm zu und verließ den EDV-Laden Richtung Polizeirevier.

Einunddreissig

Die Uhr, die im Flur des Polizeireviers hing, stand auf kurz vor zwölf. Lena zog genervt die Stirn kraus. War das ein verdeckter Hinweis, dass sie die Ermittlungen schneller vorantreiben sollte?

»Ist mein Auto noch ganz?«, fragte sie Johann zur Begrüßung.

Johann warf ihr den Schlüssel zu. »Da habe ich ehrlich gesagt nicht so drauf geachtet.« Er senkte den Kopf und tat so, als denke er angestrengt nach. »Also, es hat schon ein paarmal gescheppert. Aber wie gesagt, ich war in Eile.«

»Gut gebrüllt, Löwe«, sagte Lena grinsend. »Wehe, ich finde auch nur eine einzige Beule.«

Lena sprach als Erstes mit der Kriminaltechnik in Kiel. Ihr wurde zugesagt, dass sich sofort jemand mit der zugesandten Anleitung beschäftigen würde und sie – falls die Dateien damit zu öffnen seien – einen Link zugeschickt bekäme, mit dem sie sich die Daten würde runterladen können.

Die Wartezeit vertrieb Lena sich mit der weiteren Durchsicht von Gesa Jensens Briefen. Sie suchte immer noch nach Anhaltspunkten, die ihre Theorie bestätigten, dass Alexander von Eiden die Zahlungen an seine Geliebte im Frühjahr 1963 eingestellt hatte und Hauke Jensen zur rechten

Zeit als Retter in Hamburg aufgetaucht war. Sie fand weitere Stellen in den Briefen, in denen Gesa nach 1963 ihren Bruder in Schutz nahm. Einmal wunderte sie sich darüber, dass er sie erst nach sechs Jahren gefunden hatte, vertiefte den Gedanken aber nicht weiter. Erst Ende der Sechzigerjahre, drei Jahre nach dem Tod des gemeinsamen Vaters, kam es zu Erbstreitereien, die die Familie Jahre vor Gericht beschäftigten. Auf die Details ging Gesa nie im Einzelnen ein, Lena musste zwischen den Zeilen lesen und die von ihr mittlerweile in Erfahrung gebrachten Informationen einfließen lassen. Nur einmal erwähnte Gesa Jensen beiläufig, dass sie keinem Arzt mehr trauen würde.

Gerade als Lena die Briefe wieder zusammenlegte, sah sie in ihrem Mailaccount den Eingang der Nachricht von den Kriminaltechnikern. Sie öffnete den Link und druckte sich eine Reihe von Dokumenten aus. Angespannt fing sie an zu lesen.

Gesa Jensen hatte Fotos ihrer Patientenakte gespeichert. Dazu hatte sie eine Notiz verfasst, die ungefähr dem entsprach, was Luise ihr mitgeteilt hatte. Das nächste Dokument war ein Gutachten einer Frauenärztin aus Schleswig, die die gleichen Vermutungen wie Luise anstellte. Die nächsten zwanzig Seiten bezogen sich auf Geschäftsdaten der Firma von Gesa Jensens Vater Ende der Sechzigerjahre, aus denen Lena die Bestätigung ihrer bisherigen Recherchen herauslesen konnte, dass die Firma damals in finanzielle Not geraten war. Es waren Schriftstücke von Banken und Zulieferbetrieben, die auf Bezahlung der ausstehenden Beträge drängten und mit Anzeige drohten. Der vierte Stapel Unterlagen bestand nur aus wenigen Seiten. Ein kurzer Vertrag mit dem Partner von Hauke Jensen, dem Vater von Jan Dierks, in dem dessen Ausscheiden aus der Firma vereinbart wurde. Als Gegenleistung hatte Hauke Jensen ihm fünfzigtausend Mark gezahlt. Weiterhin gab es Einzahlungsbelege von knapp zwei Millionen Mark, aufgeteilt bei drei Banken. Das letzte Dokument bestand aus vier Fotos, auf denen in unterschiedlichen Situationen Hauke Jensen und ein weiterer älterer Mann zu sehen waren. Lena vermutete, dass es sich dabei um Dr. Götze handelte.

Lena legte zufrieden die Ausdrucke in eine Akte, schrieb einen kurzen Bericht für den Staatsanwalt und verschickte ihn zusammen mit dem Link per Mail an ihn. Wie immer Gesa Jensen an die Unterlagen gekommen war, jetzt waren sie offiziell Teil der Ermittlungen und ein Indiz dafür, welche Druckmittel Gesa Jensen gegen ihren Bruder Hauke in der Hand gehabt hatte.

»Mittagspause!«, rief sie Johann zu, der sogleich seinen Laptop zuklappte und aufsprang. »Solange wir einen großen Bogen um dein Auto machen …«

Lena rollte mit den Augen und zeigte mit dem Finger zur Tür.

Nachdem sie eine Kleinigkeit in einem Imbiss gegessen hatten, saßen sie mit einem Eis in der Hand auf einer der Bänke an der Promenade. Die Sonne quälte sich immer wieder durch die Wolkendecke, der Wind wehte heute stärker als in den Tagen zuvor.

Lena hatte Johann schon während des Essens über die passwortgeschützten Dokumente informiert.

»Was ist deine Strategie?«, fragte Johann und leckte an seinem Schokoladeneis.

»Schlag was vor.«

Johann hob die Schultern. »Ich bin nur der Assistent. Hat mich der Anwalt aus Hamburg nicht so genannt?«

Lena wartete und aß seelenruhig ihr Eis.

»Reingehen in seine feine Firma«, schlug Johann schließlich vor. »Verhören, bis er einknickt, und ihn anschließend für den Rest seines beschissenen Lebens in den Knast stecken.«

Lena lachte. »Eine hervorragende, absolut ausgefeilte Strategie, Herr Grasmann. Ihrer Beförderung zum Hauptkommissar steht somit nichts mehr im Wege.« Sie wurde ernst. »Lassen wir mal Meyerdierks außer Acht, er wird uns früh genug erklären müssen, wie sein merkwürdiger Vertrag mit der Firma von Hauke Jensen zustande gekommen ist und welche Rolle er in dieser ganzen Geschichte spielt. Ob wir darüber an einen der Jensens gelangen, werden wir dann sehen. Vielleicht sollten wir uns jetzt erst mal auf Hauke Jensen konzentrieren. Lass doch mal deinen Gedanken freien Lauf.«

Johann leckte die an der Waffel herunterlaufende Eismasse ab und meinte: »Okay. Jensen ist verzweifelt, weil seine Schwester die alte Geschichte ausposaunen will. Sein Ruf ist ihm mehr wert als alles andere. Selbst ist er sich zu fein, die Drecksarbeit zu übernehmen, also muss er jemanden finden, der das für ihn erledigt, egal was es ihn kostet.«

Lena nickte. »Gut, und wie komme ich hierzulande an einen Auftragsmörder?«

»Durch Kontakte ins kriminelle Milieu. Aber das halte ich bei Jensen für eher unwahrscheinlich. Also: Darknet oder er kennt jemanden, der sich mit dem Darknet auskennt und ihm hilft.«

Den gleichen Gedankengang trug Lena schon den ganzen Morgen mit sich herum. »Nehmen wir also an, Hauke Jensen wäre der Auftraggeber. Ich glaube kaum, dass er sich im Internet auskennt, geschweige denn im Darknet. Wem vertraut Hauke Jensen so, dass er sich mit einer solch brisanten Aufgabe an ihn wendet?«

»Niemandem. Diese Alphatiere vertrauen niemandem.«

»Mag sein. Stell dir trotzdem mal vor, du bist Jensen und stehst so unter Druck, dass du reagieren musst. Was würdest du machen, um deine Schwester zum Schweigen zu bringen?«

»Erst mal würde ich ihr Geld anbieten?«

»Da hat er sicher drüber nachgedacht, aber sie hat mehr als genug Geld, um bis zu ihrem Lebensende davon leben zu können.«

»Dann würde ich an ihre Familienehre appellieren?«

»Klar, keine so schlechte Idee. Aber dafür war die Grenzüberschreitung von Hauke Jensen zu gravierend. Gesa Jensen ist auf Rache aus, und das um jeden Preis. Deshalb hat sie auch noch nicht mit der geliebten Enkelin gesprochen, weil sie weiß, dass die immer noch davon träumt, dass die Familie Frieden miteinander schließt. Funktioniert also nicht.«

Johann legte den Kopf in den Nacken. »Keine Ahnung.«

»Wirklich nicht?«

Johann raufte sich die Haare. »Familie! Er sucht jemanden in der Familie, der ihm hilft.« Er hob den Zeigefinger. »Klaas Jensen. Der hat Kontakte ins kriminelle Milieu, braucht permanent Geld und hat sich vermutlich sowieso schon das Gehirn weggeschnupft.« Er ließ die Hand sinken. »Aber er ist genauso tabu für uns wie die anderen Jensens. Wie wollen wir an ihn rankommen?«

»Stimmt.« Lena warf den Rest von ihrem Eis in die nahe gelegene Mülltonne, griff nach ihrem Handy und wählte Leons Nummer. Als er sich meldete, ging sie außer Johanns Hörweite, der immer noch auf der Bank saß und sich sein Eis schmecken ließ.

»Ich brauche deine Hilfe. Klaas Jensen. Daten folgen in ein paar Minuten. Ich muss wissen, ob er sich im Darknet auskennt und was er da so gemacht hat.«

»Deine Schulden bei mir wachsen immer mehr an. Bald kann ich jemand abmurksen und du musst mich da raushauen«, antwortete Leon trocken. »Oder du besorgst mir einen Job beim LKA. Aber mit richtig Schotter. Und zu deiner Frage: Ob er die Software auf dem Rechner hat, mit der er ins Darknet geht, kann ich dir natürlich sagen, aber was er da macht ... Keine

Chance. Was meinst du, warum das Netz so heißt? Da wird Anonymität so großgeschrieben wie das World Trade Center.«

»Kannst du dich heute noch dransetzen?«

»Verdammt, du machst mich fertig. Schick mir die Daten. Was hat der Typ gemacht?«

»Wie schwierig ist es, einen Auftragsmörder im Darknet zu finden?«

»Kein Problem. Nur weißt du nie, ob es einer eurer Leute, der dich nur rankriegen will, oder vielleicht auch ein Abzocker ist, der die Kohle nimmt und nie wieder auftaucht. So viele Arschlöcher laufen nun auch wieder nicht rum, die andere Menschen abknallen.«

»Versuch bitte trotzdem rauszukriegen, ob Klaas Jensen versucht hat, jemanden anzuheuern.«

»Du scheinst knietief in der Scheiße zu stecken.«

Lena wunderte sich darüber, dass Leon mehr als das absolut Notwendige mit ihr sprach. War er doch empathischer, als sie dachte?

»Kann man so ausdrücken.«

»Okay«, sagte er und legte auf.

Lena setzte sich wieder zu Johann auf die Bank. Der wischte sich gerade mit einer Serviette den Mund ab. »Alles klar?«

»Wir werden sehen.«

Irgendwo weit entfernt klingelte ein Handy. Lena sah sich um, sie befand sich mitten im Watt. Weit und breit war niemand zu sehen. Panik stieg in ihr auf. Hastig drehte sie sich mehrfach um sich selbst, griff schließlich nach ihrer Waffe. Nichts! Hatte sie sie verloren?

Als Lena die Augen öffnete, klingelte ihr Handy immer noch oder schon wieder. Mit einer langsamen Bewegung, als würde sie noch schlafen, griff sie nach dem Telefon, das neben ihr auf dem Schränkchen lag.

»Endlich!«, hörte sie Luises Stimme. »Sonst bist du doch vierundzwanzig Stunden zu erreichen.«

Lenas Blick fiel auf die Uhr. Kurz vor fünf.

»Geschlafen. Was ist denn los?«

»Du wolltest doch sofort die Ergebnisse der Obduktion.«

Lena richtete sich im Bett auf. »Entschuldige. Ich bin etwas durch den Wind. Irgendein blöder Traum.«

»Kein Problem. Soll ich mich später wieder melden?«

»Nein, schon gut. Erzähl!«

Sie hörte, wie Luise tief Luft holte. »Zuerst Dr. Husmann. Ich konnte auch jetzt keine gerichtsfesten Beweise finden, dass Fremdeinwirkung mit im Spiel war. Im Gegenteil: Ich hatte ja die Vermutung mit dem Einstichwinkel der Kanüle. Leider muss ich zugeben, dass ich da falsch lag, oder zumindest hätte ich nicht so energisch diesen Verdacht äußern dürfen. Um es kurz zu machen: Die Wahrscheinlichkeit, dass er Suizid begangen hat, ist meines Erachtens gestiegen. Absolut festlegen kann und will ich mich da aber nicht.«

»Okay. Und was ist mit Joachim Rother?«

»Im Prinzip war er kerngesund und hätte noch viele Jahre leben können.«

»Aber?«

»Es laufen zwar noch einige B-Proben, aber ich gehe zu neunzig Prozent davon aus, dass er an einer Sotalolüberdosierung verstorben ist. Ich will dich wie üblich nicht mit den ganzen medizinischen Details langweilen, deshalb nur so viel: Das ist ein Mittel zur Behandlung von Herzrhythmusstörungen. Bei falscher Dosierung oder Verabreichung an Personen, die eine Vorerkrankung haben, führt das schnell zu Bewusstlosigkeit, verlangsamter Herzschlagfolge, Blutdruckabfall und schließlich zum

Herzstillstand. Kurz: Du kannst definitiv von Fremdeinwirkung ausgehen.«

Lena war inzwischen hellwach und saß kerzengrade im Bett. »Ganz sicher?«, fragte sie überflüssigerweise.

»Soll ich da jetzt wirklich drauf antworten?«

»Nein, entschuldige. Würdest du davon ausgehen, dass für die Tat medizinische Kenntnisse notwendig waren?«

»Nicht unbedingt, aber wer lässt sich von irgendjemandem schon etwas injizieren? Ich habe nichts gefunden, was darauf hindeutet, dass die Injektion gewaltsam vorgenommen wurde.«

»Das würde auf seinen Hausarzt, den du gestern ebenfalls auf dem Tisch hattest, hinweisen.«

»Was wiederum dessen Suizid erklären könnte«, beendete Luise den Gedankengang. »Wenn du keine Fragen mehr hast, würde ich mich für ein paar Stunden hinlegen. Gegen Mittag stehe ich dir wieder zur Verfügung. Der Bericht ist spätestens morgen da, mit Glück noch heute.«

»Danke, Luise. Du hast mir sehr geholfen.«

»Warum hat Husmann die Symptome übersehen?«, fragte Johann, als sie sich am Morgen zu einer Besprechung zusammensetzten.

Lena hatte früh mit dem Staatsanwalt gesprochen, der inzwischen unterwegs nach Sylt war und am frühen Vormittag eintreffen würde.

»Gehen wir einmal davon aus, dass er tatsächlich kurz zuvor Joachim Rother ermordet hat. Dann wird er unverhofft und rein zufällig zu Gesa Jensen gerufen, um einen Totenschein auszustellen. Gehen wir weiter davon aus, dass die Symptome noch nicht so ausgeprägt waren, dass sie von jedem Laien erkannt worden wären.«

»Du meinst, er hat schlicht und einfach Panik bekommen?«, warf Johann ein.

Lena nickte. »Wir wissen nicht, ob die beiden älteren Damen, die auch von Meyerdierks mit Erben versorgt wurden, eines natürlichen Todes gestorben sind. Vielleicht war Rother sein erstes Opfer.«

»Warum sollte er das getan haben, wenn es bei den beiden Damen ein natürlicher Tod war?«

»Weil Rother zu gesund war und Husmann als sein Hausarzt das natürlich wusste.«

»Motiv?«, fragte Johann, der nicht von Lenas Theorie überzeugt zu sein schien.

»Er brauchte Geld.«

»Wofür?«

»Das ist die richtige Frage! Und genau deshalb würde ich dich bitten, dich jetzt gleich mit dem Team darum zu kümmern. Ich brauche, bevor wir Meyerdierks heute Mittag in die Zange nehmen, mehr Informationen. Der richterliche Beschluss zu Husmanns Konten sollte gleich da sein, auch wenn ich nicht glaube, dass er dort größere Beträge eingezahlt hat.«

Johann stand auf. »Okay. Du gehst also von einem Suizid aus?«

»Das scheint mir im Moment am logischsten.«

»Wann kommt Rosenbaum?«

Lena hob den Arm und schaute auf die Uhr. »In einer Stunde sollte er da sein.«

Johann nickte und ging auf die Tür zu. »Bis später dann.«

ZWEIUNDDREISSIG

Lena empfing den Staatsanwalt und zog sich mit ihm für eine Stunde zurück, um eine Strategie zu erarbeiten. Schließlich ließen sie Meyerdierks aus seiner Kanzlei abholen und in den Verhörraum bringen. Nachdem er eine halbe Stunde dort auf sie gewartet hatte, traten Lena, Johann und der Staatsanwalt ein und setzten sich ihm gegenüber an den Tisch. Rosenbaum betete die Formalien herunter und fragte Meyerdierks, ob er einen Anwalt wünsche. Er verneinte. Der Erbenermittler saß mit dem gleichen arroganten Zug um den Mund vor ihnen wie bei den letzten Begegnungen. Er schien nicht im Geringsten nervös oder angespannt zu sein. Selbst die halbe Stunde Wartezeit ließ er unkommentiert.

»Herr Meyerdierks«, begann Staatsanwalt Rosenbaum. »Ich möchte nicht lange um den heißen Brei herumreden. Wir ermitteln inzwischen nicht nur wegen eines möglichen Betrugs, sondern auch wegen ein beziehungsweise zwei Tötungsdelikten, die ganz offensichtlich mit Ihnen in direkter Verbindung stehen.«

Meyerdierks zog leicht die Augenbrauen zusammen. Für einen Moment war er irritiert, hatte sich aber gleich wieder im Griff.

»Inzwischen ist nachgewiesen, dass nicht nur die Erbunterlagen im Fall von Joachim Rother gefälscht sind,

303

sondern zusätzlich auch die von Irene Bergmann und Waltraut Postner. In allen drei Fällen waren Sie involviert, oder sollte ich sagen, die treibende Kraft?«

Meyerdierks schwieg weiterhin.

»Zusammen mit der Aussage von Joachim Rothers angeblichem Erben Luka Waldheim ergibt sich ein ziemlich deutliches Bild Ihrer Aktivitäten. Ich gehe davon aus, dass die Erben der beiden genannten Damen ähnliche Aussagen machen werden. Die Kollegen von der Kriminalpolizei sind im Moment dabei, dies zu ermitteln.«

Auch wenn sich Meyerdierks' Miene inzwischen verdunkelt hatte, schien er sich immer noch vollkommen sicher zu fühlen. »Es tut mir wirklich leid, dass mir gefälschte Dokumente untergeschoben wurden. Ich werde in Zukunft selbstverständlich nicht mehr mit der Firma zusammenarbeiten.«

Staatsanwalt Rosenbaum reagierte nicht auf Meyerdierks' Bemerkung und fuhr fort: »Bevor es zu dem Betrug kommen konnte, musste der Erbfall überhaupt erst einmal eintreten. Ich spreche hier von drei verstorbenen Menschen, von denen gestern einer exhumiert wurde.«

Diese Information schien für Meyerdierks neu zu sein. Kurz flatterten seine Augen, dann lächelte er. »Gibt es schon ein Ergebnis der Obduktion?«

»Ja«, sagte Rosenbaum und wandte sich Lena zu. »Bitte, Frau Hauptkommissarin.«

Lena räusperte sich leise. »Wir gehen definitiv davon aus, dass Joachim Rother getötet wurde. Sicherlich können Sie uns sagen, wo Sie sich am Abend des 30. April aufgehalten haben.«

Meyerdierks zog seine Mundwinkel spöttisch nach oben. »Das ist jetzt nicht Ihr Ernst, oder?«

»Das ist unser voller Ernst«, sagte Rosenbaum ruhig.

Meyerdierks zog einen Taschenkalender hervor und blätterte darin herum. »Ich war auf Sylt. Am Abend hatte ich eine

Vorstandssitzung im Golfklub. Dort bin ich …«, er hielt kurz inne, als würde er nachdenken, »so gegen Mitternacht aufgebrochen und nach Hause gefahren. Ich vermute, dass ich wie jeden Werktag gegen neun Uhr am nächsten Tag im Büro war.«

»Sie leben alleine?«, fragte Lena.

Wieder das amüsierte Lächeln. »Im Moment ja.«

»Also haben Sie keine Zeugen, die Ihre Version der Nachtruhe bestätigen können?«

»So ist es.«

Staatsanwalt Rosenbaum fixierte Meyerdierks. »Detlev Schulz hat ausgesagt, dass er Wochen vor dem Tod von Joachim Rother von Ihnen beauftragt wurde, mögliche Erben zu ermitteln. Joachim Rother war laut der Gerichtsmedizin für sein Alter kerngesund und hätte gut und gern noch zehn oder zwanzig Jahre leben können.«

Meyerdierks erstarrte. Zum ersten Mal, seit sie das Verhör begonnen hatten, zeigte er eine deutliche Reaktion. »Das … kann nicht sein«, stammelte er.

»Um es noch einmal festzuhalten«, fuhr Lena fort. »Sie beauftragen einen Privatdetektiv, Erben von einem sehr gesunden, wenn auch älteren Herrn zu suchen. Dieser Herr stirbt kurz darauf. Welche Rückschlüsse würden Sie an unserer Stelle daraus ziehen?«

Meyerdierks schwieg. Lena spürte, wie er verzweifelt nach einer Antwort suchte.

»Beim jetzigen Stand der Ermittlungen«, nahm Rosenbaum das Heft wieder in die Hand, »gehen wir davon aus, dass Sie direkt mit dem Mord an Joachim Rother in Verbindung stehen, ihn vermutlich in Auftrag gegeben haben.« Rosenbaum machte eine Pause, was seinen Worten noch mehr Gewicht gab. »Dass es sich hierbei nicht mehr um Kavaliersdelikte handelt, muss ich Ihnen als Anwalt wohl kaum erklären.«

»Wir werden jede Ihrer Aktivitäten«, ergriff Lena das Wort, »der letzten Wochen und Monate unter die Lupe nehmen und im Detail betrachten und beurteilen. Wir werden Ihre Zusammenarbeit mit Dr. Husmann untersuchen und Ihnen den Mord an Rother und Husmann nachweisen. Es wird vielleicht ein steiniger Weg werden, aber wir schaffen es.«

»Sie sind vollkommen verrückt«, murmelte Meyerdierks.

»Bitte!«, fuhr ihn Rosenbaum an. »Mäßigen Sie sich. Frau Lorenzen hat freie Hand bei den Ermittlungen und ihre Erfolgsquote liegt weit über denen ihrer Kollegen beim LKA.«

Meyerdierks starrte den Staatsanwalt an, als säße ein Geist vor ihm. »Ich habe mit keinem Mord etwas zu tun«, stieß er schließlich hervor. »Ja, ich habe vor dem Ableben von Rother nach Erben suchen lassen. Ja und? Ich habe einen Tipp bekommen. Das heißt doch noch lange nicht, dass ich den alten Mann ermorden lasse.«

»Wer war der Tippgeber?«, fragte Johann. Er hatte ruhig gesprochen, als fragte er lediglich nach dem Weg.

Meyerdierks schien irritiert zu sein, dass plötzlich Johann das Wort ergriff. Er schluckte und schwieg.

»Dr. Husmann hat Ihnen den Tipp gegeben«, behauptete Johann im gleichen Ton. »Genau wie bei Frau Bergmann und Frau Postner.«

Meyerdierks nickte langsam.

»Wie lange haben Sie Dr. Husmann schon gekannt?« war Johanns nächste Frage.

»Ein paar Jahre«, sagte Meyerdierks und es klang, als sei sein Widerstand gebrochen.

»Er ist auf Sie zugekommen?«

Lena entschloss sich, Johann freie Hand zu lassen, obwohl ihre Strategie darauf ausgerichtet war, Meyerdierks so lange unter Druck zu setzen, bis er seine kompletten Verstrickungen in den Fall offenlegen würde. Offensichtlich hatte Johann genau den richtigen Augenblick erwischt, in dem Meyerdierks schutzlos war.

»Ja, wir kamen über meine Arbeit ins Gespräch.«

»Und dann?«

Kurz zögerte Meyerdierks, antwortete dann aber: »Hat er mich angerufen und um einen Termin gebeten. Er meinte, dass er einen guten Einblick habe. Bei alten Patienten, die anscheinend keine direkten Erben hätten.«

»Er hat Sie informiert, wenn es sozusagen bergab ging mit den alten Herrschaften?«

»Ja.«

»Auch bei Joachim Rother?«

»Ja.«

»Hat er Ihnen erzählt, an welcher Krankheit er litt?«

»Krebs im Endstadium. Deshalb habe ich doch auch schon …« Meyerdierks verstummte.

»Dieses Mal haben Sie auch schon vorher Schulz engagiert?«

»Ja.«

»Aber dann ist Rother nicht so schnell gestorben, wie Sie sich erhofft haben?«

»Nein.«

»Wie viel Geld hat Dr. Husmann für jeden Tipp bekommen?«

»Fünfundzwanzig Prozent vom Gewinn.«

»Das ist erheblich.«

»Beim ersten Mal waren es auch nur zehn Prozent. Dann fünfzehn und bei …« Wieder verschlug es ihm die Stimme.

»Wofür brauchte Dr. Husmann so viel Geld?«

»Er ist … er war ein Spieler. Poker. Hohe Summen.«

»Wer hat Ihnen den Tipp bezüglich Alexander von Eiden gegeben?«

»Ein Bekannter aus Hamburg«, antwortete Meyerdierks im gleichen Tonfall wie zuvor. Er wirkte, als habe er den Themenwechsel überhaupt nicht bemerkt.

»Hat es lange gedauert, bis Sie dahintergekommen sind, dass Hauke Jensen Dreck am Stecken hat?«

Als Johann den Namen Jensen nannte, ging ein Ruck durch Meyerdierks, er stockte und richtete sich auf. »Ich weiß nicht, was Sie meinen.«

Lena schlug mit der flachen Hand auf den Tisch. Meyerdierks zuckte zusammen und starrte sie an. »Verkaufen Sie uns hier nicht für dumm! Warum hätte Ihnen Jensen sonst zweihunderttausend Euro zahlen sollen?« Als Meyerdierks zur Antwort ansetzte, riss Lena die Hand hoch. »Stopp! Überlegen Sie genau. Jetzt kommt Ihre Chance, Pluspunkte zu sammeln.«

Sie hatte sehr akzentuiert und laut gesprochen. Meyerdierks schien fieberhaft zu überlegen, was er antworten sollte, als Johann an seine letzte Frage anknüpfte: »Sie haben schnell gewusst, was Jensen mit seiner Schwester veranstaltet hat.«

Der schnelle Wechsel zwischen Lena und Johann schien den Erbenermittler noch mehr durcheinandergebracht zu haben. Schließlich nickte er.

»Würden Sie das bitte laut bestätigen?«, sagte Johann immer noch ruhig und freundlich.

»Ich habe mir zusammengereimt, was passiert war. Genau wusste ich es ja nicht, aber als ich Jensen damit konfrontiert habe ...« Seine Stimme war monoton und klang wie ferngesteuert.

»Hat er sich gleich auf den Deal eingelassen?«

»Ja, der Vorschlag mit dem Vertrag kam von ihm.«

Lena warf einen Blick auf Rosenbaum, der gebannt der Befragung folgte. Er schien keine Einwände zu haben.

»Sie waren es, der Jensen auf die Idee gebracht hat, einen Auftragsmörder zu engagieren!«, donnerte Lena. »Sie haben die Kontakte. Sie waren das! Beihilfe zum Mord wird mit …«

»Nein!«, schrie Meyerdierks plötzlich. Er klang verzweifelt. Sein Gesicht war hochrot, die Hände zitterten.

»Sondern?«, schrie Lena in gleicher Lautstärke.

»Er hat mich … gefragt. Ja, das stimmt. Nicht direkt, aber es war schon klar, was er wollte. Aber ich habe abgelehnt.« Meyerdierks atmete schwer. »Ich kenne solche Leute nicht.«

»Das sollen wir Ihnen glauben?«, fuhr Lena ihn an, um gleich darauf ruhig hinzuzufügen: »Wen sollte Herr Jensen Ihrer Meinung nach fragen?«

»Was weiß ich. Seinen schnupfenden Neffen in Kiel vielleicht.«

»Sie meinen Klaas Jensen?«

»Wen denn sonst?«

»Woher haben Sie die Information, dass Klaas Jensen drogenabhängig ist?«

Meyerdierks schnaubte. »Ich weiß gern, mit wem ich Geschäfte mache.«

»Detlev Schulz?«, fragte Lena direkt.

Meyerdierks nickte und wurde von Lena aufgefordert, die Antwort hörbar zu formulieren.

»Ja, verdammt. Der Schulz hat solche Sachen für mich herausgefunden.«

Erst jetzt schaltete sich Staatsanwalt Rosenbaum wieder ein. »Sie haben soeben Hauke Jensen schwer belastet. Sie würden diese Aussage auch unter Eid wiederholen?«

Meyerdierks schien eine Weile das Für und Wider abzuwägen. »Ich möchte einen Deal«, sagte er jetzt mit entschlossenerer Stimme.

»Das ist unter Umständen möglich«, antwortete Rosenbaum. »Ihnen ist sicher klar, dass es sich dabei nicht um Straffreiheit handeln kann, aber es gibt andere Möglichkeiten. Entscheidend ist, dass Sie hier und jetzt eine vollständige und wahrheitsgemäße Aussage zu den angesprochenen Sachverhalten machen.«

Meyerdierks nickte.

»Dann kommen wir jetzt noch einmal auf Gesa Jensen zurück. Wann genau haben Sie mit Hauke Jensen über Ihren Verdacht gesprochen?«

Als Lenas Handy brummte, warf sie einen kurzen Blick aufs Display. Eine Nachricht von Leon. Sie stand auf, entschuldigte sich und verließ den Verhörraum, um in ihr Büro zu hasten. Als sie die Mail öffnete, stand dort ein kurzer Text:

Darknet definitiv – der Typ ist dumm wie Brot – hat eine Nachricht kopiert und auf dem Rechner gespeichert – hängt an – er hat jemandem Bitcoins überwiesen und sich die Daten notiert – Datei war gelöscht – konnte sie aber wiederherstellen – Bitcoins haben einen Wert von ca. 100.000 €.

Lena öffnete die Worddatei. Darin standen eine Zahlenfolge und Anweisungen, wie und wohin die Bitcoins zu überweisen seien. Bezahlt werden sollte in zwei Raten. Vermutlich eine Anzahlung und nach Vollzug den Rest. Lena wählte Leons Nummer.

»Steht alles in der Mail«, begrüßte er sie.

»Aus der ich nicht ganz schlau werde.«

Leon stöhnte. »Solche Überweisungen sind anonym. Man erhält den Code und wendet sich dann an eine Bank, die solche Deals abwickelt. Die hier sitzt in Singapur. Mach dir keine Hoffnungen, dass ihr da etwas zurückverfolgen könnt. Das ist absolut unmöglich. Noch Fragen?«

»Die Datei war gelöscht?«

»Jetzt nicht mehr. Die finden auch deutsche Beamte.«

»Danke«, sagte Lena, bekam aber keine Antwort mehr. Wie üblich hatte Leon bereits aufgelegt.

Es klopfte an der Tür und gleich darauf trat Dr. Rosenbaum ein.

»Wir haben eine kurze Pause eingelegt. Herr Grasmann wird gleich zusammen mit einem der Flensburger Kollegen ein Protokoll aufnehmen.«

»Okay. Ich sehe im Moment auch kein großes Potenzial mehr. Wir sollten ihn hierbehalten und morgen ein weiteres Mal in die Mangel nehmen.«

»Ja, das sehe ich genauso. Die Beweislage wird für einen Haftprüfungstermin ausreichen. Solange nicht geklärt ist, wie die genauen Absprachen und Aufträge zwischen Husmann und Meyerdierks waren, wird er sicher nicht auf freien Fuß gesetzt werden.«

»Sie glauben ihm nicht?«

»Sie meinen die Story mit Hauke Jensen? Die wird Jensens Anwälten nicht mal ein müdes Lächeln abringen. Sie werden darauf hinweisen, dass Meyerdierks nur seine Haut retten will.«

Lena hatte genau mit der Argumentation gerechnet. Das Schlimme war, dass Rosenbaum auch noch recht hatte. Sie überlegte fieberhaft, wie weit sie den Staatsanwalt mit ins Vertrauen ziehen wollte. Sie konnte kaum erwarten, dass er Leons illegale Aktivitäten gutheißen und darauf seine Strategie aufbauen würde.

»Ich habe einen Hinweis von einem zuverlässigen Informanten, der Klaas Jensen belastet«, versuchte sie sich vorsichtig heranzutasten.

»Informanten?«

»Ich kann den Namen nicht nennen. Sie müssten mir vertrauen. Es geht darum, dass Klaas Jensen Kontakte ins kriminelle Milieu hat, und mein Informant weiß mit Sicherheit, dass Jensen übers Darknet Kontakte geknüpft hat. Ich vermute, dass dies etwas mit Gesa Jensens Tod zu tun hat. Ich schlage vor, wir durchsuchen seine Wohnung und verhören ihn anschließend. Ich glaube kaum, dass er lange standhalten wird.«

Der Staatsanwalt warf ihr einen prüfenden Blick zu. »Informant, Darknet, Drogen. Soll ich das so dem Richter sagen? Der würde mich auslachen, glauben Sie mir. Das ist alles viel zu schwammig. Und das wissen Sie auch, Frau Lorenzen.«

»Jetzt einmal ganz unter uns: Sie hegen den gleichen Verdacht gegen Hauke Jensen wie ich, oder?«

»Noch einmal: Das mag alles sein, aber ...«

»Vertrauen Sie mir. Bitte. Ich bin fest davon überzeugt, dass wir bei Klaas Jensen Beweise finden werden, die uns in die Lage versetzen, ihm Druck zu machen. Ich sehe keine andere Chance, als den Hebel am schwächsten Glied anzusetzen. Wollen Sie, dass wir Hauke Jensen am Schluss nichts nachweisen können und er als Einziger sauber aus der Sache rauskommt?«

Rosenbaum stöhnte. »Aus welchem Grund sollte der Richter einer Wohnungsdurchsuchung zustimmen?«

»Anfangsverdacht auf eine strafbare Handlung. Beihilfe zum Mord. Meyerdierks hat doch mehrfach Klaas Jensen ins Spiel gebracht.«

Rosenbaum stöhnte. »Ja, hat er das?«

»Er hat soeben davon gesprochen, dass Klaas Jensen den von ihm abgelehnten Auftrag übernommen haben könnte.« Lena beschloss, aufs Ganze zu gehen und die Aussage von Meyerdierks kreativ zu deuten. »Außerdem bekommen Sie von mir schriftlich, dass Meyerdierks bei seiner vorherigen Befragung Klaas Jensen belastet hat. Mit seinen heutigen Aussagen ergibt das aus meiner Sicht ausreichende Verdachtsmomente. Zusätzlich hat Klaas Jensen kein Alibi, das bisher hätte bestätigt werden können, und ist darüber hinaus bei unseren Kollegen der Drogenfahndung bestens bekannt. Sie haben uns informiert, dass er mehrfach mit Kokain aufgegriffen wurde, das er als Eigenbedarf deklariert hat.«

Rosenbaum schloss für einen Moment die Augen. »Wenn das schiefgeht, haben wir beide ein Problem, das sich nicht so schnell aus der Welt schaffen lassen wird.«

»Sie haben die entscheidenden Informationen von mir. Falls die Aktion in die Hose geht, werde ich dafür die Verantwortung übernehmen.«

»Nein, ich werde mich ganz sicher nicht hinter Ihnen verstecken. Das ist nicht meine Art.« Er atmete tief durch. »Ich kann Ihnen nicht versprechen, dass ich beim Richter damit durchkomme.«

Lena ließ sich ihre Erleichterung nicht anmerken. Der Staatsanwalt schien ihr, wenn auch mit Vorbehalten, zu folgen. »Ich sehe Klaas Jensen als unsere einzige Möglichkeit, in dem Fall weiterzukommen.«

»Ich kann nur hoffen, dass Sie recht haben und die Durchsuchung Ergebnisse bringt.« Rosenbaum stand auf und öffnete das Fenster. Nach einer Weile kam er zurück und meinte: »Also gut, wir sollten das Vorgehen aber bis ins Detail absprechen. Rufen Sie Herrn Grasmann herein. Wir werden ihn brauchen.«

DREIUNDDREISSIG

Lena griff nach dem Handy. Auf dem Display erschien Johanns Name.

»So weit alles klar bei dir?«, fragte sie.

Johann war inzwischen in Kiel angekommen und würde am frühen Abend die Wohnungsdurchsuchung bei Klaas Jensen leiten. Lena hatte Johann über Leons Entdeckung informiert und mit ihm absolutes Stillschweigen vereinbart. Noch am gleichen Tag sollte ein EDV-Spezialist Jensens Laptop untersuchen, während Johann zusammen mit zwei Kollegen die restlichen beschlagnahmten Dokumente und Unterlagen des Verdächtigen sichten würde. Kriminaldirektor Warnke war informiert und hatte knurrend der Aktion zugestimmt. Lena war nach Absprache mit Rosenbaum zunächst auf Sylt geblieben und plante, zum Verhör von Klaas Jensen Johann nach Kiel zu folgen.

»Ich habe vor dem Haus von Jensen einen Kollegen postiert. In einer halben Stunde werden wir uns in Bewegung setzen.«

»Informier mich bitte, wenn ihr das gefunden habt, wonach wir suchen. Mein Handy ist die ganze Nacht an.«

Lena saß auf dem Polizeirevier über den Informationen, die Gesa Jensens Anwalt Frederik Alten zur Verfügung gestellt hatte. Er hatte seine Mandantin einerseits beraten, inwieweit sie ihren

Bruder nach der langen Zeit noch rechtlich belangen konnte, und andererseits war er ihr bei der Beschaffung der Unterlagen behilflich gewesen, die im passwortgeschützten Bereich ihres Laptops gefunden worden waren. Sollte es zu einem Prozess kommen, wäre der Anwalt vermutlich ein wichtiger Zeuge.

Lena legte alle Dokumente auf einen Stapel und beschloss, für sich ein kleines Restaurant in Strandnähe zu suchen, ein Glas Wein zu trinken und eine Kleinigkeit zu essen.

Auf dem Flur traf sie auf Arne Petersen. Als sie grüßend an ihm vorbeiging, hob er seine Hand. »Hast du einen Moment für mich, Kollegin?«

»Klar. Hier oder in deinem Büro?«

»Gehen wir lieber zu mir«, schlug er vor.

Als er seine Bürotür geschlossen hatte, bat er sie, sich zu setzen. »Möchtest du etwas trinken?«

Lena lehnte dankend ab. Er setzte sich zu ihr.

»Du hast mich vor ein paar Tagen darauf aufmerksam gemacht, dass Hauke Jensen offensichtlich an noch nicht öffentlich gemachte Informationen gekommen ist. Ich habe etwas harsch reagiert und …«

»Alles gut. Lange vergessen«, unterbrach Lena ihn, die sich nach frischer Luft und einem Glas Wein sehnte.

»Darum geht es nicht. Ich fürchte, ich muss mich entschuldigen. Einer meiner Leute hat tatsächlich geplaudert. Er ist entfernt verwandt mit Jensen und meinte wohl, Pluspunkte bei ihm sammeln zu können. Ich habe ihn erst mal suspendiert.«

»Wann war das?«

»Gestern am späten Nachmittag.«

Lena atmete erleichtert auf. Von den neuesten Entwicklungen konnte der Informant also noch nichts gewusst haben. Trotzdem war es wahrscheinlich, dass Hauke Jensen bis zum vergangenen Tag stetig auf dem Laufenden gehalten worden war.

»Meinst du, er hat Einblick in unsere Recherchen gehabt?«
Arne Petersen schien beunruhigt. »Warum fragst du?«

»Sagen wir es so: Dass Hauke Jensen in unseren Fall verwickelt ist, ist seit gestern erheblich wahrscheinlicher geworden.«
Arne Petersen zog hörbar die Luft ein. »Verdammt. Jetzt verstehe ich. Einen direkten Zugang zu den Ermittlungen hatte der Kollege natürlich nicht, aber du weißt selbst, dass man trotzdem so einiges mitbekommen kann, wenn man die Ohren offen hält. Und wenn er wirklich aktiv spioniert hat ...«

War Hauke Jensen durch den Informanten über alle Ermittlungsfortschritte ins Bild gesetzt worden? Lena ging in Gedanken die letzten Tage durch. Wenn der Informant ihre Kontakte nach Hamburg aufgeschnappt hatte, und sei es nur, dass die beiden LKA-Kommissare in die Hansestadt unterwegs waren, konnte Jensen eins und eins zusammengezählt haben. Auch von der Durchsuchung von Meyerdierks' Büro würde er erfahren haben.

»Hast du Kontakt zum Flughafen?«, fragte Lena ihren Sylter Kollegen.

»Ich kenne den Leiter der Bundespolizei persönlich.«

»Vertraust du ihm?«

»Absolut. Ohne Wenn und Aber.«

»Kannst du unter der Hand in Erfahrung bringen, ob Hauke Jensen einen Flug gebucht hat?«

Er nickte, stand auf und griff nach dem Telefon. Nach einem kurzen Gespräch war klar, dass Jensen für den Abend des nächsten Tages einen Flug nach München geordert hatte. Wohin er von dort weiterfliegen wollte, konnte der Kollege von der Bundespolizei nicht einsehen.

»Verdammt«, murmelte Lena. Wenn Jensen sich ins Ausland absetzen könnte, wäre er zunächst einmal außerhalb des Zugriffsbereichs des LKA. Je nachdem wo er sich aufhalten würde, wären komplizierte Anträge und Verfahren notwendig, um seiner habhaft zu werden. Er würde damit die Ermittlungsarbeit erheblich verzögern und unter Umständen für einen langen Zeitraum sogar vollkommen lahmlegen.

Lena dankte Arne Petersen für seine Offenheit und verließ das Büro. Auf dem Weg nach draußen informierte sie den Staatsanwalt, Warnke und Johann. Es würde ihnen nichts anderes übrig bleiben, als bis morgen ausreichend Fakten in der Hand zu haben, um die Abreise von Jensen verhindern zu können. Das Problem war, dass sich entsprechend mehr Fehler einschleichen konnten, je kürzer die Ermittlungszeit war, Fehler, die Jensens Anwälte später zu ihrem Vorteil nutzen konnten.

Als Lena auf einer Dachterrasse mit Blick auf die Nordsee vor ihrem Glas Wein saß, wählte sie Luises Nummer.

»Immer noch am Arbeiten?«, fragte ihre Freundin zur Begrüßung.

»Eigentlich nicht.« Sie hielt das Handy nach oben und schoss ein Foto, das sie gleich darauf per WhatsApp an Luise schickte.

»Ist das der Ort, an den du mich wegen meiner unglaublich schnellen und kompetenten Arbeit bald einladen wirst?«

Lena lachte zum ersten Mal an diesem Tag. »Nein, du kommst mich und Erck auf Amrum besuchen und bringst deinen unglaublich attraktiven Kollegen mit.«

Luise stimmte in Lenas Lachen ein. »Abgemacht! Allerdings kann ich das mit meinem unglaublich attraktiven Kollegen noch nicht zusagen. Aber ich arbeite dran.«

»Hört, hört!«, entfuhr es Lena. »Mein Polizeispürsinn hat mich also doch nicht im Stich gelassen.«

»Quatsch! Das war nur ein Scherz.«

Lena glaubte ihrem Dementi nicht, verkniff sich aber jede weitere Bemerkung. »Was macht die DNA-Analyse?«

»Du wirst mir immer unheimlicher. Genau drei Minuten bevor du angerufen hast, ist sie hier eingetrudelt.«

»Und?«

»Treffer! Ich werde sie gleich weiterleiten und um Abgleich im nationalen und später internationalen Register bitten. Ob die von euch schon eingereichten DNA-Proben mit unserer identisch sind, kann ich dir in ungefähr einer Stunde sagen. Reicht das?«

Lena war inzwischen aufgestanden und lief unruhig ein paar Schritte hin und her. »Den Abgleich mit dem Register. Den brauche ich bis morgen Mittag.«

»Vergiss es! Niemals. Das dauert ein paar Tage. Du kennst doch die Abläufe. Tut mir leid.«

»Okay. Trotzdem danke.« Sie setzte sich wieder auf ihren Stuhl und versuchte, ihre Atmung in den Griff zu bekommen.

»Alles in Ordnung bei dir?«, fragte Luise mit beunruhigter Stimme.

»Alles gut. Ich bin nur etwas überarbeitet. Danke dir, Luise. Ich melde mich morgen noch mal.«

Lena wählte im nächsten Augenblick die Nummer des Staatsanwaltes und bat ihn darum, den Abgleich zu beschleunigen. Der nächste Anruf galt Kriminaldirektor Warnke, an den sie die gleiche Bitte richtete. Als Letztes informierte sie Johann. Erst danach machte sie es sich auf dem Stuhl bequem, das Glas in der Hand, und trank nachdenklich den ersten Schluck Wein.

Dem ersten Glas Wein folgte ein weiteres, bis Lena schließlich aufbrach und ohne Ziel durch Westerland spazierte. Erst am Strand kam sie zur Ruhe und wählte nach einer Weile Ercks Nummer.

»Wie geht es dir?«, fragte Erck.

»Im Moment weiß ich das ehrlich gesagt nicht. So gerne ich Polizistin bin – manchmal macht mich meine Arbeit vollkommen fertig. Ich grabe alte Geschichten aus, stoße auf Hass, Dummheit und Geldgier. Menschen, die sich gegenseitig töten, nicht nur mit Kugeln und Gift, auch mit Worten und dem, was sie nicht tun.«

Erck schwieg.

»Entschuldige, ich wollte das eigentlich gar nicht sagen. Und ganz eigentlich läge ich lieber in deinem Arm, als hier am leeren Strand zu stehen.«

»Ich hätte dich auch gerne hier. Egal ob du dich über dumme und geldgierige Menschen beschwerst oder dich nur bei mir anlehnen willst.«

»Morgen ist der entscheidende Tag. Entweder schaffen wir den Durchbruch oder … die Bösen laufen noch eine Weile frei herum.«

»Das klingt dramatisch.«

»Ja, vielleicht.« Lena seufzte. »Egal wie gut wir sind, die Toten können wir ohnehin nicht wieder lebendig machen.«

»Aber dafür sorgen, dass ihnen Gerechtigkeit widerfährt.«

»Meinst du?«, fragte Lena, die den Alkohol spürte. »Selten ist eine Person ohne Schuld.« Sie musste unwillkürlich an Marie Jensen denken. War sie ohne Schuld? Sie war vor ihrer Familie weggelaufen. Vor ihrem Vater, der zu seinem drogenabhängigen Sohn hielt und seine Tochter und ihre Berufung nicht verstand. Vor dem Familienstreit, der sich inzwischen über Generationen fortsetzte, ohne dass einer oder eine von ihnen auf die anderen zugegangen wäre. Marie Jensen hatte gespürt, dass jemand den ersten Schritt machen musste, aber sie hatte sich trotzdem dem Willen ihrer Großmutter gefügt. Hätte die Entwicklung gestoppt werden können? Wäre es jemals möglich gewesen, Hauke Jensen seine Tat Anfang der Sechzigerjahre zu vergeben? Und war es nicht genau das, was uns Menschen ausmachte? Wir konnten verzeihen und um Verzeihung bitten.

»War ich zu hart gegen meinen Vater?«, fragte sie leise.

»Das weiß ich nicht, Lena. Das kannst nur du selbst beantworten.«

»Vielleicht sollte ich das tun, bevor es irgendwann zu spät ist.«

Als Erck schwieg, musste Lena unwillkürlich lächeln. Auch deshalb liebte sie ihn.

»Wie hat Klaas Jensen reagiert?«, fragte Lena, als Johann sie um kurz nach zehn am Abend anrief.

»Überrascht natürlich. Er hat versucht, seinen Anwalt zu erreichen, aber der war leider, leider nicht mehr im Büro und ist auch nicht ans Handy gegangen. Ich habe vier Kollegen hier, die jetzt noch bis zwölf oder eins die Sachen durchgehen. Der EDV-Mann ist schon bei der Arbeit. Ich gehe gleich zu ihm. Klaas Jensen wird wohl eine unruhige Nacht haben.«

»Wird er beschattet?«

»Warnke war so frei und hat mir noch zwei Kollegen für die Nacht zur Verfügung gestellt. Die behalten ihn im Blick.« Johann lachte kurz auf. »Morgen früh hole ich ihn persönlich ab.«

»Gute Arbeit, Johann. Ich habe mich jetzt entschlossen, mit dem Zug um 5.22 Uhr zu fahren. Ich bin dann kurz vor acht am Hauptbahnhof in Kiel. Lass mich da bitte abholen.«

»Okay. Ich hätte es mir auch allein zugetraut, aber zu zweit sind wir unschlagbar.« Lena hörte die Erleichterung in seiner Stimme.

»Allerdings muss ich am späten Nachmittag zurück auf Sylt sein«, sagte Lena. Sie erzählte ihm von Hauke Jensens Absicht, die Insel zu verlassen. »Ich glaube kaum, dass er nur einen Kurztrip nach München plant.«

»Das sehe ich genauso.«

Lena legte das Handy auf den Nachttisch neben ihrem Bett und ging zurück zum offenen Fenster. Die Temperaturen waren inzwischen auf weit unter zwanzig Grad gesunken, der Wind wehte kalte Luft ins Zimmer. Sie schloss für einen Moment die

Augen und stellte sich vor, was Hauke Jensen gerade tat. Schlief er ruhig in seinem Bett oder lief er nervös im Haus herum? Hatte er genügend Informationen erhalten, um die Gefahr, die ihm vonseiten der Ermittler drohte, zu erahnen? Oder war der Flug nach München eine lange geplante Reise? Lena war klar, dass selbst wenn sie dem Großneffen nachweisen konnten, den Auftragsmörder bezahlt zu haben, sich Hauke Jensen immer noch herausreden konnte. Das Geld, das Klaas Jensen mit hoher Wahrscheinlichkeit von seinem Großonkel bekommen hatte, konnte genauso gut ein Geschenk gewesen sein.

Lena schloss das Fenster und ging unter die Dusche.

VIERUNDDREISSIG

Lena war in der Nacht immer wieder aufgewacht, im Zimmer umhergelaufen und hatte ihr Handy kontrolliert. Um halb fünf stand sie endgültig auf und ging unter die Dusche. Das bestellte Taxi kam pünktlich und brachte sie zum Bahnhof.

Im Zug erhielt sie eine Nachricht von Johann. *Jensen war die halbe Nacht unterwegs. Seit drei Uhr wieder in seiner Wohnung. Holen ihn um Punkt sieben ab zum Verhör. Alles Weitere später.*

Johann schien guten Mutes zu sein, ausreichend Material bei Klaas Jensen gefunden zu haben, um ihn unter Druck setzen zu können. Viel Zeit würden sie nicht haben, bevor ihm sein Großonkel eine Armada von Anwälten zur Seite stellte. Sie konnten nur hoffen, dass Hauke Jensen mit den Vorbereitungen seiner Reise, wo immer sie ihn hinführen sollte, beschäftigt war. Wenn er tatsächlich einen längeren Aufenthalt im Ausland plante, würde er noch einiges zu regeln haben. Lena wählte Johanns Nummer.

»Guten Morgen, Johann. Ich sitze im Zug und hoffe mal, dass ich pünktlich da bin. Gibt es noch etwas, das ich wissen muss?«

»Guten Morgen«, erwiderte er ihren Gruß. »Das Worddokument mit den Angaben zu den überwiesenen Bitcoins haben wir natürlich gefunden. Außerdem hatte Klaas netterweise noch achtzig Gramm Kokain in seiner Wohnung gelagert.«

»Sieh mal einer an!«

»Habe ich auch gedacht. Aber noch wichtiger ist, dass seine drei Bankkonten mehrere Bareinzahlungen von jeweils knapp unter zehntausend Euro aufweisen, die später als ein Betrag nach Singapur überwiesen wurden.«

»Da bin ich aber gespannt, wie er sich da rausreden will.«

»Der Rest, sprich die zahlreichen Mails und anderen Dokumente, die wir auf dem Laptop gefunden haben, werden ein paar Tage in Anspruch nehmen. Die eine oder andere Sache, die uns verdächtig vorkam, haben wir auch noch mitgenommen. Aber auch das wird dauern. Ich denke trotzdem, dass wir ihm mit dem, was wir jetzt haben, ausreichend zusetzen können.«

»Dann hoffen wir mal, dass sein Anwalt oder der von Hauke Jensen nicht so schnell erscheint. Lass Klaas Jensen ruhig etwas im Verhörraum schmoren, bis ich da bin.«

Johann lachte. »Das war mein Plan!«

»Bis später«, verabschiedete sich Lena.

Sie lehnte sich zurück und schloss für eine Weile die Augen. Wenn es ihnen nicht gelang, Klaas Jensen dazu zu bringen, zu reden, würde sein Großonkel mindestens für die nächsten Wochen, wenn nicht für Monate unbehelligt bleiben. Als sie die Augen wieder öffnete, lief der Zug in Husum ein. Sie stieg aus und wartete auf den Regionalexpress nach Kiel.

Als sich gegen sieben ihr Handy bemerkbar machte, nahm sie das Gespräch an. Staatsanwalt Rosenbaum fragte nach den neuesten Entwicklungen. Lena sah sich kurz um. Glücklicherweise hatte sie einen Platz außerhalb der Hörweite anderer Fahrgäste erwischt. Trotzdem sprach sie leise und teilte Rosenbaum mit, dass sie auf dem Weg nach Kiel sei und zusammen mit Johann das Verhör durchführen würde.

»Ich habe alle meine Termine für heute Nachmittag gecancelt«, teilte ihr der Staatsanwalt mit. »Wenn es die Lage erfordert, kann ich gegen Abend auf Sylt sein.«

»Ich halte Sie auf dem Laufenden. Wir müssen abwarten, was das Verhör ergibt. Ich werde Sie rechtzeitig informieren, wenn ich Sie auf Sylt brauche.«

Als sie gerade aufgelegt hatte, rief Nils Frohberg, der Leiter der Kriminaltechnik, an.

»Moin, Lena! Manchmal geht es schneller als erwartet. Wir haben jetzt die DNA-Spuren aus dem Haus analysiert. Bis auf eine können wir alle zuordnen.«

»Okay. Und die eine?«

»Ein Haar mit Wurzel. Im Schlafzimmer. Es hatte eine andere Farbe als die des Opfers, weshalb ich ein besonderes Augenmerk darauf hatte.«

»Luise Stahnke hat auch DNA-Spuren unter den Fingernägeln des Opfers gefunden. Kannst du die beiden bitte sofort abgleichen?«

»Bin schon fast auf dem Weg«, sagte Nils Frohberg und verabschiedete sich.

Lena schrieb Luise eine Textnachricht und kündigte den Leiter der Kriminaltechnik an.

Der nächste Anruf galt Arne Petersen. »Gibt es etwas Neues bei dir?«

»Leider«, sagte Petersen. »Ich wollte dich auch schon anrufen. Ich habe noch einmal mit dem Kollegen gesprochen.« Das *dem* hatte er besonders betont. »Er hat mir sämtliche Details, die er weitergegeben hat, offenbart. Du musst leider davon ausgehen, dass Hauke Jensen ziemlich gut informiert ist.«

»Ich hoffe nur, dass der Maulwurf von dem Hamburger Zeugen, den ich befragt habe, nichts wusste.«

»Das kann ich mir nicht vorstellen, den kenne ja ich nicht einmal«, meinte Arne Petersen und seufzte leise. »Kann ich dir irgendwie helfen?«

Lena überlegte. »Vielleicht. Kannst du einen Wagen am Flughafen postieren? Ich muss wissen, ob Hauke Jensen einen früheren Flug nimmt. Und falls nicht, wann er heute Abend dort auftaucht.«

»Geht in Ordnung. Ich kümmere mich gleich darum.«

»Danke, Arne. Und das mit dem Maulwurf – von meiner Seite wird da nichts kommen. Das könnt ihr hier vor Ort regeln.«

Sie hörte ihn am Telefon erleichtert aufatmen. »Danke! Das rechne ich dir hoch an.«

Kurze Zeit später standen Lena und Johann vor der Spiegelscheibe, hinter der Klaas Jensen im Verhörraum auf sie wartete. Er rutschte unruhig auf dem Stuhl hin und her und atmete schwer.

»So wie er aussieht, hat er nicht viel oder gar nicht geschlafen«, sagte Lena.

Klaas Jensen griff zum wiederholten Male zu seinem Smartphone und wählte. Offensichtlich versuchte er, seinen Anwalt zu erreichen.

»Und wie lange dauert der Gerichtstermin?«, fragte er sichtlich verärgert. »Das wissen Sie nicht? Verdammter Mist! Versuchen Sie ihn gefälligst zu erreichen und sagen Sie ihm, dass ich vom LKA verhört werden soll. Er soll verflucht noch mal seinen Arsch hierherbewegen. Ich habe doch schon gestern auf seine Mailbox gesprochen. Wofür bezahle ich ihn denn?« Grußlos beendete Jensen das Gespräch.

»Dann wollen wir mal«, meinte Lena und ließ Johann den Vortritt.

Jensen, der jetzt vor dem Tisch stand, schaute hoch, als die beiden Kommissare eintraten. »Wow! Die Kavallerie rückt an. Und gleich in voller Stärke. Ich bin beeindruckt.« Der Klang seiner Stimme verriet, dass er nervös und bei Weitem nicht so souverän war, wie er wirken wollte.

»Guten Tag, Herr Jensen«, sagte Lena und zog den Stuhl vor. »Wenn Sie sich bitte setzen möchten.«

»Möchte ich eigentlich nicht, aber ich will ja nicht unhöflich sein.« Er grinste und ließ sich mit einem theatralischen Seufzer auf den Stuhl nieder.

Lena richtete das Mikrofon aus und überließ es Johann, den formalen Teil vorzutragen. »Haben Sie das so weit verstanden?«, fragte sie.

Er nickte herablassend.

»Würden Sie bitte laut ins Mikrofon sprechen?«

Klaas Jensen beugte sich vor. »Ja. Meine Antwort ist *ja*.« Dann richtete er sich auf. »Und jetzt will ich erst mal wissen, was mir vorgeworfen wird.«

Lena lächelte ihn an. »Selbstverständlich werden Sie das erfahren.« Sie öffnete die Mappe und zog ein Blatt heraus, das sie vor sich hinlegte. »Wir haben gestern Kokain bei Ihnen gefunden.«

»Das gehört mir nicht«, sagte er selbstgefällig. »Meine Wohnung steht jedermann offen. Ich habe fast jeden Tag Freunde und Bekannte zu Besuch. Manchmal bis zu zwanzig oder dreißig Personen. Das wird jemand bei mir vergessen haben.«

»Achtzig Gramm?«, fragte Lena und sah Johann an. »Was würde das zurzeit auf dem Markt kosten?«

»Sechstausend. Vielleicht noch etwas mehr.«

Lena zog die Augenbrauen hoch und fixierte Klaas Jensen. »Sie scheinen betuchte Freunde zu haben.«

»So ist es. Und einflussreich sind sie auch.«

»Das glaube ich Ihnen ungesehen«, sagte Lena immer noch lächelnd. Sie wandte sich wieder an Johann. »Wird er damit vor dem Haftrichter durchkommen? Was meinst du?«

»Na ja, eine klitzekleine Chance gebe ich ihm schon. Allerdings müssten wir dann auf der Stelle den Namen desjenigen erfahren, der sein Eigentum so achtlos hat herumliegen lassen.«

Lena sah Klaas Jensen an. »Können Sie uns die Person nennen?«

Jensen sah zwischen Johann und ihr hin und her. »Was wird das hier? Üben Sie für ein Laientheater?« Er stand auf. »Dafür ist mir meine Zeit wirklich zu schade.«

»Hinsetzen! Und zwar sofort!«, fuhr Lena ihn scharf an.

Er zögerte kurz, setzte sich dann aber wieder auf den Stuhl.

»Glauben Sie wirklich, Sie könnten uns verarschen?«, fragte Lena und schlug mit der flachen Hand auf den Tisch. »Achtzig Gramm Kokain. Wissen Sie überhaupt, was das bedeutet? Die Tüte ist mit Ihren Fingerabdrücken übersät. Wollen Sie wirklich behaupten, dass Sie sie nie gesehen haben?«

Er antwortete nicht. Sein herablassendes Grinsen hatte inzwischen ein nervöses Zucken der Augenlider ersetzt.

Lena öffnete erneut die Mappe, zog ein weiteres Blatt heraus und legte es Jensen vor. »Können Sie uns das erklären?«

Jensen warf einen Blick auf die Notiz und erstarrte für wenige Sekunden, bevor er sich räusperte. »Und? Darf man seine Schulden nicht mehr in Bitcoins begleichen?«

Lena wartete, bis er ungefragt weitersprach. »Ich hatte Schulden bei einem australischen Freund. Er hat auf diese merkwürdige Überweisungsart bestanden. Was sollte ich machen?«

»Name?«, fragte Johann in neutralem Ton.

»Wie bitte?« Jensen sah ihn irritiert an.

»Ich brauche den Namen Ihres australischen Freundes.«

Jensen griff nach einem Kugelschreiber, der auf dem Tisch lag, und verlangte einen Zettel. Er schrieb etwas und schob das Papier zu Johann. »Reicht das?«

Johann stand auf. »Fürs Erste auf jeden Fall.« Er verließ den Raum.

»Kann ich jetzt gehen?«, fragte Jensen und machte wieder Anstalten, sich zu erheben.

»Nein.« Lena war wieder ruhig. »Das wird leider nicht gehen. Erzählen Sie mir doch von Ihrem Freund. Sie waren in Australien?«

»Warum sollte ich das tun?«, antwortete er pampig.

Lena ging nicht auf seine Frage ein. »Sie besitzen einen Schlüssel zum Haus Ihrer Großmutter?«

»Was sollte ich bitte schön mit einem Schlüssel von dem Sylter Haus?«

»Ich stelle hier die Fragen, Herr Jensen. Haben Sie einen?«

»Nicht dass ich wüsste.«

»Ja oder nein?«

»Nein, verflucht noch mal.«

»Wie ist Ihr Verhältnis zu Hauke Jensen?«

Er starrte sie wütend an. »Das geht Sie einen feuchten Kehricht an.«

»Sie bewundern ihn? Immerhin hat er auf Sylt so einiges auf die Beine gestellt. Und das aus eigener Kraft. Zu so jemandem kann man schon mal aufsehen, denke ich.«

Er stöhnte. »Wenn Sie es unbedingt wissen wollen: Ja, ich bewundere ihn. Er ist ein großartiger Mann mit Charakter. Manchen Menschen geht so etwas leider ab.« Er zog seine Mundwinkel zu einem missglückten Lächeln hoch. »Sie wissen sicher, wen ich meine.«

Johann betrat das Verhörzimmer und setzte sich. »Der Name Sam Jones ist nirgendwo auf Ihrem Laptop zu finden. Weder haben Sie Mails an ihn geschrieben oder auf andere

Weise mit ihm kommuniziert. Auch auf Ihrem Handy ist kein entsprechender Kontakt vorhanden.«

»Woher wissen Sie das?« Er hielt das Smartphone fest in der Hand.

»Meine Kollegen haben gestern Abend eine Kopie von den Daten gezogen.« Johann fixierte ihn. »Es gibt keinen Sam Jones. Außer in Ihrer Fantasie. Wem haben Sie die Bitcoins überwiesen und aus welchem Grund?«

»Das habe ich Ihnen bereits mitgeteilt. Mag ja sein, dass ich mit Sam nur über ein anderes Handy gesprochen habe. Na und? Das kann ja wohl kaum …«

»Herr Jensen«, unterbrach ihn Lena. »Das hier ist kein Spiel, in dem sich jeder mal eben etwas ausdenkt. Sie stecken knietief in der Scheiße und wenn Sie nicht mit uns kooperieren, sehe ich nicht die geringste Chance, dass Sie mit einem blauen Auge davonkommen. Das ist Beihilfe zum Mord. Zehn Jahre, zwölf. Vielleicht auch mehr. Je nachdem wie der Richter Ihre Rolle bewerten wird.«

Jensen starrte sie verwirrt an. »Rolle?«

»Ich denke, wir fangen einfach noch mal von ganz vorne an. Also, wie war das mit Ihrem australischen Freund? Wo kam das Bargeld her, das Sie nach und nach auf Ihre Konten eingezahlt haben?«

Nach eineinhalb Stunden intensiven Verhörs schaltete Lena die Aufnahme ab und verkündete eine Pause. Immer und immer wieder waren sie Jensens Story seines ominösen australischen Freundes durchgegangen, der davon nicht abrücken wollte. Aber Klaas Jensen verstrickte sich zunehmend in Widersprüche. Mal war er in Australien zu Besuch gewesen, mal war sein Freund durch Europa gereist und hatte bei ihm Station gemacht. Neben einem verlorenen Pokerspiel gab es weitere Varianten, mit denen er die Schulden zu erklären versuchte. Wer ihm das

Bargeld für die Einzahlungen zur Verfügung gestellt hatte, variierte auch von Version zu Version.

Klaas Jensen nahm das Angebot, eine Pause einzulegen, erleichtert an. Er bat um Kaffee und etwas zu essen, das Lena bei einem Kollegen bestellte, der anschließend im Verhörraum Platz nahm.

FÜNFUNDDREISSIG

»Und?«, fragte Johann, nachdem sie wieder vor der Spiegelscheibe standen und über die weitere Strategie sprachen. »Harte Nuss. Wir sind nur Millimeter weitergekommen.«

Lena grinste. »Nicht so pessimistisch, Kollege. Ein paar Zentimeter sind es schon. Wir brauchen weitere Ansatzpunkte. Kannst du zu den Kollegen gehen, die Jensens Sachen durchforsten? Vielleicht gibt es ja schon etwas Neues.«

Johann nickte und verließ den Raum.

Lena griff zu ihrem Smartphone und rief Marie Jensen an.

»Haben Sie Neuigkeiten für mich?«, fragte die junge Frau nach einer kurzen Begrüßung.

Lena entschloss sich, ihr von ihrem Bruder Klaas zu berichten. In Kürze würde sie ohnehin davon hören. »Bei Ihrem Bruder in Kiel ist die Wohnung durchsucht worden. Im Moment verhören wir ihn.«

»Warum?«, hörte Lena Marie Jensens erschrockene Stimme.

»Es besteht der Verdacht, dass er etwas mit dem Tod Ihrer Großmutter zu tun haben könnte.«

Marie Jensen schwieg. Lena konnte ihre Bedrückung regelrecht durchs Telefon spüren.

»Er kann nicht erklären, wem er anonym hunderttausend Euro überwiesen hat und aus welchem Grund«, fügte Lena hinzu.

Marie Jensen stöhnte leise auf. »Ich habe es bisher noch nicht gesagt, weil ich niemanden aus der Familie zu Unrecht belasten wollte.«

Lena horchte auf. »Was ist passiert?«

»Ich bin vor ungefähr vier Wochen in Kiel gewesen. Ein Treffen mit einer Galeristin. Auf dem Rückweg zum Bahnhof bin ich Klaas begegnet. Wir haben dann in einem Café einen Kaffee getrunken.« Sie machte eine kurze Pause. »Später, im Zug, habe ich bemerkt, dass mein Hausschlüssel nicht mehr da war. Ich habe natürlich gedacht, ich hätte ihn verloren, und vielleicht war es auch so.«

»Können Sie mir von Ihrem zweiten Schlüssel ein Foto aufs Handy schicken?«

»Ja, natürlich. Warten Sie bitte einen Augenblick.« Lena hörte, wie der Telefonhörer zur Seite gelegt wurde, und dann das typische Geräusch einer Aufnahme mit dem Handy. Einen Augenblick später hatte sie das Foto auf ihrem Display.

»Hat Klaas tatsächlich etwas damit ...« Marie Jensen verschlug es die Sprache.

»Nach der Indizienlage können wir das im Moment nicht ausschließen.«

»Er alleine?«

»Dazu kann ich noch nichts sagen.«

»Gesas Bruder Hauke?«, stieß sie hervor.

»Haben Klaas und er ein besonderes Verhältnis?«

»Mein Großonkel ist Klaas' Taufpate. Ja, die beiden haben sich immer gut verstanden.« Lena hörte sie schwer atmen. »Aber warum nur?«

»Das wissen wir noch nicht genau«, sagte Lena ausweichend. »Worüber haben Sie mit Ihrem Bruder gesprochen, als Sie mit ihm Kaffee trinken waren?«

»Ich werde über die Ausstellung gesprochen haben. Ich weiß gar nicht, ob Klaas das überhaupt interessiert hat. Er wollte dann …«

»Ja, Frau Jensen?«

»Klaas hat mich um Geld gebeten.«

»Haben Sie ihm zugesagt, dass er etwas von Ihnen bekommt?«

»Nein. Ich wusste, er würde es nur für Drogen und Glücksspiel ausgeben. Außerdem habe ich ihm in den letzten zwei Jahren …« Sie holte tief Luft. »Ich bin nicht stolz darauf, was ich getan habe. Ich wusste damals schon, wofür er das Geld braucht, und habe es ihm trotzdem gegeben.«

»Wie viel?«

»Ich weiß es nicht genau. Gesa hat es mir geliehen. Ich habe ihr nicht gesagt, wofür ich es brauchte. Vielleicht insgesamt zwanzigtausend. Immer in relativ kleinen Beträgen. Er hat mich ständig angerufen und mehr gewollt, bis ich mich schließlich geweigert habe, ihn weiter zu unterstützen.«

»Wie hat er reagiert?«

»Ich habe irgendwann die Telefongespräche nicht mehr angenommen. Er wurde schon als Kind schnell aggressiv, wenn er nicht das bekommen hat, was er wollte.«

»Verstehe.« Lena dachte über weitere Fragen nach, entschied sich dann aber erst mal, den Verdächtigen erneut zu verhören. »Sind Sie den ganzen Tag zu erreichen? Es könnte sein, dass ich Sie noch einmal brauche.«

»Ich bin hier«, antwortete Marie Jensen leise. »Hier, in Gesas Haus.«

Lena bedankte sich und beendete das Gespräch, während sie sich bereits auf den Weg zu Johann in die Kriminaltechnik machte.

Er kam ihr auf halbem Weg entgegen und hielt eine Asservatentüte hoch, in der sich ein Schlüssel befand.

»Was sagst du dazu? Den haben wir festgeklebt unter einer Schreibtischschublade gefunden. Jensen konnte oder wollte uns nicht erklären, was es mit dem Schlüssel auf sich hat.«

Lena nahm die Tüte entgegen und betrachtete den Schlüssel von allen Seiten. »Der ist nachgemacht. Und zwar hier in Kiel.« Sie zeigte auf das Logo eines Kieler Schlüsseldienstes, der zahlreiche Werkstätten unterhielt. »Das Original muss er weitergegeben haben.« Sie erzählte Johann, was sie soeben von Marie Jensen erfahren hatte.

»Aus der Nummer kommt er nicht mehr raus«, sagte Johann.

»Haben die Kollegen noch was gefunden?«

»Klaas Jensen hatte definitiv keinen nachweisbaren Kontakt zu einem Australier oder zu jemandem, der in Australien lebt. Keine E-Mails, keine Anrufe, keine SMS oder WhatsApp-Nachrichten. Nichts!«

»Kontakte zu Hauke Jensen?«

»Die Telefonliste der letzten Anrufe war nicht gelöscht. Er hat zehnmal in der fraglichen Zeit mit ihm telefoniert. Vom Handy wie vom Festnetz. Aber wir haben leider nichts gefunden, was in Zusammenhang mit dem hohen Bargeldbetrag steht.«

»Und das Kokain?«

Johann zuckte mit den Schultern. »Ich habe gerade noch mal mit den Kollegen vom Rauschgift gesprochen. Bisher ist er nicht als Dealer aufgefallen. Vielleicht hat er etwas von dem Blutgeld seines Großonkels abgezweigt und die achtzig Gramm damit bezahlt. Kann ja sein, dass er es leid war, ständig beim Kauf von ein paar Gramm erwischt zu werden.«

Lenas Handy machte sich bemerkbar. Arne Petersens Nummer.

»Moin, Arne! Hast du noch was für mich?«

»Hauke Jensen hat umgebucht. Sein Flug geht in drei Stunden nach Hamburg.«

Lena sah auf die Uhr. Es war kurz nach elf. »Verdammt!«, entfuhr es ihr.

»Tut mir leid. Soll ich ihn am Flughafen festhalten?«

»Mit welcher Begründung? Arne, ich melde mich wieder bei dir.«

»Alles klar. Ich bin die ganze Zeit zu erreichen.«

»Hauke Jensen?«, fragte Johann.

Lena nickte. »Er hat umgebucht. Wir haben nur noch drei Stunden. Ansonsten müssen die Kollegen ihn am Hamburger Flughafen festsetzen.«

»Dann mal auf in den Kampf«, sagte Johann und lief in Richtung Verhörraum.

Lena legte die Tüte mit dem Schlüssel vor Klaas Jensen auf den Tisch. »Den haben wir in Ihrer Wohnung gefunden.«

»Noch nie gesehen«, sagte er. Seine Stimme klang bei Weitem nicht mehr so forsch wie zu Beginn des Verhörs. »Das habe ich auch schon gestern zu Ihren Kollegen gesagt.«

»Dieser Schlüssel war besser versteckt als das Kokain. Wir haben Ihre Fingerabdrücke auf beiden Seiten gefunden.«

»Keine Ahnung«, murmelte er, schien aber zunehmend verunsichert.

»Sehen Sie das Logo? Wie viele Filialen hat die Firma? Fünf oder sechs? Sollen wir dort Ihr Foto herumzeigen, bis wir den Mitarbeiter gefunden haben, der Ihnen den Schlüssel nachgemacht hat?«

»Tun Sie, was Sie nicht lassen können«, murmelte Jensen.

»Um einen Schlüssel nachmachen zu können, braucht man das Original. Wo haben Sie den Originalschlüssel her? Ich werde es Ihnen sagen: Vor vier Wochen sind Sie zufällig Ihrer Schwester Marie begegnet und haben mit ihr zusammen einen Kaffee getrunken. Ist das richtig?«

Klaas Jensen nickte. Er schien müde zu sein. Sein Körper war leicht nach vorn gebeugt, die Arme auf dem Tisch abgestützt, und er blinzelte häufig.

»Können Sie das bitte laut sagen?«, forderte ihn Lena auf.

»Ja, ich habe mich mit meiner Schwester getroffen.«

»Sie haben ihr den Schlüssel entwendet?«, fragte Johann.

Er antwortete nicht.

»Worüber haben Sie gesprochen?«, stellte Lena die nächste Frage.

Jensen richtete sich langsam auf. »Über ihre Ausstellung. Kunst und noch mal Kunst. Als gäbe es nichts anderes im Leben. Gesa hat ihr den letzten Funken Verstand ausgetrieben. Diese alte Hexe …«

»Haben Sie Ihre Schwester um Geld gebeten?«

Jensen warf ihr einen erstaunten Blick zu. »Woher wissen Sie das?«

»Hat sie Ihnen Geld zugesagt?«

Seine Miene verfinsterte sich. »Nein. Sie ist schon wie Gesa. Arrogant und selbstgefällig. Die beiden hocken da auf dem großen Geld und spenden es für irgendwelche Idiotenprojekte. Familie kennen die beide doch schon lange nicht mehr.« Er schien nicht zu merken, dass er von seiner Großmutter im Präsens sprach.

»Was wollten Sie mit dem Schlüssel?«, fragte Lena ruhig.

Er atmete tief durch und starrte auf seine Finger. »Ich weiß es nicht. Mir das holen, was mir zusteht?«

»Wo ist der Originalschlüssel jetzt?«

Jensen knetete seine Finger und atmete flach. »Weiß ich nicht.«

»Hat Ihr australischer Freund etwa auch den Schlüssel bekommen?«

Klaas Jensen zuckte mit den Schultern.

»Wie ist sein richtiger Name?«, fragte Lena weiter. Sie hatte leise und unaufdringlich gesprochen, als fragte sie einen Passanten nach dem Weg.

»Steven«, antwortete Jensen nach einer Weile. »Er nennt sich Steven.«

»Wo haben Sie den Schlüssel übergeben?«

Jensen antwortete nicht.

»Haben Sie Steven den Schlüssel gegeben?«, fragte sie lauter und energischer.

Jensen fuhr zusammen und richtete sich langsam auf. Schließlich strich er sich die Haare aus dem Gesicht und sagte: »Nein.«

Lena ließ sich Zeit mit ihrer Reaktion. »Gut, Herr Jensen. Dann beginnen wir noch einmal mit Ihrem australischen Freund, der nicht Sam, sondern Steven heißt. Oder sich so nennt. Wo und wann haben Sie ihn zum ersten Mal getroffen?«

Jensen schüttelte den Kopf. »Ich will nicht darüber sprechen.« Er schien jetzt wieder aufmerksamer zu sein und neue Kraft zu schöpfen. Trotzdem ging Lena davon aus, dass sein Widerstand in dem Augenblick dahingeschmolzen war, als er den Namen Steven preisgegeben hatte. Jetzt war es nur noch eine Frage der Zeit, bis er mit weiteren Informationen herausrücken würde. Sie entschloss sich, ihn weiter unter Druck zu setzen, und gab Johann einen Wink. Er verstand sofort.

»Es gibt jetzt genau zwei Möglichkeiten«, sagte Johann deutlich akzentuiert und erheblich lauter als zuvor. »Du hast einen Mord in Auftrag gegeben oder warst nur Mittelsmann. Zwischen diesen beiden Varianten liegen ungefähr acht Jahre.«

Als Jensen nicht reagierte, fuhr er ihn an. »Acht Jahre Knast. Weißt du, was die da mit dir machen? Was meinst du, wie schnell sich herumspricht, dass du schwul bist. Dann wirst du von einem Brutalo zum nächsten gereicht. Ohne dass dich jemand fragen wird, ohne dein geliebtes Koks.« Er hielt kurz inne und donnerte dann. »Acht Jahre. Mann! Ist dir dein Leben so egal? Guck mich verdammt noch mal an!« Johann sprang auf, sein Stuhl fiel mit einem lauten Knall hintenüber. »Mit ganz viel Glück kommst du sogar mit Bewährung davon. Oder landest für ein, zwei Jahre in einer Psychoklinik.«

Klaas Jensen starrte ihn an, schluckte mehrmals und schloss dann die Augen.

Lena gab ihrem Kollegen ein Zeichen, dass er sich jetzt zurückhalten solle. Sie strich Jensen sanft über den Unterarm. »Herr Jensen«, sagte sie ruhig. »Mein Kollege ist gerade etwas laut geworden, aber er hat recht. Sie sind doch nicht derjenige, der auf die Idee gekommen ist, Steven zu engagieren. Es war doch so, oder?«

Jensen nickte. Lena forderte ihn diesmal nicht auf, sich laut zu äußern, legte eine kurze Pause ein und fragte Jensen noch einmal: »Erzählen Sie uns, wie es wirklich war. Sie sind kein Mörder. Den Auftrag hat jemand anders gegeben.«

Wieder nickte Klaas Jensen.

»Hat Ihr Großonkel Sie um Hilfe gebeten?«

Ein erneutes Nicken.

»Okay. Dann klären wir jetzt eins nach dem anderen ganz in Ruhe. Haben Sie mich verstanden, Herr Jensen?«

Ein Ruck fuhr durch seinen Körper. Er richtete sich auf, sah Lena an und sagte mit fester Stimme: »Es war nicht meine Idee. Ich habe Gesa nichts getan. Hauke hat mich bedrängt, ihm einen Kontakt zu vermitteln. Er hat mir diktiert, was genau passieren soll.«

In der nächsten Dreiviertelstunde gingen sie alles haargenau durch. Johann verfasste das Protokoll, das Jensen später unterschreiben sollte.

Laut Klaas Jensens Aussage hatte Hauke Jensen ihn zu sich eingeladen und war im Laufe der zwei Tage, die Klaas Jensen bei seinem Großonkel verbrachte, immer deutlicher darauf zu sprechen gekommen, dass Gesa ihn mit gefälschten Informationen erpressen würde und er ihr hilflos ausgeliefert sei. Schließlich hatte Hauke Jensen seinen Großneffen davon überzeugt, dass sie Krebs im Endstadium habe und es für sie eine Erlösung wäre, wenn sie von ihren Leiden befreit würde. Die Krankheit sei auch der Auslöser dafür gewesen, dass seine Schwester ihn vernichten wolle, so Hauke Jensen. Klaas Jensen hatte daraufhin im Darknet nach Kontakten gesucht, die Einzelheiten abgesprochen, das Geld überwiesen und den Schlüssel hinterlegt. Das Geld für das Kokain hatte er vom Preis des Killers heruntergehandelt und wollte es nach und nach selbst verbrauchen. Einen direkten Auftrag von seinem Großonkel bekommen zu haben stritt er weiter ab.

Lena bot Jensen an, eine erneute Pause einzulegen, und verließ mit Johann den Verhörraum, nachdem ein Kollege hinzugekommen war.

»Du schaffst es nicht mehr rechtzeitig nach Sylt, bevor Hauke Jensen abfliegt«, sagte Johann, als sie im Nebenraum standen.

Lena wählte Arne Petersens Nummer und fragte ihn, ob Hauke Jensen sich bereits am Flughafen befände.

»Er ist auf dem Weg«, antwortete Petersen. »Allerdings habe ich gerade erfahren, dass der Flug erhebliche Verspätung hat. Im Moment wird von einer Stunde ausgegangen.«

Lena warf einen Blick auf die Uhr. »Das heißt, ich habe noch fast zwei Stunden?«

»Ja, das ist mein aktueller Stand.«

Sie bedankte sich bei Petersen und wählte im nächsten Augenblick die Nummer von Kriminaldirektor Warnke. Er nahm das Gespräch sofort an. Lena erklärte ihm die Situation und bat darum, mit einem Helikopter nach Sylt gebracht zu werden. Nach kurzem Zögern willigte Warnke ein und meldete sich wenige Minuten später wieder, als Lena bereits im Auto eines Kollegen saß, der sie zum Landeplatz der Flugbereitschaft bringen sollte. Warnke gab ihr die nötigen Details durch.

Anschließend rief Lena Marie Jensen an.

»Ihr Bruder hat gestanden«, sagte sie nach der kurzen Begrüßung. »Ich bin auf dem Weg zurück nach Sylt. Ihr Großonkel hat für heute einen Flug nach Hamburg gebucht. Ich vermute, dass die Weiterreise ins Ausland gehen soll.«

Sie hörte, wie Marie Jensen laut aufstöhnte. »Warum? Warum nur?«

»Das ist wahrscheinlich eine sehr alte Geschichte, die ihren Ursprung in Hamburg hat.«

»Das ist …« Weiter kam sie nicht. Als Lena sie schluchzen hörte, wartete sie, bis Marie Jensen sich beruhigt hatte.

»Vielleicht brauche ich Ihre Hilfe«, sagte Lena. Schon auf der Fahrt nach Kiel hatte sie über das alte Foto von Gesa Jensen nachgedacht, das Beke ihr gezeigt hatte. Wenn Marie Jensen ihre Haare zusammenbinden würde, wäre die Ähnlichkeit der beiden frappierend.

»Was kann ich schon machen?«

»Sie sehen Ihrer Großmutter sehr ähnlich?«

»Ich glaube, ja. Was haben Sie vor?«, fragte Marie Jensen.

»Würden Sie unter Umständen mit Ihrem Großonkel sprechen?«

»Sie meinen, ich soll ihn … nein, er wird nicht auf mich hören. Hat er Klaas angestiftet?«

»So wie es aussieht, hat er Ihren Bruder als Handlanger missbraucht.«

»Hauke hat sich mir gegenüber immer sehr merkwürdig benommen. Ich kann gar nicht sagen, was es genau war. Manchmal dachte ich fast, er würde sich bewusst von mir fernhalten. Wir haben nie mehr als ein, zwei Sätze miteinander gesprochen.«

»Ich fliege gleich nach Sylt und bin in etwa einer Dreiviertelstunde am Flughafen. Könnten Sie auch dorthin kommen und auf mich warten?«

»Wird das Klaas helfen?«

»Wenn Ihr Großonkel seine Beteiligung zugibt, wird das Ihren Bruder in jedem Fall entlasten.«

Eine Beamtin der Flugbereitschaft winkte ihr zu. Die Maschine schien startklar zu sein. Lena zeigte auf ihr Handy und bat mit einer Geste um einen Moment Geduld.

»Ich komme«, sagte Marie Jensen. »Wo treffen wir uns?«

»Einer meiner Kollegen wird am Eingang auf Sie warten.«

Sie verabschiedeten sich. Lena rief Arne Petersen an und bat ihn darum, dass jemand Marie Jensen am Flughafen in Empfang nehmen würde. Er versprach, die Aufgabe selbst zu übernehmen.

SECHSUNDDREISSIG

Lena hatte kaum Augen für die Landschaft. Sie ging ein ums andere Mal ihre Strategie durch, verwarf den Ansatz wieder und entschloss sich schließlich, Marie Jensen nur vorsichtig mit in die kommende Begegnung mit Hauke Jensen einzubeziehen. Als sie gelandet war, lief die junge Frau schon neben Arne Petersen auf sie zu. Sie begrüßten sich und gingen zu zweit weiter. Kurz vor der Eingangshalle fragte Lena Marie Jensen, ob sie sich die Haare zusammenbinden könne. Nach kurzem Zögern willigte sie ein.

»Ich versuche, mit Ihrem Großonkel zu sprechen«, erklärte Lena. »Wenn Sie sich ein paar Meter weiter hinsetzen könnten? Kommen Sie erst, wenn ich Ihnen zunicke, langsam zu uns an den Tisch. Das würde mir sehr helfen.«

»Was soll ich sagen?«

»Überlassen Sie einfach mir das Reden.«

Als Marie Jensen nickte, gingen sie beide weiter. Einer der Kollegen, die Lena vom Polizeirevier kannte, kam ihnen entgegen.

»Herr Jensen hat eingecheckt und hält sich jetzt in der Syltlounge auf. Bis zum Boarding dauert es noch mindestens eine halbe Stunde.«

Am Eingang der Lounge wies Lena sich als Polizistin aus und betrat gemeinsam mit Marie Jensen den Raum, in dessen Mitte eine Art Cafébar stand, an der sich die Gäste selbst bedienen konnten. Hauke Jensen saß abseits am Fenster und schien ihr Kommen nicht bemerkt zu haben. Lena positionierte Marie Jensen drei Tische entfernt und ging dann schnellen Schrittes auf Hauke Jensen zu. Jetzt entdeckte er die beiden Frauen. Sein Blick wanderte zwischen Lena und seiner Großnichte hin und her, als könne er nicht glauben, was er gerade sah.

»Guten Tag, Herr Jensen«, sagte Lena und setzte sich unaufgefordert zu ihm. »Sie wollen verreisen?«

Wieder wanderte sein Blick zu Marie Jensen. »Was soll der Unfug hier? Was macht … sie hier?«

»Ihr Großneffe Klaas hat vor wenigen Minuten gestanden.«

Er schnaubte verächtlich, schwieg aber. Auch wenn Jensen versuchte, es zu überspielen, hatte Lena gleich bemerkt, wie nervös er war.

»Sie wissen, dass er kokainabhängig ist?«, fragte Lena weiter.

»Was soll das hier?«, prustete Jensen, ohne den Blick von seiner Großnichte abzuwenden. Jetzt riss er sich los und starrte Lena wütend an. »Sie haben die längste Zeit Ihren Job gehabt.«

»Dr. Meyerdierks belastet Sie schwer. Es ist nur eine Frage der Zeit, bis Klaas Jensen zugibt, dass er nicht allein auf die Idee gekommen ist und wer ihm den Auftrag erteilt hat.«

Jensen sah demonstrativ auf die Uhr. »Ich kann leider nichts für Sie tun, Frau Kommissarin. Ich würde Sie dann bitten, den Raum zu …«

»Ist Ihnen Ihr Ruf so wichtig gewesen, dass Sie selbst vor dieser grausamen Tat nicht haltgemacht haben? Ist das der Dank an Klaas, dass Sie ihn jetzt in der Scheiße sitzen lassen? Ich dachte, Sie seien ein Mann von Ehre. Aber nein, ich vergaß, dass Sie Ihre eigene Schwester …«, Lena wandte den Blick zu Marie Jensen und wieder zurück, »dass Sie Gesa verkauft

343

haben. Und nicht nur das. Sie haben ihr Kind töten lassen. Sie sind ein elender Heuchler und Möchtegern. Konnten Sie die letzten sechzig Jahre wirklich ruhig schlafen? Oder haben Sie im Traum das Blut an Gesas Beinen herunterlaufen sehen? Und jetzt soll Klaas, dieser arme Junge, den ganzen Mist ausbaden? Ich dachte, Aufgabe eines Taufpaten wäre auch, die Hand schützend über das Kind zu halten. Wie konnte sich Thees so in Ihnen täuschen?«

»Hören Sie auf damit«, sagte Hauke Jensen. Wieder glitt sein Blick vorbei an Lena zu Marie. Seine Augen flackerten. Er öffnete leicht den Mund und atmete schwer aus und ein.

»Gesa hat Sie mal geliebt. Wissen Sie das überhaupt? Sie hat zu Ihnen aufgeschaut, wie eine kleine Schwester nun mal zu ihrem Bruder aufschaut. Sie hätte alles für Sie getan. Ich habe alte Briefe gelesen, in denen Gesa genau das sagt. Sie hat Sie geliebt. Wussten Sie das?« Lena machte eine kurze Pause. »Sie hat Ihnen vertraut. Ihnen, der plötzlich vor ihrer Wohnungstür stand und ihr Hilfe anbot. Sie sehnte sich schon lange zurück nach Sylt, zu ihrer Familie. Sie suchte Geborgenheit, Schutz, ein Heim für sich und ihren kleinen Sohn. Erinnern Sie sich an den kleinen Thees? Er war so unglaublich niedlich.« Sie legte ihre Hand auf Jensens Arm. »Erinnern Sie sich, Herr Jensen?«

»Nein!«, brachte er mühsam hervor. »Sie lügen.«

»*Onkel Hauke.* Hat das nicht immer der kleine Thees gesagt und Sie dabei bewundernd angeschaut? Auch er liebte Sie. Sie waren eine Art Vaterersatz für ihn.«

Hauke Jensen schüttelte wortlos den Kopf.

»Wussten Sie das nicht? Er bewundert Sie doch heute noch. Und sein Sohn Klaas noch viel mehr. Sie sind sein Taufpate. Sie müssen ihn beschützen. Er gehört zu Ihrer Familie.«

»Gehen Sie!«, brachte Jensen mit letzter Kraft hervor, seinen Blick auf Marie gerichtet. »Beide!«

»Nein, Gesa wird nicht gehen. Nicht, solange Sie nicht die Verantwortung für das übernehmen, was Sie getan haben. Hören Sie! Es ist Ihre Familie. Sie sind verantwortlich.«

»Ich fliege gleich nach Hamburg«, sagte er wie ferngesteuert.

»Ja, Hamburg. Erinnern Sie sich? Gesa war in Hamburg. Sie haben sie gesucht und gefunden. Sie waren ihr großer Bruder. Sie hätten sie beschützen müssen. Und jetzt lassen Sie auch noch Gesas Enkel im Stich. Gesa braucht Sie. Die Familie braucht Sie.«

Ohne sich umzudrehen, gab Lena Marie einen Wink. Sie hörte, wie langsam der Sessel zurückgeschoben wurde, sah in seinem Blick das Entsetzen und die Angst.

Lena stand auf. »Kommen Sie, Herr Jensen. Wir gehen jetzt zusammen nach draußen und werden uns ganz in Ruhe darüber unterhalten, was passiert ist.«

Wie ein Schlafwandler stand Jensen auf. Lena gab Marie einen weiteren Wink. Sie blieb stehen und trat zur Seite, als Lena mit Hauke Jensen auf sie zukam. Lena hatte ihm die Hand auf den Rücken gelegt und führte ihn jetzt mit leichtem Druck erst aus der Lounge und dann aus dem Flughafengebäude hinaus nach draußen. Mit einer Handbewegung wies sie die wartenden Kollegen an vorzufahren und setzte Jensen bei ihnen auf die Rückbank. Schließlich beugte sie sich in die offene Tür. »Wir sehen uns gleich, Herr Jensen. Die beiden Kollegen werden Sie jetzt zum Polizeirevier fahren.«

Der alte Mann sah sie an und nickte.

SIEBENUNDDREISSIG

Gegen zehn Uhr am Abend desselben Tages gestand Hauke Jensen. Er bestätigte, dass seine Schwester ihm ein Ultimatum gesetzt hatte. Sie wollte ihn zwingen, aus der Firmenleitung auszutreten und einen Großteil des Vermögens an gemeinnützige Organisationen zu spenden. Sie drohte damit, die Geschichte öffentlich zu machen und ihn auf Schadensersatz zu verklagen. Er gab zu, mit Alexander von Eiden eine Vereinbarung getroffen zu haben. Gesas Geliebter hatte die Zahlungen gestoppt und ihr vorgegaukelt, die Beziehung beenden zu müssen, weil seine Frau ihm auf die Schliche gekommen sei. Zum gleichen Zeitpunkt war Hauke bei Gesa erschienen und hatte wenig Mühe gehabt, sie von einer Rückkehr nach Sylt zu überzeugen. Erst hier erfuhr er von der zweiten Schwangerschaft und stiftete Gesas Gynäkologen Götze an, ihr ein Mittel zu verschreiben, das später die Blutungen auslöste. Zur illegalen Abtreibung kam es, als Götze bei jenem Sonntagstermin in seiner Praxis merkte, dass Gesa ihm misstraute. Hauke Jensen stritt ab, einen Auftrag für die Abtreibung gegeben zu haben.

Zwölf Stunden nach seinem ursprünglichen Geständnis widerrief Hauke Jensen alles. Zu diesem Zeitpunkt hatte der DNA-Abgleich mit der internationalen Datenbank bereits einen Treffer erzielt. Ein vierzig Jahre alter Franzose war zehn

Tage zuvor in Belgien aufgrund eines Interpolhaftbefehls fest-genommen worden. Seine DNA stimmte mit der unter Gesa Jensens Fingernägeln gefundenen überein. Als die belgische Polizei Fingerabdrücke zur Verfügung stellte, konnten diese dem gefundenen Abdruck im Schlafzimmer ebenfalls zugeord-net werden.

Hauke Jensen wurde trotz des Widerrufs wegen Fluchtgefahr in Gewahrsam genommen. Wenige Stunden später bestätigte ein Richter den Haftbefehl. Klaas Jensen widerrief ebenfalls sein Geständnis, blieb aber wegen der drückenden Indizienlast auch in Haft. Bei einem der folgenden Verhöre behauptete er, dass seine Großmutter schon lange nicht mehr zurechnungsfähig ge-wesen sei. Lena fand schließlich heraus, dass Thees Jensen Jahre zuvor nicht nur frühzeitig an sein Erbe hatte kommen wollen, sondern auch den Plan gehabt hatte, seine Mutter unter seine Vormundschaft zu stellen. Gesa Jensen hatte frühzeitig davon erfahren und sich erfolgreich dagegen gewehrt.

Thees Jensen beantragte, als er von der Vaterschaft Alexander von Eidens erfuhr, die Neueröffnung des Testaments seines leiblichen Vaters.

Greta Behrens, die ehemalige Sprechstundenhilfe von Dr. Husmann, hatte inzwischen bestätigt, dass sie Gesa Jensen die Patientenakte fotografiert und mit ihr lange über Dr. Götze gesprochen hatte.

Lena und Johann arbeiteten mit einem kleinen Team wei-tere zwei Wochen an dem Fall, um alle Indizien und Beweise für den Staatsanwalt aufzuarbeiten. Die Staatsanwaltschaft hielt schließlich die Beweislage für ausreichend, um in beiden Fällen Mordanklage zu erheben. Ob Hauke Jensen bis zum Prozess aus der Haft entlassen würde, war vorerst noch nicht abseh-bar und würde beim nächsten Haftprüfungstermin auf der Tagesordnung stehen.

Dr. Meyerdierks war nach einer Woche Haft wieder auf freien Fuß gesetzt worden und wartete ebenfalls auf seinen Prozess. Die Staatsanwaltschaft tendierte inzwischen zu der Annahme, dass Husmanns Tod als Suizid einzustufen war und der Arzt Joachim Rother ohne Wissen des Erbenermittlers getötet hatte. Im Fall von Irene Bergmann und Waltraut Postner wurden keine Anhaltspunkte gefunden, die auf ein Fremdverschulden hinwiesen.

Ilse Wagner hatte sich mit Marie Jensen darauf geeinigt, dass sie ihr Erbe an eine gemeinnützige Organisation spenden würde, die sich um krebskranke Kinder kümmerte. Marie Jensen hatte im Gegenzug auf eine Anzeige verzichtet.

Lena stand oben an der Reling und ließ sich die Haare vom Wind durchwirbeln. Von einem Kurztrip nach Amrum abgesehen, der letztlich nur eine Nacht und einen halben Tag umfasst hatte, hatte sie Erck noch nicht wiedergesehen. Jetzt war sie auf dem Weg zu ihm.

Mit Marie Jensen hatte sie derweil viermal telefoniert. Ihre Großmutter war inzwischen im kleinen Familienkreis bestattet worden. Marie hatte darauf bestanden, dass ihr Vater und ihr Bruder Hendrik an der Beerdigung teilnahmen. Ebenso hatte sie den Rest der Familie Jensen eingeladen. Wie sie Lena erzählte, waren aber nur wenige gekommen. Beim letzten Telefongespräch war Marie Jensen entschlossen gewesen, auf Sylt zu bleiben, auch wenn der Skandal um die Familie noch lange Inselgespräch bleiben würde. Lena hatte sich vorgenommen, mit der Künstlerin in Kontakt zu bleiben.

Als ihr Handy klingelte, nahm sie das Gespräch an.

»Erck hat erzählt, dass du von heute an mindestens eine Woche auf Amrum bist«, hörte sie ihre Tante Beke sagen.

»Ich stehe schon auf der Fähre. In spätestens einer Stunde habe ich den *heiligen Boden* betreten«, sagte Lena lachend.

»Erck meinte, dass ihr mich zusammen besuchen kommt?«

»Selbstverständlich, Beke. Ich habe übrigens deine Briefe dabei. Der Staatsanwalt war damit einverstanden, nur Kopien zu bekommen.«

»Ich mag gar nichts von dieser schrecklichen Sache mehr hören, Kind. Die Leute hier reden schon seit Wochen über nichts anderes mehr.«

»Warst du auf Gesa Jensens Beerdigung?«

»Ja, ihre Enkelin hat mich eingeladen. Sie ist eine wirklich nette Person und hat mich an Gesa erinnert, als sie jung war. Weißt du, ob sie auf Sylt bleiben wird?«

»Ja, zumindest hat sie mir das gestern am Telefon erzählt.«

»Das hätte Gesa gefreut. Es war ihr so wichtig, dass ihre Enkelin ein besseres Leben hat als sie selbst. So traurig, dass die beiden nicht mehr Zeit miteinander hatten.«

»Ich weiß, Beke. Dieser Vorfall wird sie ihr Leben lang verfolgen. Davor kann sie ohnehin nicht weglaufen. Vielleicht ist es der richtige Weg, gerade jetzt auf Sylt zu bleiben.«

»Ja, vielleicht.«

»Wir melden uns bei dir, Beke. Morgen oder übermorgen.«

»Ich freue mich auf euch«, sagte Beke zum Abschied. Lena ahnte, dass ihr dabei Tränen in den Augen standen. Sie hatte Erck gebeten, Beke noch nichts von ihren Plänen zu verraten. Oder war das schon wieder ein kleiner Rückschritt? Einer von vielen, die Lena in ihrem Leben vollzogen hatte. Nein, sie war sich sicher, dass sie den nächsten Schritt nach vorne wagen wollte. Es war an der Zeit, sesshaft zu werden. Lena musste unwillkürlich schmunzeln. Sesshaft war kein Begriff, der bislang in ihrem Leben eine Rolle gespielt hatte. Vier Umzüge in Kiel, drei Männer, mit denen sie mehr oder weniger zusammengelebt hatte. Die einzige Konstante war bisher ihre Arbeit beim LKA gewesen. Böse Zungen behaupteten, sie sei mit dem Amt verheiratet. Mit ihren fünfunddreißig Jahren konnte sie noch viele Neuanfänge wagen oder bei dem jetzigen bleiben. In den letzten Wochen war ihr bewusst geworden, dass sie es ihr Leben lang bereut hätte, erneut vor Erck wegzulaufen.

In der Ferne erschien die Silhouette von Amrum. Ein wohliges Gefühl stieg in Lena auf. Sie würde eine Woche lang an nichts anderes denken als schlafen, essen, lieben. Sie würden Beke besuchen, lange Spaziergänge am Strand machen, sich mit alten Freunden treffen. Und wenn Zeit wäre, würden sie sich zusammen Husum anschauen. Lena hatte für sich beschlossen, an der Westküste von Schleswig-Holstein leben zu wollen. Schleswig war eine wunderschöne Stadt, aber ihr kam es vor, als wäre es nur der halbe Schritt auf Erck zu. Husum wäre für ihn ein guter Standort, von dem aus er relativ schnell Amrum erreichen konnte, und für sie konnte es eine Option sein, sich langfristig zur örtlichen Kriminalpolizei versetzen zu lassen. Erck hatte sie von dieser Idee nichts verraten und dabei würde es auch bleiben, bis sie sich ausgiebig über die Kollegen in Husum informiert und selbst eine Entscheidung getroffen hatte. In der ersten Zeit wäre es kein großes Problem, mit der Entfernung fertigzuwerden. In Städten wie Hamburg war eine Stunde Arbeitsweg keine Seltenheit. Und für den Fall, dass es abends einmal spät werden würde, hatte Johann ihr das Gästebett angeboten.

Der Hafen von Wittdün war inzwischen gut zu erkennen. In einer Viertelstunde würde Lena an Land gehen und zusammen mit Erck nach Norddorf fahren. Wahrscheinlich hatte er eine Kleinigkeit zu essen vorbereitet oder würde sie in die Strandhalle einladen. Wenn das Wetter mitspielte, würden sie dort auf der Terrasse sitzen, ein Glas Wein in der Hand mit Blick auf die Nordsee. Spätestens in diesem Augenblick würde sie die letzten Wochen und Monate vergessen. All den Zweifel, die unterdrückten Tränen und das Nachdenken über die Zukunft.

In der Reisetasche hatte Lena eine Reihe von Ausdrucken dabei. Wohnungen und Häuser, die in Husum zur Miete angeboten wurden. Es war ein merkwürdiges Gefühl gewesen, sich im Internet die Angebote anzuschauen und sich durch die zahlreichen Fotos zu klicken, die die Vermieter dort eingestellt hatten.

Lena wartete an der Reling, bis die Fähre angelegt und der Großteil der Fahrgäste das Schiff verlassen hatte, bevor sie nach ihrer Reisetasche griff und die Eisentreppe hinunterging.

Erck stand am Kai und wartete auf sie. Als sie auf ihn zulief, öffnete er die Arme und schloss sie erst wieder, als sie sich an ihn schmiegte.

»Herzlich willkommen auf Amrum«, flüsterte er und strich ihr zärtlich über die Schulter.